U0070846

# 我的第一本
# 韓語單字

| 全新 · 基礎字彙 |

全MP3一次下載

http://booknews.com.tw/mp3/9789864543113.htm

iOS系統請升級至iOS13後再行下載，下載前請先安裝ZIP解壓縮程式或APP。

此為大型檔案，建議使用Wifi連線下載，以免占用流量，並確認連線狀況，以利下載順暢。

# 韓語40音表

| | | | | |
|---|---|---|---|---|
| ㄱ g.k | ㄴ n | ㄷ t.d | ㄹ r.l | ㅁ m |
| ㅂ b.p | ㅅ s | ㅇ [X] | ㅈ j.ch | ㅋ k |
| ㅌ t | ㅍ p | ㅊ ch | ㅎ h | ㄲ kk |
| ㄸ tt | ㅃ pp | ㅆ ss | ㅉ jj | ㅏ a |
| ㅓ eo | ㅗ o | ㅜ u | ㅡ eu | ㅣ i |
| ㅔ e | ㅐ ae | ㅑ ya | ㅕ yeo | ㅛ yo |
| ㅠ yu | ㅖ ye | ㅒ yae | ㅚ oe | ㅘ wa |
| ㅙ wae | ㅟ wi | ㅝ wo | ㅞ we | ㅢ ui |

★韓語是由子音和母音組成，共有19個子音和21個母音。

★子音中有14個基本子音和5個雙子音。

★母音中有8個基本母音，其餘的13個母音是由基本母音變化、組合而成。

# 作者序

　　《我的第一本韓語》系列是專為第二語言或以外語學習韓語的學習者編寫的教材。尤其本書是為了讓時間、空間上受到限制而無法接受正規韓語教育的學習者們可以自學所企劃的。《我的第一本韓語》系列初版發行後，長期以來受到讀者的喜愛與支持，在全球翻譯成各種語言，擔任韓語學習教材領頭羊的角色。這次體現最新文化、修訂例句並完善練習題的修訂版得以出版，身為作者的我感到非常有意義。期許每位想學韓語的學習者，透過《我的第一本韓語》系列可以在有效學習韓語的同時享受學習過程。

　　系列中《全新！我的第一本韓語單字》〔QR 碼行動學習版〕是想讓學習者從脈絡中以字彙意義為基礎，熟悉單字意義跟使用方法策劃而成。寫書的起因動念是苦惱該如何讓學習者跳脫用主題別羅列的單字目錄來記單字。筆者一直苦心研究要怎麼熟悉詞彙的意義會比較有效率、學到的字彙應該如何應用在對談中、應該怎麼把學過的單字擴展成其他單字，這些問題的解決方法都具體呈現在本書裡。

　　《全新！我的第一本韓語單字》〔QR 碼行動學習版〕將初級（1-2 級）至中級（3 級）約 2500 個龐大的單字分成 100 課學習。根據單字難易度分成 Part 1、Part 2、Part 3 三個部分，提示學習者從脈絡中理解詞彙的意義和用途。此外，透過圖片、照片、音檔、展現字彙脈絡的對話框、多樣化的練習題，使學習者能夠更加有條不紊地學習詞彙並活用得很自然。本書隨著一課一課的學習，單字會越來越難、越來越複雜而且分得越細，但由於每一課都是用主題分類構成的，學習者可以不用依照目錄編排的順序，自行選擇想學的主題來學。

　　《全新！我的第一本韓語單字》〔QR 碼行動學習版〕的出版在資料整理、內容構成、翻譯、編輯過程中，得到許多人的關心和熱情支持。首先要感謝負責此書翻譯的盧鴻金教授，由於有盧教授精確的翻譯，極易混淆的詞彙才得以加以明確說明。此外，還要感謝對於華人學習者應以何種方法加以指導，為我提供思路的沈貝倪。在此，還要向耐心等待原稿執筆和製作過程的鄭奎道社長，以及為滿足筆者要求，使每一課都有多樣變化的多樂園韓語出版部編輯表達感謝。

　　最後，我要將此書獻給無時無刻不在身邊為女兒的夢想禱告的母親，以及雖然已不在人世，但我相信比任何人都要對女兒的成果感到欣慰的父親。

吳承恩

# 本書使用方法

**Part ①**

Part 1在10個主題下,分為60課,針對日常生活中常用的基礎、核心單字加以學習。目標單字分別以聽力內容和練習題呈現,在熟悉單字的過程中,掌握單字的意義和發音,並可擴充做會話練習。

## 韓語小單字

▶ 掌握目標單字的意義和用法

學習者透過視覺的印象和提示的單字,先確認每一單元應熟悉的目標單字後,再經解答問題,明確掌握單字的意義和用法。

## QR碼

每個錄製的音檔都以QR碼的形式提供,因此您可以立即檢查清晰的發音和速度,並且可以從書名頁掃QR碼下載全書音檔。

## 答案

問題的答案通過翻譯和標準答案進行核對,將其與聽力資料比較,亦可加以檢查,這可以幫助學習者獨自學習時練習目標詞彙的發音。學過的詞彙可利用對話框進行確認、練習詞彙使用的脈絡。

## 對話框

目標單字使用的方式以基本的談話呈現,學習者即使是自學,也可從聽力內容掌握單字的用法及發音。對話框的練習內容收錄於附錄中。

097.mp3

098.mp3

第25課－家裡的物品　63

## 動動腦

▶ 從目標單字擴展為相關的單字，深入練習

分為 動動腦1 和 動動腦2 。將 動動腦 與 韓語小單字 中學過的單字加以連貫，以練習題的形態呈現，如同 韓語小單字 一般，在解答練習題之後，可以透過答案和聽力內容確認答案，並且利用對話框加以練習。

### 貼心小叮嚀！

整理出學習者經常出錯的單字意義或發音。

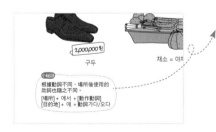

### 小秘訣

揭示在實際使用單字時，學習者要注意的內容。

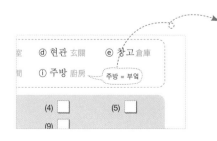

### 相關補充

補充該單字的同義詞和反義詞等簡單必備的單字。

# Part ②

本章由4大主題、20課構成，Part 2比Part 1難度更高，以可用在句子或表達的單字為對象，將單字分類，讓學習者更容易理解。此外，每一課的練習題均加上補充內容，讓學習者可以正確理解單字的用法。

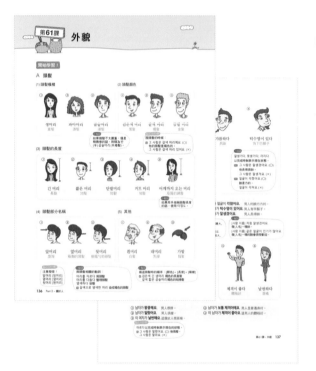

開始學習！

▶ 以意義區分為基礎，將目標單字分類

Part 2的目標單字與簡短例句共同呈現，可直接確認單字使用的方式。與Part 1相同，目標單字下方注有中文。

自我挑戰！

▶ 以多樣的練習，確認詞彙的用法

以練習形式呈現的 自我挑戰！ 不僅僅只是單純確認詞彙的意義，還可瞭解詞彙在句子中的應用，並通過多樣的練習問題加以確認。

# Part ③

本章由3大主題、20課構成，Part 3單字的難度最高，抽象的單字也較多。主要由多義詞、句子延伸的表現、近義詞等學習者最易混淆的單字所組成，並列出韓語各種詞類的特徵。

## 開始學習！

▶ 區別意義的差異

每一課的目標單字以單字的意義為中心，再往下細分，在各自的範圍中列出意義、說明和例句，進而掌握微妙的單字意義差異。

## 考考自己！

▶ 直接確認複雜單字的意義和用法

Part 3的目標單字具有許多複雜和多義的現象，在學習各領域的單字之後，可以立即解答下方的考考自己，確認單字的意義和用法。

## ★ 聽力內容

收錄Part 1的對話框和聽力練習題的內容，可以用來確認答案與練習聽力。

## ★ 單字目錄

收錄100課中出現的所有單字，以字母順序加排序，方便查找。

# 目錄

# Part 3

# Part

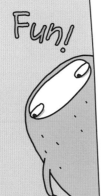

Fun!

數字

時間

個人資料

場所

事物

日常生活

食物

閒暇

人

自然

# 數字的讀法 1

## 韓語小單字

1  請聽錄音，並跟讀下列內容。

001.mp3

| 1 | 2 | 3 | 4 | 5 | 6 | 7 | 8 | 9 | 10 |
|---|---|---|---|---|---|---|---|---|----|
| 일 | 이 | 삼 | 사 | 오 | 육 | 칠 | 팔 | 구 | 십 |

2  請將圖片的正確選項填入空格中，並聽錄音確認答案。

002.mp3

ⓐ 삼일오이

ⓑ 칠이공삼

ⓒ 공삼일삼구

ⓓ 사구오이삼공

ⓔ 삼삼칠일 이사이공

ⓕ 공일공 구오이삼 팔육일사

ⓖ 구사이팔 칠칠팔공 삼육삼일 이칠육팔

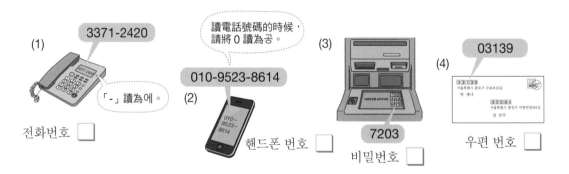

(1) 3371-2420
「-」讀為에。
전화번호 ☐

讀電話號碼的時候，請將 0 讀為공。
(2) 010-9523-8614
핸드폰 번호 ☐

(3) 7203
비밀번호 ☐

(4) 03139
우편 번호 ☐

(5) 3152
자동차 번호 ☐

(6) 495230
외국인 등록 번호 ☐

(7) 9428 7780 3631 2768
카드 번호 ☐

請將學習過的單字應用在對話中。
例 A 전화번호가 몇 번이에요?
B 3371-2420이에요.
003.mp3

## 動動腦1

請聽錄音，並跟讀下列內容。

004.mp3

(1)

A 전화번호가 2645-7865 맞아요 ?
B 네, 맞아요.
A 你的電話號碼是 2645-7865 嗎？
B 是的。

(2)

휴대폰 = 핸드폰手機

A 핸드폰 번호가 010-4964-6547 맞아요 ?
B 아니요, 틀려요. 010-3964-6547 이에요.
A 你的手機號碼是 010-4964-6547 嗎？
B 不是，號碼錯了，是 010-3964-6547。

## 動動腦2

請聽錄音，號碼正確的畫○，錯誤的畫×。

005.mp3

(1)

영화관

1544-1580

(2)
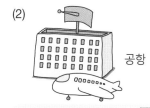
공항

1577-2600

(3)
교회

498-1287

(4)

리에

010-5690-0135

(5)

민호

010-3467-3230

(6)

제인

010-2624-3573

(7)

병원

507-7583

(8)

미용실

6334-1010

(9)

경찰서

2438-9670

# 數字的讀法2

## 韓語小單字

006.mp3

**1** 請聽錄音，並跟讀下列數字。

| 11 | 12 | 13 | 14 | 15 | 16 | 17 | 18 | 19 | 20 |
|---|---|---|---|---|---|---|---|---|---|
| 십일 | 십이 | 십삼 | 십사 | 십오 | 십육 | 십칠 | 십팔 | 십구 | 이십 |

| 10 | 20 | 30 | 40 | 50 | 60 | 70 | 80 | 90 | 100 |
|---|---|---|---|---|---|---|---|---|---|
| 십 | 이십 | 삼십 | 사십 | 오십 | 육십 | 칠십 | 팔십 | 구십 | 백 |

> **小祕訣**
> 10不讀為 일십，
> 而是讀 십。

**2** 請將圖片的正確選項填入空格中，並聽錄音確認答案。

007.mp3

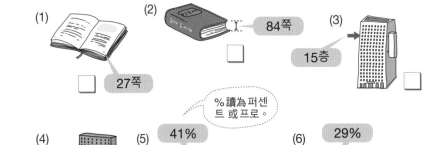

(1) 27쪽

(2) 84쪽

(3) 15층

> %讀為 퍼센트 或 프로。

(4) 32층

(5) 41% / 41%

(6) 29% / 29

| ⓐ 십오 |
|---|
| ⓑ 십육 |
| ⓒ 삼십이 |
| ⓓ 이십칠 |
| ⓔ 사십일 |
| ⓕ 이십구 |
| ⓖ 팔십사 |
| ⓗ 칠십사 |

(7) 74kg

> kg 讀為 킬로그램 或 킬로。

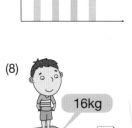

(8) 16kg

008.mp3

> 請將學習過的單字應用在對話中。
> 例 A 몇 쪽이에요?
> 　 B 27쪽이에요.

## 動動腦1

請聽錄音，並跟讀下列內容。

009.mp3

(1)

110　백십
120　백이십

(2)

150　백오십
250　이백오십

(3)

1050　천오십
1500　천오백

(4)

1300　천삼백
2300　이천삼백

小祕訣
100不讀 일백，而是讀 백。
1000不讀 일천，而是讀 천。

## 動動腦2

請將圖片的正確選項填入空格中，並聽錄音確認答案。

010.mp3

ⓐ A 몇 쪽이에요?
　 B 사백오십이 쪽이에요.

ⓑ A 방이 몇 호예요?
　 B 천이백칠 호예요.

ⓒ A 답이 몇 번이에요?
　 B 이 번이에요.

ⓓ A 집이 몇 동이에요?
　 B 오백일 동이에요.

ⓔ A 버스가 몇 번이에요?
　 B 육백사 번이에요.

ⓕ A 전기가 몇 볼트예요?
　 B 이백이십 볼트예요.

ⓖ A 부산까지 몇 킬로미터예요?
　 B 삼백구십구 킬로미터예요.

ⓗ A 키가 몇 센티미터예요?
　 B 백팔십삼 센티미터예요.

小祕訣
在詢問數字的時候，單位名詞前使用몇。
例 몇 쪽(頁)、몇 층(樓)、
몇 호(房間號)、몇 번(號)

# 第03課 價格的讀法

## 韓語小單字

1 請聽錄音，並跟讀下列內容。

(1) 10원
십 원 (不是일십 원)

(2) 50원
오십 원

(3) 100원
백 원

(4) 500원
오백 원

(5) 1,000원
천 원 (不是일천 원)

(6) 5,000원
오천 원

(7) 10,000원
만 원 (不是일만 원)

(8) 50,000원
오만 원

貼心小叮嚀！
10 (십)원 [시 붠]
100 (백)원 [배 권]
1,000 (천)원 [처 눤]
10,000 (만)원 [마 눤]

| 만 | 천 | 백 | 십 | | |
|---|---|---|---|---|---|
| | 1, | 0 | 0 | 0 | 원 → 천 원 |
| | 5, | 0 | 0 | 0 | 원 →오천 원 |
| 1 | 0, | 0 | 0 | 0 | 원 → 만 원 |
| 5 | 0, | 0 | 0 | 0 | 원 →오만 원 |
| 10 | 0, | 0 | 0 | 0 | 원 →십만 원 |

價格使用漢字數字來讀，
漢字數字以四位數 만(10,000)
為基準。

2 請將圖片的正確選項填入空格中，並聽錄音確認答案。

012.mp3

ⓐ 팔천오백 원

ⓑ 삼천팔백 원

ⓒ 만 이천오백 원

ⓓ 이만 천칠백 원

ⓔ 천사백오십 원

ⓕ 칠만 육천이백 원

(1)

3,800원 ☐

(2)

1,450원 ☐

(3)

21,700원 ☐

(4)
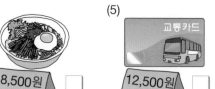
8,500원 ☐

(5)

12,500원 ☐

(6)
76,200원 ☐

## 動動腦1

Track 013

請聽錄音，並跟讀下列內容。

| 억 | | | | | 만 | | | | | |
|---|---|---|---|---|---|---|---|---|---|---|
| | | | 1<br>십 | 0 | 0,0 0 0 | 원 | | | | |
| | | | 만 | | | | | | | |
| | | 1,<br>백만 | 0 | 0 | 0,0 0 0 | 원 | | | | |
| | 1<br>천만 | 0, | 0 | 0 | 0,0 0 0 | 원 | | | | |
| 1<br>일억 | 0 | 0, | 0 | 0 | 0,0 0 0 | 원 | | | | |

(1) 347,600원　　삼십사만 칠천육백 원

(2) 2,650,300원　　이백육십오만 삼백 원

(3) 10,824,500원　　천팔십이만 사천오백 원

(4) 157,030,000원　　일억 오천칠백삼만 원

【貼心小叮嚀!】

일백만 원, 일천만 원 省略 일，僅讀 백만 원, 천만 원。但是 일억 例外，必須加上 일 來讀。

注意發音！
십만 원[심마 눤]
백만 원[뱅마 눤]
일억 원[이러 권]

## 動動腦2

請聽錄音，並選擇正確的答案。

014.mp3

(1)
노트북 ☐

(2)
그림 ☐

(3)
한복 ☐

(4)
코트 ☐

(5)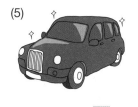
자동차 ☐

(6)
가방 ☐

(7)
비행기표 ☐

(8)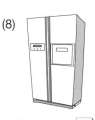
냉장고 ☐

ⓐ 380,000원　　ⓑ 2,173,000원　　ⓒ 47,400,000원　　ⓓ 830,000원

ⓔ 610,000원　　ⓕ 56,300,000원　　ⓖ 2,837,000원　　ⓗ 1,120,000원

# 個數的讀法

**韓語小單字**

**1** 請聽錄音,並跟讀下列內容。

 하나　 둘　 셋　 넷　 다섯

 여섯　 일곱　여덟　아홉　열

> 韓語中有漢字數字和固有數字兩種。
> 漢字數字 (일, 이, ...) 在讀號碼的時候使用,
> 固有數字 (하나, 둘, ...) 在數個數時使用。

**2** 請將圖片的正確選項填入空格中,並聽錄音確認答案。

ⓐ 사과 열 개

ⓑ 사과 한 개

ⓒ 사과 세 개

ⓓ 사과 두 개

ⓔ 사과 네 개

ⓕ 사과 일곱 개

> 小祕訣
> 개 是數算事物的
> 時候使用的單位。

(1)  ☐

(2) ☐

(3) ☐

(4) ☐

(5) ☐

(6) ☐

> 有幾個數詞置於單位名詞前時,
> 改變為下列形態。
> • 하나 → 한 개　　• 둘 → 두 개
> • 셋 → 세 개　　• 넷 → 네 개
> • 스물 → 스무 개

> 貼心小叮嚀!
> 韓語中算數時,事物必須
> 先出現。
> 事物+固有數字+單位名詞
> 例 사과 두 개 (○)
> 　 두 개 사과 (×)

**動動腦1**

請選擇與單位名詞不符的選項。

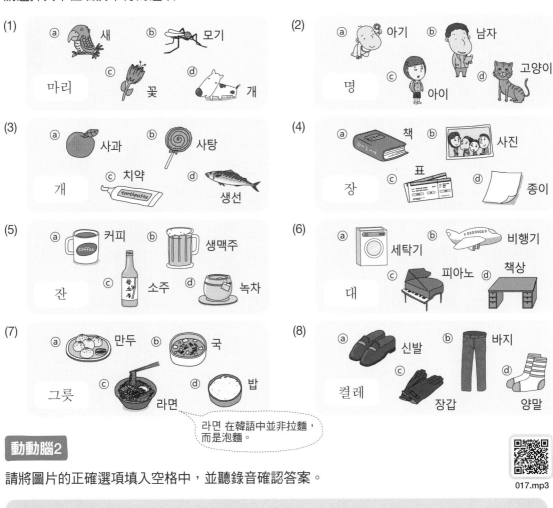

(1) ⓐ 새 ⓑ 모기 ⓒ 꽃 ⓓ 개 / 마리

(2) ⓐ 아기 ⓑ 남자 ⓒ 아이 ⓓ 고양이 / 명

(3) ⓐ 사과 ⓑ 사탕 ⓒ 치약 ⓓ 생선 / 개

(4) ⓐ 책 ⓑ 사진 ⓒ 표 ⓓ 종이 / 장

(5) ⓐ 커피 ⓑ 생맥주 ⓒ 소주 ⓓ 녹차 / 잔

(6) ⓐ 세탁기 ⓑ 비행기 ⓒ 피아노 ⓓ 책상 / 대

(7) ⓐ 만두 ⓑ 국 ⓒ 라면 ⓓ 밥 / 그릇

(8) ⓐ 신발 ⓑ 바지 ⓒ 장갑 ⓓ 양말 / 켤레

> 라면 在韓語中並非拉麵，而是泡麵。

**動動腦2**

請將圖片的正確選項填入空格中，並聽錄音確認答案。

017.mp3

ⓐ 개　ⓑ 명　ⓒ 장　ⓓ 잔　ⓔ 권　ⓕ 대　ⓖ 병　ⓗ 분　ⓘ 마리　ⓙ 켤레

(1) 책 네 ☐

(2) 표 세 ☐

(3) 물 한 ☐

(4) 맥주 두 ☐

(5) 여자 두 ☐

(6) 생선 네 ☐

(7) 가방 세 ☐

(8) 양말 한 ☐

(9) 자동차 두 ☐

(10) 할아버지 한 ☐
97살

**小祕訣**

常用的單位名詞：
개：事物
명：人(一般)
분：人(名的敬語)
마리：動物
장：張
권：本
잔：杯
병：瓶
대：台
켤레：雙，對

第04課 – 個數的讀法　**21**

# 月、日

1 請聽錄音，並跟讀下列內容。

018.mp3

**貼心小叮嚀!**
注意發音！
1월：일 월 [이 뤌]
3월：삼 월 [사 뭘]
7월：칠 월 [치 뤌]
8월：팔 월 [파 뤌]

**貼心小叮嚀!**
6月和10月不使用 육 和 십，要特別注意！
6월：유 월 [유 월]
10월：시 월 [시 월]

019.mp3

請將學習過的單字
應用在對話中。
例 A 몇 월이에요？
B 1월이에요.

2 請聽錄音，並選擇正確的答案。

020.mp3

(1) 시험을 (ⓐ 1월 / ⓑ 2월)에 봐요.

(2) 출장을 (ⓐ 4월 / ⓑ 10월)에 가요.

(3) 휴가를 (ⓐ 7월 / ⓑ 8월)에 가요.

(4) 축제를 (ⓐ 6월 / ⓑ 9월)에 해요.

時間名詞後要
添加助詞 -에。

## 動動腦1

請聽錄音，並跟讀下列內容。

021.mp3

月曆

**3**월

貼心小叮嚀!
注意發音!
1일：일 일 [이 릴]
6일：육 일 [유 길]
7일：칠 일 [치 릴]
10일：십 일 [시 빌]

| 일요일 | 월요일 | 화요일 | 수요일 | 목요일 | 금요일 | 토요일 |
|---|---|---|---|---|---|---|
| | | | | 1 | 2 | 3 |
| 4 | 5 | 6 | 7 | 8 | 9 | 10 |
| 11 | 12 | 13 | 14 | 15 | 16 | 17 |
| 18 | 19 | 20 | 21 | 22 | 23 | 24 |
| 25 | 26 | 27 | 28 | 29 | 30 | 31 |

022.mp3

請將學習過的單字
應用在對話中。
例 A 며칠이에요?
B 1일이에요.

## 動動腦2

請聽錄音，並選擇正確的答案。

023.mp3

(1) 오늘이 (ⓐ 13일 / ⓑ 14일)이에요.

(2) 졸업이 (ⓐ 17일 / ⓑ 27일)이에요.

(3) 발표가 (ⓐ 11일 / ⓑ 12일)이에요.

(4) 생일이 (ⓐ 30일 / ⓑ 31일)이에요.

# 特別的日子

**韓語小單字**

請將圖片的正確選項填入空格中,並聽錄音確認答案。

024.mp3

ⓐ 5월 5일　　　ⓑ 10월 3일　　　ⓒ 음력 1월 1일

ⓓ 6월 6일　　　ⓔ 10월 9일　　　ⓕ 음력 4월 8일

ⓖ 8월 15일　　　ⓗ 12월 25일　　　ⓘ 음력 8월 15일

注意發音!
음력 [음녁]

(1)

貼心小叮嚀!
注意發音!
ㄴ + ㄹ → ㄹ + ㄹ
설날 [설랄]
한글날 [한글랄]

설날 □
春節

(2)

개천절 □
開天節

(3)

어린이날 □
兒童節

(4)

광복절 □
光復節

(5)

추석 □
中秋節

(6)

부처님 오신 날 □
佛誕日

(7)

성탄절 (=크리스마스) □
聖誕節

(8)

현충일 □
顯忠日

(9)

한글날 □
韓文節

請將學習過的單字應用在對話中。
例 A 설날이 며칠이에요?
　 B 음력 1월 1일이에요.

025.mp3

## 動動腦1

請將符合圖片的正確選項填入空格中。

@ 추석
ⓑ 돌
ⓒ 설날
ⓓ 어버이날

(1) ☐
세배하다

(2) ☐
돌잔치를 하다

請將學習過的單字應用在對話中。
例 A 설날 때 뭐 해요?
B 세배해요.
026.mp3

(3) ☐
부모님께 꽃을 드리다

(4) ☐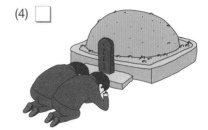
성묘 가다

> 對句子的受詞使用尊稱時，助詞和動詞都改為尊待語，如下所示。

## 動動腦2

請將相應的部分連起來，並聽錄音確認答案。

027.mp3

(1)
생일

(2)
설날
음력 1월 1일

(3)
동지

(4)
복날

ⓐ
떡국

ⓑ
팥죽

ⓒ
미역국

ⓓ
삼계탕

# 第07課　星期

## 韓語小單字

028.mp3

1　請將圖片的正確選項填入空格中，並聽錄音確認答案。

> ⓐ 목　　ⓑ 일　　ⓒ 화　　ⓓ 금　　ⓔ 월　　ⓕ 토　　ⓖ 수

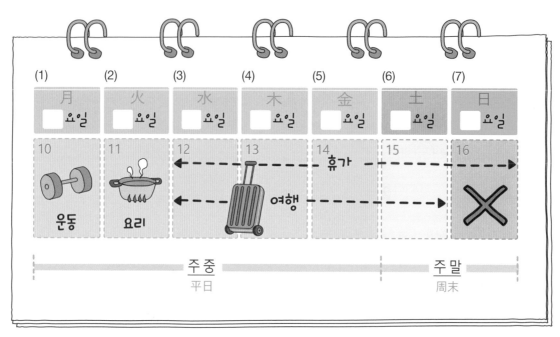

029.mp3

2　請看上圖，選擇適當的內容，並聽錄音確認答案。

(1) 11일이 (ⓐ 월요일 / ⓑ 화요일)이에요.

(2) 월요일에 (ⓐ 운동해요 / ⓑ 요리해요.)

(3) 휴가가 (ⓐ 수요일 / ⓑ 목요일)에 시작해요.

(4) 휴가가 (ⓐ 토요일 / ⓑ 일요일)에 끝나요.

(5) 수요일(ⓐ 부터 / ⓑ 까지) 토요일(ⓒ 부터 / ⓓ 까지) 여행 가요.

(6) (ⓐ 월요일 / ⓑ 일요일)에 아무것도 안 해요.

> **小祕訣**
> 表現時間範圍時：
> 使用 [開始時間] 부터
> [結束的時間] 까지

> **小祕訣**
> 아무것도 要和 안 等帶有否定意義的
> 字詞一起使用。
> 例1 아무것도 안 해요. 什麼事情都不做。
> 例2 아무것도 안 먹어요. 什麼都不吃。
> 例3 아무것도 안 읽어요. 什麼都不讀。

## 動動腦1

請聽錄音，並跟讀下列內容。

030.mp3

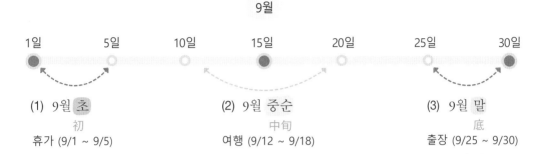

9월

1일　　　5일　　　10일　　　15일　　　20일　　　25일　　　30일

(1) 9월 초
初
휴가 (9/1 ~ 9/5)

(2) 9월 중순
中旬
여행 (9/12 ~ 9/18)

(3) 9월 말
底
출장 (9/25 ~ 9/30)

031.mp3

請將學習過的單字應用在對話中。
例 A 언제 휴가 가요?
　 B 9월 초에 가요.

## 動動腦2

請看月曆，選擇適當的內容，並聽錄音確認答案。

032.mp3

여행

| 10월 | | | | | | |
|---|---|---|---|---|---|---|
| Mon | Tue | Wed | Thu | Fri | Sat | Sun |
| 1 | 2 | 3 | 4 | 5 | 6 | 7 |
| 8 | 9 | 10 | 11 | 12 | 13 | 14 |
| 15 | 16 | 17 | 18 | 19 | 20 | 21 |
| 22 | 23 | 24 | 25 | 26 | 27 | 28 |
| 29 | 30 | 31 | | | | |

생일 파티

축제

**小祕訣**

첫 번째 주　第一週
두 번째 주　第二週
세 번째 주　第三週
네 번째 주　第四週
다섯 번째 주　第五週
마지막 주　　最後一週

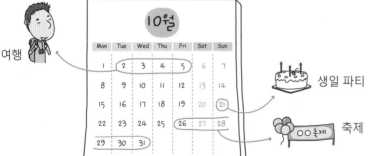

(1) 10월 (ⓐ 초 / ⓑ 말)에 중국에 친구하고 여행 가요.
　　10월 2일(ⓒ 부터 / ⓓ 까지) 5일(ⓔ 부터 / ⓕ 까지) 여행해요.
　　10월 5일에 (ⓖ 집을 떠나요. / ⓗ 집에 돌아와요.)

(2) 원래 (ⓐ 십월 / ⓑ 시월) 십칠 일이 제 생일이에요.
　　그런데 (ⓒ 주중 / ⓓ 주말)에는 일해야 해서 시간이 없어요.
　　그래서 (ⓔ 세 번째 / ⓕ 네 번째) 주 일요일에 우리 집에서 생일 파티를 해요.

(3) 10월 (ⓐ 초 / ⓑ 말)에 축제가 있어요.
　　10월 (ⓒ 첫 번째 / ⓓ 마지막) 주 금요일에 축제가 시작해요.
　　10월 31일에 축제가 (ⓔ 시작해요 / ⓕ 끝나요.)

# 年度

## 韓語小單字

1 請聽錄音，並跟讀下列內容。

033.mp3

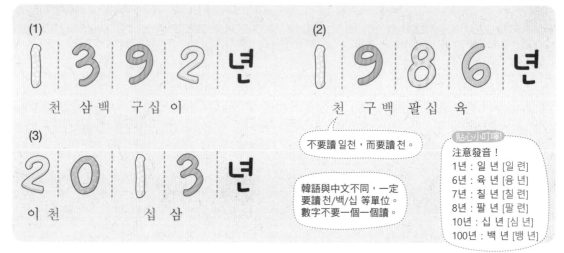

(1) 1392년
천 삼백 구십 이

(2) 1986년
천 구백 팔십 육

(3) 2013년
이 천 십 삼

不要讀 일천，而要讀 천。

韓語與中文不同，一定要讀 천/백/십 等單位。數字不要一個一個讀。

貼心小叮嚀！
注意發音！
1년 : 일 년 [일 련]
6년 : 육 년 [융 년]
7년 : 칠 년 [칠 련]
8년 : 팔 년 [팔 련]
10년 : 십 년 [심 년]
100년 : 백 년 [뱅 년]

2 請將圖片的正確選項填入空格中，並聽錄音確認答案。

034.mp3

(1)

김연아 선수
選手金研兒
**(1990~)**

(2)

김대중 전 대통령
前總統金大中
**(1924~2009)**

(3)

박찬욱 감독
林贊郁導演
**(1963~)**

(4)

배우 이병헌
演員李炳憲
**(1970~)**

(5)

세종대왕
世宗大王
**(1397~1450)**

(6)

김수환 추기경
樞機主教金壽煥
**(1922~2009)**

ⓐ 천구백 육십삼 년에 태어났어요.　　　ⓑ 천구백 구십 년에 태어났어요.

ⓒ 천구백 칠십 년에 태어났어요.　　　　ⓓ 천사백 오십 년에 돌아가셨어요.

ⓔ 천구백 이십사 년에 태어나셨어요.　　ⓕ 이천구 년에 돌아가셨어요.

**動動腦1**

請聽錄音，並跟讀下列內容。

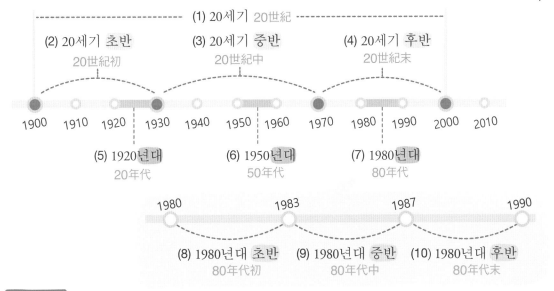

(1) 20세기 20世紀

(2) 20세기 초반
20世紀初

(3) 20세기 중반
20世紀中

(4) 20세기 후반
20世紀末

1900 1910 1920 1930 1940 1950 1960 1970 1980 1990 2000 2010

(5) 1920년대
20年代

(6) 1950년대
50年代

(7) 1980년대
80年代

1980 1983 1987 1990

(8) 1980년대 초반
80年代初

(9) 1980년대 중반
80年代中

(10) 1980년대 후반
80年代末

**動動腦2**

036.mp3

1　請將圖片的正確選項填入空格中，並聽錄音確認答案。

(1)

한글 1443년 ☐

(2)

경복궁 1395년 ☐

(3)

석굴암 751년 ☐

(4)

부석사 676년 ☐

ⓐ 8세기 중반에 만들어졌어요.

ⓑ 7세기 후반에 만들어졌어요.

ⓒ 14세기 후반에 만들어졌어요.

ⓓ 15세기 중반에 만들어졌어요.

**小祕訣**
한글：韓文
경복궁：景福宮，朝鮮時代的宮殿。
석굴암：石窟庵，新羅時代以石頭製
成洞窟，進而建成的寺廟。
부석사：浮石寺，韓國最古老的木造
建築。

037.mp3

2　請將相應的部分連起來，並聽錄音確認答案。

(1)

1945년 해방
解放

(2)

1950 - 1953년 한국 전쟁
韓戰

(3)

1988년 서울 올림픽
漢城奧運

(4)

2002년 한일 월드컵
韓日世界盃足球賽

ⓐ 2000년대 초반　　ⓑ 1950년대 초반　　ⓒ 1940년대 중반　　ⓓ 1980년대 후반

# 星期與月份

第09課

**韓語小單字**

1 請聽錄音，並跟讀下列內容。

038.mp3

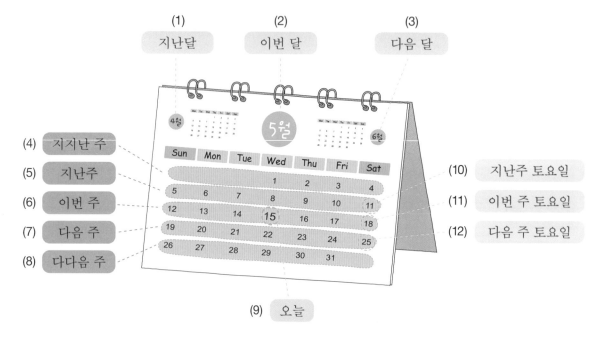

(1) 지난달  (2) 이번 달  (3) 다음 달

(4) 지지난 주
(5) 지난주
(6) 이번 주
(7) 다음 주
(8) 다다음 주

(10) 지난주 토요일
(11) 이번 주 토요일
(12) 다음 주 토요일

(9) 오늘

2 請看上圖，選擇適當的內容，並聽錄音確認答案。

039.mp3

(1) 이번 주 월요일이 (ⓐ 6일 / ⓑ 13일)이에요.

(2) 5월 9일이 (ⓐ 지난주 / ⓑ 이번 주) 목요일이에요.

(3) 4월은 (ⓐ 지난달 / ⓑ 이번 달)이에요.

(4) 다음 달은 (ⓐ 5월 / ⓑ 6월)이에요.

(5) 지지난 주 금요일은 (ⓐ 3일 / ⓑ 10일)이에요.

(6) 5월 29일은 (ⓐ 다음 주 / ⓑ 다다음 주) 수요일이에요.

(7) 지지난달은 (ⓐ 3월 / ⓑ 4월)이에요.

(8) 다음 주 화요일은 (ⓐ 21일 / ⓑ 28일)이에요.

貼心小叮嚀!
이번 월 (×) → 이번 달 (○)
이번 년 (×) → 이번 해 (○)

**動動腦1**

請聽錄音，並跟讀下列內容。

040.mp3

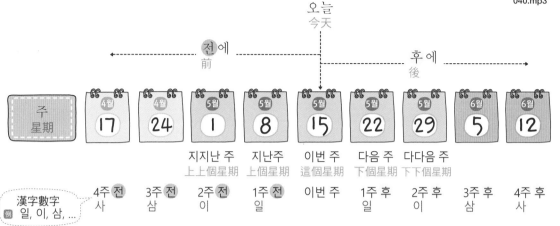

| | | 지지난 주<br>上上個星期 | 지난주<br>上個星期 | 이번 주<br>這個星期 | 다음 주<br>下個星期 | 다다음 주<br>下下個星期 | | |
|---|---|---|---|---|---|---|---|---|

漢字數字
例 일, 이, 삼, ...

| 4주 전<br>사 | 3주 전<br>삼 | 2주 전<br>이 | 1주 전<br>일 | 이번 주 | 1주 후<br>일 | 2주 후<br>이 | 3주 후<br>삼 | 4주 후<br>사 |

| | | 지지난달<br>上上個月 | 지난달<br>上個月 | 이번 달<br>這個月 | 다음 달<br>下個月 | 다다음 달<br>下下個月 | | |
|---|---|---|---|---|---|---|---|---|

固有數字
例 하나, 둘, ...

| 4달 전<br>네 | 3달 전<br>세 | 2달 전<br>두 | 1달 전<br>한 | 이번 달 | 1달 후<br>한 | 2달 후<br>두 | 3달 후<br>세 | 4달 후<br>네 |

漢字數字
例 일, 이, 삼, ...

| 4개월 전<br>사 | 3개월 전<br>삼 | 2개월 전<br>이 | 1개월 전<br>일 | 이번 달 | 1개월 후<br>일 | 2개월 후<br>이 | 3개월 후<br>삼 | 4개월 후<br>사 |

貼心小叮嚀!
注意意思差異和數詞！
一個月 1(한)달 ← 固有數字
　　　 1(일)개월 ← 漢字數字
一月　 1(일)월

**動動腦2**

請看上圖，選擇適當的內容，並聽錄音確認答案。

041.mp3

(1) (ⓐ 두 달 / ⓑ 세 달) 전에 졸업식을 했어요. 졸업식은 2월 18일이었어요.

(2) (ⓐ 일 개월 / ⓑ 이 개월) 전에 생일 파티를 했어요. 제 생일은 4월 20일이에요.

(3) (ⓐ 한 달 / ⓑ 두 달) 후에 휴가가 시작해요. 7월 22일부터 휴가예요.

(4) (ⓐ 일 개월 / ⓑ 이 개월) 후에 고향에 돌아갈 거예요. 6월 15일에 출발해요.

(5) (ⓐ 이 주 / ⓑ 삼 주) 전에 옷을 샀어요. 그날이 5월 첫 번째 주 목요일이었어요.

(6) 다음 주에는 시간이 없어요. (ⓐ 일 주 / ⓑ 이 주) 후에 시간이 있어요.

小祕訣
일 주 在生活中常說 일주일。

# 日期和年份

## 韓語小單字

請在空格中填入正確答案，聽錄音，並跟讀下列內容。

042.mp3

| | | |
|---|---|---|
| 내일 明天 | 어제 昨天 | 올해 今年 |
| 그제 前天 | 작년 去年 | 후년 後年 |
| 모레 後天 | 내년 明年 | 재작년 前年 |

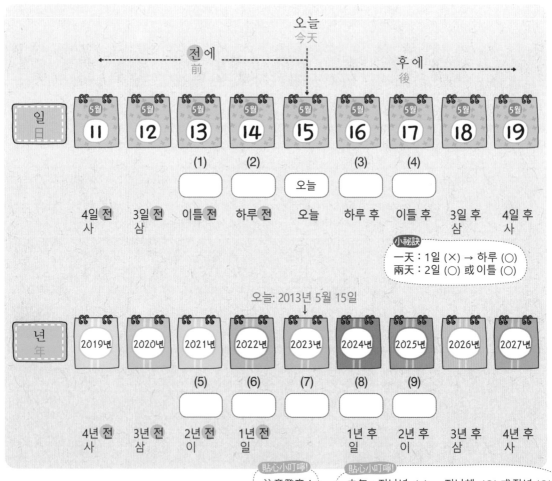

## 動動腦1

043.mp3

請在空格中填入正確答案,並聽錄音確認。

**5월**

오늘 : 5월 15일 수요일

| 월 | 화 | 수 | 목 | 금 | 토 | 일 |
|---|---|---|---|---|---|---|
| 6<br>7:00 AM<br>한국어 수업 | 7<br>2:00 PM<br>동료, 점심 | 8<br>등산 (북한산) | 9<br>7:00 PM 쇼핑 | 10<br>7:00 AM 출발 | 11<br>여행<br>휴가 | 12<br>10:00 PM 도착 |
| 13<br>7:00 AM<br>한국어 수업 | 14<br>10:00 PM 영화 | 15<br>1:00 PM<br>아르바이트 | 16<br>6:30 PM 음악회 | 17<br>2:00 PM 운동 | 18<br>6:00 PM 가족, 식사 | 19<br>3:00 PM 친구 집 |

달
후
전
매주
오늘
내일
어제
모레
화요일
일주일

(1) 이번 _____ 은 5월이에요.

(2) 3일 _____ 에 여행에서 돌아왔어요.

(3) _____ 저녁에 영화 보러 갔어요.

(4) _____ 월요일 저녁 7시마다 한국어 수업이 있어요.

(5) _____ 오후에 운동할 거예요.

(6) _____ 저녁 6시 30분에 음악회에 가려고 해요.

(7) _____ 전에 친구하고 북한산에 등산 갔어요.

(8) 4일 _____ 에 친구 집에 놀러 갈 거예요.

(9) 지난주 _____ 오후 2시에 동료하고 점심을 먹었어요.

(10) _____ 오후 1시에 백화점에서 아르바이트해요.

> **貼心小叮嚀!**
> 昨晚 : 지난밤 (×) → 어젯밤 (○)
> 今天早晨 : 이 아침 (×) → 오늘 아침 (○)
> 今天傍晚 : 이 저녁 (×) → 오늘 저녁 (○)
> 今天晚上 : 이 밤 (×) → 오늘 밤 (○)

> **貼心小叮嚀!**
> 時間名詞後通常要加助詞에,但下列名詞不與助詞一起使用。
> 오늘에 (×) → 오늘 (○)
> 내일에 (×) → 내일 (○)
> 어제에 (×) → 어제 (○)

> **小祕訣**
> 韓語中,對於較近的未來也以現在時制表示。
> 例 내일 일해요. = 내일 일할 거예요.
> 我明天會工作。

## 動動腦2

044.mp3

加入助詞並完成句子後,聽錄音確認答案。

> 例 작년 / 9월 / 친구 / 중국 / 여행 / 가다
> → 작년 9월에 친구하고 중국에 여행을 갔어요.

(1) 오늘 / 오후 / 2시 / 30분 / 명동 / 약속 / 있다
→ _____ .

(2) 지난주 / 금요일 / 밤 / 8시 / 동료 / 저녁 식사 / 하다
→ _____ .

> **小祕訣**
> 如果有好幾個時間名詞,只在最後一個名詞後加助詞에。
> 例 지난주 금요일 밤 8시에
> 上週星期五晚上八點

(3) 올해 / 12월 / 마지막 주 / 토요일 / 콘서트 / 보다 / 가다
→ _____ .

(4) 다음 주 / 월요일 / 아침 / 9시 / 한국어 / 수업 / 시작하다
→ _____ .

# 時間的讀法

### 韓語小單字

045.mp3

**1** 請聽錄音,並跟讀下列內容。

10시   10분

열 시   십 분

固有數字
例 하나, 둘, ...

漢字數字
例 일, 이, 삼, ...

| | 시 | | | 분 | |
|---|---|---|---|---|---|
| 1시 | 한 시 | 7시 | 일곱 시 | 5분 | 오 분 |
| 2시 | 두 시 | 8시 | 여덟 시 | 10분 | 십 분 |
| 3시 | 세 시 | 9시 | 아홉 시 | 20분 | 이십 분 |
| 4시 | 네 시 | 10시 | 열 시 | 30분 | 삼십 분 |
| 5시 | 다섯 시 | 11시 | 열한 시 | 40분 | 사십 분 |
| 6시 | 여섯 시 | 12시 | 열두 시 | 50분 | 오십 분 |

**2** 請將圖片的正確選項填入空格中,並聽錄音確認答案。

046.mp3

ⓐ 여섯 시 이십 분

ⓑ 두 시 사십 분

ⓒ 일곱 시 십오 분

ⓓ 한 시 이십오 분

ⓔ 아홉 시 삼십 분

ⓕ 네 시 반

(1)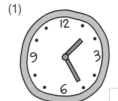

(2)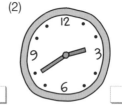

(3)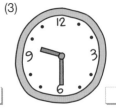

(4)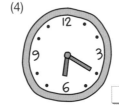

(5)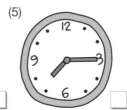

(6)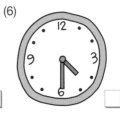

**3** 請聽錄音,並跟讀下列內容。

047.mp3

(1) 5시 10분 전이에요. 差10分5點。

= 4시 50분이에요. 4點50分。

(2) 6시 15분 전이에요. 差15分6點。

= 5시 45분이에요. 5點45分。

請聽錄音，並將圖片正確的選項填入空格中。

048.mp3

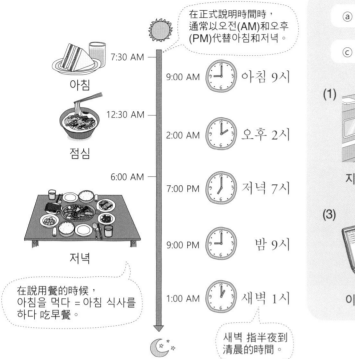

在正式說明時間時，通常以오전(AM)和오후(PM)代替아침和저녁。

7:30 AM
아침

9:00 AM 아침 9시

12:30 AM
점심

2:00 AM 오후 2시

6:00 AM

7:00 PM 저녁 7시

저녁

9:00 PM 밤 9시

1:00 AM 새벽 1시

在說用餐的時候，
아침을 먹다 = 아침 식사를 하다 吃早餐。

새벽 指半夜到清晨的時間。

ⓐ 1:30 AM          ⓑ 8:30 AM

ⓒ 1:30 PM          ⓓ 8:30 PM

(1) 지하철을 타요. ☐          (2) 퇴근해요. ☐

(3) 이메일을 써요. ☐          (4) 회의해요. ☐

動動腦2

請聽錄音，並跟讀下列對話。

049.mp3

(1)

시작          끝
MOVIE
3:30 PM          6:00 PM

A   몇 시에 영화가 시작해요?

B   오후 3시 30분에 시작해요.

A   몇 시에 영화가 끝나요?

B   저녁 6시에 끝나요.

(2)

麵包店

Open  7:00 AM
Close 11:00 PM

A   빵집이 몇 시에 문을 열어요?

B   매일 아침 7시에 문을 열어요.

A   빵집이 몇 시에 문을 닫아요?

B   매일 밤 11시에 문을 닫아요.

# 需要的時間

## 韓語小單字

050.mp3

1 請聽錄音,並跟讀下列內容。

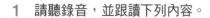

(1)
年 1년 = 個月 12달 = 個月 12개월 = 週 52주 = 天 365일
일　　　열두　　　십이　　　오십이　　　삼백육십오

> 1달:以固有數字來讀。
> 1개월:以漢字數字來讀。

(2)
一天 하루 = 24시간 小時
스물 네

> 不說1일,
> 而說 하루。

(3) 1시간 = 60분 分鐘
한　　　육십

(4) 1분 = 60초 秒
일　　　육십

2 請填入可以銜接對話的正確選項,並聽錄音確認答案。

051.mp3

> ⓐ 며칠 동안　　ⓑ 몇 년 동안　　ⓒ 몇 개월 동안　　ⓓ 몇 시간 동안

(1)
> 9시부터 11시까지 회의해요.
> ○────────○
> 9:00　　　　11:00

A _____ 회의해요?
B 2시간 동안 회의해요.

(2)
> 월요일부터 금요일까지 수업해요.
> ○────────○
> 월요일　　　　금요일

A _____ 수업해요?
B 5일 동안 수업해요.

(3)
> 6월부터 8월까지 휴가예요.
> ○────────○
> 6/1　　　　8/31

A _____ 휴가예요?
B 3개월 동안 휴가예요.

(4)
> 2019년부터 2020년까지
> 한국어를 공부했어요.
> ○────────○
> 2019년 9월　　2020년 9월

A _____ 한국어를 공부했어요?
B 1년 동안 한국어를 공부했어요.

> **小祕訣**
> 詢問需要的時間時,使用 얼마 동안 提出問題。

## 動動腦1

請將圖片的正確選項填入空格中，並聽錄音確認答案。

052.mp3

(1) ☐    (2) ☐    (3) ☐

(4) ☐    (5) ☐    (6) ☐

(7) ☐    (8) ☐    (9) ☐

| | | |
|---|---|---|
| ⓐ | 배 | 船 |
| ⓑ | 택시 | 計程車 |
| ⓒ | 기차 | 火車 |
| ⓓ | 버스 | 公車 |
| ⓔ | 자동차 | 汽車 |
| ⓕ | 비행기 | 飛機 |
| ⓖ | 지하철 | 地鐵 |
| ⓗ | 자전거 | 自行車 |
| ⓘ | 오토바이 | 摩托車 |

**小祕訣**
根據動詞不同，助詞也相異。
버스로 가요. = 버스를 타요.
坐公車去。= 坐公車。

(10) 걸어서     (11) 뛰어서

請將學習過的單字應用在對話中。
例 A 어떻게 가요?
　 B 자동차로 가요.

053.mp3

## 動動腦2

請將圖片的正確選項填入空格中，並聽錄音確認答案。

054.mp3

ⓐ 집에서 공항까지 택시로 40분 걸려요.

ⓑ 집에서 회사까지 지하철로 50분 걸려요.

ⓒ 집에서 지하철역까지 걸어서 10분 걸려요.

ⓓ 부산에서 오사카까지 배로 18시간 걸려요.

ⓔ 서울에서 뉴욕까지 비행기로 14시간 걸려요.

ⓕ 서울에서 부산까지 기차로 3시간 30분 걸려요.

請將學習過的單字應用在對話中。
例 A 서울에서 뉴욕까지 어떻게 가요?
　 B 비행기로 가요.
　 A 시간이 얼마나 걸려요?
　 B 14시간 걸려요.

055.mp3

從……到/為止
[空間] 起點 에서 終點 까지
[時間] 開始時間 부터 結束時間 까지

(1) ☐
14시간
서울 ——→ 뉴욕

(2) ☐
40분
집 ——→ 공항

(3) ☐
3시간 30분
서울 ——→ 부산

(4) ☐
18시간
부산 ——→ 오사카

(5) ☐
50분
집 ——→ 회사

(6) ☐
10분
집 ——→ 지하철역

# 第13課 國家

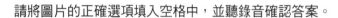

## 韓語小單字

請將圖片的正確選項填入空格中，並聽錄音確認答案。

056.mp3

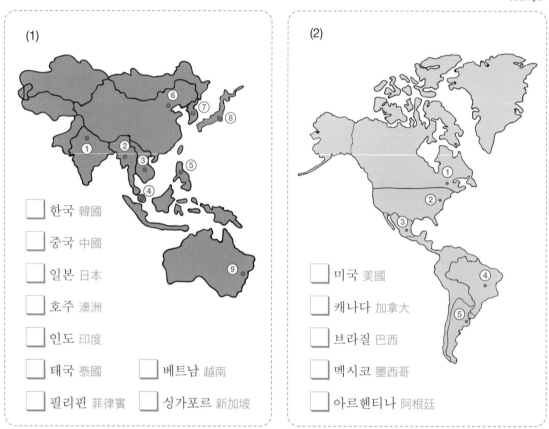

(1)

☐ 한국 韓國
☐ 중국 中國
☐ 일본 日本
☐ 호주 澳洲
☐ 인도 印度
☐ 태국 泰國　☐ 베트남 越南
☐ 필리핀 菲律賓　☐ 싱가포르 新加坡

(2)

☐ 미국 美國
☐ 캐나다 加拿大
☐ 브라질 巴西
☐ 멕시코 墨西哥
☐ 아르헨티나 阿根廷

(3)

☐ 영국 英國　☐ 스페인 西班牙
☐ 독일 德國　☐ 이집트 埃及
☐ 이란 伊朗　☐ 프랑스 法國
☐ 케냐 肯亞　☐ 러시아 俄羅斯

請將圖片的正確選項填入空格中。

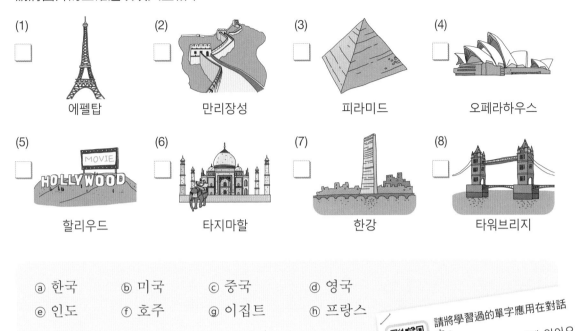

(1) ☐ 에펠탑

(2) ☐ 만리장성

(3) ☐ 피라미드

(4) ☐ 오페라하우스

(5) ☐ 할리우드

(6) ☐ 타지마할

(7) ☐ 한강

(8) ☐ 타워브리지

ⓐ 한국　　ⓑ 미국　　ⓒ 중국　　ⓓ 영국

ⓔ 인도　　ⓕ 호주　　ⓖ 이집트　　ⓗ 프랑스

請將學習過的單字應用在對話中。
例 A 에펠탑이 어디에 있어요?
B 프랑스에 있어요.

057.mp3

動動腦2

請在空格中填寫正確的答案。

(1) 한국 ☐
(2) 일본 ☐
(3) 독일 ☐
(4) 미국 ☐
(5) 영국 ☐
(6) 호주 ☐
(7) 인도 ☐
(8) 스페인 ☐

ⓐ 맥주

ⓑ 캥거루

ⓒ 여왕

ⓓ 태권도

ⓔ 카우보이

ⓕ 투우

ⓖ 초밥

ⓗ 카레

請將學習過的單字應用在對話中。
例 A 한국은 뭐가 유명해요?
B 태권도가 유명해요.

058.mp3

# 第 14 課　國籍與語言

## 韓語小單字

請在空格中填寫正確的答案，並聽錄音確認。

059.mp3

| 國家 | | 國籍 (國名 + 사람/인) | 語言 (國名 + 말/어) |
|---|---|---|---|
| 1 한국<br>韓國 | 口語 | 한국 사람 韓國人 | 한국말 韓國話 |
| | 書面語 | 한국인　韓國人 | 한국어 韓語 |
| 2 일본<br>日本 | 口語 | 일본 사람 日本人 | 일본말 日語 |
| | 書面語 | 일본인　日本人 | (1) |
| 3 중국<br>中國 | 口語 | 중국 사람 中國人 | 중국말 中國話 |
| | 書面語 | (2) | 중국어 漢語、中文 |
| 4 멕시코<br>墨西哥 | 口語 | 멕시코 사람 墨西哥人 | 스페인말 西班牙語 |
| | 書面語 | 멕시코인　墨西哥人 | 스페인어 西班牙語 |
| 5 (3) | 口語 | 프랑스 사람 法國人 | 프랑스말 法語 |
| | 書面語 | 프랑스인　法國人 | 프랑스어 法語 |
| 6 이집트<br>埃及 | 口語 | 이집트 사람 埃及人 | 아랍말 阿拉伯語 |
| | 書面語 | 이집트인　埃及人 | (4) |
| 7 미국<br>美國 | 口語 | (5) | 영어 英語 |
| | 書面語 | 미국인　美國人 | |
| 8 영국<br>英國 | 口語 | 영국 사람 英國人 | (6) |
| | 書面語 | 영국인　英國人 | |
| 9 (7) | 口語 | 외국 사람 外國人 | 외국말 外國話 |
| | 書面語 | 외국인　外國人 | 외국어 外語 |

> 英語例外！
> 영어말(×), 영국말(×),
> 미국말(×)

**動動腦1**

請看圖選擇正確的答案，並聽錄音確認。

060.mp3

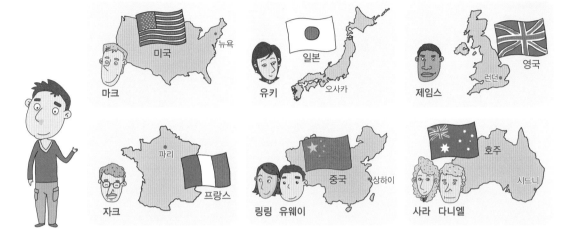

(1) 이 (ⓐ 남자 / ⓑ 여자)는 마크예요. 미국 사람이에요. 뉴욕에서 왔어요.

(2) 이 (ⓐ 남자 / ⓑ 여자)는 유키예요. 일본 사람이에요. 오사카에서 왔어요.

(3) 이 사람은 제임스예요. (ⓐ 미국 / ⓑ 영국) 사람이에요. 런던에서 왔어요.

(4) 이분은 자크 씨예요. 프랑스 분이에요. (ⓐ 파리 / ⓑ 로마)에서 왔어요.

(5) 이 (ⓐ 사람 / ⓑ 사람들)은 링링하고 유웨이예요. 중국 사람들이에요. 상하이에서 왔어요.

(6) 이 (ⓐ 분 / ⓑ 분들)은 사라 씨하고 다니엘 씨예요. 호주 분들이에요. 시드니에서 왔어요.

對所指的人比自己年長、地位高、毫無交情或當正式見面，以분代替사람。

如果是複數，名詞後添加들。

**動動腦2**

請聽錄音，回答的人如果可以說下列語言時畫〇，不能的話畫✕。

061.mp3

(1) 안녕하세요? 　한국어 ☐

(2) こんにちは。　일본어 ☐

(3) Hello. 　영어 ☐

(4) 你好! 　중국어 ☐

(5) ¡Hola! 　스페인어 ☐

(6) السَّلَامُ عَلَيْكُمْ. 　아랍어 ☐

# 職業

## 韓語小單字

請在空格中填寫正確的選項,並聽錄音確認答案。

062.mp3

ⓐ 의사 醫生　　　　ⓑ 작가 作家　　　　ⓒ 회사원 公司職員

ⓓ 배우 演員　　　　ⓔ 교사 教師　　　　ⓕ 간호사 護理師

ⓖ 군인 軍人　　　　ⓗ 주부 主婦　　　　ⓘ 요리사 廚師

ⓙ 가수 歌手　　　　ⓚ 변호사 律師　　　ⓛ 운동선수 運動選手

(1)

(2)

(3)

(4)

(5)

(6)

(7)

(8)

(9)

(10)

(11)

(12)

詢問職業的兩種方法:
직업이 뭐예요? 你的職業是什麼?
= 직업이 어떻게 되세요?
你從事什麼工作?

063.mp3

請將學習過的單字應用
在對話中。
例 A 직업이 뭐예요?
B 교사예요.

**動動腦1**

請將職業與相對應的圖片連起來。

| (1) | (2) | (3) | (4) | (5) |
|---|---|---|---|---|
| 기자 | 미용사 | 경찰 | 수리 기사 | 영화감독 |

ⓐ
머리를 자르다
剪頭髮

ⓑ
기사를 쓰다
寫報導

ⓒ
기계를 고치다
修理機器

ⓓ
영화를 만들다
拍電影

ⓔ
도둑을 잡다
抓小偷

(기계를) 고치다 = 수리하다

064.mp3

請將學習過的單字應用在對話中。
例 A 기자가 무슨 일을 해요?
B 기자가 기사를 써요.

**動動腦2**

請連接適合問題的答案，並聽錄音確認。

065.mp3

(1) 무슨 일을 해요? ・ ・ⓐ 우체국에 다녀요.

(2) 월급이 얼마예요? ・ ・ⓑ 3년 됐어요.

(3) 어디에 다녀요? ・ ・ⓒ 변호사예요.

(4) 언제부터 일했어요? ・ ・ⓓ 아침 9시에 출근해요.

(5) 몇 시에 출근해요? ・ ・ⓔ 한 달에 500만 원이에요.

(6) 하루에 얼마 동안 일해요? ・ ・ⓕ 8시간 동안 일해요.

## 韓語小單字

1 請將圖片的正確選項填入空格中，並聽錄音確認答案。

066.mp3

| 1살 | 5살 | 8살 | 22살 | 31살 |
|---|---|---|---|---|
| (1) ☐ | (2) ☐ | (3) ☐ | (4) ☐ | (5) ☐ |

計算年紀的單位是살。

ⓐ 다섯 살

ⓑ 한 살

ⓒ 서른한 살

ⓓ 여덟 살

ⓔ 스물두 살

說明年紀的時候，
在韓語中使用固有數字
(하나, 둘, …)說明。

2 請將圖片的正確選項填入空格中，並聽錄音確認答案。

067.mp3

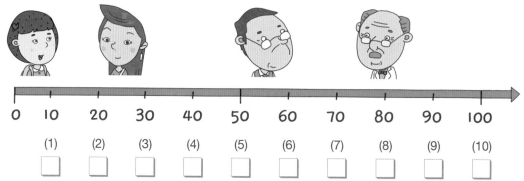

```
0   10   20   30   40   50   60   70   80   90   100
```

| (1) | (2) | (3) | (4) | (5) | (6) | (7) | (8) | (9) | (10) |
|---|---|---|---|---|---|---|---|---|---|
| ☐ | ☐ | ☐ | ☐ | ☐ | ☐ | ☐ | ☐ | ☐ | ☐ |

ⓐ 열　　ⓑ 백　　ⓒ 쉰　　ⓓ 마흔　　ⓔ 아흔

ⓕ 일흔　　ⓖ 서른　　ⓗ 여든　　ⓘ 예순　　ⓙ 스물

살前使用的스물形態作如下變化。
例 20 (스물) → 20살 (스무 살)
　 21 (스물하나) → 21살 (스물한 살)

## 動動腦1

1 請聽錄音，並跟著讀下列內容。

068.mp3

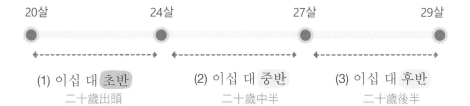

| 20살 | 24살 | 27살 | 29살 |

(1) 이십 대 초반
二十歲出頭

(2) 이십 대 중반
二十歲中半

(3) 이십 대 후반
二十歲後半

2 請將相關的部分連起來，並聽錄音確認答案。

069.mp3

(1) 51살 　(2) 68살
(3) 29살 　(4) 14살
(5) 45살 　(6) 32살

ⓐ 십 대 중반 　　ⓑ 오십 대 초반
ⓒ 사십 대 중반 　　ⓓ 이십 대 후반
ⓔ 삼십 대 초반 　　ⓕ 육십 대 후반

## 動動腦2

請將圖片的正確選項填入空格中，並聽錄音確認答案。

070.mp3

ⓐ 십 대 후반이에요.

ⓑ 이십 대 중반이에요.

ⓒ 사십 대 후반이에요.

ⓓ 오십 대 초반이에요.

ⓔ 육십 대 중반이에요.

ⓕ 칠십 대 초반이에요.

| 할아버지 | 아줌마 | 남학생 | 아저씨 | 할머니 | 여자 |
| (72세) | (51세) | (18세) | (49세) | (66세) | (24세) |
| (1) ☐ | (2) ☐ | (3) ☐ | (4) ☐ | (5) ☐ | (6) ☐ |

對於年長的老人不說
너/당신 (你)，而是說
할아버지、할머니。

貼心小叮嚀！
나이가 많다 年紀大
↔ 젊다 年紀輕
↔ 어리다 年紀小 (使用於不
　超過十四、五歲的年紀)

小祕訣
表現年紀的其他方法：
• 29：거의 서른이 다 됐어요. 快三十歲了。
• 29-31：서른쯤 됐어요. 大概三十歲了。
• 33：서른이 넘었어요. 三十多歲了。

# 家人

## 韓語小單字

請將正確的選項填入空格中，並聽錄音確認答案。

071.mp3

ⓐ 큰딸 大女兒　　　　ⓑ 누나 姐姐　　　　ⓒ 할머니 祖母

ⓓ 작은딸 小女兒　　　ⓔ 남동생 弟弟　　　ⓕ 어머니 母親

ⓖ 형 哥哥　　　　　　ⓗ 여동생 妹妹　　　ⓘ 할아버지 祖父

ⓙ 아들 兒子　　　　　ⓚ 아버지 父親　　　ⓛ 아내 妻子

> 指稱自己的妻子時稱 아내，
> 指稱別人的妻子時稱 부인。
> 指稱自己的丈夫時稱 남편，
> 指稱別人的丈夫時稱 부군。

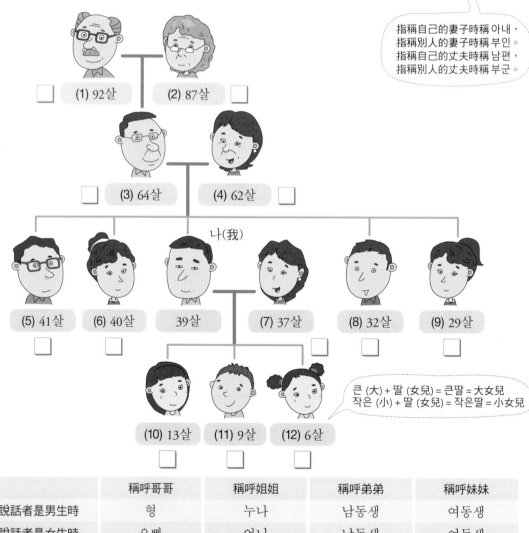

(1) 92살　(2) 87살

(3) 64살　(4) 62살

나(我)

(5) 41살　(6) 40살　39살　(7) 37살　(8) 32살　(9) 29살

(10) 13살　(11) 9살　(12) 6살

> 큰 (大) + 딸 (女兒) = 큰딸 = 大女兒
> 작은 (小) + 딸 (女兒) = 작은딸 = 小女兒

|  | 稱呼哥哥 | 稱呼姐姐 | 稱呼弟弟 | 稱呼妹妹 |
|---|---|---|---|---|
| 說話者是男生時 | 형 | 누나 | 남동생 | 여동생 |
| 說話者是女生時 | 오빠 | 언니 | 남동생 | 여동생 |

請看圖選擇正確的選項，並聽錄音確認答案。

072.mp3

아버지　　　　어머니　　　　큰딸　　　　　아들　　　　　작은딸

(1) 큰딸이 (ⓐ 아버지 / ⓑ 어머니)하고 똑같이 생겼어요.

(2) 아들이 아버지의 (ⓐ 귀 / ⓑ 코)를 닮았어요.

(3) 작은딸이 아버지하고 눈이 (ⓐ 비슷해요 / ⓑ 달라요).

(4) 큰딸이 아버지를 하나도 (ⓐ 닮았어요 / ⓑ 안 닮았어요).

**小秘訣**
- 똑같이 생겼어요. 長得一樣。
- 닮았어요. ↔ 안 닮았어요.
  長得很像。↔ 長得不像。
- 비슷해요. ↔ 달라요.
  長得差不多。↔ 長得不一樣。

**動動腦2**

請看圖選擇正確的選項，並聽錄音確認答案。

073.mp3

큰딸
(13살)

아들
(9살)

작은딸
(6살)

큰딸하고 아들이 4살 차이가 나요. 大女兒和兒子相差四歲。
큰딸이 아들보다 4살 많아요. 大女兒比兒子大四歲。
아들이 큰딸보다 4살 어려요. 兒子比大女兒小四歲。

(1) 아들하고 작은딸하고 (ⓐ 삼 년 / ⓑ 세 살) 차이가 나요.

(2) 아들이 큰딸보다 네 살 (ⓐ 많아요 / ⓑ 적어요).

(3) 큰딸하고 작은딸이 (ⓐ 일곱 살 / ⓑ 여덟 살) 차이가 나요.

(4) 작은딸이 아들보다 (ⓐ 세 살 / ⓑ 네 살) 어려요.

**小秘訣**
有三個以上孩子時：
- 첫째 老大
- 둘째 老二
- 셋째 老三
- 막내 老幺

## 第 18 課　場所1

### 韓語小單字

請將相關的部分連起來。

(1) 책

(2) 약

(3) 빵

(4) 꽃

(5) 옷

(6) 우유

(7) 커피

(8) 표

(9) 구두
2,000,000원

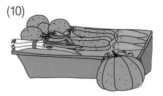
(10) 채소 = 야채

貼心小叮嚀!
注意發音!
백화점 [배콰점]
편의점 [펴니점]

- ⓐ 백화점 百貨公司
- ⓑ 여행사 旅行社
- ⓒ 서점 書店
- ⓓ 꽃집 花店
- ⓔ 약국 藥局
- ⓕ 편의점 便利商店
- ⓖ 빵집 麵包店
- ⓗ 카페 咖啡廳
- ⓘ 옷 가게 服飾店
- ⓙ 시장 市場

物件東西+가게 小店
囫 옷 가게 服飾店、가방 가게 手提包商店
생선 가게 水產店、과일 가게 水果行

小祕訣
根據動詞不同，場所後使用的
助詞也隨之不同。
[場所] + 에서 + [動作動詞]
[目的地] + 에 + 動詞 가다/오다

請將學習過的單字應用
在對話中。
囫 A 어디에서 책을 사요?
B 서점에서 책을 사요.
074.mp3

請將正確的選項填入空格中。

(1)

돈을 찾다 領錢

(2)

산책하다 散步

(3)

일하다 工作

(4)

기도하다 禱告

(5)

머리를 자르다 剪頭髮

(6)

소포를 보내다 寄包裹

ⓐ 회사 公司　　　ⓑ 은행 銀行　　　ⓒ 우체국 郵局

ⓓ 공원 公園　　　ⓔ 성당 教堂　　　ⓕ 미용실 美容院

請將學習過的單字應用在對話中。
例 A 어디에 가요?
　 B 돈을 찾으러 은행에 가요.
075.mp3

動動腦2

請將正確的選項填入空格中。

(1)
집

(2)
공항

(3)

식당

(4)
학원

(5)
영화관

(6)

PC방

- ⓐ 영화를 보다
  看電影
- ⓑ 밥을 먹다
  吃飯
- ⓒ 비행기를 타다
  坐飛機
- ⓓ 요리를 배우다
  學做菜
- ⓔ 인터넷 하다
  上網
- ⓕ 쉬다
  休息

貼心小叮嚀!
注意發音!
학원 [하권]

PC방 [피씨방]

請將學習過的單字應用在對話中。
例 A 집에서 뭐 해요?
　 B 집에서 쉬어요.
076.mp3

# 第19課　場所2

### 韓語小單字

請將正確的選項填入空格中。

> 貼心小叮嚀!
> 注意發音！
> 박물관 [방물관]

---

ⓐ 교회 教會　　　　ⓑ 박물관 博物館　　　　ⓒ 주차장 停車場

ⓓ 술집 酒館　　　　ⓔ 대사관 大使館　　　　ⓕ 노래방 KTV

ⓖ 대학교 大學　　　　ⓗ 도서관 圖書館　　　　ⓘ 경찰서 警察局

ⓙ 헬스장 健身房　　　　ⓚ 사진관 照相館　　　　ⓛ 지하철역 地鐵站

---

(1)

(2)

(3)

(4)

(5)

(6)

(7)

(8)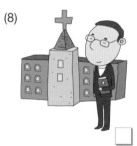

(9)

(10)

(11)

(12)

> 請將學習過的單字應用在對話中。
> 例 A 여기가 어디예요?
> 　 B 노래방이에요.
>
> 077.mp3

## 動動腦1

請將相關的部分連起來。

| (1) | (2) | (3) | (4) | (5) | (6) |
|---|---|---|---|---|---|
| 경찰 | 신부 | 요리사 | 교수 | 의사 | 소방관 |

| ⓐ | ⓑ | ⓒ | ⓓ | ⓔ | ⓕ |
|---|---|---|---|---|---|
| 식당<br>餐廳 | 성당<br>教堂 | 병원<br>醫院 | 소방서<br>消防局 | 대학교<br>大學 | 경찰서<br>警察局 |

078.mp3

請將學習過的單字應用在對話中。
例 A 경찰이 어디에 있어요?
　　B 경찰이 경찰서에 있어요.

## 動動腦2

請將適合狀況的場所連起來，並聽錄音確認答案。

079.mp3

(1)
옷이 더러워요.

(2)
교통사고가 났어요.

(3)
살을 빼고 싶어요.

(4)
스피커가 고장 났어요.

(5)
여권을 잃어버렸어요.

(6)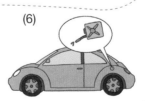
기름이 떨어졌어요.

- ⓐ 대사관<br>大使館
- ⓑ 세탁소<br>乾洗店
- ⓒ 병원<br>醫院
- ⓓ 서비스 센터<br>服務中心
- ⓔ 주유소<br>加油站
- ⓕ 헬스장<br>健身房

## 韓語小單字

請將圖片的正確選項填入空格中，並聽錄音確認答案。

080.mp3

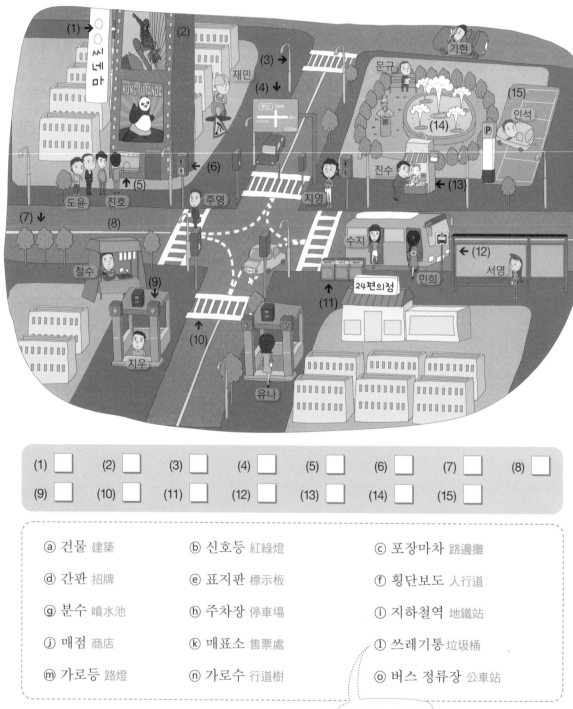

(1) ☐　(2) ☐　(3) ☐　(4) ☐　(5) ☐　(6) ☐　(7) ☐　(8) ☐

(9) ☐　(10) ☐　(11) ☐　(12) ☐　(13) ☐　(14) ☐　(15) ☐

ⓐ 건물 建築　　　ⓑ 신호등 紅綠燈　　　ⓒ 포장마차 路邊攤

ⓓ 간판 招牌　　　ⓔ 표지판 標示板　　　ⓕ 횡단보도 人行道

ⓖ 분수 噴水池　　ⓗ 주차장 停車場　　　ⓘ 지하철역 地鐵站

ⓙ 매점 商店　　　ⓚ 매표소 售票處　　　ⓛ 쓰레기통 垃圾桶

ⓜ 가로등 路燈　　ⓝ 가로수 行道樹　　　ⓞ 버스 정류장 公車站

쓰레기통 = 휴지통

## 動動腦1

081.mp3

請看左圖選擇正確的選項，並聽錄音確認答案。

(1) (ⓐ 수지 / ⓑ 민희)가 버스를 타고 있어요.

(2) (ⓐ 문규 / ⓑ 진호)가 벤치에 앉아 있어요.

(3) (ⓐ 기현 / ⓑ 재민)이 자동차를 운전하고 있어요.

(4) (ⓐ 도윤 / ⓑ 인석)이 표를 사려고 줄을 서 있어요.

(5) (ⓐ 지우 / ⓑ 유나)가 지하철역의 계단을 내려가고 있어요.

(6) (ⓐ 주영 / ⓑ 서영)이 횡단보도를 건너고 있어요.

## 動動腦2

082.mp3

請看左圖選擇正確的選項，並聽錄音確認答案。

(1) 지영이 ⓐ ☐ 신호등 앞에서 신호를 기다리고 있어요.

　　　　　ⓑ ☐ 신호등 옆에서 신호를 기다리고 있어요.

(2) 가로수가 ⓐ ☐ 인도 위에 있어요.

인도 = 보도 人行道　　ⓑ ☐ 인도 뒤에 있어요.

(3) 철수가 ⓐ ☐ 포장마차 밖에서 음식을 팔고 있어요.

　　　　　ⓑ ☐ 포장마차 안에서 음식을 팔고 있어요.

(4) 동상이 ⓐ ☐ 분수 근처에 있어요.

　　　　　ⓑ ☐ 분수에서 멀리 있어요.

(5) ⓐ ☐ 지하철역 건너편에 공원이 있어요.

　　ⓑ ☐ 지하철역 바로 앞에 공원이 있어요.

# 位置和方向

**第21課**

## 韓語小單字

請將圖片的正確選項填入空格中,並聽錄音確認答案。

083.mp3

(1)　　(2)

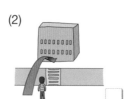

(3)

(4)

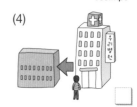

(5)

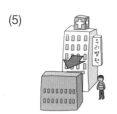

(6)

(7)

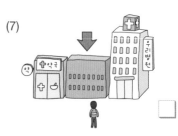

(8)

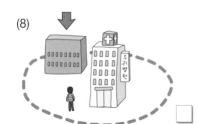

(9)

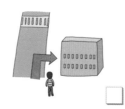

(10)

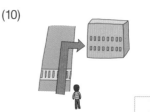

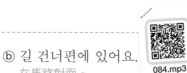

請將學習過的單字應用在對話中。

084.mp3

例　A 은행이 어디에 있어요?
　　B 모퉁이에 있어요.

ⓐ 병원 오른쪽에 있어요.
　在醫院右邊。

ⓑ 길 건너편에 있어요.
　在馬路對面。

ⓒ 병원 왼쪽에 있어요.
　在醫院左邊。

ⓓ 병원 바로 뒤에 있어요.
　就在醫院後面。

ⓔ 병원 근처에 있어요.
　在醫院附近。

ⓕ 약국하고 병원 사이에 있어요.
　在藥局和醫院中間。

ⓖ 모퉁이에 있어요.
　在轉彎處。

ⓗ 횡단보도 지나서 오른쪽에 있어요.
　過了人行道後,就在右邊。

ⓘ 병원 앞에 있어요.
　在醫院前面。

ⓙ 횡단보도 지나기 전에 오른쪽에 있어요.
　在過人行道之前的右邊。

바로 使用在名名之前,強調位置名詞。
바로 앞 就在前面,바로 뒤 就在后面,바로 옆 就在旁邊

## 動動腦1

請看圖連接名勝古蹟的位置，並聽錄音確認答案。

085.mp3

| | | |
|---|---|---|
| (1) 남산 • | • | ⓐ 동쪽에 있어요. |
| (2) 북한산 • | • | ⓑ 서쪽에 있어요. |
| (3) 김포공항 • | • | ⓒ 남쪽에 있어요. |
| (4) 롯데월드 • | • | ⓓ 북쪽에 있어요. |
| (5) 한국민속촌 • | • | ⓔ 중앙에 있어요. |

> 指稱方向時，要加 쪽。
> 例 이쪽 這邊，저쪽 那邊

## 動動腦2

請將圖片的正確選項填入空格中，並聽錄音確認答案。

086.mp3

(1) ☐

(6) ☐

(3) ☐

(4) ☐

(5) ☐

(2) ☐

ⓐ 왼쪽으로 가요. 往左走。

ⓑ 위쪽으로 가요. 往上走。

ⓒ 뒤쪽으로 가요. 往後走。

ⓓ 앞쪽으로 가요. 往前走。

ⓔ 아래쪽으로 가요. 往下走。

ⓕ 오른쪽으로 가요. 往右走。

> **貼心小叮嚀！**
> 請注意韓語中不同動詞與助詞的搭配，
> 意思也有所不同。
> [位置] 오른쪽에 있어요. 在右邊。
> [方向] 오른쪽으로 가요. 往右走。

# 問路

第 22 課

087.mp3

**韓語小單字**

請將圖片的正確選項填入空格中，並聽錄音確認答案。

ⓐ 쭉 가세요.
一直往前走。

ⓑ 길 끝에서 왼쪽으로 가세요.
走到底往左轉。

ⓒ 다리를 건너세요.
請過橋。

ⓓ 약국을 끼고 왼쪽으로 도세요.
繞著藥局左轉。

ⓔ 길을 따라가세요.
沿著路走。

ⓕ 사거리에서 오른쪽으로 가세요.
在十字路口往右轉。

ⓖ 골목으로 들어가세요.
請往巷子裡走。

ⓗ 횡단보도를 지나서 오른쪽으로 도세요.
過了人行道後往右轉。

ⓘ 지하도로 내려가세요.
請過地下道。

ⓙ 횡단보도를 지나기 전에 오른쪽으로 도세요.
過人行道之前往右轉。

ⓚ 다리 밑을 지나가세요.
請從橋底下過去。

밑 和 아래 的
意思相仿。

**小祕訣**
搭車說明道路時需要的表現：
[장소] 에 가 주세요. 請到 [地點]。
[장소] 에서 세워 주세요. 請在 [地點] 停車。

(1)

(2)

(3)

(4)

(5)

(6)

(7)
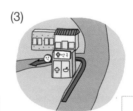

(8)
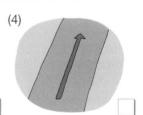

(9)
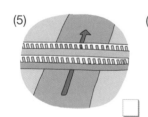

(10)
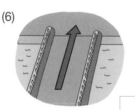

(11)
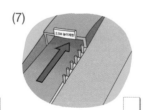

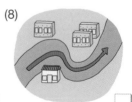
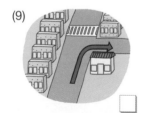
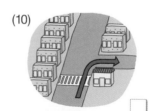
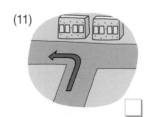

動動腦

閱讀下列文章或聽完錄音後，請在地圖上找出正確的位置。

088.mp3

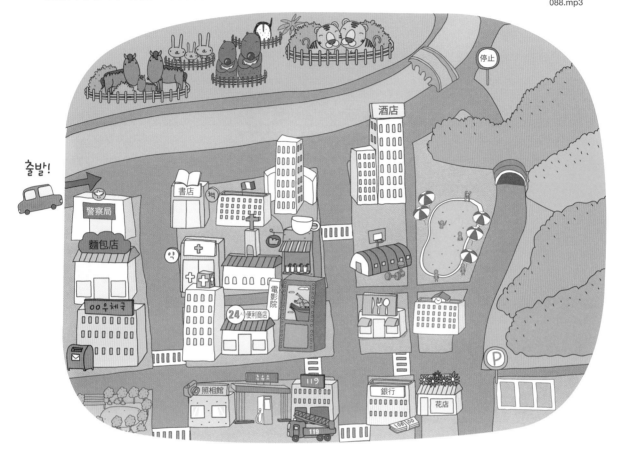

여기가 어디예요?

(1) 쭉 가면 오른쪽에 호텔이 있어요. 호텔을 끼고 오른쪽으로 돌면 왼쪽에 있어요.
체육관 건너편에 있어요. _____

(2) 경찰서에서 오른쪽으로 가면 사거리가 나와요. 사거리에서 왼쪽으로 돌아서 조금만 가면
횡단보도가 나와요. 그 횡단보도 앞 왼쪽에 있는 건물이에요. 편의점 다음 건물이에요. _____

(3) 다리가 보일 때까지 직진하세요.
왼쪽에 다리가 나오면 다리를 건너세요. 다리를 건너자마자 바로 있어요. _____

(4) 서점 앞에서 오른쪽으로 가면 횡단보도를 지나기 전에 왼쪽에 약국이 보여요.
약국을 끼고 왼쪽으로 돌면 왼쪽에 있어요. 약국하고 카페 사이에 있어요. _____

(5) 호텔을 지나서 다리가 나올 때까지 쭉 가세요. 다리 반대쪽으로 가면 터널이 있어요.
터널을 나와서 길을 따라가면 오른쪽에 수영장을 지나서 학교가 나와요.
학교를 끼고 오른쪽으로 돌면 횡단보도가 나오는데 바로 왼쪽에 있어요.
식당 맞은편에 있어요. _____

# 個人物品

**第 23 課**

## 韓語小單字

請將圖片的正確選項填入空格中，並聽錄音確認答案。

089.mp3

(1)

(2)

(3)

(4)

(5)

(6)

(7)

(8)

(9)
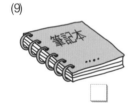

(10)
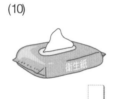

(11)
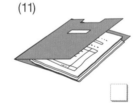

(12)

(13)

(14)
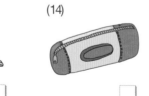

(15)

(16)

| | | | |
|---|---|---|---|
| ⓐ 책 書 | ⓑ 우산 雨傘 | ⓒ 거울 鏡子 | ⓓ 빗 梳子 |
| ⓔ 열쇠 鑰匙 | ⓕ 공책 筆記本 | ⓖ 펜 筆 | ⓗ 수첩 手冊 |
| ⓘ 휴지 衛生紙 | ⓙ 안경 眼鏡 | ⓚ 화장품 化妝品 | ⓛ 필통 鉛筆盒 |
| ⓜ 사진 照片 | ⓝ 핸드폰 手機 | ⓞ 서류 文件 | ⓟ 지갑 錢包 |

**動動腦1**

請聽錄音，並寫下每個人擁有的物品。

(1)

아빠

(2)

엄마

(3)

아이

**動動腦2**

請看上圖，選擇正確的答案，並聽錄音確認。

(1) 엄마 가방에 우산이 (ⓐ 들어 있어요. / ⓑ 들어 있지 않아요.)

(2) 아이 가방에 열쇠가 (ⓐ 들어 있어요. / ⓑ 들어 있지 않아요.)

(3) 아빠 가방에 서류가 (ⓐ 들어 있어요. / ⓑ 들어 있지 않아요.)

(4) 아이 가방에 휴지가 (ⓐ 들어 있어요. / ⓑ 들어 있지 않아요.)

(5) 아빠 가방에 지갑이 (ⓐ 들어 있어요. / ⓑ 들어 있지 않아요.)

(6) 엄마 가방에 안경이 (ⓐ 들어 있어요. / ⓑ 들어 있지 않아요.)

들어 있어요的否定是들어 있지 않다。
가방에 핸드폰이 들어 없어요. (×)
가방에 핸드폰이 들어 있지 않아요. (○)
包裡沒放著手機。

**小祕訣**
아빠 = 아버지 爸爸
엄마 = 어머니 媽媽

092.mp3

# 房間裡的物品

第 **24** 課

**韓語小單字**

請將圖片的正確選項填入空格中，並聽錄音確認答案。

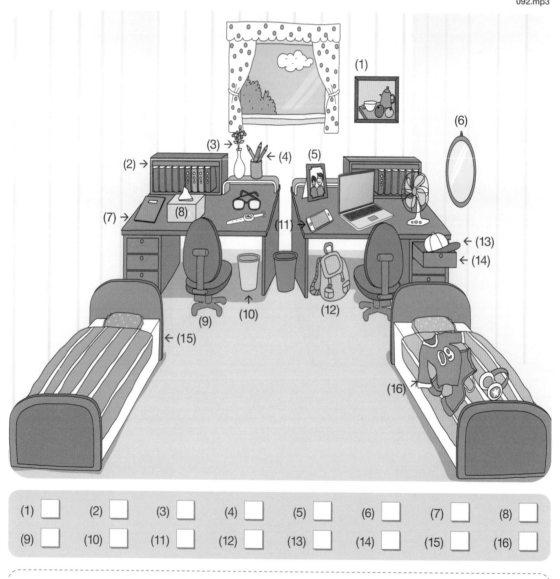

| (1) ☐ | (2) ☐ | (3) ☐ | (4) ☐ | (5) ☐ | (6) ☐ | (7) ☐ | (8) ☐ |
| (9) ☐ | (10) ☐ | (11) ☐ | (12) ☐ | (13) ☐ | (14) ☐ | (15) ☐ | (16) ☐ |

| ⓐ 옷 衣服 | ⓑ 그림 畫 | ⓒ 휴지 衛生紙 | ⓓ 핸드폰 手機 |
| ⓔ 꽃병 花瓶 | ⓕ 책상 書桌 | ⓖ 가방 包包 | ⓗ 책꽂이 書架 |
| ⓘ 액자 相框 | ⓙ 연필 鉛筆 | ⓚ 모자 帽子 | ⓛ 서랍 抽屜 |
| ⓜ 의자 椅子 | ⓝ 침대 床 | ⓞ 거울 鏡子 | ⓟ 휴지통 垃圾桶 |

請看左圖,並選擇正確的答案。

(1) 공책이 휴지 (ⓐ 앞 / ⓑ 옆)에 있어요.

(2) 나무가 창문 (ⓐ 안 / ⓑ 밖)에 있어요.

(3) 핸드폰이 액자 (ⓐ 앞 / ⓑ 뒤)에 있어요.

(4) 가방이 책상 (ⓐ 위 / ⓑ 아래)에 있어요.

(5) 책꽂이가 휴지 (ⓐ 위 / ⓑ 뒤)에 있어요.

(6) 옷이 침대 (ⓐ 위 / ⓑ 아래)에 있어요.

(7) 시계가 안경 (ⓐ 앞 / ⓑ 뒤)에 있어요.

(8) 모자가 책상 서랍 (ⓐ 안 / ⓑ 밖)에 있어요.

(9) 그림이 창문 (ⓐ 왼쪽 / ⓑ 오른쪽)에 있어요.

(10) 노트북이 핸드폰과 선풍기 (ⓐ 앞 / ⓑ 사이)에 있어요.

請將學習過的單字應用在對話中。

例 A 공책이 어디에 있어요?
　　B 공책이 휴지 옆에 있어요.

093.mp3

請看下圖,並選擇正確的答案。

|  | ⓐ 지수 | ⓑ 승민 |
|---|---|---|
| (1) 안경 | ☐ | ☐ |
| (2) 치마 | ☐ | ☐ |
| (3) 노트북 | ☐ | ☐ |
| (4) 시계 | ☐ | ☐ |
| (5) 핸드폰 | ☐ | ☐ |
| (6) 모자 | ☐ | ☐ |
| (7) 공책 | ☐ | ☐ |
| (8) 가방 | ☐ | ☐ |
| (9) 연필 | ☐ | ☐ |
| (10) 바지 | ☐ | ☐ |

지수

승민

小祕訣

指稱已經指示的對象時,使用 거。

例 A 누구 거예요? = 누구 시계예요?
　　誰的?=誰的手錶?
　　B 보라 거예요. = 보라 시계예요.
　　是寶羅的。=是寶羅的手錶。

請將學習過的單字應用
在對話中。

例 A 안경이 누구 거예요?
　　B 안경이 지수 거예요.

094.mp3

# 第25課　家裡的物品

## 韓語小單字

095.mp3

請將圖片的正確選項填入空格中，並聽錄音確認答案。

ⓐ 거실 客廳　　ⓑ 방　房間　　ⓒ 지하실 地下室　　ⓓ 현관 玄關　　ⓔ 창고 倉庫

ⓕ 정원 庭院　　ⓖ 계단 樓梯　　ⓗ 화장실 洗手間　　ⓘ 주방 廚房　　주방 = 부엌

(1) ☐　　(2) ☐　　(3) ☐　　(4) ☐　　(5) ☐

(6) ☐　　(7) ☐　　(8) ☐　　(9) ☐

2층

1층

지하

請將學習過的單字應用在對話中。

例 A 방이 어디에 있어요?
　　B 방이 2층 왼쪽에 있어요.

096.mp3

## 動動腦1

請看左圖，並將相關的部分連起來。

(1) 방 •

(2) 주방 •

(3) 거실 •

(4) 현관 •

(5) 창고 •

(6) 지하실 •

ⓐ 신발을 벗다

ⓑ 자다

ⓒ 운동하다

ⓓ 물건을 정리하다

ⓔ 텔레비전을 보다

ⓕ 요리하다

請將學習過的單字應用在對話中。
例 A 방에서 뭐 해요?
　 B 방에서 자요.

097.mp3

## 動動腦2

請將圖片的正確選項填入空格中。

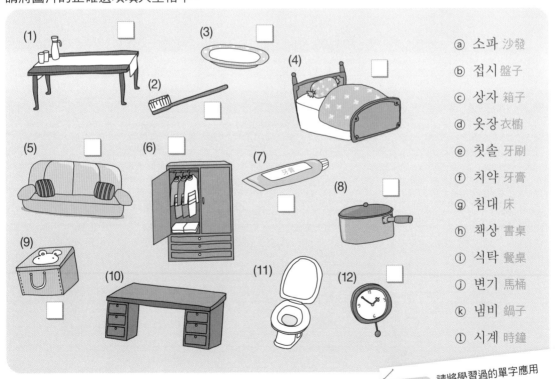

(1) (2) (3) (4) (5) (6) (7) (8) (9) (10) (11) (12)

ⓐ 소파 沙發
ⓑ 접시 盤子
ⓒ 상자 箱子
ⓓ 옷장 衣櫥
ⓔ 칫솔 牙刷
ⓕ 치약 牙膏
ⓖ 침대 床
ⓗ 책상 書桌
ⓘ 식탁 餐桌
ⓙ 변기 馬桶
ⓚ 냄비 鍋子
ⓛ 시계 時鐘

請將學習過的單字應用在對話中。
例 A 식탁이 어디에 있어요?
　 B 식탁이 주방에 있어요.

098.mp3

# 家具和生活用品

## 韓語小單字

請將圖片的正確選項填入空格中，並聽錄音確認答案。

099.mp3

| | | | |
|---|---|---|---|
| ⓐ 책장 書櫃 | ⓑ 베개 枕頭 | ⓒ 옷걸이 衣架 | ⓓ 서랍장 抽屜櫃 |
| ⓔ 옷장 衣櫥 | ⓕ 욕조 浴缸 | ⓖ 청소기 吸塵器 | ⓗ 냉장고 冰箱 |
| ⓘ 침대 床 | ⓙ 이불 棉被 | ⓚ 샤워기 淋浴器 | ⓛ 에어컨 冷氣 |
| ⓜ 탁자 桌子 | ⓝ 변기 馬桶 | ⓞ 세면대 洗手台 | ⓟ 가스레인지 瓦斯爐 |
| ⓠ 의자 椅子 | ⓡ 선풍기 電風扇 | ⓢ 신발장 鞋櫃 | ⓣ 전자레인지 微波爐 |

(1) ☐  (2) ☐  (3) ☐  (4) ☐  (5) ☐  (6) ☐  (7) ☐  (8) ☐  (9) ☐  (10) ☐
(11) ☐  (12) ☐  (13) ☐  (14) ☐  (15) ☐  (16) ☐  (17) ☐  (18) ☐  (19) ☐  (20) ☐

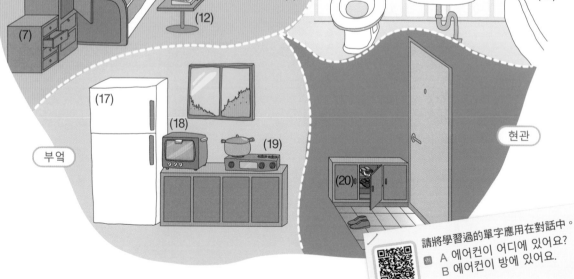

請將學習過的單字應用在對話中。
例 A 에어컨이 어디에 있어요?
B 에어컨이 방에 있어요.

100.mp3

請看圖並選擇正確的答案。

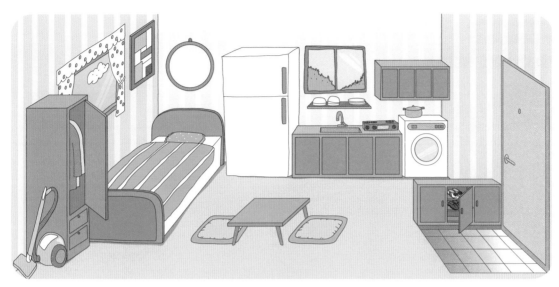

(1) 이 집에 냉장고가 (ⓐ 있어요. / ⓑ 없어요.)

(2) 이 집에 청소기가 (ⓐ 있어요. / ⓑ 없어요.)

(3) 이 집에 의자가 (ⓐ 있어요. / ⓑ 없어요.)

(4) 이 집에 옷장이 (ⓐ 있어요. / ⓑ 없어요.)

(5) 이 집에 신발장이 (ⓐ 있어요. / ⓑ 없어요.)

(6) 이 집에 선풍기가 (ⓐ 있어요. / ⓑ 없어요.)

(7) 이 집에 침대가 (ⓐ 있어요. / ⓑ 없어요.)

(8) 이 집에 세탁기가 (ⓐ 있어요. / ⓑ 없어요.)

> 動詞 있다/없다與助詞이/가一起使用。

請將學習過的單字應用在對話中。
例 A 이 집에 냉장고가 있어요?
B 네, 있어요.

101.mp3

**動動腦2**

請看上圖並選擇正確的答案,然後聽錄音確認。

(1) 거울이 ⓐ 벽에 있어요.
ⓑ 바닥에 있어요.

(2) 냄비가 ⓐ 가스레인지 바로 뒤에 있어요.
ⓑ 가스레인지 바로 위에 있어요.

(3) 그림이 ⓐ 창문 옆에 있어요.
ⓑ 창문 앞에 있어요.

(4) 청소기가 ⓐ 옷장 옆에 있어요.
ⓑ 옷장 안에 있어요.

(5) 신발이 ⓐ 신발장 안에 있어요.
ⓑ 신발장 밖에 있어요.

(6) 방석이 ⓐ 탁자 사이에 있어요.
ⓑ 탁자 양쪽에 있어요.

請將學習過的單字應用在對話中。
例 A 거울이 어디에 있어요?
B 거울이 벽에 있어요.

102.mp3

# 一天作息

## 韓語小單字

請將圖片的正確選項填入空格中。

ⓐ 자다 睡覺　　　　　　　　ⓑ 옷을 입다 穿衣服

ⓒ 일어나다 起床　　　　　　ⓓ 이를 닦다 刷牙

ⓔ 세수하다 洗臉　　　　　　ⓕ 집에 돌아오다 回家

ⓖ 목욕하다 沐浴　　　　　　ⓗ 집에서 나가다 出門

ⓘ 밥을 먹다 吃飯

**小祕訣**
| 아침 早上 | 오후 下午 |
| 저녁 晚上 | 밤 夜晚 |

(1) 6:55 AM

(2) 7:00 AM

(3) 7:10 AM

(4) 7:20 AM

(5) 7:30 AM

(6) 7:30 PM

(7) 8:00 PM

(8) 9:30 PM

(9) 11:00 PM

請將學習過的單字應用在對話中。

例 A 몇 시에 일어나요?
　 B 6시 55분에 일어나요.

103.mp3

## 動動腦1

請將圖片的正確選項填入空格中，並聽錄音確認答案。

104.mp3

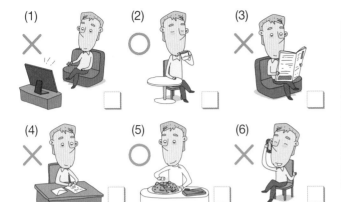

(1) ✕ ☐
(2) ○ ☐
(3) ✕ ☐
(4) ✕ ☐
(5) ○ ☐
(6) ✕ ☐

ⓐ 보통 아침에 신문을 안 읽어요.

ⓑ 보통 아침에 커피를 마셔요.

ⓒ 보통 저녁에 음식을 만들어요.

ⓓ 보통 주말에 편지를 안 써요.

ⓔ 보통 저녁에 텔레비전을 안 봐요.

ⓕ 보통 밤에 친구한테 전화 안 해요.

表現動詞的否定時，在動詞之前加 안。
例 안 봐요. 不看。
例外 [名詞] 하다 的動詞，在 [名詞] 與 하다 之間加 안。
例 전화 안 해요. 不打電話。

## 動動腦2

請聽錄音，並選擇正確的答案。

105.mp3

**(1) 뭐 마셔요?**

ⓐ 커피를 마셔요. ☐
ⓑ 녹차를 마셔요. ☐
ⓒ 우유를 마셔요. ☐
ⓓ ✕ 아무것도 안 마셔요. ☐

**(2) 뭐 읽어요?**

ⓐ 신문을 읽어요. ☐
ⓑ 책을 읽어요. ☐
ⓒ 잡지를 읽어요. ☐
ⓓ ✕ 아무것도 안 읽어요. ☐

**(3) 뭐 봐요?**

ⓐ 텔레비전을 봐요. ☐
ⓑ 영화를 봐요. ☐
ⓒ 공연을 봐요. ☐
ⓓ ✕ 아무것도 안 봐요. ☐

**(4) 뭐 해요?**

ⓐ 편지를 써요. ☐
ⓑ 전화를 해요. ☐
ⓒ 이메일을 보내요. ☐
ⓓ ✕ 아무것도 안 해요. ☐

## 第28課 在家裡的行動

**韓語小單字**

請將圖片的正確選項填入空格中。

請將學習過的單字應用在對話中。

例 A 아빠가 뭐 해요?
　　B 자동차를 닦아요.

106.mp3

(1) 　☐

(2) 　☐

(3) 　☐

(4) 　☐

(5) 　☐

(6) 　☐

(7) 　☐

(8) 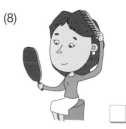　☐

(9) 　☐

(10) 　☐

(11) 　☐

(12) 　☐

---

ⓐ 면도하다 刮鬍子　　　　ⓑ 편지를 쓰다 寫信

ⓒ 화장하다 化妝　　　　　ⓓ 단어를 찾다 查單字

ⓔ 자동차를 닦다 擦車　　　ⓕ 머리를 빗다 梳頭

ⓖ 손을 씻다 洗手　　　　　ⓗ 집을 수리하다 修理房子

ⓘ 이를 닦다 刷牙　　　　　ⓙ 음식을 만들다 做菜

ⓚ 라면을 먹다 吃泡麵　　　ⓛ 화분에 물을 주다 給花盆澆水

請看左圖，並選擇做下列動作的人。

| 行動 | ⓐ 아빠 | ⓑ 엄마 | ⓒ 아이 | 行動 | ⓐ 아빠 | ⓑ 엄마 | ⓒ 아이 |
|---|---|---|---|---|---|---|---|
| (1) 손을 씻어요. | ☐ | ☐ | ☐ | (2) 면도해요. | ☐ | ☐ | ☐ |
| (3) 이를 닦아요. | ☐ | ☐ | ☐ | (4) 화장해요. | ☐ | ☐ | ☐ |
| (5) 라면을 먹어요. | ☐ | ☐ | ☐ | (6) 편지를 써요. | ☐ | ☐ | ☐ |
| (7) 자동차를 닦아요. | ☐ | ☐ | ☐ | (8) 단어를 찾아요. | ☐ | ☐ | ☐ |
| (9) 머리를 빗어요. | ☐ | ☐ | ☐ | (10) 화분에 물을 줘요. | ☐ | ☐ | ☐ |
| (11) 집을 수리해요. | ☐ | ☐ | ☐ | (12) 음식을 만들어요. | ☐ | ☐ | ☐ |

請將學習過的單字應用在對話中。

例 A 누가 손을 씻어요?
B 엄마가 손을 씻어요.

107.mp3

動動腦2

請連接相應的部分。

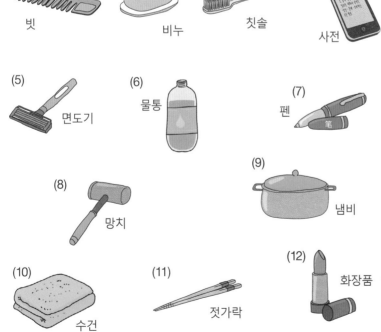

(1) 빗
(2) 비누
(3) 칫솔
(4) 사전
(5) 면도기
(6) 물통
(7) 펜
(8) 망치
(9) 냄비
(10) 수건
(11) 젓가락
(12) 화장품

- ⓐ 면도하다
- ⓑ 화장하다
- ⓒ 손을 씻다
- ⓓ 이를 닦다
- ⓔ 라면을 먹다
- ⓕ 편지를 쓰다
- ⓖ 단어를 찾다
- ⓗ 머리를 빗다
- ⓘ 자동차를 닦다
- ⓙ 음식을 만들다
- ⓚ 집을 수리하다
- ⓛ 화분에 물을 주다

請將學習過的單字應用在對話中。

例 A 뭘로 머리를 빗어요?
B 빗으로 머리를 빗어요.

108.mp3

# 生活習慣

**韓語小單字**

請聽錄音，並寫出做下列動作的次數。

109.mp3

**小祕訣**

表現頻律時，使用固有數字：
• 하루에 1(한)번　一天一次
• 일주일에 2(두)번 一個星期兩次
• 한 달에 3(세)번 一個月三次
• 일 년에 4(네)번 一年四次

## 하루에 몇 번…?

(1)

커피를 마시다 [　]
喝咖啡

(2)

이를 닦다 [　]
刷牙

(3)

손을 씻다 [　]
洗手

(4)

밥을 먹다 [　]
吃飯

**小祕訣**

1-2(한두) 번 一兩次
2-3(두세) 번 兩三次
여러 번　幾次

## 일주일에 몇 번…?

(5)

운동하다 [　]
運動

(6)

요리하다 [　]
做菜

(7)

택시를 타다 [　]
搭計程車

(8)

신용카드를 사용하다 [　]
使用信用卡

## 한 달에 몇 번…?

(9)

친구를 만나다 [　]
見朋友

(10)

빨래하다 [　]
洗衣服

(11)

가족한테 전화하다 [　]
打電話給家人

(12)

장을 보다 [　]
買菜

## 일 년에 몇 번…?

(13)

선물을 사다 [　]
買禮物

(14)

여행하다 [　]
旅行

(15)

영화를 보다 [　]
看電影

(16)

미용실에 가다 [　]
去美容院

**小祕訣**

매일 每天　　매주 每週
매달 每個月　매년 每年

**小祕訣**

表現完全不做的意義時，使用副詞 전혀 和表示否定的 안。
例 영화를 전혀 안 봐요. 完全不看電影。

**動動腦1**

請連接適合問題的選項，並聽錄音確認答案。

(1) 하루에 얼마나 많이 걸어요?　　　　　　　　　ⓐ 1리터쯤 마셔요.

(2) 하루에 얼마나 많이 이메일을 받아요?　　　　ⓑ 30분쯤 걸어요.

(3) 하루에 얼마나 많이 돈을 써요?　　　　　　　ⓒ 10통쯤 받아요.

(4) 하루에 얼마나 많이 사람을 만나요?　　　　　ⓓ 3만 원쯤 써요.

(5) 하루에 얼마나 많이 물을 마셔요?　　　　　　ⓔ 15명쯤 만나요.

> 表示大概的數量時：
> [數量名詞] 後使用 쯤。

**動動腦2**

> 항상 = 언제나 = 늘 總是

100%

항상 : 항상 채소를 먹어요. 我總是吃蔬菜。

보통 : 보통 아침에 채소를 먹어요. 我通常早上吃蔬菜。

자주 : 채소를 자주 먹어요. 我經常吃蔬菜。

가끔 : 채소를 가끔 먹어요. 我偶爾吃蔬菜。

별로 안 : 채소를 별로 안 먹어요. 我不怎麼吃蔬菜。

거의 안 : 채소를 거의 안 먹어요. 我幾乎不吃蔬菜。

전혀 안 : 채소를 전혀 안 먹어요. 我完全不吃蔬菜。

0%

> 使用表示否定意義的 별로、거의、전혀 時，一定要與表示否定的 안 一起使用。
> 例 운전을 전혀 해요. (×)
> 운전을 전혀 안 해요. (○)
> 我從來不開車。

111.mp3

請聽錄音，並將對應圖片的正確選項填入空格中。

ⓐ 보통　　　ⓑ 거의　　　ⓒ 자주　　　ⓓ 항상　　　ⓔ 전혀　　　ⓕ 가끔

(1)
외식하다 ☐
外食

(2)
담배를 피우다 ☐
抽菸

(3)
거짓말하다 ☐
說謊

(4)
늦잠을 자다 ☐
睡懶覺

(5)
감기에 걸리다 ☐
感冒

(6)
정장을 입다 ☐
穿西裝

(7)
술을 마시다 ☐
喝酒

(8)
운동하다 ☐
運動

第30課 家務事

**韓語小單字**

請將圖片的正確選項填入空格中。

ⓐ 청소하다 打掃

ⓑ 상을 차리다 準備飯菜 (擺桌)

ⓒ 빨래하다 洗衣服

ⓓ 상을 치우다 收拾餐桌

ⓔ 요리하다 做菜

ⓕ 다리미질하다 燙衣服

ⓖ 장을 보다 買菜

ⓗ 옷을 정리하다 整理衣服

ⓘ 설거지하다 洗碗

ⓙ 음식을 데우다 熱菜

ⓚ 바닥을 닦다 擦地板

ⓛ 쓰레기를 버리다 丟垃圾

(1)　　(2)　　(3)　　(4)

(5)　　(6)　　(7)　　(8)

(9)　　(10)　　(11)　　(12)

請將學習過的單字應用在對話中。

例 A 지금 뭐 해요?
　 B 장을 봐요.

112.mp3

請將相關的部分連起來。

(1)
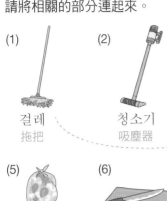
걸레
拖把

(2)
청소기
吸塵器

(3)
세탁기
洗衣機

(4)
다리미
電熨斗

- ⓐ 요리하다
- ⓑ 빨래하다
- ⓒ 상을 치우다
- ⓓ 바닥을 닦다
- ⓔ 청소하다
- ⓕ 다리미질하다
- ⓖ 음식을 데우다
- ⓗ 쓰레기를 버리다

(5)
쓰레기봉투
垃圾袋

(6)
도마와 칼
砧板和菜刀

(7)
전자레인지
微波爐

(8)
행주
抹布

請將學習過的單字應用在對話中。
例 A 걸레로 뭐 해요?
　　B 바닥을 닦아요.
113.mp3

動動腦2

請看圖片，並連接需要的東西。

(1)
(2)
(3)
(4)
(5)
(6)
(7)
(8)

ⓐ 이불 被子
바늘 針
ⓑ 실 線

ⓒ 뚜껑 蓋子
ⓓ 삽 鏟子

ⓔ 사다리 梯子

ⓕ 빗자루 掃帚

ⓖ 베개 枕頭

ⓗ 망치 錘子

請將學習過的單字應用在對話中。
例 A 뭐가 필요해요?
　　B 베개가 필요해요.
114.mp3

# 週末活動

第 **31** 課

**韓語小單字**

請將圖片的正確選項填入空格中。

(1)  ☐

(2)  ☐

(3)  ☐

(4)  ☐

(5)  ☐

(6)  ☐

(7)  ☐

(8)  ☐

(9)  ☐

(10)  ☐

(11) 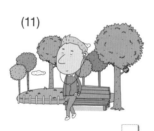 ☐

(12)  ☐

ⓐ 쉬다 休息

ⓑ 데이트하다 約會

ⓒ 구경하다 參觀

ⓓ 시험을 보다 考試

ⓔ 이사하다 搬家

ⓕ 친구를 만나다 見朋友

ⓖ 산책하다 散步

ⓗ 아르바이트하다 打工

ⓘ 책을 읽다 看書

ⓙ 피아노를 배우다 學鋼琴

ⓚ 동영상을 보다 看影片

ⓛ 친구 집에 놀러 가다 去朋友家玩

請將學習過的單字應用在對話中。

115.mp3
例 A 지난 주말에 뭐 했어요?
B 시험을 봤어요.

請聽錄音，並選擇正確的答案。

116.mp3

如果將 여행、구경、출장、산책、
유학 等名詞與場所一起表現時：
[場所名稱] + 을/를 + 하다
[場所名稱] + 에 + 가다

(1)

(ⓐ 절 / ⓑ 궁)을 구경했어요.

(2)

(ⓐ 공원 / ⓑ 길)을 산책했어요.

(3)

(ⓐ 영화관 / ⓑ 재래시장)에서 데이트했어요.

(4)

(ⓐ 동물원 / ⓑ 놀이공원)에 놀러 갔어요.

(5)

(ⓐ 카페 / ⓑ 술집)에서 친구를 만났어요.

(6)

(ⓐ 편의점 / ⓑ 세탁소)에서 아르바이트했어요.

## 動動腦2

재미있다 有趣　　　　그저 그렇다 普通、還可以　　　　재미없다 無趣
신나다 開心　　　　　　　　　　　　　　　　　　　심심하다 無聊
좋다 好　　　　　　　　　　　　　　　　　　　　　별로이다 不怎麼樣

請聽錄音，並連接正確的內容。

117.mp3

| (1) | (2) | (3) | (4) | (5) | (6) |
|---|---|---|---|---|---|

데이트　　　생일 파티　　　여행　　　수업　　　영화　　　공연
·　　　·　　　·　　　·　　　·　　　·

·　　　·　　　·　　　·　　　·　　　·
ⓐ　　　ⓑ　　　ⓒ　　　ⓓ　　　ⓔ　　　ⓕ
신났어요　　별로였어요　　심심했어요　　재미있었어요　　재미없었어요　　그저 그랬어요

# 生活中常用的動詞

第32課

**韓語小單字**

請將圖片的正確選項填入空格中。

(1)
正우

(2)
동현

(3)
지연

나리

(4) 진규

유나

(6)
민수

(7)
윤호

(8) 동욱

(9)
소은

(5)
준기

(10)
정희

(11)
영석

(12) 현철

진석

(13)
혜인

(14)
성하

(1) ☐ (2) ☐ (3) ☐ (4) ☐ (5) ☐ (6) ☐ (7) ☐

(8) ☐ (9) ☐ (10) ☐ (11) ☐ (12) ☐ (13) ☐ (14) ☐

ⓐ 울다 哭    ⓑ 숨다 躲    ⓒ 얘기하다 說話

ⓓ 웃다 笑    ⓔ 찾다 找    ⓕ 춤을 추다 跳舞

ⓖ 사다 買    ⓗ 앉다 坐    ⓘ 사진을 찍다 照相

ⓙ 팔다 賣    ⓚ 싸우다 吵架   ⓛ 음악을 듣다 聽音樂

ⓜ 놀다 玩    ⓝ 기다리다 等待

請將學習過的單字應用在對話中。

A 정우가 뭐 하고 있어요?
B 정우가 웃고 있어요.

118.mp3

## 動動腦1

請看左圖選擇正確的選項，並聽錄音確認答案。

119.mp3

> 表現 -고 있다 的否定時：
> 웃고 있지 않아요.(○) 我不笑。
> 웃고 없어요.(×)

(1) 정우는 (ⓐ 웃고 있어요. / ⓑ 웃고 있지 않아요.)

(2) 현철은 (ⓐ 울고 있어요. / ⓑ 울고 있지 않아요.)

(3) 정희는 (ⓐ 앉아 있어요. / ⓑ 서 있어요.)

(4) 민수는 소은을 (ⓐ 찾고 있어요. / ⓑ 사진 찍고 있어요.)

(5) 진규는 유나하고 (ⓐ 놀고 있어요. / ⓑ 만나고 있어요.)

(6) 윤호는 친구를 (ⓐ 기다리고 있어요. / ⓑ 기다리고 있지 않아요.)

(7) 지연은 동욱하고 (ⓐ 애기하고 있어요. / ⓑ 애기하고 있지 않아요.)

(8) 혜인은 진석하고 (ⓐ 싸우고 있어요. / ⓑ 싸우고 있지 않아요.)

> 動作動詞 (例：吵架、說話) 使用 -고 있다。
> 例 싸우고 있다 正在吵架。
> 狀態動詞 (例：坐、站、躲) 使用 -아/어 있다。
> 例 앉아 있다 正坐著。

## 動動腦2

請看圖，並連接相應的內容。

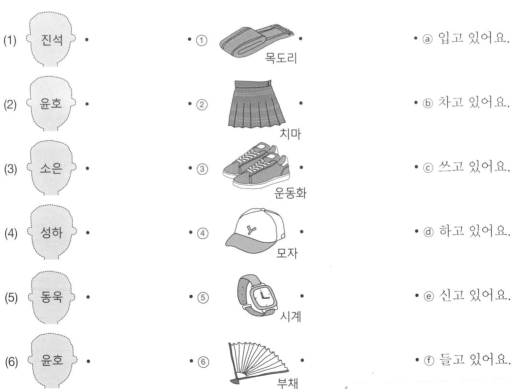

(1) 진석 •

(2) 윤호 •

(3) 소은 •

(4) 성하 •

(5) 동욱 •

(6) 윤호 •

• ① 목도리
• ② 치마
• ③ 운동화
• ④ 모자
• ⑤ 시계
• ⑥ 부채

• ⓐ 입고 있어요.
• ⓑ 차고 있어요.
• ⓒ 쓰고 있어요.
• ⓓ 하고 있어요.
• ⓔ 신고 있어요.
• ⓕ 들고 있어요.

請將學習過的單字應用在對話中。
例 A 누가 운동화를 신고 있어요?
　 B 진석이 운동화를 신고 있어요.
120.mp3

# 生活中常用的形容詞

### 韓語小單字

121.mp3

請將圖片的正確選項填入空格中，並聽錄音確認答案。

ⓐ 이상하다 奇怪　　ⓑ 필요하다 需要　　ⓒ 힘들다 疲累　　ⓓ 어렵다 困難

ⓔ 재미있다 有意思　　ⓕ 위험하다 危險　　ⓖ 중요하다 重要

ⓗ 맛있다 好吃　　ⓘ 바쁘다 忙碌　　ⓙ 인기가 많다 很受歡迎

(1) 불고기가 _____!

(2) 수영복이 _____!

(3) _____!

(4) 너무 _____!

(5) 건강이 더 _____!

(6) 너무 _____!

(7) 컴퓨터 게임이 _____!

(8) 한자가 너무 _____!

(9) _____!

(10) 저 사람이 _____!

**動動腦1**

請將下列單字相對應的反義詞連接起來。

(1) 필요하다 ↔

(2) 어렵다 ↔

(3) 위험하다 ↔

(4) 재미있다 ↔

(5) 맛있다 ↔

(6) 바쁘다 ↔

(7) 중요하다 ↔

(8) 인기가 많다 ↔

맛없다　　　　안전하다

인기가 없다　　　한가하다

쉽다　　　　재미없다

필요 없다　　안 중요하다

**貼心小叮嚀!**
動詞 하다 和形容詞 하다 的否定用詞 안 的位置不同。
[形容詞] **안** 중요해요. (안 的位置在形容詞之前)
[動詞] 운동 **안** 해요. (안 的位置在名詞與 하다 之間)

**動動腦2**

請連接可以和下列句子連接的選項，並聽錄音確認答案。

122.mp3

(1) 혼자 이사하는 것은 힘들어요. •

(2) 봄에 눈이 와요. •

(3) 비싼 음식이 정말 맛없었어요. •

(4) 이곳은 안전해요. •

(5) 이번 시험이 정말 중요해요. •

(6) 너무 바빠서 쉴 수 없어요. •

(7) 얼음이 필요해요. •

(8) 이 음식은 정말 맛있어요. •

• ⓐ 돈이 아까워요.

• ⓑ 친구가 도와주면 좋겠어요.

• ⓒ 냉장고에서 꺼내도 돼요?

• ⓓ 요즘 날씨가 정말 이상해요.

• ⓔ 그러니까 너무 걱정하지 마세요.

• ⓕ 그러니까 열심히 준비해야 해요.

• ⓖ 혼자 10개라도 먹을 수 있어요.

• ⓗ 그래서 스트레스를 많이 받아요.

## 韓語小單字

請填入適合圖片的選項，並聽錄音確認答案。

123.mp3

(1)

ⓓ　안녕하세요?

(2)

안녕히 가세요.

(3)

네.

(4)
괜찮아요.

(5)

(6)

(7)
여보세요.

(8)
맛있게 드세요.

(9)

(10)
한국 사람이세요?

(11)
같이 영화 봐요.

(12)
감사합니다.

---

ⓐ 맞아요. 對。

ⓑ 실례합니다. 失禮了。

ⓒ 좋아요. 好。

ⓓ 안녕하세요? 你好！

ⓔ 여보세요. 喂？

ⓕ 도와주세요. 請幫幫我。

ⓖ 미안합니다. 對不起。

ⓗ 안녕히 계세요. 再見。

ⓘ 축하합니다. 恭喜。

ⓙ 잘 먹었습니다. 我吃飽了。

ⓚ 감사합니다. 謝謝！

ⓛ 잘 먹겠습니다. 那我就不客氣了。(吃飯前)

在韓語中，無論是何時見面都說「안녕하세요?」

早安！
午安！　▶　안녕하세요!
晚安！

## 動動腦1

請將相關的部分連起來，並聽錄音確認答案。

124.mp3

(1) 맛있게 드세요.　　　　　　　　　　　　ⓐ 좋아요.

(2) 안녕하세요?　　　　　　　　　　　　　　ⓑ 축하합니다.

(3) 우리 같이 식사해요.　　　　　ⓒ 안녕하세요?

(4) 김수지 씨죠?　　　　　　　　　　　ⓓ 잘 먹겠습니다.

(5) 안녕히 계세요.　　　　　　ⓔ 안녕히 가세요.

(6) 시험에 합격했어요.　　　　　　　　ⓕ 맞아요.

> **小祕訣**
> 안녕히 계세요 : 離開的時候，向留在原地的人說的話。
> 안녕히 가세요 : 離開的時候，向離開的人說的話。

## 動動腦2

請連接可以填入空格的正確動詞，並完成句子。

(1) 유나는 약속 시간을 잘 몰라서 진수한테 ▓▓▓▓
　　유나: 3시 맞아요?
　　진수: 네, 맞아요.　　　　　　　　　　　•　　•　ⓐ 약속해요.

(2) 유나는 약속 시간에 늦게 와서 진수에게 ▓▓▓▓
　　유나: 약속에 늦어서 정말 미안해요.
　　진수: 괜찮아요.　　　　　　　　　　　•　　•　ⓑ 인사해요.

(3) 진수는 유나하고 저녁을 먹기로 ▓▓▓▓
　　진수: 오늘 같이 저녁 먹을까요?
　　유나: 좋아요. 7시에 만나요.　　　　•　　•　ⓒ 확인해요.

(4) 진수와 유나는 길에서 만나서 ▓▓▓▓
　　유나: 안녕하세요? 잘 지내죠?
　　진수: 네, 잘 지내요.　　　　　　　　•　　•　ⓓ 사과해요.

# 生活中常用的表現2

第35課

## 韓語小單字

請填入適合圖片的選項，並聽錄音確認答案。

125.mp3

ⓐ 건배! 乾杯！

ⓑ 잘 모르겠어요. 不知道。

ⓒ 괜찮아요. 沒關係。

ⓓ 수고하셨습니다. 辛苦了。

ⓔ 잠깐만요. 請稍等。

ⓕ 처음 뵙겠습니다. 初次見面。

ⓖ 잘 지내요. 過得很好。

ⓗ 주말 잘 보내세요. 週末愉快！

ⓘ 알겠습니다. 知道了。

ⓙ 아니에요, 괜찮아요. 不，沒關係。

ⓚ 오랜만이에요. 好久不見。

ⓛ 다시 한번 말해 주세요. 請再說一次。

(1)

(2) 만나서 반갑습니다.

(3) 그동안 잘 지냈어요?
요즘 어떻게 지내요?

(4)

(5)

(6) 네?

(7) 표 2장 주세요.

(8)

(9) 죄송합니다.

(10)

(11) 마크 씨 좀 바꿔 주세요.

(12) 좀 더 드세요.

請將圖片的正確選項填入空格中。

ⓐ 부탁하다
　拜託

ⓑ 대답하다
　回答

ⓒ 소개하다
　介紹

ⓓ 칭찬하다
　稱讚

ⓔ 선택하다
　選擇

ⓕ 추천하다
　推薦

ⓖ 거절하다
　拒絕

ⓗ 초대하다
　邀請

ⓘ 질문하다
　提問

ⓙ 제안하다
　建議

**動動腦2**

請找出可以使用下列表達的地點，並連起來。

(1) 집세가 얼마예요?

(2) 표 한 장 주세요.

(3) 여기에서 세워 주세요.

(4) 지하철역이 어디예요?

(5) 뭐 주문하시겠어요?

(6) 소포를 보내려고 하는데요.

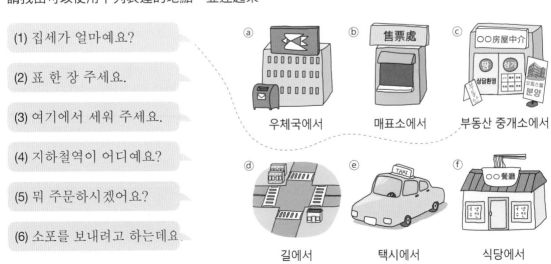

# 水果

**韓語小單字**

請將圖片的正確選項填入空格中,並聽錄音確認答案。

126.mp3

ⓐ 배 梨子　　　　ⓑ 사과 蘋果　　　　ⓒ 키위 奇異果

ⓓ 감 柿子　　　　ⓔ 포도 葡萄　　　　ⓕ 레몬 檸檬

ⓖ 귤 橘子　　　　ⓗ 수박 西瓜　　　　ⓘ 바나나 香蕉

ⓙ 딸기 草莓　　　　ⓚ 참외 香瓜　　　　ⓛ 복숭아 水蜜桃

(1)  ☐

(2)  ☐

(3)  ☐

(4)  ☐

(5)  ☐

(6)  ☐

(7)  ☐

(8)  ☐

(9)  ☐

(10)  ☐

(11)  ☐

(12)  ☐

請將學習過的單字應用在對話中。

例 A 뭐 드릴까요?
　　B 사과 주세요.

127.mp3

**動動腦1**

請聽錄音，並跟讀下列對話。

128.mp3

(1) 싱싱하다 新鮮

(2) 안 싱싱하다 不新鮮

(3) 썩다 腐爛

A 사과가 어때요? 蘋果怎麼樣？
B 싱싱해요. 很新鮮。

A 사과가 어때요? 蘋果怎麼樣？
B 안 싱싱해요. 不新鮮。

A 사과가 어때요? 蘋果怎麼樣？
B 썩었어요. 腐爛了。

(4) 덜 익다 不太熟

(5) 잘 익다 熟透了

A 사과가 어때요? 蘋果怎麼樣？
B 덜 익었어요. 還不太熟。

A 사과가 어때요? 蘋果怎麼樣？
B 잘 익었어요. 熟透了。

---

**動動腦2**

請聽錄音，並連接正確的內容。

129.mp3

(1)
 •

(2)
 •

(3)
 •

(4)
 •

• ① 사과 한 상자 •  • ⓐ 1,500원이에요.

• ② 사과 한 봉지 •  • ⓑ 10,000원이에요.

• ③ 사과 한 바구니 •  • ⓒ 6,000원이에요.

• ④ 사과 한 개 •  • ⓓ 25,000원이에요.

# 蔬菜

第 37 課

### 韓語小單字

請將圖片的正確選項填入空格中,並聽錄音確認答案。

130.mp3

(1)

(2)

(3)

(4)

(5)

(6)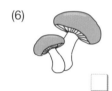

(7)

(8)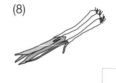

(9)

(10)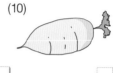

ⓐ 파 蔥　　　　ⓑ 마늘 蒜頭　　　　ⓒ 호박 南瓜

ⓓ 콩 豆子　　　　ⓔ 당근 紅蘿蔔　　　　ⓕ 양파 洋蔥

ⓖ 무 蘿蔔　　　　ⓗ 고추 辣椒

ⓘ 오이 小黃瓜　　　　ⓙ 버섯 香菇

(11)

(12)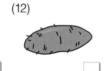

(13)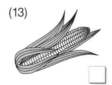

(14)

(15)

(16)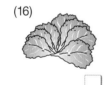

(17)

(18)

(19)

(20)

ⓚ 가지 茄子　　　　ⓛ 토마토 番茄　　　　ⓜ 고구마 地瓜

ⓝ 배추 白菜　　　　ⓞ 콩나물 豆芽菜　　　　ⓟ 시금치 菠菜

ⓠ 상추 生菜　　　　ⓡ 양배추 高麗菜

ⓢ 감자 馬鈴薯　　　　ⓣ 옥수수 玉米

131.mp3

1 請聽錄音，並跟讀下列句子。

(1) 오이하고 당근 둘 다 좋아해요.
小黃瓜和紅蘿蔔我都喜歡。

(2) 당근만 좋아해요.
我只喜歡紅蘿蔔。

(3) 오이만 좋아해요.
我只喜歡小黃瓜。

(4) 오이하고 당근 둘 다 안 좋아해요.
小黃瓜和紅蘿蔔我兩個都不喜歡。

> 다 : 都
> 둘 다 : 兩者都
> 둘 다 안 : 兩者都不

2 請聽錄音，說話人喜歡蔬菜的話畫○，不喜歡的話畫✕。

132.mp3

(1) ☐ ☐

(2) ☐ ☐

(3) ☐ ☐

(4) ☐ ☐

**動動腦2**

下列句子正確的畫○，錯誤的畫✕。

> 흰색 = 하얀색　白色
> 녹색 = 초록색　綠色
> 검은색 = 까만색　黑色

(1) 고추가 흰색이에요. ☐

(2) 오이가 녹색이에요. ☐

(3) 가지가 흰색이에요. ☐

(4) 당근이 파란색이에요. ☐

(5) 양파가 검은색이에요. ☐

(6) 마늘이 빨간색이에요. ☐

(7) 옥수수가 노란색이에요. ☐

(8) 토마토가 검은색이에요. ☐

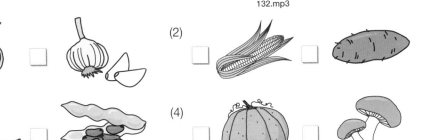

빨간색　검은색
파란색　흰색
노란색　회색
녹색　보라색
갈색　주황색

# 肉和海鮮

## 韓語小單字

1 請聽錄音,並跟讀下列內容。

133.mp3

(1)

(2)

(3)

소 牛　　소고기 牛肉　　돼지 豬　　돼지고기 豬肉　　닭 雞　　닭고기 雞肉

2 請將圖片的正確選項填入空格中,並聽錄音確認答案。

134.mp3

(1)  ☐

(2)  ☐

(3)  ☐

(4)  ☐

(5)  ☐

(6)  ☐

(7)  ☐

(8)  ☐

(9)  ☐

(10)  ☐

(11)  ☐

(12)  ☐

(13)  ☐

(14) 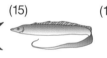 ☐

(15)  ☐

(16)  ☐

---

**해물** 海鮮

ⓐ 문어 章魚　　　ⓑ 홍합 紅蛤　　　ⓒ 미역 海帶

ⓓ 굴 牡蠣　　　ⓔ 낙지 八爪魚　　ⓕ 새우 蝦　　　ⓖ 오징어 魷魚

ⓗ 게 螃蟹　　　ⓘ 조개 貝類　　　ⓙ 가재 小龍蝦

**생선** 魚

ⓚ 장어 鰻魚　　　ⓛ 참치 鮪魚　　　ⓜ 고등어 鯖魚

ⓝ 연어 鮭魚　　　ⓞ 갈치 帶魚　　　ⓟ 멸치 鯷魚

貼心小叮嚀!
물고기:在水裡生活的所有魚類。
생선:從水裡捕撈,作為食用,未經風乾和醃漬的魚。

135.mp3

請將學習過的單字應用在對話中。
例 A 이게 한국어로 뭐예요?
B 새우예요.

**動動腦1**

請聽錄音,並跟讀下列對話。

(1) 신선하다 新鮮

A 고기가 어때요? 肉怎麼樣?
B 신선해요. 很新鮮。

(2) 신선하지 않다 不新鮮

A 고기가 어때요? 肉怎麼樣?
B 신선하지 않아요. 不新鮮。

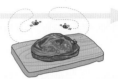

(3) 상하다 腐壞

A 고기가 어때요? 肉怎麼樣?
B 상했어요. 腐壞了。

(4) 신선하다 新鮮

A 생선이 어때요? 魚怎麼樣?
B 신선해요. 很新鮮。

(5) 신선하지 않다 不新鮮

A 생선이 어때요? 魚怎麼樣?
B 신선하지 않아요. 不新鮮。

(6) 상하다 腐壞

A 생선이 어때요? 魚怎麼樣?
B 상했어요. 腐壞了。

**動動腦2**

請聽錄音,並標記男生和女生的對話內容。

137.mp3

| | | ⓐ | ⓑ | ⓒ | ⓓ | ⓔ |
|---|---|---|---|---|---|---|
| (1) 소고기 | 남자 | 항상 ☐ | 자주 ☐ | 가끔 ☐ | 거의 ☐ | 전혀 ☐ |
| | 여자 | 항상 ☐ | 자주 ☐ | 가끔 ☐ | 거의 ☐ | 전혀 ☐ |
| (2) 돼지고기 | 남자 | 항상 ☐ | 자주 ☐ | 가끔 ☐ | 거의 ☐ | 전혀 ☐ |
| | 여자 | 항상 ☐ | 자주 ☐ | 가끔 ☐ | 거의 ☐ | 전혀 ☐ |
| (3) 닭고기 | 남자 | 항상 ☐ | 자주 ☐ | 가끔 ☐ | 거의 ☐ | 전혀 ☐ |
| | 여자 | 항상 ☐ | 자주 ☐ | 가끔 ☐ | 거의 ☐ | 전혀 ☐ |
| (4) 새우 | 남자 | 항상 ☐ | 자주 ☐ | 가끔 ☐ | 거의 ☐ | 전혀 ☐ |
| | 여자 | 항상 ☐ | 자주 ☐ | 가끔 ☐ | 거의 ☐ | 전혀 ☐ |
| (5) 조개 | 남자 | 항상 ☐ | 자주 ☐ | 가끔 ☐ | 거의 ☐ | 전혀 ☐ |
| | 여자 | 항상 ☐ | 자주 ☐ | 가끔 ☐ | 거의 ☐ | 전혀 ☐ |
| (6) 장어 | 남자 | 항상 ☐ | 자주 ☐ | 가끔 ☐ | 거의 ☐ | 전혀 ☐ |
| | 여자 | 항상 ☐ | 자주 ☐ | 가끔 ☐ | 거의 ☐ | 전혀 ☐ |

# 每天吃的食物和食材

## 韓語小單字

1　請將相關的部分連起來。

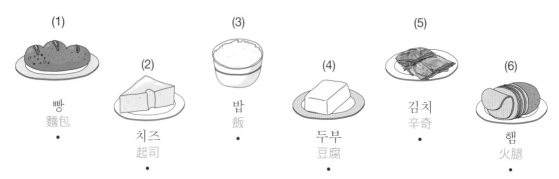

(1)　빵　麵包

(2)　치즈　起司

(3)　밥　飯

(4)　두부　豆腐

(5)　김치　辛奇

(6)　햄　火腿

ⓐ 쌀　米

ⓑ 콩　豆子

ⓒ 밀가루　麵粉

ⓓ 우유　牛奶

ⓔ 배추　白菜

ⓕ 돼지고기　豬肉

2　請選擇正確的選項，並聽錄音確認答案。

138.mp3

(1)　빵은 (ⓐ 쌀 / ⓑ 밀가루)로 만들어요.

(2)　치즈는 (ⓐ 콩 / ⓑ 우유)(으)로 만들어요.

(3)　밥은 (ⓐ 쌀 / ⓑ 밀가루)로 만들어요.

(4)　두부는 (ⓐ 콩 / ⓑ 우유)(으)로 만들어요.

(5)　김치는 (ⓐ 배추 / ⓑ 돼지고기)로 만들어요.

(6)　햄은 (ⓐ 배추 / ⓑ 돼지고기)로 만들어요.

 小祕訣
表現材料時，使用助詞 -(으)로。
但在以ㄹ結束的名詞後，使用 로。
例 쌀로 만들었어요. 用米做的。

**動動腦1**

請將相關的部分連起來，並聽錄音確認答案。

139.mp3

(1)

 고추 辣椒 •

• ⓐ 짜다 鹹

**小祕訣**
싱겁다 : 清淡、無味

(2)

 바닷물 海水 •

**貼心小叮嚀！**
注意發音！
바닷물[바단물]

• ⓑ 쓰다 苦

(3)

 초콜릿 巧克力 •

• ⓒ 시다 酸

(4)

 레몬 檸檬 •

• ⓓ 맵다 辣

(5)

 닭고기 雞肉 •

• ⓔ 달다 甜

(6)

 인삼 人蔘 •

• ⓕ 느끼하다 油膩

**動動腦2**

請將圖片的正確選項填入空格中，並聽錄音確認答案。

140.mp3

(1)  짜요. ☐

(2)  달아요. ☐

(3)  시어요. ☐

(4)  달아요. ☐

(5)  매워요. ☐

(6)  ☐

(7)  ☐

(8)  ☐

(9)  ☐

(10)  ☐

**양념** 調味料

ⓐ 식초 醋    ⓑ 된장 大醬

ⓒ 꿀 蜂蜜    ⓓ 기름 油    ⓔ 고추장 辣椒醬

ⓕ 소금 鹽    ⓖ 설탕 糖    ⓗ 고춧가루 辣椒粉

ⓘ 후추 胡椒    ⓙ 간장 醬油

# 飲料

### 韓語小單字

請將圖片的正確選項填入空格中，並聽錄音確認答案。

141.mp3

**음료수** 飲料

ⓐ 우유 牛奶

ⓑ 주스 果汁

ⓒ 녹차 綠茶

ⓓ 콜라 可樂

ⓔ 홍차 紅茶

ⓕ 커피 咖啡

ⓖ 생수 礦泉水

ⓗ 사이다 汽水

(1)

(2)

(3)

(4)

(5)

(6)

(7)

(8)

(9)

(10)

**술** 酒

ⓘ 와인 紅酒

ⓙ 맥주 啤酒

ⓚ 소주 燒酒

ⓛ 생맥주 生啤酒

ⓜ 막걸리 馬格利米酒

(11)

(12)

(13)

請將學習過的單字應用在對話中。
例 A 뭐 드릴까요?
B 커피 주세요.
142.mp3

**動動腦1**

請聽錄音，並跟讀下列內容。

143.mp3

차다 (= 차갑다)
冰
(1)

물이 차요.
= 물이 차가워요.

시원하다
涼
(2)

물이 시원해요.

미지근하다
微溫
(3)

물이 미지근해요.

따뜻하다
溫熱
(4)

물이 따뜻해요.

뜨겁다
燙
(5)

물이 뜨거워요.

> 貼心小叮嚀！
> 表現手觸感的溫度時：
> 차갑다 冰、뜨겁다 燙
> 表現氣溫或氣溫的溫度時：
> 춥다 冷、덥다 熱

**動動腦2**

請將圖片的正確選項填入空格中，並聽錄音確認答案。

144.mp3

(1)

(2)

(3)

(4)

(5)

(6)

ⓐ 커피가 연해요.
　咖啡很淡。

ⓑ 커피가 진해요.
　咖啡很濃。

ⓒ 술이 독해요.
　酒很烈。

ⓓ 술이 순해요.
　酒的度數低。

ⓔ 주스가 사과 맛이 나요.
　果汁有蘋果味。

ⓕ 주스가 딸기 향이 나요.
　果汁有草莓香。

> 貼心小叮嚀！
> 與液體的濃度相關時，使用**진하다**。
> 例 진한 커피 濃的咖啡 (↔ 연한 커피 淡的咖啡)
> 表現液體的刺激性時，使用**독하다**。
> 例 독한 술 烈酒 (↔ 순한 술 薄酒)

# 第41課 飯後甜點和零食

## 韓語小單字

145.mp3

**1** 請將圖片的正確選項填入空格中,並聽錄音確認答案。

| | | |
|---|---|---|
| ⓐ 떡 年糕 | ⓑ 사탕 糖果 | ⓒ 케이크 蛋糕 |
| ⓓ 과자 餅乾 | ⓔ 호두 核桃 | ⓕ 아이스크림 冰淇淋 |
| ⓖ 땅콩 花生 | ⓗ 초콜릿 巧克力 | |

(1) ☐  (2) ☐  (3) ☐  (4) ☐

(5) ☐  (6) ☐  (7) ☐  (8) ☐

**2** 請聽錄音,並跟讀下列句子。

146.mp3

(1) 케이크가 부드러워요.
蛋糕很軟。

(2) 호두가 딱딱해요.
核桃很硬。

(3) 사탕이 몸에 안 좋아요.
糖果對身體不好。

(4) 땅콩이 몸에 좋아요.
花生對身體很好。

## 動動腦1

請將圖片的正確選項填入空格中，並聽錄音確認答案。

147.mp3

(1) ☐　(2) ☐　(3) ☐　(4) ☐

(5) ☐　(6) ☐　(7) ☐　(8) ☐

ⓐ 커피 한 **잔**　　ⓑ 생수 세 **통**　　ⓒ 땅콩 한 **접시**　　ⓓ 케이크 한 **조각**

ⓔ 맥주 두 **병**　　ⓕ 과자 한 **봉지**　　ⓖ 생맥주 세 **잔**　　ⓗ 초콜릿 한 **상자**

> • 통：由木頭、金屬或塑膠製成的容器，用於盛裝東西。
> • 병：由玻璃製成的容器，主要用於盛裝液體或粉末。

## 動動腦2

請聽錄音，並連接一起點的東西。

148.mp3

(1)  •　　• ⓐ

(2)  •　　• ⓑ

(3)  •　　• ⓒ

> 小祕訣
> 하고 作為「和」的意思，只能用於名詞之間。

(4) •　　• ⓓ

# 飯桌

第42課

## 韓語小單字

149.mp3

1 請將圖片的正確選項填入空格中，並聽錄音確認答案。

(7) (6) (9)

(8)

(3)

(1)

(2) (4) (5)

수저 : 숟가락 + 젓가락
湯匙和筷子

| (1) ☐ | (2) ☐ | (3) ☐ | (4) ☐ | (5) ☐ |
|--------|--------|--------|--------|--------|
| (6) ☐ | (7) ☐ | (8) ☐ | (9) ☐ | |

ⓐ 밥 飯　　　　　ⓑ 김 海苔　　　　　ⓒ 반찬 小菜

ⓓ 국 湯　　　　　ⓔ 김치 辛奇　　　　ⓕ 숟가락 湯匙

ⓖ 물 水　　　　　ⓗ 찌개 燉湯　　　　ⓘ 젓가락 筷子

請將學習過的單字應用在對話中。
例 개인 접시 좀 갖다주세요.
150.mp3

2 請將圖片的正確號碼填入空格中。

(1)

☐

(2)

☐

(3)

☐

(4)

☐

(5)

☐

(6)
☐

ⓐ 국자 湯勺

ⓑ 냅킨 餐巾紙

ⓒ 물티슈 濕紙巾

ⓓ 계산서 帳單

ⓔ 영수증 收據

ⓕ 개인 접시 個人餐盤

## 動動腦1

請聽錄音，菜餚中有該樣蔬菜的話畫○，沒有的話畫×。

151.mp3

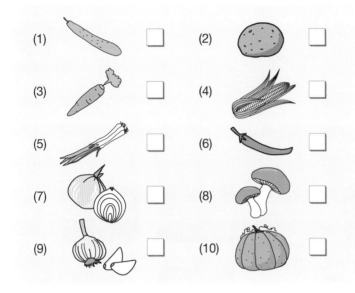

(1) ☐  (2) ☐

(3) ☐  (4) ☐

(5) ☐  (6) ☐

(7) ☐  (8) ☐

(9) ☐  (10) ☐

請將學習過的單字應用在對話中。
例 A 찌개에 오이가 들어가요?
B 아니요, 안 들어가요.

152.mp3

## 動動腦2

請看圖選擇正確的答案，並聽錄音確認。

153.mp3

(1) 저는 단 음식을 좋아해요. (ⓐ 설탕 / ⓑ 소금)을 넣어 주세요.

[名詞] 을/를 넣어 주세요.
請加___。
[名詞] 을/를 빼 주세요.
請不要加___。

(2) 고기를 정말 좋아해요. 고기를 (ⓐ 빼 / ⓑ 넣어) 주세요.

(3) 저는 매운 음식을 못 먹어요. (ⓐ 된장 / ⓑ 고추장)을 빼 주세요.

(4) 계란을 정말 (ⓐ 좋아해요. / ⓑ 싫어해요.) 계란을 하나 더 주세요.

貼心小叮嚀!
注意順序!
하나 더 주세요.(○)
請再給我一個。
더 하나 주세요.(×)

(5) 마늘을 먹으면 배가 아파요. 마늘을 (ⓐ 빼 / ⓑ 넣어) 주세요.

(6) 저는 버섯 알레르기가 (ⓐ 있어요. / ⓑ 없어요.) 버섯을 빼 주세요.

第42課 – 飯桌　**97**

# 用餐

## 韓語小單字

請將圖片的正確選項填入空格中，並聽錄音確認答案。

154.mp3

ⓐ 양식 西式料理　　　　ⓑ 중식 中式料理　　　　ⓒ 일식 日式料理

ⓓ 한식 韓式料理　　　　ⓔ 분식 麵粉製食物　　　ⓕ 패스트푸드 速食

(1)

비빔밥　　　불고기
삼계탕

(2)

초밥　　　돈가스
우동

(3)

짜장면　　　짬뽕
만두

(4)

스파게티　　　스테이크
피자

(5)

라면　　　떡볶이
김밥

(6)

햄버거　　　감자튀김
핫도그

155.mp3

**動動腦1**

請將圖片的正確選項填入空格中，並聽錄音確認答案。

(1) ☐　(2) ☐　(3) ☐　　(4) ☐　(5) ☐　(6) ☐

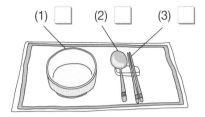

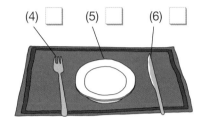

(8) ☐　(9) ☐

(7) ☐

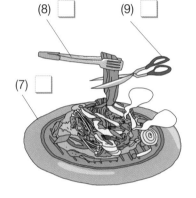

(10) ☐　(11) ☐　(12) ☐

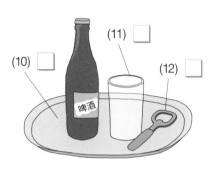

啤酒

ⓐ 칼 餐刀

ⓑ 컵 杯子

ⓒ 집게 夾子

ⓓ 접시 碟子

ⓔ 그릇 碗

ⓕ 가위 剪刀

ⓖ 쟁반 托盤

ⓗ 포크 叉子

ⓘ 불판 烤盤

ⓙ 병따개 開瓶器

ⓚ 젓가락 筷子

ⓛ 숟가락 湯匙

**動動腦2**

請將圖片的正確選項填入空格中，並聽錄音確認答案。

156.mp3

(1) 식당

(2) 여기 앉으세요. ☐

(3) ? 이거 매워요? ☐

(4) 이걸로 주세요. ☐

(5) 비빔밥 주세요. ☐

(6) ☐

(7) 물 좀 주세요. ☐

(8) 10,000원 입니다. ☐

ⓐ 손님이 의자에 앉아요.　　ⓑ 손님이 음식값을 계산해요.

ⓒ 손님이 음식을 정해요.　　ⓓ 종업원이 음식을 갖다줘요.

ⓔ 손님이 음식을 시켜요.　　ⓕ 손님이 종업원에게 물을 부탁해요.

ⓖ 손님이 식당에 들어가요.　　ⓗ 손님이 종업원에게 음식에 대해 물어봐요.

小祕訣
시키다 = 주문하다 點菜

# 料理方法

### 韓語小單字

小祕訣
양념：調味料
거품：氣泡
국물：湯汁

157.mp3

1　請聽錄音，並跟讀下列內容。

(1)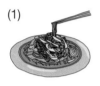

고기를 굽다
烤肉

(2)

찌개를 끓이다
燉湯

(3)

채소를 볶다
炒菜

(4)

만두를 찌다
蒸餃子

(5)

새우를 튀기다
炸蝦

2　請將圖片的正確選項填入空格中，並聽錄音確認答案。

158.mp3

(1)　ⓐ 자르다 剪斷、切
　　 ⓑ 썰다 切

(2)　ⓐ 넣다 放入
　　 ⓑ 빼다 取出

(3)　ⓐ 부치다 煎
　　 ⓑ (생선) 굽다 烤(魚)

(4)　ⓐ 뿌리다 撒
　　 ⓑ 바르다 塗

(5)　ⓐ 섞다 混合
　　 ⓑ 젓다 攪拌

(6)　ⓐ 삶다 煮
　　 ⓑ 데치다 (在水中)汆燙

## 動動腦1

請在下列各項中選出性質不同的項目。

(1) ⓐ 국　　☐
　　ⓑ 탕　　☐
　　ⓒ 찌개　☐
　　ⓓ 김치　☐

(2) ⓐ 갈비　☐
　　ⓑ 불고기 ☐
　　ⓒ 비빔밥 ☐
　　ⓓ 삼겹살 ☐

(3) ⓐ 간장　☐
　　ⓑ 된장　☐
　　ⓒ 김장　☐
　　ⓓ 고추장 ☐

(4) ⓐ 김밥　☐
　　ⓑ 만두　☐
　　ⓒ 갈비찜 ☐
　　ⓓ 아귀찜 ☐

(5) ⓐ 빵　　☐
　　ⓑ 과자　☐
　　ⓒ 떡볶이 ☐
　　ⓓ 케이크 ☐

(6) ⓐ 라면　☐
　　ⓑ 국수　☐
　　ⓒ 튀김　☐
　　ⓓ 냉면　☐

## 動動腦2

請聽錄音，並按照操作的順序填入號碼。

159.mp3

ⓐ 채소를 밥 위에 놓아요.

ⓑ 맛있게 먹어요.

ⓒ 채소를 씻어요.

ⓓ 고추장을 넣어요.

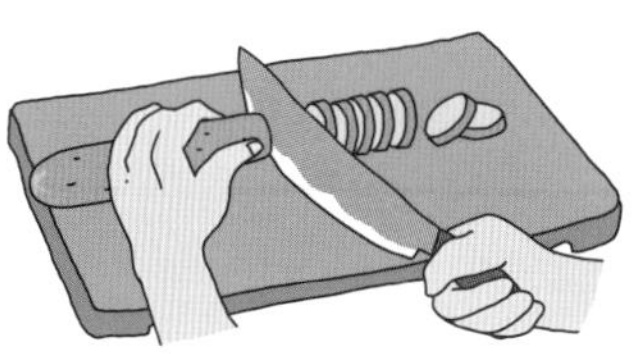

ⓔ 채소를 썰어요.

ⓕ 잘 비벼요.

貼心小叮嚀！
因為發音類似，所以要注意！
• 놓다：放在上面
• 넣다：放進裡面

☐ → ☐ → ☐ → ☐ → ☐ → ☐

# 興趣

## 韓語小單字

請將圖片的正確選項填入空格中。

請將學習過的單字應用在對話中。
例 A 시간이 있을 때 뭐 해요?
B 여행해요.

160.mp3

ⓐ 운동하다 運動
ⓑ 책을 읽다 讀書
ⓒ 여행하다 旅行
ⓓ 사진을 찍다 照相
ⓔ 요리하다 做菜
ⓕ 영화를 보다 看電影
ⓖ 수리하다 修理
ⓗ 음악을 듣다 聽音樂
ⓘ 등산하다 登山
ⓙ 그림을 그리다 畫畫
ⓚ 낚시하다 釣魚
ⓛ 테니스를 치다 打網球 ◁⸱⸱⸱ 테니스를 하다 (×)
ⓜ 쇼핑하다 購物
ⓝ 악기를 연주하다 演奏樂器
ⓞ 게임하다 玩遊戲
ⓟ 개하고 놀다 和小狗一起玩

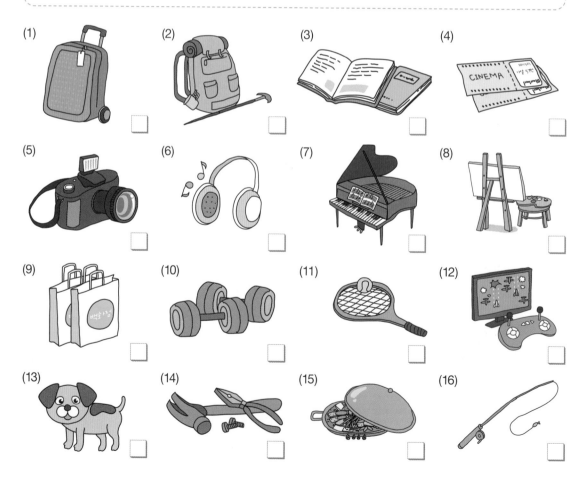

(1)　(2)　(3)　(4)

(5)　(6)　(7)　(8)

(9)　(10)　(11)　(12)

(13)　(14)　(15)　(16)

## 動動腦1

請聽錄音，並跟讀下列對話。

### ● 偏好度

100%

정말 좋아해요. 真的很喜歡。

좋아해요. 喜歡。

그저 그래요. 普通；還可以。

별로 안 좋아해요. 不怎麼喜歡。

0%

정말 싫어해요. 真的很討厭。

**貼心小叮嚀!**
動詞 사랑하다 用來表達非常喜歡某個人或非常珍惜某個對象的強烈感情時使用，因此，要表達對於一般事物和興趣的偏好時，使用 정말 좋아하다 會更恰當。

### ● 表現感興趣的對象時

저는 한국 영화에 관심이 있어요. [事物]
我對韓國電影很感興趣

친구는 저 여자에게 관심이 있어요. [人/動物]
朋友很關注那個女生

關心的對象若為事物使用 -에，
若是人/動物則使用 -에게 或 -한테。

(1)
A 여행 좋아해요?
　你喜歡旅行嗎？
B 네, 정말 좋아해요.
　是，真的很喜歡。

A 영화 좋아해요?
　你喜歡電影嗎？
B 네, 좋아해요.
　是的，喜歡。
(2)

(3)
A 그림 좋아해요?
　你喜歡畫嗎？
B 그저 그래요.
　普通。

A 쇼핑 좋아해요?
　你喜歡購物嗎？
B 아니요, 별로 안 좋아해요.
　不，我不怎麼喜歡。
(4)

(5)
A 등산 좋아해요?
　你喜歡登山嗎？
B 아니요, 정말 싫어해요.
　不，我真的很討厭登山。

## 動動腦2

請聽錄音，說話者喜歡或感興趣的話畫○，不是的話畫×。

(1)
음악　　　　가수

(2)
사진　　　사진작가

(3)
요리　　　　음식

(4)
운동　　　운동선수

(5)
영화　　　영화감독　　　배우

(6)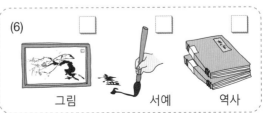
그림　　　서예　　　역사

# 第 46 課

## 運動

韓語小單字

請將圖片的正確選項填入空格中，並聽錄音確認答案。

163.mp3

**치다** 從事打球運動時

(1)  □

(2)  □

(3)  □

(4) 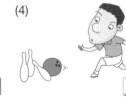 □

**타다** 從事騎在某種東西之上的運動時

(5)  □

(6)  □

(7)  □

**하다** 從事除치다或타다之外的運動時

(8)  □

(9)  □

(10)  □

(11)  □

(12)  □

(13)  □

(14)  □

(15)  □

ⓐ 야구 棒球　　　　ⓑ 스키 滑雪　　　　ⓒ 검도 劍道

ⓓ 축구 足球　　　　ⓔ 골프 高爾夫球　　ⓕ 태권도 跆拳道

ⓖ 탁구 乒乓球　　　ⓗ 수영 游泳　　　　ⓘ 자전거 自行車

ⓙ 농구 籃球　　　　ⓚ 볼링 保齡球　　　ⓛ 테니스 網球

ⓜ 배구 排球　　　　ⓝ 요가 瑜伽　　　　ⓞ 스케이트 滑冰

## 動動腦1

請聽錄音,並跟讀下列內容。

164.mp3

(1)

수영을 잘해요.
游泳游得很好。

(2)

수영을 조금 해요.
游泳會一點。

(3)

수영을 잘 못해요.
不太會游泳。

(4)

수영을 전혀 못해요.
完全不會游泳。

貼心小叮嚀!
請注意 잘하다 和 못하다 前面使用的助詞!
例 노래를 잘해요. 歌唱得很好。(○) ≠ 노래가 못해요. (×)
　　수영을 못해요. 不會游泳。(○) ≠ 수영이 못해요. (×)

小秘訣
因為韓國文化和中國文化相似,認為謙虛是一種美德,即使實力高強,仍然會謙虛地說 잘 못해요.

## 動動腦2

請聽錄音,如果回答的人很擅長的話畫○,不太會的話畫△,完全不會的話畫×。

165.mp3

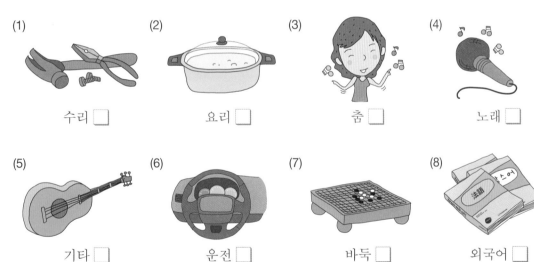

(1) 수리 ☐

(2) 요리 ☐

(3) 춤 ☐

(4) 노래 ☐

(5) 기타 ☐

(6) 운전 ☐

(7) 바둑 ☐

(8) 외국어 ☐

(9)

피아노 ☐

(10)

컴퓨터 ☐

(11)

농담 ☐

(12)

한자 ☐

# 第47課 旅行1

## 韓語小單字

請將圖片的正確選項填入空格中，並聽錄音確認答案。

166.mp3

(1) ☐　(2) ☐　(3) ☐

(4) ☐　(5) ☐　(6) ☐

> 注意發音！
> 담요 [담뇨]

(7) ☐　(8) ☐　(9) ☐　(10) ☐

(11) ☐　(12) ☐　(13) ☐　(14) ☐

(15) ☐　(16) ☐　(17) ☐　(18) ☐

ⓐ 옷 衣服　　ⓑ 비누 肥皂　　ⓒ 양말 襪子　　ⓓ 카메라 照相機

ⓔ 책 書　　　ⓕ 속옷 內衣　　ⓖ 우산 雨傘　　ⓗ 화장품 化妝品

ⓘ 약 藥　　　ⓙ 담요 毛毯　　ⓚ 지도 地圖　　ⓛ 슬리퍼 拖鞋

ⓜ 치약 牙膏　　ⓝ 수건 毛巾　　ⓞ 수영복 泳衣　　ⓟ 모자 帽子

ⓠ 칫솔 牙刷　　ⓡ 운동화 運動鞋

請將學習過的單字應用在對話中。

例 A 옷을 가져가요?
　　B 네, 가져가요.

167.mp3

**動動腦1**

請將學習過的單字應用在對話中。
例 A 어디로 놀러 갔어요?
　　B 산으로 놀러 갔어요.
168.mp3

請將相關的部分連起來。

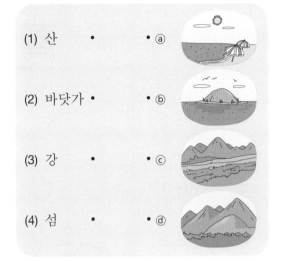

(1) 산　　•　　•ⓐ

(2) 바닷가　•　　•ⓑ

(3) 강　　•　　•ⓒ

(4) 섬　　•　　•ⓓ

(5) 궁　　•　　•ⓔ

(6) 동물원　•　　•ⓕ

(7) 관광지　•　　•ⓖ

(8) 놀이공원　•　　•ⓗ

**動動腦2**

1　請聽錄音，並跟讀下列內容。

169.mp3

(1)

가요.

貼心小叮嚀!
注意助詞！
혼자하고 (×)
혼자 (○)

혼자 獨自

小祕訣
혼자서 = 혼자 獨自
• 둘이서 兩個人
• 셋이서 三個人
• 여럿이서 幾個人

貼心小叮嚀!
注意發音！
동료 [동뇨]

(2)　　가족 家人

(3)　　친구 朋友

(4)　　동료 同事

(5)　　이웃 鄰居

(6)　　아는 사람 認識的人

하고 가요.

2　請聽錄音，並標出正確的答案。

170.mp3

| | ⓐ 가족 | ⓑ 친구 | ⓒ 동료 | ⓓ 이웃 | ⓔ 아는 사람 | ⓕ 혼자 |
|---|---|---|---|---|---|---|
| (1) 산 | ☐ | ☐ | ☐ | ☐ | ☐ | ☐ |
| (2) 강 | ☐ | ☐ | ☐ | ☐ | ☐ | ☐ |
| (3) 바다 | ☐ | ☐ | ☐ | ☐ | ☐ | ☐ |
| (4) 관광지 | ☐ | ☐ | ☐ | ☐ | ☐ | ☐ |
| (5) 동물원 | ☐ | ☐ | ☐ | ☐ | ☐ | ☐ |
| (6) 놀이공원 | ☐ | ☐ | ☐ | ☐ | ☐ | ☐ |

## 韓語小單字

請將圖片的正確選項填入空格中，並聽錄音確認答案。

171.mp3

- ⓐ 탑 塔
- ⓑ 한옥 韓屋
- ⓒ 폭포 瀑布
- ⓓ 절 寺廟
- ⓔ 단풍 楓葉
- ⓕ 매표소 售票處
- ⓖ 일몰 日落
- ⓗ 축제 慶典
- ⓘ 안내소 服務中心
- ⓙ 일출 日出
- ⓚ 동굴 洞窟
- ⓛ 기념품 가게 紀念品商店

(1)

(2)

(3)

(4)

(5)

(6)

(7)

(8)

(9)

(10)

(11)

(12)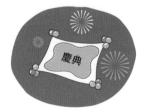

請將圖片的正確選項填入空格中。

(1) 경치가 좋아요. ☐ ↔ (2) 경치가 안 좋아요. ☐
風景很好。　　　　　　　　　風景不好。

(3) 음식이 입에 맞아요. ☐ ↔ (4) 음식이 입에 안 맞아요. ☐
食物很可口。　　　　　　　　食物不合口味。

(5) 물가가 싸요. ☐ ↔ (6) 물가가 비싸요. ☐
物價便宜。　　　　　　　　　物價很貴。

(7) 말이 잘 통해요. ☐ ↔ (8) 말이 잘 안 통해요. ☐
話很投機。　　　　　　　　　話不投機。

(9) 사람들이 친절해요. ☐ ↔ (10) 사람들이 불친절해요. ☐
人們很親切。　　　　　　　　人們很不親切。

請連接相應的回答，並聽錄音確認答案。

172.mp3

(1) 어디로 여행 가요?　　　•　　　• ⓐ 가족하고 여행 가요.

(2) 얼마 동안 여행해요?　　•　　　• ⓑ 호텔에서 묵어요.

(3) 누구하고 여행 가요?　　•　　　• ⓒ 15만 원쯤 들어요.

(4) 여행지에 어떻게 가요?　•　　　• ⓓ 산으로 여행 가요.

(5) 어디에서 묵어요?　　　　•　　　• ⓔ 2박 3일 여행해요.

(6) 언제 호텔을 예약했어요?　•　　　• ⓕ 기차로 가요.

(7) 여행이 어땠어요?　　　　•　　　• ⓖ 여행 떠나기 일주일 전에 했어요.

(8) 하루에 돈이 얼마나 들어요? •　　　• ⓗ 힘들었지만 재미있었어요.

小祕訣

因為順序不同，所以要注意！
• **2(이)박 3(삼)일** 三天兩夜
• **당일 여행** 一日遊

# 第49課 通信

## 韓語小單字

173.mp3

1 請將圖片的正確選項填入空格中，並聽錄音確認答案。

ⓐ 소포 包裹　　　　ⓑ 팩스 傳真　　　　ⓒ 편지 信

ⓓ 메모 便條紙　　　ⓔ 문자 메시지 簡訊　　ⓕ 엽서 明信片

ⓖ 핸드폰 手機　　　ⓗ 음성 메시지 語音留言　ⓘ 전화 電話

ⓙ 이메일 電子郵件　　핸드폰 = 휴대폰

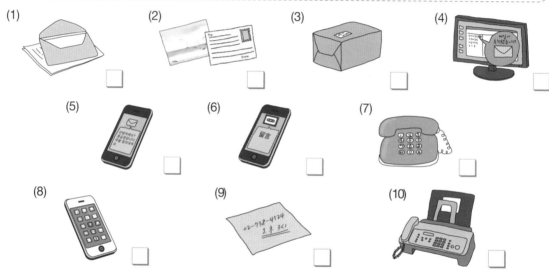

(1) ☐　(2) ☐　(3) ☐　(4) ☐

(5) ☐　(6) ☐　(7) ☐

(8) ☐　(9) ☐　(10) ☐

174.mp3

2 請在空格中填入正確答案，並聽錄音確認。

(1) A 여보세요? _____
　　B 지금 안 계신데요.

(2) B 실례지만 누구세요?
　　A _____

(3) A _____
　　B 잠깐만요. 말씀하세요.

(4) A _____
　　B 안녕히 계세요.

ⓐ 안녕히 계세요.

ⓑ 저는 '박유나'라고 합니다.

ⓒ 메시지 좀 전해 주세요.

ⓓ 김진수 씨 계세요?

請將圖片的正確選項填入空格中。

(1) 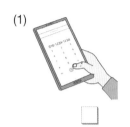 ☐

(2)  ☐

ⓐ 통화하다
通話

ⓑ 전화를 받다
接電話

ⓒ 전화를 끊다
掛斷電話

(3) 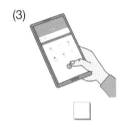 ☐

(4)  ☐

ⓓ 전화를 걸다
打電話

小祕訣
通話時各種狀況的表現：
전화가 안 돼요. 電話不通。
수신이 안 돼요. 無法收訊。
통화 중이에요. 電話中。
전원이 꺼져 있어요. 電源關著。

動動腦2

請將圖片的正確選項填入空格中。

(1)  ☐  ☐

ⓐ 편지를 주다 給封信
ⓑ 편지를 받다 收到信

(2)  ☐  ☐

ⓐ 소포를 보내다 寄包裹
ⓑ 소포를 받다　收包裹

(3)  ☐  ☐

ⓐ 이메일을 받다　收電子郵件
ⓑ 이메일을 보내다 寄電子郵件

(4)  ☐ ☐  ☐

ⓐ 메모를 받다　收到便條紙
ⓑ 메모를 전하다 轉交便條紙
ⓒ 메모를 남기다 留言

小祕訣
口語中經常加以精簡：
문자 메시지를 보내다 → 문자를 보내다 發簡訊

# 買東西

## 韓語小單字

請填入適合圖片的選項，並聽錄音確認答案。

175.mp3

(1)
80,000원
이에요.

(2)
50,000원
이에요.

(3)
어제 가방을
하나 샀어요.

(4)
40,000원
이에요.

(5)
비빔밥
주세요.

(6)
안 맵게
해 주세요.

(7)
토스트는 5,000원,
파이는 4,000원,
케이크는 4,500원
이에요.

(8)
13,500원
이에요.

(9)
얼마예요?

₩0

coffee

貼心小叮嚀!
이게用於初次介紹某種事物時，與其相反，
이건用於強調所指事物時。
이건的功能與漢語中為強調某種事物，在單
字中增加強度的情況類似。

ⓐ 각각 얼마예요? 每一樣多少錢？

ⓑ 전부 얼마예요? 總共多少錢？

ⓒ 저게 얼마예요? 那個多少錢？

ⓓ 뭘 드릴까요? 您需要什麼？

ⓔ 그게 얼마예요? 那個多少錢？

ⓕ 어떻게 드릴까요? 要幫你怎麼做？

ⓖ 이게 얼마예요? 這個多少錢？

ⓗ 이게 무료예요. 這是免費的。

ⓘ 이건 얼마예요? 這個多少錢？

小祕訣
• 이게 / 그게 / 저게(= 이것이 / 그것이 / 저것이)
在口語中，比起이것이更常使用縮略型이게。
• 이건 / 그건 / 저건(= 이것은 / 그것은 / 저것은)
在口語中，更常使用縮略型。當比較多個項目時，
通常會附加補助詞은/는。

小祕訣
• 무료：免費
例 한국 식당에서 김치는 무료예요.
在韓國餐館的辛奇是免費的。
• 공짜：不消耗力氣或金錢而獲得的東西。
例 오늘 길에서 책을 공짜로 받았어요.
今天在路上免費拿到了一本書。

**動動腦1**

請連接相對應的問答，並聽錄音確認答案。

(1) 뭐 찾으세요? •

(2) 사이즈가 어떠세요? •

(3) 옷이 어떠세요? •

(4) 더 큰 건 없어요? •

(5) 입어 봐도 돼요? •

(6) 무슨 색으로 보여 드릴까요? •

• ⓐ 저한테 좀 작아요.

• ⓑ 바지 좀 보여 주세요.

• ⓒ 흰색으로 보여 주세요.

• ⓓ 그럼요, 탈의실에서 입어 보세요.

• ⓔ 지금은 이 사이즈밖에 없어요.

• ⓕ 디자인은 마음에 드는데 좀 비싸요.

> **貼心小叮嚀!**
> 좀有兩種意義：
> 1. 有點的意思： 좀 작아요.有點小。
> 2. 拜託的時候： 바지 좀 보여 주세요.請讓我看一下褲子。

**動動腦2**

請填寫下列水果的購買個數。

| 사과<br>(每個) | 배<br>(每個) | 딸기<br>(每筐) |
|:---:|:---:|:---:|
| **3** | **0** | **l** |

(1) 사과 4,000원어치하고
    딸기 5,000원어치 주세요.

(2) 딸기 10,000원어치하고
    사과 20,000원어치 주세요.

(3) 배 10,000원어치하고
    사과 4,000원어치 주세요.

(4) 사과 8,000원어치하고
    배 5,000원어치 주세요.

(5) 딸기 20,000원어치하고
    사과 8,000원어치 주세요.

(6) 사과 12,000원어치하고
    배 10,000원어치 주세요.

4,000원

5,000원

5,000원

> **小秘訣**
> • **어치**：用在價格之後，表示符合於該價格的分量。通常用在總價。
> • **짜리**：具有其相應的價格。通常用在單價。
> 例 만 원짜리 책을 오만 원어치 샀어요.
>   我買了價值5萬韓元的書，每本1萬韓元。

> 為兩顆梨要支付5,000韓元時：
> 배 10,000원어치 → 배 4개
> 배 10,000원어치 =價值10,000韓元的梨（4顆梨）
> (어치: X를 Y원어치 주세요 表現「請給我價值Y韓元的X」)

# 感覺

## 韓語小單字

請將圖片的正確選項填入空格中。

(1)  □

(2)  □

(3)  □

(4)  □

(5)  □

(6)  □

(7)  □

(8)  □

(9)  □

---

ⓐ 춥다 冷　　　　ⓑ 졸리다 睏、想睡　　　　ⓒ 피곤하다 疲累

ⓓ 덥다 熱　　　　ⓔ 목마르다 口渴　　　　ⓕ 배부르다 肚子飽

ⓖ 아프다 痛　　　　ⓗ 긴장되다 緊張　　　　ⓘ 배고프다 肚子餓

---

**小祕訣**

• **긴장되다**：表現主觀的感覺狀態時。
例 지금 너무 긴장돼요. 現在太緊張了。
• **긴장하다**：以外在表現的形式加以客觀敘述時。
例 시험 볼 때 너무 긴장하지 마세요. 考試的時候不要太緊張。

177.mp3

請將學習過的單字應用在對話中。
例 A 지금 어때요?
　　B 아파요.

## 動動腦1

請將相關的部分連起來，並聽錄音確認答案。

(1) 여름에 에어컨이 고장 났어요. •　　　　　　　• ⓐ 아파요.

(2) 너무 많이 먹었어요. •　　　　　　　• ⓑ 긴장돼요.

(3) 5분 후에 시험을 봐요. •　　　　　　　• ⓒ 배불러요.

(4) 감기에 걸렸어요. •　　　　　　　• ⓓ 더워요.

(5) 요즘 일이 너무 많아요. •　　　　　　　• ⓔ 배고파요.

(6) 아무것도 못 먹었어요. •　　　　　　　• ⓕ 피곤해요.

## 動動腦2

179.mp3

請將相關的部分連起來，並聽錄音確認答案。

| (1) | (2) | (3) | (4) | (5) |
|---|---|---|---|---|
|  |  |  |  |  |

| ⓐ | ⓑ | ⓒ | ⓓ | ⓔ |
|---|---|---|---|---|
| 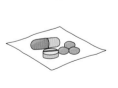 | 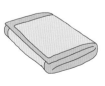 |  |  |  |
| 약 | 담요 | 물 | 빵 | 부채 |

# 情緒

**第 52 課**

### 韓語小單字

請將圖片的正確號碼填入空格中。

ⓐ 기쁘다 高興　　　　ⓑ 심심하다 無聊

ⓒ 슬프다 悲傷　　　　ⓓ 실망하다 失望

ⓔ 무섭다 害怕　　　　ⓕ 창피하다 丟臉

ⓖ 외롭다 寂寞　　　　ⓗ 화가 나다 生氣

ⓘ 놀라다 驚嚇　　　　ⓙ 기분이 좋다 心情好

ⓚ 걱정되다 擔心　　　　ⓛ 기분이 나쁘다 心情不好

**貼心小叮嚀!**

下列的表現在表示現在的情緒狀態時，要使用過去時制。

**놀라다** : 例 알람 소리에 깜짝 놀랐어요. (○)
因為鬧鐘的聲音嚇了一跳。
알람 소리에 깜짝 놀라요. (×)

**화가 나다** : 例 사장님이 지금 화가 났어요. (○)
老闆現在生氣了。
사장님이 지금 화가 나요. (×)

**실망하다** : 例 시험에 떨어져서 실망했어요. (○)
因為考試落榜而失望了。
시험에 떨어져서 실망해요. (×)

(1)　　(2)　　(3)　　(4)

(5)　　(6)　　(7)　　(8)

(9)　　(10)　　(11)　　(12)

기분只與좋다和나쁘다一起
使用來表達情緒。

請將學習過的單字應用
在對話中。

例 A 기분이 어때요?
B 기분이 좋아요.

180.mp3

請選擇正確的答案，並聽錄音確認。

181.mp3

(1) 내일 시험이 있는데 공부를 많이 못 해서　　ⓐ 외로워요.
　　　　　　　　　　　　　　　　　　　　　ⓑ 걱정돼요.

(2) 열심히 공부해서 좋은 성적을 받았을 때　　ⓐ 기뻤어요.
　　　　　　　　　　　　　　　　　　　　　ⓑ 슬펐어요.

(3) 오늘도 친구가 약속에 늦게 와서　　ⓐ 무서웠어요.
　　　　　　　　　　　　　　　　　　ⓑ 화가 났어요.

(4) 같은 일을 매일 반복하고 새로운 일이 없으면　　ⓐ 놀라요.
　　　　　　　　　　　　　　　　　　　　　　　ⓑ 심심해요.

(5) 제가 실수로 한국어를 잘못 말했을 때 사람들이 웃어서　　ⓐ 창피했어요.
　　　　　　　　　　　　　　　　　　　　　　　　　　　ⓑ 기분이 좋았어요.

動動腦2

請將相關的部分連起來，並聽錄音確認答案。

182.mp3

| (1) | (2) | (3) | (4) | (5) | (6) |
|---|---|---|---|---|---|
| 무서워요. | 슬퍼요. | 심심해요. | 화가 났어요. | 기뻐요. | 창피해요. |
| • | • | • | • | • | • |

　　ⓐ　　　　　ⓑ　　　　　ⓒ　　　　　ⓓ　　　　　ⓔ　　　　　ⓕ

눈물이 나요.　　웃어요.　　몸이 떨려요.　　얼굴이 빨개졌어요.　　소리를 질러요.　　하품이 나요.

# 人物描述

**韓語小單字**

請將圖片的正確選項填入空格中。

183.mp3

(1) 머리가 길어요. 頭髮長。 ☐
(2) 머리가 짧아요. 頭髮短。 ☐

(3) 뚱뚱해요. 肥胖。 ☐
(4) 말랐어요. 瘦。 ☐

(5) 멋있어요. 帥。 ☐
(6) 촌스러워요. 俗氣。 ☐

(7) 약해요. 弱。 ☐
(8) 힘이 세요. 力氣大。 ☐

(9) 돈이 없어요. 沒錢。 ☐
(10) 돈이 많아요. 錢多。 ☐

(11) 키가 커요. 個子高。 ☐
(12) 키가 작아요. 個子矮。 ☐

> **貼心小叮嚀!**
> 在說人的個子的時候:
> • 키가 높다(×)→키가 크다(○)
>   個子高。
> • 키가 낮다(×)→키가 작다(○)
>   個子矮。

(13) 젊어요. 年輕。 ☐   (14) 어려요. 幼小。 ☐   (15) 나이가 많아요. 年紀大。 ☐

184.mp3

請在空格中寫下正確答案,並聽錄音確認。

ⓐ 귀여워요　　ⓑ 아름다워요　　ⓒ 날씬해요　　ⓓ 건강해요　　ⓔ 예뻐요　　ⓕ 체격이 좋아요

(1)

A 5살 여자아이가 웃고 있어요.
B 웃는 얼굴이 정말 _____.

(2)

A 우리 할아버지는 90살인데 매일 등산하세요.
B 와! 할아버지가 _____.

(3)

A 요즘 살이 쪘어요.
B 아니에요. _____.

(4)

A 아기가 웃어요.
B 아기가 정말 _____.

(5)

A 결혼식에서 신부 봤어요?
B 네. 신부가 정말 _____.

(6)

A 진호 씨는 _____. 매일 운동해요?
B 네, 운동을 좋아해요.

**動動腦2**

185.mp3

請選擇正確的答案、完成句子,然後聽錄音確認。

ⓐ 군인　　ⓑ 공주　　ⓒ 젓가락　　ⓓ 돼지

(1) 그 사람은 _____처럼 예뻐요.

(2) 그 사람은 _____처럼 말랐어요.

(3) 그 사람은 _____처럼 뚱뚱해요.

(4) 그 사람은 _____처럼 머리가 짧아요.

> **小祕訣**
> 請注意使用처럼和같아요的區別!
> • 그 사람은 영화배우처럼 잘생겼어요.
>   他長得像電影明星一樣帥。
> • 그 사람은 영화배우 같아요.
>   他好像電影明星

# 身體與症狀

## 第 54 課

韓語小單字

請將圖片的正確選項填入空格中，並聽錄音確認答案。

186.mp3

(1)
(2)
(3)
(4)
(5)
(6)
(7)
(8)
(9)
(10)
(11)
(12)
(13)
(14)
(15)
(16)
(17)
(18)
(19)
(20)

ⓐ 이 牙齒
ⓑ 목 喉嚨
ⓒ 귀 耳朵
ⓓ 입 嘴巴
ⓔ 눈 眼睛
ⓕ 코 鼻子
ⓖ 이마 額頭
ⓗ 머리 頭
ⓘ 눈썹 眉毛
ⓙ 어깨 肩膀

ⓚ 팔 手臂
ⓛ 발 腳
ⓜ 손 手
ⓝ 배 肚子
ⓞ 허리 腰
ⓟ 다리 腿
ⓠ 가슴 胸部
ⓡ 무릎 膝蓋
ⓢ 발가락 腳趾
ⓣ 손가락 手指

小祕訣
오른손 右手，오른발 右腳
왼손 左手，왼발 左腳
양손 雙手，양발 雙腳

**動動腦1**

請將圖片的正確選項填入空格中,並聽錄音確認答案。

어디가 아파요?

ⓐ 이
ⓑ 목
ⓒ 배
ⓓ 머리
ⓔ 허리
ⓕ 어깨

(1)
_____이/가 아파요. ☐

(2)
_____이/가 아파요. ☐

(3)
_____이/가 아파요. ☐

(4)
_____이/가 아파요. ☐

(5)
_____이/가 아파요. ☐

(6)
_____이/가 아파요. ☐

小祕訣
- 목이 부었어요. = 목이 아파요.
喉嚨腫了。= 喉嚨痛。
- 배탈이 났어요. = 배가 아파요.
拉肚子。= 肚子痛。

**動動腦2**

請將圖片的正確選項填入空格中,並聽錄音確認答案。

(1)  ☐

(2) ☐

(3) ☐

(4)  ☐

(5)  ☐

(6)  ☐

貼心小叮嚀!
注意發音!
콧물 [콘물]

ⓐ 피가 나요. 流血。
ⓑ 땀이 나요. 流汗。
ⓒ 열이 나요. 發燒。
ⓓ 기침이 나요. 咳嗽。
ⓔ 콧물이 나요. 流鼻涕。
ⓕ 눈물이 나요. 流眼淚。
ⓖ 여드름이 나요. 長青春痘。
ⓗ 재채기가 나요. 打噴嚏。
ⓘ 두드러기가 나요. 出風疹。

(7)  ☐

(8)  ☐

(9) ☐

動詞 나다 表示從身體內部向外發出某種狀況。

貼心小叮嚀!
身體不適時的表現:
몸이 안 좋다 (○) 身體不好
몸이 나쁘다 (×)

第54課 – 身體與症狀　**121**

# 身體部位

## 第 55 課

### 韓語小單字

請將圖片的正確選項填入空格中，並聽錄音確認答案。

189.mp3

---

A 얼굴 臉

ⓐ 턱 下巴　　　　ⓑ 볼 臉頰

ⓒ 이 牙齒　　　　ⓓ 눈썹 眉毛

ⓔ 혀 舌頭　　　　ⓕ 입술 嘴唇

B 몸 身體

ⓐ 배 肚子　　　　ⓑ 허리 腰

ⓒ 등 背　　　　　ⓓ 옆구리 肋骨

ⓔ 어깨 肩膀　　　ⓕ 엉덩이 臀部

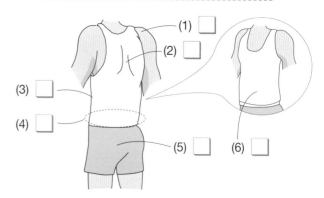

C 팔 手臂

ⓐ 손목 手腕　　　ⓑ 손가락 手指

ⓒ 손등 手背　　　ⓓ 손바닥 手掌

ⓔ 손톱 手指甲　　ⓕ 팔꿈치 手肘

D 발 腳

ⓐ 발목 腳腕　　　ⓑ 발가락 腳趾

ⓒ 발등 腳背　　　ⓓ 발바닥 腳掌

ⓔ 발톱 腳趾甲　　ⓕ 뒤꿈치 腳後跟

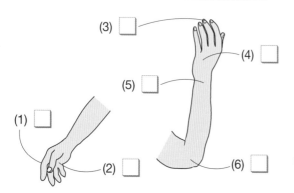

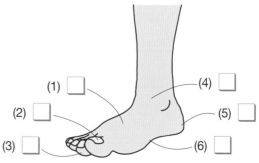

**動動腦1**

請將下列單字按部位分類並填入。

ⓐ 눈　　ⓑ 혀　　ⓒ 턱　　ⓓ 가슴　　ⓔ 눈썹　　ⓕ 손가락　　ⓖ 발바닥
ⓗ 코　　ⓘ 이　　ⓙ 배　　ⓚ 허리　　ⓛ 손톱　　ⓜ 손바닥　　ⓝ 발꿈치
ⓞ 입　　ⓟ 볼　　ⓠ 등　　ⓡ 입술　　ⓢ 발톱　　ⓣ 발가락　　ⓤ 팔꿈치

| (1) 얼굴 | (2) 팔 | (3) 발 | (4) 몸 |
| --- | --- | --- | --- |
|  |  |  |  |

**動動腦2**

請將相關的部分連起來，並聽錄音確認答案。

190.mp3

(1) 　맥주를 많이 마셨어요.　•　　　•　ⓐ 배탈이 났어요.

(2) 　오랫동안 박수를 쳤어요.　•　　　•　ⓑ 배가 나왔어요.

(3) 　높은 구두를 신고 많이 걸었어요. •　　•　ⓒ 허리가 아파요.

(4) 　오랫동안 의자에 앉아 있었어요. •　　•　ⓓ 발목이 아파요.

(5) 　모기에게 팔을 물렸어요.　•　　　•　ⓔ 팔이 가려워요.

(6) 　아이스크림을 많이 먹었어요.　•　　•　ⓕ 손바닥이 아파요.

# 穿著

191.mp3

## 韓語小單字

請將圖片的正確選項填入空格中，並聽錄音確認答案。

정장：男女穿著的正式服裝
양복：男士西裝

**A 입다** 用於敘述服裝穿著時

| | | | |
|---|---|---|---|
| ⓐ 치마 裙子 | ⓑ 재킷 夾克 | ⓒ 양복 西裝 | ⓓ 스웨터 毛衣 |
| ⓔ 바지 褲子 | ⓕ 코트 外套 | ⓖ 정장 正裝、西服 | ⓗ 티셔츠 T恤 |
| ⓘ 셔츠 襯衫 | ⓙ 점퍼 夾克 | ⓚ 반바지 短褲 | ⓛ 원피스 連身裙 |
| ⓜ 조끼 背心 | ⓝ 한복 韓服 | ⓞ 청바지 牛仔褲 | |

(1)  ☐　(2)  ☐　(3)  ☐　(4)  ☐　(5)  ☐

(6)  ☐　(7)  ☐　(8)  ☐　(9)  ☐　(10)  ☐

(11)  ☐　(12)  ☐　(13)  ☐　(14)  ☐　(15)  ☐

**B 신다** 用於敘述鞋襪穿著時

| | |
|---|---|
| ⓐ 구두 皮鞋 | ⓑ 운동화 運動鞋 |
| ⓒ 부츠 靴子 | ⓓ 슬리퍼 拖鞋 |
| ⓔ 샌들 涼鞋 | ⓕ 스타킹 絲襪 |
| ⓖ 양말 襪子 | |

**C 쓰다** 用於敘述頭部裝飾時

| | |
|---|---|
| ⓐ 모자 帽子 | ⓑ 털모자 毛帽 |
| ⓒ 안경 眼鏡 | ⓓ 선글라스 太陽眼鏡 |
| ⓔ 마스크 口罩 | |

(1)  ☐　(2)  ☐　(3)  ☐　(4)  ☐

(1)  ☐　(2)  ☐　(3)  ☐

(5)  ☐　(6)  ☐　(7)  ☐

(4)  ☐　(5)  ☐

**D 하다** 敘述佩戴飾品

ⓐ 목걸이 項鏈　　ⓑ 목도리 圍巾

ⓒ 귀걸이 耳環　　ⓓ 스카프 領巾

ⓔ 팔찌 手鏈　　　ⓕ 넥타이 領帶

**E 끼다** 敘述在展開的空間中，置入某種東西，使之不會脫落

ⓐ 장갑 手套

ⓑ 콘택트렌즈 隱形眼鏡

ⓒ 반지 戒指

(1)　　　　(2)　　　　(3)　　　　(1)　　　　(2)　　　　(3)

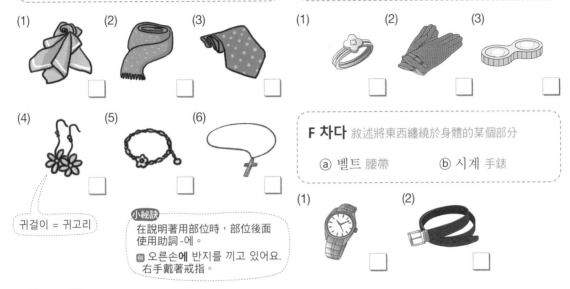

(4)　　　　(5)　　　　(6)

**F 차다** 敘述將東西纏繞於身體的某個部分

ⓐ 벨트 腰帶　　　ⓑ 시계 手錶

(1)　　　　(2)

귀걸이 = 귀고리

**小祕訣**
在說明著用部位時，部位後面使用助詞 -에。
例 오른손**에** 반지를 끼고 있어요.
右手戴著戒指。

**動動腦**

請選擇正確的答案，並聽錄音確認。

192.mp3

(1) 여자는 우산을　ⓐ 쓰고 있어요.
　　　　　　　　　ⓑ 쓰고 있지 않아요.

(2) 남자는 운동화를　ⓐ 신고 있어요.
　　　　　　　　　　ⓑ 신고 있지 않아요.

(3) 여자는 시계를　ⓐ 차고 있어요.
　　　　　　　　　ⓑ 차고 있지 않아요.

(4) 남자는 청바지를　ⓐ 입고 있어요.
　　　　　　　　　　ⓑ 입고 있지 않아요.

(5) 여자는 목도리를　ⓐ 하고 있어요.
　　　　　　　　　　ⓑ 하고 있지 않아요.

(6) 남자는 장갑을　ⓐ 끼고 있어요.
　　　　　　　　　ⓑ 끼고 있지 않아요.

# 季節

## 韓語小單字

193.mp3

1　請將相關的部分連起來，並聽錄音確認答案。

(1) 　(2) 　(3) 　(4)

3월 – 5월　　6월 – 8월　　9월 – 11월　　12월 – 2월

ⓐ 겨울　　ⓑ 여름　　ⓒ 봄　　ⓓ 가을

2　請聽錄音，並跟讀下列對話。

194.mp3

날씨가 어때요?

A 날씨가 추워요.
天氣冷。
B 네, 오늘 영하 10도예요.
是啊，今天零下10度。

A 날씨가 시원해요.
天氣好涼爽啊！
B 네, 오늘 7도예요.
是啊，今天7度。

A 날씨가 더워요.
天氣好熱啊！
B 네, 오늘 30도예요.
是啊，今天30度。

-10℃ 　2℃ 　7℃ 　13℃ 　30℃

(1) 춥다
冷

(2) 쌀쌀하다
涼颼颼的

(3) 시원하다
涼爽

(4) 따뜻하다
溫暖

(5) 덥다
熱

小祕訣

在讀氣溫的時候，
- 讀作 영하。
0 讀為 영。

A 날씨가 쌀쌀해요.
天氣涼颼颼的。
B 네, 오늘 2도예요.
是啊，今天只有兩度。

A 날씨가 따뜻해요.
天氣真暖。
B 네, 오늘 13도예요.
是啊，今天13度。

**動動腦1**

請將相關的部分連起來，並聽錄音確認答案。

(1)

-5℃　　봄이 됐어요.　13℃

注意助詞！
[名詞] + 이/가 되다

· · ⓐ 더워졌어요.

(2)

13℃　　여름이 됐어요.　30℃

· · ⓑ 추워졌어요.

(3)

30℃　　가을이 됐어요.　7℃

· · ⓒ 따뜻해졌어요.

(4)

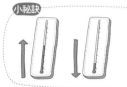
7℃　　겨울이 됐어요.　-5℃

· · ⓓ 시원해졌어요.

形容詞表現變化時，
使用 -아/어지다。
例 여름에 더워져요.
夏天變熱。

**小祕訣**

기온이 올라가다 氣溫上升
例 기온이 많이 올라갔어요. 氣溫上升很多。
기온이 내려가다 氣溫下降
例 기온이 조금 내려갔어요. 氣溫下降了一點。

**動動腦2**

請選擇正確的答案，並聽錄音確認。

(1) 보통 한국에서 (ⓐ 8월 / ⓑ 10월)에 시원해요.

(2) 보통 (ⓐ 여름 / ⓑ 가을)에 쌀쌀해요.

(3) 한국에서 (ⓐ 5월 / ⓑ 11월)에 추워져요.

(4) 한국에서 (ⓐ 6월 / ⓑ 10월)에 기온이 올라가요.

(5) 기온이 영하 3도면 날씨가 (ⓐ 더워요. / ⓑ 추워요).

# 天氣

**韓語小單字**

197.mp3

**1** 請將圖片的正確選項填入空格中，並聽錄音確認答案。

> ⓐ 눈　　ⓑ 해　　ⓒ 비　　ⓓ 안개　　ⓔ 구름　　ⓕ 번개　　ⓖ 천둥　　ⓗ 바람

(1)  ☐

(2) 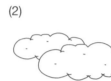 ☐

(3)  ☐

(4)  ☐

(5)  ☐

(6) 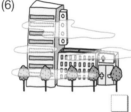 ☐

(7)  ☐

(8) 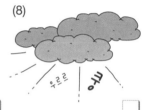 ☐

**2** 請聽錄音，並將對應圖片的正確選項填入空格中。

198.mp3

날씨가 어때요?

(1)  ☐

(2)  ☐

(3)  ☐

(4)  ☐

(5)  ☐

(6)  ☐

> ⓐ 맑다 晴
> ⓑ 흐리다 陰
> ⓒ 비가 오다 下雨
> ⓓ 눈이 오다 下雪
> ⓔ 바람이 불다 颱風
> ⓕ 안개가 끼다 起霧
>
> • 개다 : 放晴
> • 形容詞 흐리다
> 　= 動詞 구름이 끼다 陰

**小祕訣**

| | |
|---|---|
|  습기가 많다<br>濕氣重 |  건조하다<br>乾燥 |
|  습도가 높다<br>濕度高  75% |  습도가 낮다<br>濕度低  25% |
| 소나기 : 驟雨 | 장마 : 雨季 |

請將圖片的正確選項填入空格中。

ⓐ 나다　　　ⓑ 치다　　　ⓒ 오다　　　ⓓ 끼다　　　ⓔ 불다

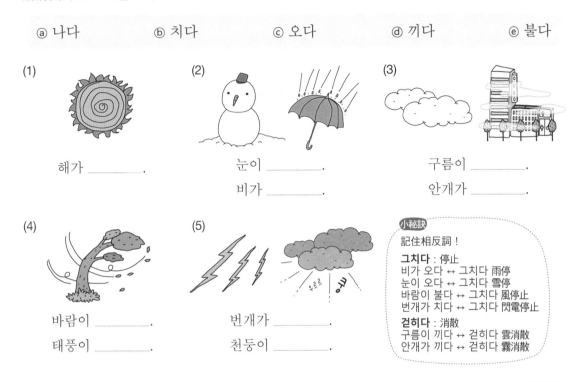

(1)
해가 ＿＿＿＿.

(2)
눈이 ＿＿＿＿.
비가 ＿＿＿＿.

(3)
구름이 ＿＿＿＿.
안개가 ＿＿＿＿.

(4)
바람이 ＿＿＿＿.
태풍이 ＿＿＿＿.

(5)
번개가 ＿＿＿＿.
천둥이 ＿＿＿＿.

**小祕訣**

記住相反詞！

**그치다** : 停止
비가 오다 ↔ 그치다 雨停
눈이 오다 ↔ 그치다 雪停
바람이 불다 ↔ 그치다 風停止
번개가 치다 ↔ 그치다 閃電停止

**걷히다** : 消散
구름이 끼다 ↔ 걷히다 雲消散
안개가 끼다 ↔ 걷히다 霧消散

**動動腦2**

請將下列情況中需要的物品連起來，並聽錄音確認答案。

199.mp3

뭐가 필요해요?

(1) 날씨가 더워요.

(2) 비가 와요.

(3) 날씨가 추워요.

(4) 햇빛이 강해요.

ⓐ 선풍기　　ⓑ 장갑　　ⓒ 선글라스　　ⓓ 손수건　　ⓔ 코트

ⓕ 비옷　　ⓖ 목도리　　ⓗ 부채　　ⓘ 우산　　ⓙ 모자

# 動物

第59課

200.mp3

**韓語小單字**

1  請將圖片的正確選項填入空格中，並聽錄音確認答案。

| | | | |
|---|---|---|---|
| ⓐ 곰 熊 | ⓑ 여우 狐狸 | ⓒ 늑대 狼 | ⓓ 코끼리 大象 |
| ⓔ 사자 獅子 | ⓕ 사슴 鹿 | ⓖ 기린 長頸鹿 | ⓗ 고양이 貓 |
| ⓘ 오리 鴨子 | ⓙ 악어 鱷魚 | ⓚ 개구리 青蛙 | ⓛ 거북이 烏龜 |

(1)　(2)　(3)　(4)

(5)　(6)　(7)　(8)

(9)　(10)　(11)　(12)

**小祕訣**
새 (鳥)、벌레 (昆蟲)和物고기 (魚)
並非指個別的動物，而是類別概念。

2  請將圖片的正確選項填入空格中，並聽錄音確認答案。
201.mp3

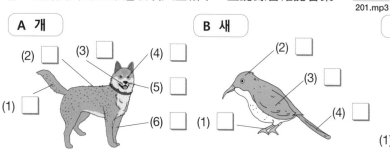

A 개

(2)　(3)　(4)　(5)　(1)　(6)

B 새

(2)　(3)　(4)　(1)

C 물고기

(2)　(3)　(1)　(4)

| | | | |
|---|---|---|---|
| ⓐ 다리 | ⓑ 눈 | ⓒ 코 | |
| ⓓ 꼬리 | ⓔ 털 | ⓕ 수염 | |

| | |
|---|---|
| ⓐ 꼬리 | ⓑ 다리 |
| ⓒ 머리 | ⓓ 날개 |

| | |
|---|---|
| ⓐ 아가미 | ⓑ 지느러미 |
| ⓒ 눈 | ⓓ 꼬리 |

## 動動腦1

請將對應圖片的正確選項填入空格中。

ⓐ 뱀        ⓑ 개        ⓒ 말        ⓓ 소        ⓔ 닭        ⓕ 용

쥐 (出生於 1972, 1984, 1996, 2008 年)

돼지 (出生於 1983, 1995, 2007, 2019年)

(1) ☐ (出生於 1973, 1985, 1997, 2009年)

(6) ☐ (出生於 1982, 1994, 2006, 2018年)

호랑이 (出生於 1974, 1986, 1998, 2010年)

(5) ☐ (出生於 1981, 1993, 2005, 2017年)

生肖

토끼 (出生於 1975, 1987, 1999, 2011年)

원숭이 (出生於 1980, 1992, 2004, 2016年)

(2) ☐ (出生於 1976, 1988, 2000, 2012年)

양 (出生於 1979, 1991, 2003, 2015年)

(3) ☐ (出生於 1977, 1989, 2001, 2013年)

(4) ☐ (出生於 1978, 1990, 2002, 2014年)

請將學習過的單字應用在對話中。
例 A 무슨 띠예요?
　　B 쥐띠예요.

202.mp3

## 動動腦2

請選擇擁有該項特徵的動物。

(1) 귀가 길어요.　　　　ⓐ 개　　　　ⓑ 토끼　　　　ⓒ 곰

(2) 목이 길어요.　　　　ⓐ 악어　　　　ⓑ 사자　　　　ⓒ 기린

(3) 다리가 없어요.　　　ⓐ 뱀　　　　ⓑ 양　　　　ⓒ 쥐

(4) 코가 길어요.　　　　ⓐ 개구리　　　ⓑ 코끼리　　　ⓒ 고양이

(5) 나무에 올라가요.　　ⓐ 원숭이　　　ⓑ 돼지　　　　ⓒ 거북이

(6) 빨리 달려요.　　　　ⓐ 돼지　　　　ⓑ 악어　　　　ⓒ 말

(7) 풀을 먹어요.　　　　ⓐ 뱀　　　　ⓑ 소　　　　ⓒ 쥐

(8) 집에서 길러요.　　　ⓐ 고양이　　　ⓑ 코끼리　　　ⓒ 호랑이

(9) 하늘을 날아요.　　　ⓐ 뱀　　　　ⓑ 말　　　　ⓒ 새

(10) 다리가 두 개예요.　ⓐ 사자　　　　ⓑ 닭　　　　ⓒ 개

(11) 털이 있어요.　　　　ⓐ 개구리　　　ⓑ 뱀　　　　ⓒ 고양이

(12) 물에서 살아요.　　　ⓐ 악어　　　　ⓑ 여우　　　　ⓒ 호랑이

# 鄉村

203.mp3

**第60課**

**韓語小單字**

請將圖片的正確選項填入空格中，並聽錄音確認答案。

(1) ☐ (2) ☐ (3) ☐ (4) ☐ (5) ☐ (6) ☐ (7) ☐ (8) ☐ (9) ☐ (10) ☐
(11) ☐ (12) ☐ (13) ☐ (14) ☐ (15) ☐ (16) ☐ (17) ☐ (18) ☐ (19) ☐ (20) ☐

---

ⓐ 산 山　　ⓑ 절 寺廟　　ⓒ 밭 田　　ⓓ 언덕 山坡　　ⓔ 나무 樹木

ⓕ 강 河　　ⓖ 길 路　　ⓗ 숲 森林　　ⓘ 호수 湖　　ⓙ 바위 岩石

ⓚ 꽃 花　　ⓛ 돌 石頭　　ⓜ 하늘 天空　　ⓝ 연못 池塘　　ⓞ 마을 村莊

ⓟ 논 稻田　　ⓠ 풀 草　　ⓡ 시내 小溪　　ⓢ 폭포 瀑布　　ⓣ 절벽 懸崖

請看圖片，下列句子描述正確的畫〇，錯誤的畫╳。

(1)　새가 하늘을 날아가요. ☐　　　(2)　말이 울고 있어요. ☐

(3)　닭이 먹고 있어요. ☐　　　(4)　개가 자고 있어요. ☐

(5)　소가 물을 마시고 있어요. ☐　　　(6)　고양이가 집 위에 앉아 있어요. ☐

**動動腦2**

請將與圖片相關的選項填入空格中。

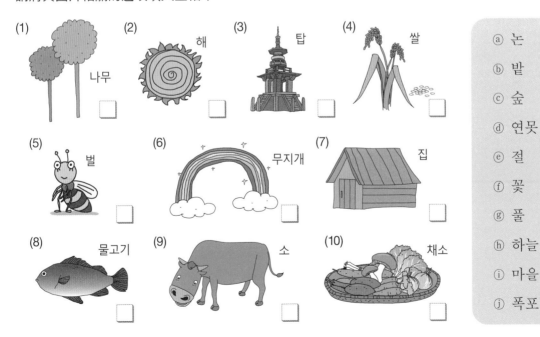

(1) 나무 ☐　(2) 해 ☐　(3) 탑 ☐　(4) 쌀 ☐

(5) 벌 ☐　(6) 무지개 ☐　(7) 집 ☐

(8) 물고기 ☐　(9) 소 ☐　(10) 채소 ☐

ⓐ 논
ⓑ 밭
ⓒ 숲
ⓓ 연못
ⓔ 절
ⓕ 꽃
ⓖ 풀
ⓗ 하늘
ⓘ 마을
ⓙ 폭포

# Part

關於人

問題

相反詞

其他

Fun!

開始學習！

## A　頭髮

### (1) 頭髮模樣

생머리
直髮

파마머리
燙髮

곱슬머리
捲髮

> **小祕訣**
> 如果捲髮不太嚴重，僅是稍微卷的話，則稱為 반(半)곱슬머리(半捲髮)。

### (2) 頭髮顏色

검은색 머리
黑髮

갈색 머리
褐髮

금발 머리
金髮

> **貼心小叮嚀！**
> 說頭髮的時候：
> 例 그 사람은 갈색 머리예요. (○)
> 他的頭髮是褐色的。
> 그 사람은 갈색 머리 있어요. (✗)

### (3) 頭髮的長度

긴 머리
長髮

짧은 머리
短髮

단발머리
短髮

커트 머리
短髮

어깨까지 오는 머리
及肩的頭髮

> **小祕訣**
> 如果用手指稱頭髮長度的話，使用 이 정도。

### (4) 頭髮部分名稱

앞머리
瀏海

옆머리
兩側的頭髮

뒷머리
後腦勺的頭髮

### (5) 其他

흰머리
白髮

대머리
禿頭

가발
假髮

> **貼心小叮嚀！**
> 注意發音！
> 앞머리 [암머리]
> 옆머리 [염머리]
> 뒷머리 [뒨머리]

> **小祕訣**
> 與頭髮相關的動詞：
> 머리를 자르다 剪頭髮
> 머리를 다듬다 整理頭髮
> 염색하다 染髮
> 例 갈색으로 염색한 머리 染成褐色的頭髮

> **小祕訣**
> 描述頭髮時的順序：[顏色] + [長度] + [模樣]
> 例 검은색 긴 생머리 褐色的長直髮
> 갈색 짧은 곱슬머리 褐色的短捲髮

## B 臉

① 둥글다
圓臉

② 각지다
方臉

③ 갸름하다
長臉

④ 턱수염이 있다
有下巴鬍子

⑤ 콧수염이 있다
有小鬍子

⑥ 잘생기다
帥

⑦ 못생기다
長得不好看

> **小祕訣**
> 잘생기다, 못생기다, 각지다
> 以完成時制表示現在狀態。
> 例1 그 사람은 잘생겼어요. (○)
> 　　他長得很帥。
> 　　그 사람은 잘생겨요. (×)
> 例2 얼굴이 각졌어요.(○)
> 　　臉是方的。
> 　　얼굴이 각져요.(×)

① 남자 얼굴이 **둥글어요**. 男人的臉圓圓的。
③ 남자 얼굴이 **갸름해요**. 男人的臉稍長。
⑤ 남자가 **콧수염이 있어요**. 男人有小鬍子。
⑦ 남자가 **못생겼어요**. 男人長得難看。

② 남자 얼굴이 **각졌어요**. 男人的臉方方的。
④ 남자가 **턱수염이 있어요**. 男人有羊鬍子。
⑥ 남자가 **잘생겼어요**. 男人長得帥。

> **貼心小叮嚀!**
> 눈이 크다 (○) 眼睛大。
> 큰 눈이 있다 (×)
> 例 친구가 눈이 커요.
> 　 我朋友的眼睛很大。

> **小祕訣**
> [사람 이름] 처럼 잘생겼어요.
> 像[人名]一樣帥。
> [사람 이름] 같은 얼굴이 인기가 많아요.
> 像[人名]一樣的臉會很受歡迎。

## C 體型

① 뚱뚱하다
胖

② 보통 체격이다
普通身材

③ 마르다
瘦

④ 체격이 좋다
體格好

⑤ 날씬하다
苗條

① 남자가 **뚱뚱해요**. 男人很胖。
③ 남자가 **말랐어요**. 男人很瘦。
⑤ 이 여자가 **날씬해요**. 這個女人很苗條。

② 남자가 **보통 체격이에요**. 男人是普通身材。
④ 이 남자가 **체격이 좋아요**. 這男人的體格好。

> **貼心小叮嚀!**
> 마르다 以完成時制表示現在的狀態。
> 例 그 사람은 말랐어요. (○) 他很瘦。
> 　 그 사람은 말라요. (×)

## D 身高

① 형이 키가 커요 哥哥個子高。
② 저는 보통 키예요 我個子一般。
③ 동생이 키가 작아요 弟弟個子矮。

키가 크다
個子高

보통 키(이)다
一般身高

키가 작다
個子矮

## E 年齡

초반
前段班、出頭

중반
中段班、上下

후반
後段班、快…歲

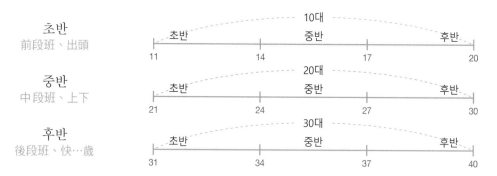

12살 → 아이가 **10대 초반**이에요. 孩子是十歲出頭。
25살 → 여자가 **20대 중반**이에요. 女生二十五歲上下。
38살 → 남자가 **30대 후반**이에요. 男生快四十歲。

小秘訣

根據年紀不同的特定用語：
1살 → 아기 嬰兒
7살 → 아이 孩子
16살 → 청소년 青少年
31살 → 젊은이 (젊은 사람) 年輕人
75살 → 노인 (나이가 많은 사람) 老人

## F 其他

(1)

동양인
東方人

① 피부가 하얀 편이에요. 皮膚比較白。
② 피부가 까만 편이에요. 皮膚比較黑。

(2)

서양인
西方人

① 백인 白人
② 흑인 黑人

(3)

혼혈
混血

① 그 사람은 아버지가 독일인이고 어머니가 한국인
이에요. 那個人的父親是德國人，母親是韓國人。

(4)

교포
僑胞

① 재미 교포 美僑
② 재일 교포 日僑
③ 그 사람은 재미 **교포**라서 영어하고 한국어를
둘 다 잘해요. 他是美僑，所以他英語和韓語都
說得好。

**自我挑戰！**

**1** 看圖並填寫符合下列說明的人。

 ⓐ  ⓑ  ⓒ  ⓓ  ⓔ  ⓕ

(1) 금발 머리이고 코가 높고 날씬해요. ☐

(2) 단발머리에 키가 작고 좀 말랐어요. ☐

(3) 머리는 대머리이고 키가 크고 뚱뚱해요. ☐

(4) 10대 후반쯤 됐고 보통 체격의 남자예요. ☐

(5) 갈색 짧은 파마머리에 둥근 얼굴이에요. ☐

(6) 각진 얼굴과 검은색 수염에 눈이 작아요. ☐

**2** 請寫出反義詞並完成下列對話。

(1) A 수지가 키가 커요?

B 아니요, _____. 150cm쯤 돼요.

(2) A 민수가 말랐어요?

B 아니요, _____.
몸무게가 100kg가 넘어요.

(3) A 지영이 머리가 길어요?

B 아니요, _____. 커트 머리예요.

(4) A 현기가 못생겼어요?

B 아니요, _____. 영화배우 같아요.

**3** 請正確修改劃線的部分。

(1) 선생님은 <u>큰 눈 있어요</u>.

(2) 제 친구는 <u>많이 말라요</u>.

(3) 아저씨가 <u>키가 높아요</u>.

(4) 저 배우가 정말 <u>잘생겨요</u>.

(5) 저 사람은 <u>초반 20대 있어요</u>.

(6) 이 사람은 <u>검은색 머리 있어요</u>.

**4** 請連接符合問題的答案。

(1) 수염이 있어요? •

(2) 어떻게 생겼어요? •

(3) 키가 얼마나 돼요? •

(4) 체격이 어때요? •

(5) 머리 모양이 어때요? •

(6) 나이가 얼마나 됐어요? •

• ⓐ 좀 말랐어요.

• ⓑ 165cm쯤 돼요.

• ⓒ 얼굴이 갸름하고 눈이 커요.

• ⓓ 30대 후반쯤 됐어요.

• ⓔ 아니요, 수염이 없어요.

• ⓕ 갈색 긴 파마머리예요.

# 第62課　個性

開始學習！

부지런하다　⟷　게으르다
勤快　　　　　懶惰

욕심이 많다
貪心

① ② ③

활발하다　⟷　조용하다
活潑　　　　　安靜

마음이 넓다
心胸寬大

④ ⑤ ⑥

죄송해요.
괜찮아.

겸손하다　⟷　거만하다
謙遜　　　　　傲慢

이기적이다
自私

⑦ ⑧ ⑨

한국말 정말 잘해요.
아니요. 잘 못해요.

난 뭐든지 잘해.

자기만 생각해요.

| 착하다 | ↔ | 못되다 | 고집이 세다 |
|---|---|---|---|
| 善良 | | 惡劣 | 固執 |

| 인내심이 있다 | ↔ | 인내심이 없다 | 성실하다 |
|---|---|---|---|
| 有耐心 | | 沒有耐心 | 誠實 |

| 자신감이 있다 | ↔ | 자신감이 없다 | 솔직하다 |
|---|---|---|---|
| 有自信心 | | 沒自信心 | 直率 |

**自我挑戰！**

**1** 請連接個性相反的人。

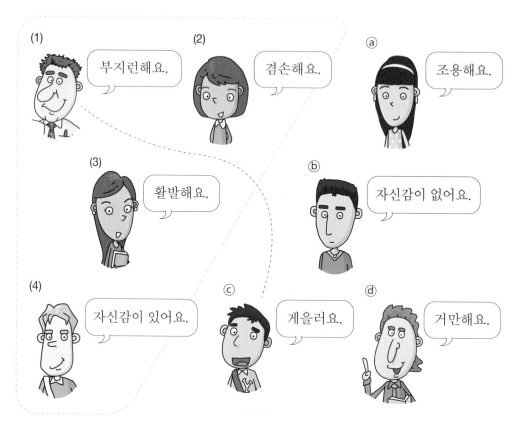

**2** 請選擇正確的答案。

(1) (ⓐ 솔직한 / ⓑ 성실한) 사람은 오늘 일을 내일로 미루지 않아요.

(2) (ⓐ 못된 / ⓑ 게으른) 사람은 힘이 없는 사람에게 나쁘게 행동해요.

(3) (ⓐ 겸손한 / ⓑ 조용한) 사람은 혼자 있는 것을 좋아해요.

(4) (ⓐ 착한 / ⓑ 거만한) 사람은 다른 사람을 자주 무시해요.

(5) (ⓐ 활발한 / ⓑ 이기적인) 사람과 같이 있으면 분위기가 밝아요.

(6) (ⓐ 인내심이 있는 / ⓑ 인내심이 없는) 사람은 화가 나도 잘 참아요.

(7) (ⓐ 자신감이 있는 / ⓑ 자신감이 없는) 사람은 사람들 앞에서 말을 잘 안 해요.

(8) (ⓐ 고집이 센 / ⓑ 욕심이 많은) 아이는 자기 음식을 다른 사람과 함께 먹지 않아요.

**3** 請選擇恰當的單字填空，完成下列對話。

> 게으르다　　인내심이 없다　　활발하다　　이기적이다　　성실하다　　착하다

(1) A 저는 진수처럼 ＿＿＿＿＿＿＿ 사람은 처음 봐요.

    B 맞아요. 진수는 도움이 필요한 사람을 항상 도와줘요.

(2) A 미나는 정말 ＿＿＿＿＿＿＿!

    B 맞아요, 미나 씨는 기분 나쁜 일이 있으면 바로 화를 내요.

(3) A 현주 동생은 부지런한데 현주는 성격이 반대예요.

    B 맞아요. 현주는 ＿＿＿＿＿＿＿서 항상 자기 일을 미루고 안 해요.

(4) A 유리는 지각도 안 하고 결석도 안 해요. 숙제도 매일 해요.

    B 그래요. 유리는 정말 ＿＿＿＿＿＿＿ 것 같아요.

(5) A 민기는 자기 생각만 해요. 다른 사람을 전혀 생각하지 않아요.

    B 네, 정말 ＿＿＿＿＿＿＿. 그래서 민기하고 같이 일하고 싶지 않아요.

(6) A 문규는 정말 에너지가 많은 것 같아요.

    B 그렇죠? 문규는 ＿＿＿＿＿＿＿니까 조용한 사람을 만나면 지루해 할 거예요.

**4** 請連接彼此相符的正確答案。

(1) 고집이 센 사람은　　•　　　　•　ⓐ 일하기 싫어해요.

(2) 활발한 사람은　　•　　　　•　ⓑ 거짓말을 할 수 없어요.

(3) 솔직한 사람은　　•　　　　•　ⓒ 집에 혼자 있는 것을 안 좋아해요.

(4) 게으른 사람은　　•　　　　•　ⓓ 다른 사람의 얘기를 듣지 않아요.

(5) 착한 사람은　　•　　　　•　ⓔ 자기 생활에 만족할 수 없어요.

(6) 욕심이 많은 사람은 •　　　　•　ⓕ 다른 사람의 부탁을 잘 거절하지 못해요.

# 感覺描述

開始學習！

① 부럽다
羨慕

② 신기하다
神奇

③ 대단하다
了不起

④ 불쌍하다
可憐

⑤ 지루하다
無聊

⑥ 그립다
想念

⑦ 아쉽다
可惜

⑧ 싫다
討厭

① 저기 데이트하는 커플이 정말 **부러워요**.
我真的很羨慕在那約會的戀人。

② 말하는 앵무새가 진짜 **신기해요**.
我覺得會說話的鸚鵡太神奇了。

③ 제 친구는 여러 나라 말을 할 줄 알아요. 친구가 정말 **대단해요**.
我的朋友會說好幾個國家的語言，朋友真了不起。

④ 어렵게 살고 있는 아이들이 **불쌍해요**.
我覺得生活困難的孩子真可憐。

⑤ 주말에 일도 숙제도 약속도 없어요. 이런 생활이 **지루해요**.
我週末沒事、沒作業也沒約會，這種生活真無聊。

⑥ 가족이 멀리 떨어져 살고 있어요. 가족이 **그리워요**.
我的家人住得很遠，我很想念家人。

⑦ 여행이 정말 재미있는데 이제 집에 돌아가야 해요. **아쉬워요**.
旅行真的很有意思，但現在得回家了，真可惜。

⑧ 옆에서 너무 시끄럽게 얘기해요. 진짜 **싫어요**.
旁邊在大聲喧嘩，真討厭。

貼心小叮嚀！

當你主觀地描述自己的感受時
你會說「친구가 부러워요」，
當你客觀地描述自己的感受時
你會說「친구를 부러워해요」。

貼心小叮嚀！

這些形容詞表現說話人的感情。
但在韓語中說話人常被省略了，
所以要注意感受到情感的賓語看
起來就像句子的主語。
例 (저는) 그 사람이 부러워요.
(我)羨慕他。

**自我挑戰！**

**1** 請選擇正確的答案。

(1) 수업이 재미없어서 계속 잠이 와요.
너무 (ⓐ 신기해요 / ⓑ 지루해요).

(2) 저 사람은 한국어, 영어, 일본어, 중국어, 프랑스어까지 할 줄 알아요.
정말 (ⓐ 대단해요 / ⓑ 불쌍해요).

(3) 부산에 가면 꼭 회를 먹어 보려고 했는데, 시간이 없어서 못 먹었어요.
진짜 (ⓐ 부러워요 / ⓑ 아쉬워요).

(4) 길거리에서 담배를 피우는 사람을 만나고 싶지 않아요.
그런 사람은 정말 (ⓐ 싫어요 / ⓑ 그리워요).

**2** 請寫下符合句子的圖片的選項，並且在空格中填入正確的單字。

| 싫다 | 그립다 | 아쉽다 | 대단하다 | 불쌍하다 | 신기하다 |

(1) □ 대학생 때로 다시 돌아가고 싶어요. 그때가 정말 _____.

(2) □ 저 사람은 다른 사람의 도움을 받지 않고 혼자 큰 회사를 만들었어요. 정말 _____.

(3) □ 저 아이는 항상 우울하고 고민이 많아 보여요. 그런데 도와주는 친구도 없어요.
저 아이가 _____.

(4) □ 2살짜리 아기가 벌써 한글을 읽어요. 정말 _____.

(5) □ 고향에 돌아가서 옛날 친구를 만나서 재미있게 지냈어요.
이제 고향을 떠나야 해서 _____.

(6) □ 저는 노래를 잘 못하는데 한국 친구들이 저한테 자꾸 노래를 시켜요. 정말 _____.

# 第64課 人際關係

開始學習！

## A 家族關係1

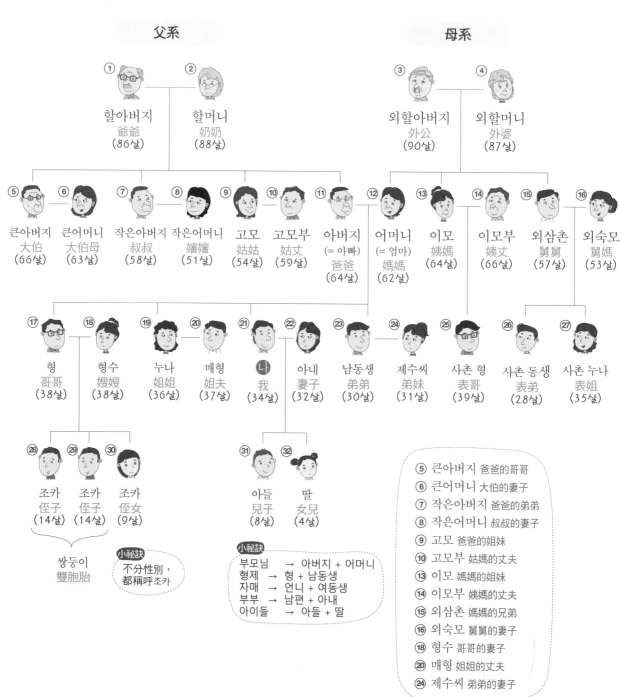

父系

母系

① 할아버지 爺爺 (86살)
② 할머니 奶奶 (88살)
③ 외할아버지 外公 (90살)
④ 외할머니 外婆 (87살)

⑤ 큰아버지 大伯 (66살)
⑥ 큰어머니 大伯母 (63살)
⑦ 작은아버지 叔叔 (58살)
⑧ 작은어머니 嬸嬸 (51살)
⑨ 고모 姑姑 (54살)
⑩ 고모부 姑丈 (59살)
⑪ 아버지 (= 아빠) 爸爸 (64살)
⑫ 어머니 (= 엄마) 媽媽 (62살)
⑬ 이모 姨媽 (64살)
⑭ 이모부 姨丈 (66살)
⑮ 외삼촌 舅舅 (57살)
⑯ 외숙모 舅媽 (53살)

⑰ 형 哥哥 (38살)
⑱ 형수 嫂嫂 (38살)
⑲ 누나 姐姐 (36살)
⑳ 매형 姐夫 (37살)
㉑ 나 我 (34살)
㉒ 아내 妻子 (32살)
㉓ 남동생 弟弟 (30살)
㉔ 제수씨 弟妹 (31살)
㉕ 사촌 형 表哥 (39살)
㉖ 사촌 동생 表弟 (28살)
㉗ 사촌 누나 表姐 (35살)

㉘ 조카 侄子 (14살)
㉙ 조카 侄子 (14살)
㉚ 조카 侄女 (9살)

㉛ 아들 兒子 (8살)
㉜ 딸 女兒 (4살)

쌍둥이 雙胞胎

小祕訣
不分性別，
都稱呼조카

小祕訣
부모님 → 아버지 + 어머니
형제 → 형 + 남동생
자매 → 언니 + 여동생
부부 → 남편 + 아내
아이들 → 아들 + 딸

⑤ 큰아버지 爸爸的哥哥
⑥ 큰어머니 大伯的妻子
⑦ 작은아버지 爸爸的弟弟
⑧ 작은어머니 叔叔的妻子
⑨ 고모 爸爸的姐妹
⑩ 고모부 姑媽的丈夫
⑬ 이모 媽媽的姐妹
⑭ 이모부 姨媽的丈夫
⑮ 외삼촌 媽媽的兄弟
⑯ 외숙모 舅舅的妻子
⑱ 형수 哥哥的妻子
⑳ 매형 姐姐的丈夫
㉔ 제수씨 弟弟的妻子

## B 家族關係2

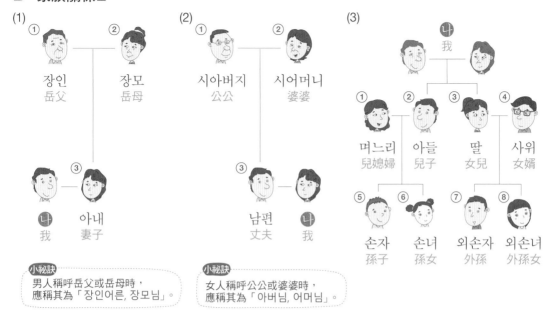

(1)
① 장인 岳父
② 장모 岳母
③ 나 我 — 아내 妻子

小祕訣
男人稱呼岳父或岳母時，
應稱其為「장인어른, 장모님」。

(2)
① 시아버지 公公
② 시어머니 婆婆
③ 남편 丈夫 — 나 我

小祕訣
女人稱呼公公或婆婆時，
應稱其為「아버님, 어머님」。

(3)
나 我
① 며느리 兒媳婦
② 아들 兒子
③ 딸 女兒
④ 사위 女婿
⑤ 손자 孫子
⑥ 손녀 孫女
⑦ 외손자 外孫
⑧ 외손녀 外孫女

## C 同事關係

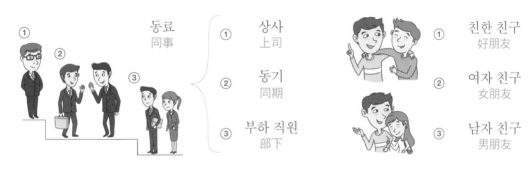

동료 同事
① 상사 上司
② 동기 同期
③ 부하 직원 部下

小祕訣
동기 是指同時進入公司的同
事或同一年進學校的朋友。

## D 朋友關係

① 친한 친구 好朋友
② 여자 친구 女朋友
③ 남자 친구 男朋友

小祕訣
• 반 친구 同班同學
• 방 친구 室友
• 전(옛날) 여자 친구 前女友
• 전(옛날) 남자 친구 前男友

## E 路上見到的人

韓國人對非家族成員也會使用家族稱呼。

超市

① 할아버지 爺爺

② 할머니 奶奶

③ 아저씨 大叔

④ 아줌마 大嬸

小祕訣
• 오빠：用於女性稱呼比自己年長的哥哥
時，或者稱呼男明星時。
• 언니：用於女性稱呼比自己年長的姐姐
或女明星、或用於在社交場合強
調親切感時。

**1** 請寫下屬於該範圍的單字。

| 할아버지 | 아저씨 | 딸 | 아내 | 엄마 | 이모 | 조카 |
|---|---|---|---|---|---|---|
| 장모 | 사위 | 며느리 | 삼촌 | 손녀 | 고모 | 할머니 |
| 아들 | 동생 | 형 | 손자 | 아빠 | 남편 | 누나 |

(1)

| ① 男性 | ② 女性 | ③ 不分性別的 |
|---|---|---|
| | | |
| | | |
| | | |

(2)

| ① 比自己年紀大的人 | ② 比自己年紀小的人 |
|---|---|
| | |
| | |
| | |
| | |

**2** 請正確連接男和女的對稱關係。

(1) 남편 •　　　　　　　　　　• ⓐ 사위

(2) 이모 •　　　　　　　　　　• ⓑ 아내

(3) 아들 •　　　　　　　　　　• ⓒ 장모

(4) 딸 •　　　　　　　　　　• ⓓ 할머니

(5) 장인 •　　　　　　　　　　• ⓔ 이모부

(6) 할아버지 •　　　　　　　　　• ⓕ 며느리

**3** 請挑選適當的單字修改劃線部分。

| 부부 | 부모님 | 동료 | 형제 |
|---|---|---|---|

(1) 아버지와 어머니는 <u>동료</u>예요.         _____ 예요/이에요.

(2) 남편하고 아내는 <u>형제</u>예요.         _____ 예요/이에요.

(3) 형하고 남동생은 <u>부부</u>예요.         _____ 예요/이에요.

(4) 상사하고 부하 직원은 <u>부모님</u>이에요.     _____ 예요/이에요.

**4** 請選擇一個與其他性質不同的單字。

(1) ⓐ 아빠     ⓑ 이모부     ⓒ 어머니     ⓓ 시아버지

(2) ⓐ 이모     ⓑ 고모     ⓒ 남편     ⓓ 외숙모

(3) ⓐ 조카     ⓑ 딸     ⓒ 손자     ⓓ 장인

(4) ⓐ 부모님     ⓑ 아이들     ⓒ 형     ⓓ 부부

(5) ⓐ 삼촌     ⓑ 엄마     ⓒ 고모     ⓓ 이모

(6) ⓐ 상사     ⓑ 가족     ⓒ 동료     ⓓ 부하 직원

**5** 請在空格中填寫正確的答案。

(1) 어머니의 여자 자매를 _____ (이)라고 불러요.

(2) 아버지와 어머니를 합쳐서 _____ (이)라고 해요.

(3) 딸의 남편을 _____ (이)라고 해요.

(4) 형제나 자매의 아이들을 _____ (이)라고 해요.

(5) 남편의 어머니를 _____ (이)라고 해요.

(6) 어렸을 때 어머니를 _____ (이)라고 불러요.

(7) 아들이나 딸의 아들을 _____ (이)라고 해요.

(8) 아버지의 형을 _____ (이)라고 불러요.

(9) 아들의 아내를 _____ (이)라고 해요.

(10) 이모나 고모, 삼촌의 자식을 _____ (이)라고 불러요.

# 第65課　人生

開始學習！

## 人的一生

①

태어나다
誕生

②

자라다
成長

③

학교에 다니다
上學

**小祕訣**
입학하다 入學
졸업하다 畢業

⑥

결혼하다
結婚

**小祕訣**
결혼식을 하다 舉行婚禮
신혼여행을 가다 度蜜月
이혼하다 離婚

⑤

데이트하다
約會

**小祕訣**
• 사귀다 使用助詞을/를。
例 남자/여자 친구를 사귀어요.
　 跟男朋友/女朋友交往。
• 연애하다 談戀愛
• 하고 헤어지다 跟~分手

④

취직하다
就業

**小祕訣**
회사에 다니다 工作
출근하다 上班 ↔ 퇴근하다 下班
승진하다 升遷
회사를 옮기다 跳槽
회사를 그만두다 辭職
퇴직하다 退休

⑦

아이를 낳다
生孩子

⑧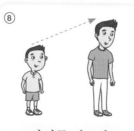

아이를 기르다
養孩子

**小祕訣**
아이를 기르다
= 아이를 키우다

⑨

죽다
死亡

**小祕訣**
사고가 나다 發生事故
병에 걸리다 生病
장례식을 하다 舉行葬禮

自我挑戰！

**1** 請寫出反義詞。

(1) 출근 ↔ _____

(2) 취직 ↔ _____

(3) 입학 ↔ _____

(4) 결혼 ↔ _____

**2** 請選擇一個不恰當的選項。

(1) ⓐ 학교 ☐　　　에 다녀요.
　　ⓑ 일 ☐
　　ⓒ 회사 ☐
　　ⓓ 학원 ☐

(2) ⓐ 이민 ☐　　　을/를 가요.
　　ⓑ 출장 ☐
　　ⓒ 출근 ☐
　　ⓓ 유학 ☐

(3) 아이를
　　ⓐ 자라요. ☐
　　ⓑ 낳아요. ☐
　　ⓒ 길러요. ☐
　　ⓓ 돌봐요. ☐

(4) 회사를
　　ⓐ 옮겨요. ☐
　　ⓑ 그만둬요. ☐
　　ⓒ 퇴직해요. ☐
　　ⓓ 취직해요. ☐

**3** 看圖選擇正確的答案。

28살

38살

10년 전에 대학교를 (1) (ⓐ 입학 / ⓑ 졸업)했어요. 그때 제 나이가 (2) (ⓐ 스물 여섯 / ⓑ 스물 여덟) 살이었어요. 2년 동안 준비해서 서른 살 때 (3) (ⓐ 취직 / ⓑ 퇴직)했어요. 그리고 작년에 결혼했어요. (4) (ⓐ 신랑 / ⓑ 신부)가 너무 예뻤어요. 올해 아이를 낳아서 잘 (5) (ⓐ 자라고 / ⓑ 키우고) 싶어요. 회사에서 열심히 일하면 내년에는 (6) (ⓐ 승진 / ⓑ 출근)할 수 있을 거예요.

# 受傷了

開始學習！

## 다쳤어요!

① 다리가 부러졌어요. 腿骨折了。　② 발목이 삐었어요. 腳踝扭傷了。

③ 발이 부었어요. 腳腫了。　④ 손가락이 베였어요. 割到手指了。

⑤ 손이 데었어요. 手燙傷了。　⑥ 손가락이 찔렸어요. 手指刺傷了。

⑦ 무릎이 까졌어요. 膝蓋擦傷了。　⑧ 눈이 멍들었어요. 眼睛淤血了。

小祕訣

다치다 前面使用助詞 을/를。
例 팔을 다쳤어요.(○) 手臂受傷了。
팔이 다쳤어요.(✗)

**自我挑戰！**

**1** 看圖選擇正確的答案。

(1)
ⓐ 부러졌어요. ☐
ⓑ 멍들었어요. ☐

(2)
ⓐ 부었어요. ☐
ⓑ 찔렸어요. ☐

(3)
ⓐ 삐었어요. ☐
ⓑ 베였어요. ☐

(4)
ⓐ 까졌어요. ☐
ⓑ 데었어요. ☐

**2** 請連接受傷的部位與原因、症狀，並完成句子。

(1)  손이 •

• ① 공에 •

• ⓐ 데었어요.

(2) 손가락이 •

• ② 불에 •

• ⓑ 찔렸어요.

(3)  발바닥이 •

• ③ 칼에 •

• ⓒ 베였어요.

(4)  팔이 •

• ④ 유리에 •

• ⓓ 멍들었어요.

**3** 請選擇正確的答案。

(1) 친구하고 싸울 때 많이 맞아서 눈이 파랗게 (ⓐ 부었어요 / ⓑ 멍들었어요).

(2) 넘어졌는데 다리가 (ⓐ 베였어요 / ⓑ 부러졌어요). 병원에서 깁스해야 해요.

(3) 뜨거운 물을 실수로 쏟았어요. 그래서 팔이 (ⓐ 데었어요 / ⓑ 까졌어요).

(4) 테니스를 하다가 발목이 조금 (ⓐ 삐었어요 / ⓑ 찔렸어요). 오늘 쉬면 괜찮을 거예요.

# 第67課　治療

開始學習！

## A 治療方法

약을 먹다
吃藥

약을 넣다
點藥

약을 바르다
擦藥

약을 뿌리다
噴藥

반창고를 붙이다
貼OK蹦

파스를 붙이다
貼藥膏

주사를 맞다
打針

침을 맞다
針灸

소독하다
消毒

찜질하다
熱敷

얼음찜질하다
冰敷

## B 醫院／科

① 치과 牙科

② 소아과 小兒科

③ 내과 內科

④ 외과 外科

⑤ 산부인과 婦產科

⑥ 피부과 皮膚科

⑦ 안과 眼科

⑧ 이비인후과 耳鼻喉科

⑨ 정형외과 整形外科（含重建整形與美容整形）

⑩ 성형외과 整形美容外科

⑪ 응급실 急診室

⑫ 한의원 韓醫院

   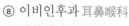

**自我挑戰！**

**1** 請選擇正確的答案。

(1) 반창고를 ⓐ 바르다 ☐      (2) 침을 ⓐ 맞다 ☐
           ⓑ 붙이다 ☐             ⓑ 하다 ☐

(3) 모기약을 ⓐ 먹다 ☐      (4) 얼음찜질을 ⓐ 넣다 ☐
           ⓑ 뿌리다 ☐              ⓑ 하다 ☐

**2** 請連接符合下列症狀的治療方法。

(1) 어깨가   (2) 팔이 부러   (3) 모기에게   (4) 감기에   (5) 무릎이   (6) 발목을
아파요.    졌어요.    물렸어요.    걸렸어요.    까졌어요.    삐었어요.

ⓐ 깁스   ⓑ 얼음찜질   ⓒ 주사를   ⓓ 파스를   ⓔ 반창고를   ⓕ 모기약을
하세요.    하세요.    맞으세요.    붙이세요.    붙이세요.    바르세요.

**3** 請選擇適當的單字填空。

| 치과 | 내과 | 안과 | 피부과 | 소아과 | 정형외과 |
|------|------|------|--------|--------|----------|

(1) 가려워요. 그러면            에 가 보세요.

(2) 눈이 아파요. 그러면            에 가 보세요.

(3) 이가 아파요. 그러면            에 가 보세요.

(4) 아이가 아파요. 그러면            에 가 보세요.

(5) 감기에 걸렸어요. 그러면            에 가 보세요.

(6) 다리가 부러졌어요. 그러면            에 가 보세요.

# 第68課

# 家裡可能出現的問題

開始學習！

**문제가 생겼어요!**

| | | | |
|---|---|---|---|
| ① 물이 안 나와요. | 水出不來。 | ② 파이프에서 물이 새요. | 排水管漏水。 |
| ③ 변기가 막혔어요. | 馬桶堵住。 | ④ 의자 다리가 부러졌어요. | 椅子腳斷了。 |
| ⑤ 창문이 깨졌어요. | 窗戶破了。 | ⑥ 액자가 떨어졌어요. | 相框掉下來了。 |
| ⑦ 불이 안 켜져요. | 燈打不開。 | ⑧ 불이 안 꺼져요. | 燈沒辦法關。 |
| ⑨ 보일러가 얼었어요. | 鍋爐結凍了。 | ⑩ 창문이 안 열려요. | 窗戶打不開。 |
| ⑪ 문이 안 잠겨요. | 門鎖不上。 | ⑫ 벌레가 나와요. | 有蟲。 |

小祕訣

**수리하다**：修理機械、裝備或設施
**고치다**：1) 修理機械、裝備或設施
 2) 治病

小祕訣

詢問費用時：
A 수리비가 얼마나 들었어요?
 修理費花了多少？
B 10만 원 들었어요.
 花了10萬韓元。

**自我挑戰！**

**1** 請選擇正確的助詞。

(1) 의자 다리(ⓐ 가 / ⓑ 를) 부러졌어요.

(2) 뜨거운 물(ⓐ 이 / ⓑ 을) 안 나와요.

(3) 창문(ⓐ 을 / ⓑ 이) 고장 나서 안 열려요.

(4) 액자(ⓐ 가 / ⓑ 를) 떨어졌어요.

**2** 請選擇正確的動詞。

(1) 물이 안　ⓐ 켜져요. ☐　　(2) 변기가　ⓐ 막혔어요. ☐
　　　　　　ⓑ 나와요. ☐　　　　　　　ⓑ 떨어졌어요. ☐

(3) 불이 안　ⓐ 잠겨요. ☐　　(4) 창문이 안　ⓐ 열려요. ☐
　　　　　　ⓑ 꺼져요. ☐　　　　　　　　ⓑ 얼었어요. ☐

(5) 벌레가　ⓐ 새요. ☐　　　(6) 창문이　ⓐ 깨졌어요. ☐
　　　　　　ⓑ 나와요. ☐　　　　　　　ⓑ 부러졌어요. ☐

**3** 請連接相對應的回答。

진수

서비스 센터

수리 기사

(1) 수리비가 얼마나 들어요? •　　　　　• ⓐ 아니요, 이번이 처음이에요.

(2) 무슨 문제예요? •　　　　　　　　• ⓑ 3일 됐어요.

(3) 어디세요? •　　　　　　　　　　• ⓒ 변기가 고장 났어요.

(4) 전에도 그랬어요? •　　　　　　　• ⓓ 여기는 한국아파트 3동 201호예요.

(5) 언제부터 그랬어요? •　　　　　　• ⓔ 5만 원쯤 들어요.

# 第69課 生活中可能發生的問題

開始學習！

## 무슨 일이 있어요?

① 길이 막혀요.　　　　　　　　塞車。

② 교통사고가 났어요.　　　　　發生交通事故了。

③ 시험에서 떨어졌어요.　　　　考試落榜了。

④ 돈이 다 떨어졌어요.　　　　　錢全部花光了。

⑤ 약속에 늦었어요.　　　　　　約會遲到了。

⑥ 친구와 싸웠어요.　　　　　　跟朋友吵架了。

⑦ 여자 친구와 헤어졌어요.　　跟女朋友分手了。

⑧ 노트북이 고장 났어요.　　　筆電故障了。

⑨ 지갑을 잃어버렸어요.　　　　錢包弄丟了。

⑩ 비밀번호를 잊어버렸어요.　　密碼忘記了。

⑪ 회사에서 해고됐어요.　　　　被公司炒魷魚了。

⑫ 할머니께서 돌아가셨어요.　　奶奶過世了。

> 貼心小叮嚀!
> 떨어지다 的兩種意思
> 1) 不及格
> 2) 沒有剩餘的

> 貼心小叮嚀!
> 注意發音和拼字！
> 잃어버리다 弄丟
> 잊어버리다 遺忘

> 貼心小叮嚀!
> 注意意思上的差異！
> 잃어버리다 弄丟
> 도둑을 맞다 被偷

**自我挑戰！**

**1** 在下列各項中，請選出一個不恰當的單字。

(1)
ⓐ 가족 ☐　하고 싸웠어요.
ⓑ 모임 ☐
ⓒ 친구 ☐
ⓓ 동료 ☐

(2)
ⓐ 약속 ☐　에 늦었어요.
ⓑ 수업 ☐
ⓒ 친구 ☐
ⓓ 회의 ☐

(3)
ⓐ 눈 ☐　이/가 떨어졌어요.
ⓑ 물 ☐
ⓒ 돈 ☐
ⓓ 배터리 ☐

(4)
ⓐ 냉장고 ☐　이/가 고장 났어요.
ⓑ 어머니 ☐
ⓒ 다리미 ☐
ⓓ 세탁기 ☐

(5)
ⓐ 할아버지 ☐　께서 돌아가셨어요.
ⓑ 할머니 ☐
ⓒ 아버지 ☐
ⓓ 며느리 ☐

(6)
ⓐ 이름 ☐　을/를 잃어버렸어요.
ⓑ 가방 ☐
ⓒ 여권 ☐
ⓓ 지갑 ☐

**2** 請選擇正確的句子。

(1) ⓐ 길이 너무 막혀요. ☐　빨리 병원에 가야 해요.
　　ⓑ 교통사고가 났어요. ☐

(2) ⓐ 노트북이 고장 났어요. ☐　노트북을 수리해야 해요.
　　ⓑ 노트북을 잃어버렸어요. ☐

(3) ⓐ 친구가 약속에 늦었어요. ☐　그 친구를 위로해야 해요.
　　ⓑ 친구가 시험에 떨어졌어요. ☐

(4) ⓐ 여자 친구하고 헤어졌어요. ☐　친구에게 다시 물어봐야 해요.
　　ⓑ 친구 전화번호를 잊어버렸어요. ☐

(5) ⓐ 친구와 크게 싸웠어요. ☐　친구에게 사과해야 해요.
　　ⓑ 친구가 회사에서 해고됐어요. ☐

# 問題情況

開始學習！

## A 身體問題

① 머리가 자꾸 빠져요. 一直掉頭髮。　② 흰머리가 많이 생겼어요. 長了許多白髮。

③ 주름살이 생겼어요. 長出皺紋。　④ 살이 쪘어요. 變胖了。

> **小祕訣**
> 注意反義詞的不同之處！
> 흰머리가 생겼어요. ↔ 흰머리가 없어졌어요.
> 　　　　　長了白髮。↔ 白頭髮不見了。
> 　　살이 쪘어요. ↔ 살이 빠졌어요.
> 　　　　變胖了。↔ 變瘦了。

## B 都市的生活問題

① 길이 많이 막혀요. 路太塞了。　② 사람이 너무 많아요. 人太多了。

③ 공기가 나빠요. 空氣不好。　④ 주차장이 너무 부족해요. 停車場停車位太少了。

> **小祕訣**
> 相似的表現如下：
> 길이 막히다 交通堵塞
> = 차가 밀리다 塞車
> = 교통이 복잡하다 交通複雜

## C 公司裡的問題

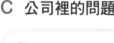

① 동료하고 사이가 안 좋아요. 與同事的關係不好。　② 월급이 안 올라요. 薪資未調漲。

③ 승진이 안 돼요. 不能升遷。　④ 일이 너무 많아요. 工作太多。

## D 健康問題

① 체했어요. 消化不良。

② 어지러워요. 頭暈。

③ 가려워요. 癢。

④ 답답해요. 胸悶。

## E 生活中的失誤

① 물을 쏟았어요. 打翻水了。

② 옷에 커피를 흘렸어요. 咖啡倒在衣服上了。

③ 발을 밟았어요. 踩了別人的腳。

④ 길을 잃어버렸어요. 迷路了。

小祕訣
強調失誤的時候，在動詞之前添加副詞 **실수로**。

例 실수로 다른 사람의 발을 밟았어요.
我不小心踩到別人的腳。

## F 副詞

副詞 **잘못** (意義為錯誤地)在動詞前面使用，意指錯誤的行動。

잘못 말하다

① "마크"를 "마이클"이라고 잘못 말했어요.
我將馬克錯說成了邁克爾。

잘못 듣다

② "7"시를 "8"시로 잘못 들었어요.
我把7點誤聽成了8點。

잘못 보다

③ "1"시를 "2"시로 잘못 봤어요.
我把一點錯看成了兩點。

잘못 알다

④ 이 집이 진수 집인데 민수 집이라고 잘못 알고 있었어요.
這是晉秀的家，我卻誤以為是民秀的家。

잘못 걸다

⑤ 전화 잘못 거셨어요.
您打錯電話了。

小祕訣
실수하다 : 因為不小心而犯錯。
잘못하다 : 犯錯或做錯事。

1　在下列各項中，請選出一個不恰當的單字。

(1)
ⓐ 나이　　☐　　이/가 생겼어요.
ⓑ 고민　　☐
ⓒ 흰머리　☐
ⓓ 주름살　☐

(2)
ⓐ 교통　　☐　　이/가 나빠요.
ⓑ 얼굴　　☐
ⓒ 기분　　☐
ⓓ 공기　　☐

(3)
ⓐ 살　　　☐　　이/가 빠졌어요.
ⓑ 이　　　☐
ⓒ 머리　　☐
ⓓ 건강　　☐

(4)
ⓐ 이름　　☐　　을/를 잘못 봤어요.
ⓑ 소리　　☐
ⓒ 번호　　☐
ⓓ 사진　　☐

2　請選擇正確的答案。

(1) 누가 주름살이 생겨요?
　　ⓐ 아기　　　　　　ⓑ 아이　　　　　　ⓒ 노인

(2) 어디가 공기가 나빠요?
　　ⓐ 시골　　　　　　ⓑ 도시　　　　　　ⓒ 바다

(3) 왜 승진이 안 돼요?
　　ⓐ 열심히 일해요.　ⓑ 일을 잘 못해요.　ⓒ 월급이 안 올라요.

(4) 어지러우면 어때요?
　　ⓐ 밥을 먹고 싶어요.　ⓑ 책을 읽을 수 있어요.ⓒ 걸을 수 없어요.

(5) 언제 체해요?
　　ⓐ 음식을 빨리 먹어요.　ⓑ 사람이 많아요.　ⓒ 물을 쏟았어요.

(6) 길을 잃어버렸을 때 뭐가 필요해요?
　　ⓐ 우산　　　　　　ⓑ 지도　　　　　　ⓒ 부채

**3**　請找出與失誤相對應的對話連起來。

(1) 단어를 잘못 썼어요.

    ⓐ **진수** 지민 씨, 안녕하세요?
       **민지** 제 이름은 민지인데요.

(2) 이름을 잘못 불렀어요.

    ⓑ **민지** 진호한테 이번 모임을 전했죠?
       **진수** 네? 민호한테 이번 모임을 말했는데요?

(3) 약속 시간을 잘못
    알았어요.

    ⓒ **민지** 회의 장소는 12층 회의실이에요.
       **진수** 네? 11층 회의실이라고요?

(4) 회의 장소를 잘못
    들었어요.

    ⓓ **민지** 3시 약속인데 왜 아직 안 와요?
       **진수** 3시요? 4시 아니에요?

(5) 다른 사람한테 잘못
    말했어요.

    ⓔ **민지** 진수 씨, "학고"가 아니라 "학교"라고 쓰세요.
       **진수** 그래요? 실수했네요.

(6) 다른 사람한테 편지
    를 잘못 보냈어요.

    ⓕ **민지** 민기한테 편지를 보냈어요?
       **진수** 네? 저는 수지한테 편지를 보냈는데요?

**4**　請正確選擇連接下列句子。

(1) 옷에 커피를 흘리면 　　　　•
(2) 밤에 음식을 많이 먹으면 　•
(3) 친구의 이름을 잘못 부르면 •
(4) 동료하고 사이가 안 좋으면 •
(5) 길이 너무 막히면 　　　　•
(6) 너무 많이 가려우면 　　　•

• ⓐ 약을 발라요.
• ⓑ 지하철을 타면 좋아요.
• ⓒ 살이 많이 찔 거예요.
• ⓓ 옷을 빨아야 해요.
• ⓔ 회사 분위기가 안 좋아요.
• ⓕ 친구가 기분 나빠해요.

# 第71課 相反副詞1

**開始學習！**

> **貼心小叮嚀！**
> 名詞後方使用 잘하다/못하다，表示能力的有無。
> 例 노래 → 노래를 잘해요.
> 노래를 못해요.

**(1)**

잘　　↔　　못
好　　　　　沒能

ⓐ 어제 **잘** 잤어요. 昨天睡得很好。
ⓑ 어제 잘 **못** 잤어요. 昨天沒睡好。

**(2)**

많이　　↔　　조금
多　　　　　一點、一些

ⓐ 친구가 **많이** 있어요. 我有很多朋友。
ⓑ 친구가 **조금** 있어요. 我有一些朋友。

> **貼心小叮嚀！**
> 注意發音！
> 많이 [마니]

**(3)**

빨리　　↔　　천천히
快　　　　　慢

ⓐ 보통 **빨리** 운전해요. 我通常開車開得很快。
ⓑ 보통 **천천히** 운전해요. 我通常開車開得很慢。

**(4)**

일찍　　↔　　늦게
早　　　　　晚

ⓐ 보통 **일찍** 일어나요. 我通常早起。
ⓑ 보통 **늦게** 일어나요. 我通常晚起。

**(5)**

잠깐　　↔　　오래
一下子　　　很久

ⓐ **잠깐** 전화했어요. 我打了一下電話。
ⓑ **오래** 전화했어요. 我打了很久的電話。

**(6)**

함께　　↔　　혼자
一起　　　　獨自、一個人

ⓐ 보통 가족하고 **함께** 식사해요.
　我通常和家人一起吃飯。
ⓑ 보통 **혼자** 식사해요. 我通常一個人吃飯。

**自我挑戰！**

**1** 請連接反義詞。

(1) 빨리    (2) 혼자    (3) 잘    (4) 잠깐    (5) 많이    (6) 늦게
  •         •         •         •         •         •


  •         •         •         •         •         •
  ⓐ 못      ⓑ 함께      ⓒ 천천히      ⓓ 조금      ⓔ 일찍      ⓕ 오래

**2** 請看圖片，並在空格中寫下正確答案。

| 빨리 | 잘 | 일찍 | 오래 | 혼자 | 많이 |
|------|-----|------|------|------|------|

(1)

> 보통 _____
> 여행 가요.

(2)

> 요리를 _____
> 못해요.

(3)

> _____
> 컴퓨터를 해서
> 어깨가 아파요.

(4)

> 아까 _____
> 집을 청소했어요.

(5)

> _____ 먹어서
> 배가 불러요.

(6)

> 보통 약속 시간에
> _____ 나가요.

**3** 請填寫與劃線的部分相反的副詞。

(1) 매일 약속에 늦게 갔지만, 오늘은 _____ 갔어요.

(2) 짐이 무거우니까 많이 들지 마세요. _____ 들고 가세요.

(3) 친구하고 함께 일하는 것보다 _____ 일하는 것이 편해요.

(4) 너무 빨리 말해서 이해 못 했어요. 좀 _____ 말해 주세요.

# 第72課　相反副詞2

開始學習！

## (1)

**처음에** ↔ **마지막에**
起初；開始　　　最後

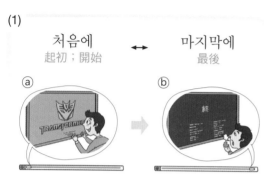

ⓐ 이 영화는 **처음에** 재미있었어요.
　這部電影的開頭很有趣。

ⓑ 이 영화는 **마지막에** 지루했어요.
　這部電影最後很無趣。

> 貼心小叮嚀！
> 注意意義的不同！
> 마지막에
> 마지막으로

## (2)

**같이** ↔ **따로**
一起　　　各自

ⓐ 식사비를 **같이** 계산해요.
　我們的餐費一起結吧。

ⓑ 식사비를 **따로** 계산해요.
　我們各自付餐費。

> 貼心小叮嚀！
> 注意發音！
> 같이 [가치]

## (3)

**다** ↔ **전혀**
全部　　　完全不、都沒

끝
0%
다 = 전부

ⓐ 일을 **다** 했어요.　事情全部都做完了。

ⓑ 일을 **전혀** 안 했어요. 事情一點都沒做。

## (4)

**대충** ↔ **자세히**
大致　　　仔細地

ⓐ 신문을 **대충** 읽어요.　我大致看了一下報紙。

ⓑ 신문을 **자세히** 읽어요. 我仔細地看了報紙。

## (5)

**더** ↔ **덜**
更加、多　　不足、少

2,000원입니다.　　2,000원입니다.

ⓐ 돈을 1,000원 **더** 냈어요. 我多付了1,000韓元。

ⓑ 돈을 1,000원 **덜** 냈어요. 我少付了1,000韓元。

## (6)

**먼저** ↔ **나중에**
先　　　以後

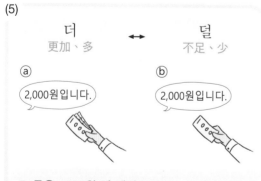

먼저 가세요.　같이……　전 나중에 먹을게요.

ⓐ 여자가 **먼저** 나가요.　　女子先出去。

ⓑ 여자가 **나중에** 먹을 거예요. 女子之後再吃。

**自我挑戰！**

**1** 請選擇具有相反意義的副詞連起來。

(1) 먼저　　(2) 같이　　(3) 대충　　(4) 다　　(5) 더

ⓐ 따로　　ⓑ 전혀　　ⓒ 덜　　ⓓ 자세히　　ⓔ 나중에

**2** 請選擇正確的副詞填空，並在空格中填寫相符的圖片選項。

| 대충 | 더 | 다 | 자세히 | 먼저 | 같이 |
|---|---|---|---|---|---|

(1) □ 이제 목적지에 거의 _____ 왔어요. 5분 후면 도착할 거예요.

(2) □ 목이 많이 말라요. 물 한 잔 _____ 갖다주세요.

(3) □ 서울에서 부산까지 따로 가고 부산에서 만나서 _____ 여행했어요.

(4) □ 아까 선생님이 짧게 설명해서 잘 모르겠어요. _____ 설명해 주세요.

(5) □ 할아버지께서 _____ 식사하시면 저는 나중에 먹을게요.

(6) □ 이 책을 자세히 못 읽었지만, 오늘 아침에 이 책을 _____ 읽어서 내용은 조금 알아요.

**3** 請修改劃線的部分。

(1) 비빔밥 더 하나 주세요.

(2) 내일이 시험인데 공부를 전혀 해요.

(3) 집에 여자가 처음 들어오고 남자가 나중에 들어왔어요.

# 相反形容詞1

> 貼心小叮嚀!
> 在名詞前方使用形容詞時,形容詞要加 -(으)ㄴ轉為冠形詞形。
> [形容詞語幹] + (으)ㄴ + [名詞]
> 例 크다 + ㄴ → 큰 옷 大衣服
> 　 작다 + 은 → 작은 옷 小衣服

開始學習!

(1)
크다 ↔ 작다
大　　　小

ⓐ　　　ⓑ

(2)
싸다 ↔ 비싸다
便宜　　貴

ⓐ　　　ⓑ

2,000원　　2,000,000원

(3)
길다 ↔ 짧다
長　　　短

ⓐ　　　ⓑ

> 貼心小叮嚀!
> 名詞前使用的 길다的語幹 길 與 -(으)ㄴ 結合,變為 긴。
> 例 긴 치마 長裙

(4)
깨끗하다 ↔ 더럽다
乾淨　　　髒

ⓐ　　　ⓑ

(5)
새롭다 ↔ 오래되다
新　　　老舊

ⓐ　　　ⓑ

> 貼心小叮嚀!
> 形容詞새롭다轉為冠形詞形時是새로운。冠形詞새與새로운意思相似,只用於名詞前修飾名詞。
> 例 새 구두 新皮鞋

> 小祕訣
> [事務] 오래되다
> [人] 나이가 많다

(6)
편하다 ↔ 불편하다
舒服　　　不舒服

ⓐ　　　ⓑ

(7)
두껍다 ↔ 얇다
厚　　　薄

ⓐ　　　ⓑ

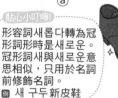

(8)
무겁다 ↔ 가볍다
重　　　輕

ⓐ　　　ⓑ

> 貼心小叮嚀!
> 名詞前使用的 두껍다或가볍다的語幹 ㅂ在 -(으)ㄴ之前成為우。
> 例 두꺼운 옷 厚衣服。

**自我挑戰！**

**1** 看圖選擇正確的答案。

(1)
ⓐ 얇은 책 ☐
ⓑ 두꺼운 책 ☐

800쪽

(2)
ⓐ 새 가방 ☐
ⓑ 오래된 가방 ☐

(3)
ⓐ 긴 머리 ☐
ⓑ 짧은 머리 ☐

(4)
ⓐ 싼 커피 ☐
ⓑ 비싼 커피 ☐

커피 200원

**2** 請看圖並連接成為正確的句子。

(1)  더러운 옷을 · · ⓐ 운전해 본 적이 없어요.

(2)  주머니가 없는 옷에 · · ⓑ 갖고 있지 않아요.

(3)  굽이 높은 구두가 · · ⓒ 세탁기에 넣으세요.

(4)  단추가 많은 옷은 · · ⓓ 지갑을 넣을 수 없어요.

(5)  오래된 모자를 · · ⓔ 발 건강에 안 좋아요.

(6)  비싼 차를 · · ⓕ 입기 불편해요.

> **小祕訣**
> 옷이 정말 커요. [肯定] 衣服真的太大。
> 옷이 너무 커요. [否定] 衣服太大。

**3** 請選擇正確的答案。

(1) 이 옷이 너무 (ⓐ 커요 / ⓑ 작아요). 좀 큰 옷 없어요?

(2) 어제 빨래를 다 했어요. 그래서 오늘은 (ⓐ 깨끗한 / ⓑ 더러운) 바지를 입었어요.

(3) 이 자동차는 (ⓐ 새로운 / ⓑ 오래된) 자동차예요. 20년 전에 샀어요.

(4) 저는 (ⓐ 편한 / ⓑ 불편한) 것을 안 좋아하니까 굽이 높은 구두를 신지 않아요.

# 相反形容詞2

開始學習！

(1)

| 부드럽다 | ↔ | 거칠다 |
|---|---|---|
| 細膩 | | 粗糙 |

ⓐ　　　　　　　ⓑ

(2)

| 부드럽다 | ↔ | 딱딱하다 |
|---|---|---|
| 軟 | | 硬 |

ⓐ　　　　　　　ⓑ

(3)

| 편리하다 | ↔ | 불편하다 |
|---|---|---|
| 方便 | | 不方便 |

ⓐ　　　　　　　ⓑ

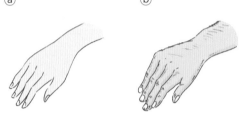

(4)

| 높다 | ↔ | 낮다 |
|---|---|---|
| 高 | | 低 |

ⓐ　　　　　　　ⓑ

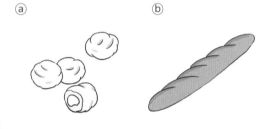

(5)

| 넓다 | ↔ | 좁다 |
|---|---|---|
| 寬 | | 窄 |

ⓐ　　　　　　　ⓑ

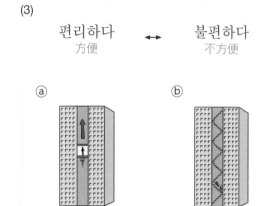

(6)

| 깊다 | ↔ | 얕다 |
|---|---|---|
| 深 | | 淺 |

ⓐ　　　　　　　ⓑ

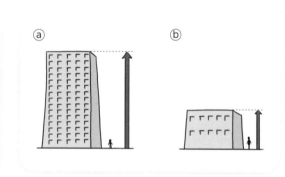

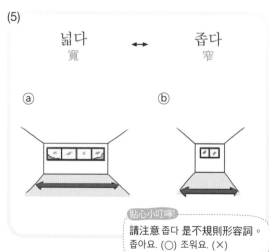

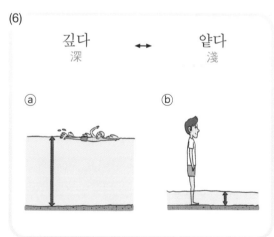

貼心小叮嚀!
**請注意 좁다 是不規則形容詞。**
좁아요. (○) 조워요. (✕)

(7)

같다   ↔   다르다
相同          不同

ⓐ              ⓑ

(8)

빠르다   ↔   느리다
快           慢

ⓐ              ⓑ

(9)

밝다   ↔   어둡다
明亮          黑暗

ⓐ              ⓑ

(10)

가깝다   ↔   멀다
近           遠

ⓐ              ⓑ

100m         30km

(11)

많다   ↔   적다
多           少

ⓐ              ⓑ

(12)

좋다   ↔   나쁘다
好           不好

ⓐ              ⓑ

## 自我挑戰！

**1** 請使用反義形容詞完成對話。

(1)

A 그 산이 높아요?
B 아니요, 별로 안 높아요.
_____.

(2)

A 버스에 사람들이 적어요?
B 아니요, 사람들이 너무 _____.

(3)

A 교통이 편리해요?
B 아니요, 교통이 정말 _____.

(4)

A 자전거가 느리죠?
B 아니요, 출근 시간이라서 자전거가 _____.

**2** 在下列各項中，請選出不恰當者。

(1)

밀가루 □    피부 □    물 □    목소리 □

이/가 부드러워요.

(2)

냄새 □    방 □    얼굴 □    불 □

이/가 밝아요.

(3)

어깨 □    입 □    교실 □    마음 □

이/가 넓어요.

(4)
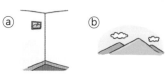  

벽 □    산 □    건물 □    키 □

이/가 높아요.

**3** 請選擇正確的答案。

(1) (ⓐ 깊은 / ⓑ 얕은) 물에서 수영하면 위험해요.

(2) 이 길은 (ⓐ 넓어서 / ⓑ 좁아서) 아침마다 길이 막혀요.

(3) 지하철역이 집에서 가까워서 (ⓐ 편리해요 / ⓑ 불편해요).

(4) 불을 켜야 해요. 지금 방이 너무 (ⓐ 밝아요 / ⓑ 어두워요).

(5) 쌍둥이는 얼굴이 (ⓐ 같아 / ⓑ 달라) 보이지만 성격은 달라요.

(6) 저 사람은 목소리가 (ⓐ 거칠어서 / ⓑ 부드러워서) 듣기 편해요.

(7) 회사가 집에서 (ⓐ 가까우니까 / ⓑ 머니까) 조금 늦게 출발해도 돼요.

(8) 나이 많은 사람은 이가 안 좋으니까 (ⓐ 딱딱한 / ⓑ 부드러운) 음식을 안 좋아해요.


**4** 請連接相應的部分，並完成下列句子。

(1) 청소기가 자주 고장 나서    •　　• ⓐ 무서워요.

(2) 진수 성격이 밝아서    •　　• ⓑ 빨리 승진할 거예요.

(3) 친구하고 성격이 달라서    •　　• ⓒ 자주 싸워요.

(4) 회사에서 일을 잘하면    •　　• ⓓ 이사하려고 해요.

(5) 수영장이 너무 깊어서    •　　• ⓔ 아이들이 놀기 위험해요.

(6) 밤에 혼자 있으면    •　　• ⓕ 사용하기 불편해요.

(7) 날씨가 나쁘면    •　　• ⓗ 사람들한테 인기가 많아요.

(8) 집에서 회사까지 너무 멀어서 •　　• ⓖ 여행을 취소할 거예요.


**5** 請修改劃線的部分。

(1) 이름은 비슷하지만 전화번호가 <u>다라요</u>.

(2) 버스가 너무 <u>느러서</u> 회사에 지각했어요.

(3) 길이 너무 <u>조워서</u> 지나갈 때 불편해요.

(4) 집 근처에 버스 정류장이 있어서 <u>불편 안 해요</u>.

(5) 백화점에 쇼핑하는 사람들이 <u>작아서</u> 오래 기다리지 않았어요.

# 相反動詞1

開始學習！

(1)

주다 ↔ 받다
給　　　接受；得到

ⓐ 축하합니다.

ⓑ 감사합니다.

ⓐ 민수가 유나에게 선물을 **줘요**.
民秀給宥娜禮物。

ⓑ 유나가 민수에게서 선물을 **받아요**.
宥娜從民秀那裡得到禮物。

(2)

전화를 하다 ↔ 전화를 받다
打電話　　　　接電話

ⓐ 유나가 민수한테 **전화를 해요**.
宥娜打電話給民秀。

ⓑ 민수가 유나한테서 **전화를 받아요**.
民秀接到宥娜打來的電話。

(3)

가르치다 ↔ 배우다
教　　　　　學習

가나다라

ⓐ 선생님이 학생에게 한국어를 **가르쳐요**.
老師教學生韓語。

ⓑ 학생이 선생님한테서 한국어를 **배워요**.
學生從老師那裡學習韓語。

(4)

도와주다 ↔ 도움을 받다
幫助　　　　接受、受到幫助

고마워요.

ⓐ 민수가 할머니를 **도와줘요**.
民秀幫助奶奶。

ⓑ 할머니가 민수에게 **도움을 받아요**.
奶奶受到民秀的幫助。

> 도움을 주다 給予幫助
> 도움을 받다 接受幫助
> 도움이 되다 成為幫助

(5)

때리다 ↔ 맞다
打　　　挨打

ⓐ 민수가 영기를 **때려요**.
民秀打英基。

ⓑ 영기가 민수에게 **맞아요**.
英基挨民秀打。

(6)

혼내다 ↔ 혼나다
教訓　　　被教訓

ⓐ 엄마가 아이를 **혼내요**.
媽媽教訓孩子。

ⓑ 아이가 엄마한테 **혼나요**.
孩子被媽媽教訓。

> **小祕訣**
> 表示動作的起點或對象的助詞根據上下文的脈絡使用不同助詞：
> [人]에게서 [書面語] = 에게
> 例 동료에게서 從同事處
> [人]한테서 [口語] = 한테
> 例 친구한테서 從朋友處
> [事物]에서
> 例 인터넷에서 從網絡上

自我挑戰！

**1** 請找出並填寫可置於動詞之前的三個名詞。

피아노　등　스트레스　얼굴　월급　외국어　선물　태권도　다리

(1)　　　　　　　　　　(2)　　　　　　　　　　(3)

　　　　　을/를 맞아요.　　　　　을/를 배워요.　　　　　을/를 받아요.

**2** 請選擇正確的助詞。

(1) 제가 (ⓐ 동생을 / ⓑ 동생에게) 때려서 엄마한테 혼났어요.

(2) 친구한테서 이메일을 받고 (ⓐ 친구한테 / ⓑ 친구한테서) 전화했어요.

(3) 제가 수업을 준비할 때 인터넷에서 (ⓐ 도움이 / ⓑ 도움을) 받아요.

**3** 請將相對應的圖片填入空格裡，並從句子提供的選項中選擇正確答案。

(1) ☐ 오랜만에 친구한테서 문자를 (ⓐ 해서 / ⓑ 받아서) 기분이 좋아요.

(2) ☐ 지각해서 상사에게 (ⓐ 혼났으니까 / ⓑ 혼냈으니까) 기분이 안 좋아요.

(3) ☐ 머리에 공을 (ⓐ 때려서 / ⓑ 맞아서) 머리가 아파요.

(4) ☐ 한국어를 (ⓐ 가르칠 / ⓑ 배울) 때 매일 숙제를 해야 했어요.

(5) ☐ 가족이니까 동생이 어려울 때 동생을 (ⓐ 도와줘요 / ⓑ 도움을 받아요).

(6) ☐ 친구가 고민이 있을 때 친구의 얘기를 (ⓐ 말해야 / ⓑ 들어야) 해요.

# 第76課

# 相反動詞2

開始學習！

(1)

입다　↔　벗다
穿　　　　脫

ⓐ 옷을 **입어요**. 穿衣服。
ⓑ 옷을 **벗어요**. 脫衣服。

(2)

서다　↔　앉다
站　　　　坐

ⓐ **서요**.　　　　站著。
ⓑ 의자에 **앉아요**. 坐在椅子上。

(3)

열다　↔　닫다
開　　　　關

ⓐ 문을 **열어요**. 開門。
ⓑ 문을 **닫아요**. 關門。

(4)

펴다　↔　덮다
打開　　　闔上

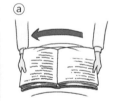 

ⓐ 책을 **펴요**.　 打開書。
ⓑ 책을 **덮어요**. 闔上書。

> **小祕訣**
> 책을 열다 (✕) →
> 책을 펴다 (○) 打開書
> 책을 닫다 (✕) →
> 책을 덮다 (○) 闔上書

(5)

밀다　↔　당기다
推　　　　拉

ⓐ 자동차를 **밀어요**. 推汽車。
ⓑ 줄을 **당겨요**.　　拉繩子。

(6)

켜다　↔　끄다
開　　　　關

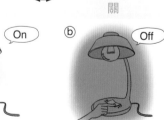

ⓐ 불을 **켜요**. 開燈。
ⓑ 불을 **꺼요**. 關燈。

貼心小叮嚀!

넣다 的相反詞有以下不同：

**꺼내다** (↔넣다)：用手或工具將在某個空間之內的東西拿到外面時使用。
例 가방에서 책을 꺼내요.從書包裡把書拿出來。

**빼다** (↔넣다)：在整體中，去除或扣下一部分時使用。
例 이번 모임에서 그 사람을 뺐어요.這次聚會中，我們把他給除外了。

(7)

넣다 ↔ 꺼내다
放進　　　　拿出

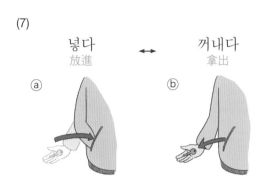

ⓐ 주머니에 열쇠를 **넣어요**. 把鑰匙放進口袋裡。
ⓑ 주머니에서 열쇠를 **꺼내요**. 從口袋裡把鑰匙拿出來。

(8)

넣다 ↔ 빼다
放進　　　　拿出

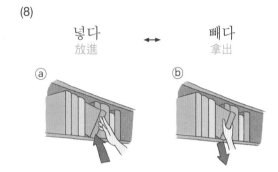

ⓐ 책을 책꽂이에 **넣어요**. 把書放進書架裡。
ⓑ 책을 책꽂이에서 **빼요**. 把書從書架上取出來。

(9)

들다 ↔ 놓다
拿起　　　　放下

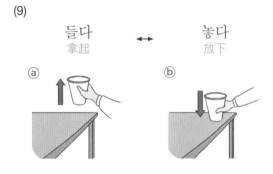

ⓐ 컵을 손에 **들어요**. 用手拿起杯子。
ⓑ 컵을 탁자에 **놓아요**. 把杯子放在桌上。

(10)

줍다 ↔ 버리다
撿　　　　　扔

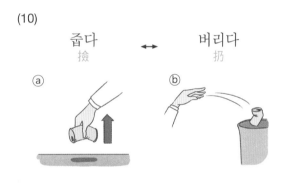

ⓐ 쓰레기를 **주워요**. 撿垃圾。
ⓑ 쓰레기를 **버려요**. 扔垃圾。

(11)

타다 ↔ 내리다
上；搭　　　下

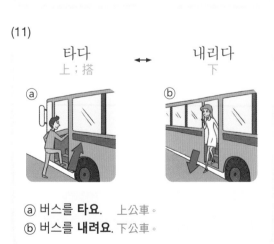

ⓐ 버스를 **타요**. 上公車。
ⓑ 버스를 **내려요**. 下公車。

(12)

싸다 ↔ 풀다
包起來　　　打開

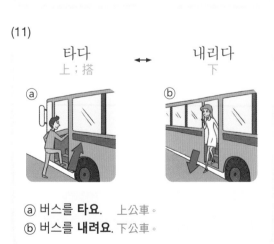

ⓐ 짐을 **싸요**. 打包行李。
ⓑ 짐을 **풀어요**. 將行李打開。

第76課－相反動詞2　**177**

**1** 請看圖選擇正確的動詞。

(1)

ⓐ 문을 밀어요.

ⓑ 문을 당겨요.

(2)

ⓐ 쓰레기를 주워요.

ⓑ 쓰레기를 버려요.

(3)

ⓐ 엘리베이터를 타요.

ⓑ 엘리베이터를 내려요.

(4)

ⓐ 옷을 입어요.

ⓑ 옷을 벗어요.

(5)

ⓐ 텔레비전을 켜요.

ⓑ 텔레비전을 꺼요.

(6)
ⓐ 냉장고에 물을 넣어요.

ⓑ 냉장고에 물을 꺼내요.

**2** 在下列各項中，請選出一個不恰當的。

(1)
ⓐ 지하철 ☐  을/를 타요.
ⓑ 비행기 ☐
ⓒ 세탁기 ☐
ⓓ 자전거 ☐

(2)
ⓐ 상자 ☐  에서 꺼내요.
ⓑ 뚜껑 ☐
ⓒ 서랍 ☐
ⓓ 주머니 ☐

(3)
ⓐ 사전 ☐  을/를 열어요.
ⓑ 창문 ☐
ⓒ 상자 ☐
ⓓ 가방 ☐

(4)
ⓐ 짐 ☐  을/를 들어요.
ⓑ 컵 ☐
ⓒ 공 ☐
ⓓ 방 ☐

**3** 請選擇正確的答案。

(1) 공연을 보러 갔는데 자리가 없어서 (ⓐ 서서 / ⓑ 앉아서) 봤어요.

(2) 방이 너무 더우니까 창문을 (ⓐ 열면 / ⓑ 닫으면) 좋겠어요.

(3) 내일 아침 일찍 여행을 떠날 거예요. 빨리 짐을 (ⓐ 싸세요 / ⓑ 푸세요).

(4) 손에 가방을 (ⓐ 놓고 / ⓑ 들고) 있어요. 미안하지만, 문 좀 열어 주세요.

(5) 이번 주말에 시간이 없어요. 이번 주말 모임에서 저를 (ⓐ 넣어 / ⓑ 빼) 주세요.

(6) 이제 수업을 시작하겠습니다. 책 33쪽을 (ⓐ 펴세요 / ⓑ 덮으세요).

(7) 친구가 지갑에서 가족사진을 (ⓐ 넣어서 / ⓑ 꺼내서) 보여 줬어요.

(8) 아까 불을 (ⓐ 켰는데 / ⓑ 껐는데) 왜 불이 켜져 있는지 모르겠어요.


**4** 請選擇恰當的組詞填空。

| 이/가 | 을/를 | 에 | 에서 |
|---|---|---|---|

(1) 일할 때 의자(     ) 앉아서 해요.

(2) 인사할 때 주머니(     ) 손을 빼요.

(3) 회사에 출근할 때 지하철(     ) 타고 가요.

(4) 수업을 들을 때 노트북을 책상 위(     ) 놓아요.

(5) 영화를 볼 때에는 핸드폰(     ) 꺼 주세요.

(6) 쓰레기는 쓰레기통(     ) 버립시다.

(7) 겨울 옷이 필요하니까 창고(     ) 옷을 꺼냈어요.

(8) 친구(     ) 오래 줄을 서 있어서 다리가 아플 거예요.


**5** 請修改下方劃線的部分。

(1) 열쇠를 책상 위에 <u>넣으세요</u>.

(2) 어제 길에서 돈을 <u>추웠어요</u>.

(3) 시험을 시작하기 전에 책을 <u>닫으세요</u>.

# 相反動詞3

開始學習！

**(1)**

알다　　↔　　모르다
認識　　　　　不認識

ⓐ 그 사람을 **알아요**.
　 認識那個人。

ⓑ 그 사람을 **몰라요**.
　 不認識那個人。

貼心小叮嚀！

注意 알다 的反義詞是 모르다。
例 그 사람을 안 알아요. (✗)
　 그 사람을 몰라요. (○)
　 我不認識他。

**(2)**

이기다　　↔　　지다
贏　　　　　　輸

| 6 | 4 | | 6 | 4 |

ⓐ 경기에서 **이겼어요**. 在比賽中贏了。
ⓑ 경기에서 **졌어요**. 在比賽中輸了。

小祕訣
5:5 비기다
平手

**(3)**

얼다　　↔　　녹다
結冰　　　　　融化

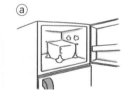
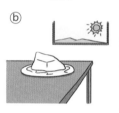

ⓐ 물이 **얼었어요**. 水結冰了。
ⓑ 얼음이 **녹았어요**. 冰融化了。

**(4)**

오르다　　↔　　내리다
上漲　　　　　下降

ⓐ 월급이 **올랐어요**. 加薪。
ⓑ 월급이 **내렸어요**. 減薪。

**(5)**

늘다　　↔　　줄다
增加　　　　　減少

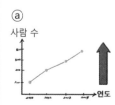

사람 수　　　　　　사람 수

연도　　　　　　　연도

ⓐ 사람이 **늘어요**. 人數增加。
ⓑ 사람이 **줄어요**. 人數減少。

**(6)**

소리를 키우다　↔　소리를 줄이다
調大聲　　　　　　　調小聲

ⓐ 소리를 **키워요**. 調大聲。
ⓑ 소리를 **줄여요**. 調小聲。

소리를 키우다 = 소리를 높이다
소리를 줄이다 = 소리를 낮추다

**自我挑戰！**

**1** 請看圖選擇正確的答案。

(1)

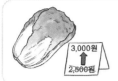

ⓐ 값이 올랐어요. ☐
ⓑ 값이 내렸어요. ☐

(2)

ⓐ 수도가 녹았어요. ☐
ⓑ 수도가 얼었어요. ☐

(3)

ⓐ 한국어 실력이 늘었어요. ☐
ⓑ 한국어 실력이 줄었어요. ☐

(4)

ⓐ 경기에서 이겼어요. ☐
ⓑ 경기에서 졌어요. ☐

**2** 請連接符合問題的答案。

(1) 이 단어를 알아요? •
(2) 이번 경기에서 이겼어요? •
(3) 얼음이 다 얼었어요? •
(4) 지난달보다 이번 달에
학생이 줄었어요?

• ⓐ 아니요, 졌어요.
• ⓑ 아니요, 몰라요.
• ⓒ 아니요, 20명 더 늘었어요.
• ⓓ 아니요, 다 녹았어요.

**3** 請修改下方劃線的部分。

(1) 시험을 잘 봐서 점수가 <u>늘었어요</u>.
(2) 저는 선생님의 연락처를 <u>안 알아요</u>.
(3) 너무 시끄러우니까 소리를 <u>내려요</u>.

## 第78課　動作動詞

**開始學習！**

(1)

| 걷다 | 뛰다 |
|---|---|
| 走 | 跳 |

ⓐ 　ⓑ

(2)

| 달리다 | 멈추다 |
|---|---|
| 跑 | 停 |

ⓐ 　ⓑ

(3)

| 넘다 | 건너다 |
|---|---|
| 越過 | 越過 |

ⓐ 　ⓑ

(4)

| 들다 | 옮기다 |
|---|---|
| 拿 | 移動 |

ⓐ 　ⓑ

> **貼心小叮嚀！**
> 注意！
> • 옮기다：搬東西的時候使用。
> • 이사하다：搬家的時候使用。

(5)

| 지나다 | 구르다 |
|---|---|
| 經過 | 滾 |

ⓐ 　ⓑ

(6)

| 떨다 | 돌다 |
|---|---|
| 發抖 | 轉圈 |

ⓐ 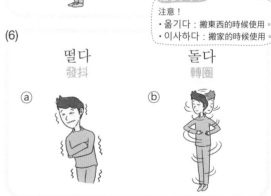　ⓑ

(7)

| 부딪치다 | 넘어지다 |
|---|---|
| 碰撞 | 摔倒 |

ⓐ 　ⓑ

(8)

| 빠지다 | 떨어지다 |
|---|---|
| 掉進 | 掉落 |

ⓐ 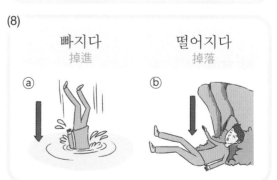　ⓑ

## 自我挑戰！

**1** 請看圖選擇正確的答案。

(1)
다리를 (ⓐ 건넌 / ⓑ 옮긴)
다음에 오른쪽으로 가세요.

(2)
남자가 우산을
(ⓐ 돌고 / ⓑ 들고) 있어요.

(3)
단추가
(ⓐ 넘어져서 / ⓑ 떨어져서)
입을 수 없어요.

(4)
봄이 (ⓐ 지나고 / ⓑ 달리고)
여름이 되었어요.

(5)
수업 시간에 늦어서
(ⓐ 걸어서 / ⓑ 뛰어서)
갔어요.

(6)
그 남자는 그 여자를
보고 사랑에
(ⓐ 빠졌어요 / ⓑ 부딪쳤어요).

**2** 在下列各項中，請選出一個不恰當的選項。

(1)
ⓐ  개 ☐
ⓑ  새 ☐
ⓒ  뱀 ☐
이/가 걸어요.

(2)
ⓐ  사람 ☐
ⓑ  가방 ☐
ⓒ  자동차 ☐
이/가 멈춰요.

(3)
ⓐ  강 ☐
ⓑ  문 ☐
ⓒ  길 ☐
을/를 건너요.

(4)
ⓐ  언덕 ☐
ⓑ  사랑 ☐
ⓒ  물 ☐
에 빠졌어요.

(5)
ⓐ  나무 ☐
ⓑ  바다 ☐
ⓒ  하늘 ☐
에서 떨어졌어요.

(6)
ⓐ  옷 ☐
ⓑ  자전거 ☐
ⓒ  벽 ☐
에 부딪쳤어요.

# 身體相關動詞

開始學習！

## (1) 머리

① 생각하다
想

기억하다
記憶

외우다
背

## (2) 손

① 잡다
抓

② 만지다
摸

③ 악수하다
握手

④ 박수를 치다
拍手

在韓語中，拍手或鼓掌都是說 박수를 치다。

## (3) 가슴

느끼다
感覺

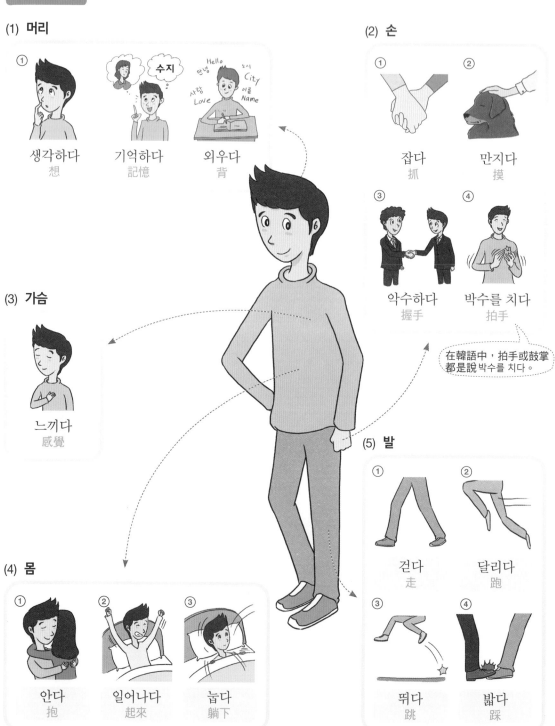

## (4) 몸

① 안다
抱

② 일어나다
起來

③ 눕다
躺下

## (5) 발

① 걷다
走

② 달리다
跑

③ 뛰다
跳

④ 밟다
踩

(6) 눈

① 보다
看

② 눈을 감다
閉上眼睛

③ 눈을 뜨다
睜開眼睛

(7) 코

냄새를 맡다
聞味道

(8) 귀

듣다
聽

(9) 입

① 맛을 보다
嚐味道

② 먹다
吃

③ 마시다
喝

④ 말하다
說

⑤ 소리를 지르다
大叫

⑥ 외치다
呼喊

⑦ 하품하다
打呵欠

⑧ 뽀뽀하다
親吻

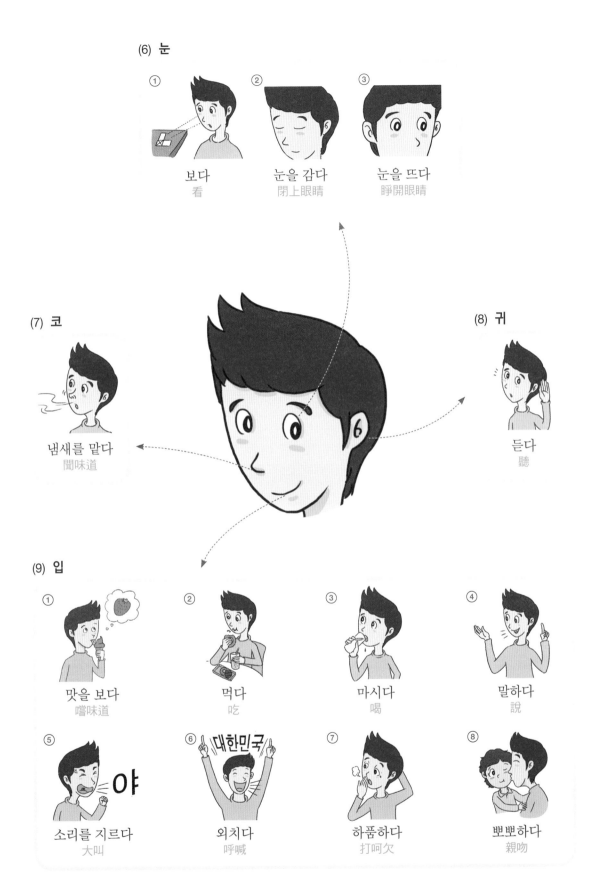

**1** 請在下列各項中，選擇一個身體部位不同的單字。

(1)
- ⓐ 먹다 ☐
- ⓑ 잡다 ☐
- ⓒ 하품하다 ☐
- ⓓ 맛을 보다 ☐

(2)
- ⓐ 밟다 ☐
- ⓑ 만지다 ☐
- ⓒ 악수하다 ☐
- ⓓ 박수를 치다 ☐

(3)
- ⓐ 보다 ☐
- ⓑ 뜨다 ☐
- ⓒ 감다 ☐
- ⓓ 맡다 ☐

(4)
- ⓐ 안다 ☐
- ⓑ 눕다 ☐
- ⓒ 느끼다 ☐
- ⓓ 일어나다 ☐

(5)
- ⓐ 말하다 ☐
- ⓑ 외치다 ☐
- ⓒ 소리를 듣다 ☐
- ⓓ 소리를 지르다 ☐

(6)
- ⓐ 외우다 ☐
- ⓑ 뽀뽀하다 ☐
- ⓒ 생각하다 ☐
- ⓓ 기억하다 ☐

**2** 請選擇正確的答案。

(1) 자려고 침대에 (ⓐ 일어나요 / ⓑ 누워요).

(2) 동생이 내 옷을 (ⓐ 잡아서 / ⓑ 만져서) 옷이 찢어졌어요.

(3) 사업하는 사람들은 인사할 때 보통 (ⓐ 하품해요 / ⓑ 악수해요).

(4) 비밀번호를 잊어버리지 않게 머리 속으로 (ⓐ 외워요 / ⓑ 외쳐요).

(5) 우리 3년 전에 학교에서 만났어요. 그때를 (ⓐ 뽀뽀해요? / ⓑ 기억해요?)

(6) 공연이 끝나고 모든 사람들이 일어나서 (ⓐ 냄새를 맡아요 / ⓑ 박수를 쳐요).

(7) 눈을 (ⓐ 떴지만 / ⓑ 감았지만) 아직 잠이 들지 않았어요.

(8) 어머니가 만들어 준 음식에서 어머니의 사랑을 (ⓐ 느껴요 / ⓑ 안아요).

**3** 請看圖選擇正確的答案。

(1) (ⓐ 민수 / ⓑ 현우)가 박수를 치고 있어요.

(2) (ⓐ 수민 / ⓑ 지선)은 아이를 안고 있어요.

(3) (ⓐ 준석 / ⓑ 정훈)이 소리를 지르고 있어요.

(4) 준기는 (ⓐ 일어나 / ⓑ 누워) 있어요.

(5) 준석과 소연은 (ⓐ 악수하고 / ⓑ 손을 잡고) 걷고 있어요.

(6) 수하는 헤드폰을 끼고 눈을 (ⓐ 뜨고 / ⓑ 감고) 있어요.

**4** 請看上圖選擇正確的答案。

(1) A 수하가 뭐 하고 있어요?

　　B 음악을 (ⓐ 듣고 / ⓑ 하고) 있어요.

(2) A 정훈이 누구에게 소리를 지르고 있어요?

　　B (ⓐ 현우 / ⓑ 수하)에게 소리를 지르고 있어요.

(3) A 준기가 어디에 누워 있어요?

　　B 나무 (ⓐ 위 / ⓑ 밑)에 누워 있어요.

(4) A 민수가 어디에서 공연하고 있어요?

　　B 사람들 (ⓐ 앞 / ⓑ 뒤)에서 공연하고 있어요.

# 成雙的動詞

開始學習！

## A 動詞 하다, 받다

받다 具有被動的意義。

⑨ 방해하다 妨礙
⑩ 방해(를) 받다 被妨礙
⑪ 칭찬하다 稱讚
⑫ 칭찬(을) 받다 被稱讚

⑦ 추천하다 推薦
⑧ 추천(을) 받다 被推薦

제주도에 한번 가 보세요.

책 27쪽 펴세요.

한국어를 정말 잘해요!

이름이 뭐예요?

이것 좀 빌려주세요.

질문하다 = 물어보다
① 질문하다 提問
② 질문(을) 받다 被問

⑤ 부탁하다 拜託
⑥ 부탁(을) 받다 被拜託

③ 지시하다 指示
④ 지시(를) 받다 被指示

| | 韓文 | 中文 |
|---|---|---|
| ① | 남자가 여자에게 이름을 **질문했어요**. | 男人問女人的名字。 |
| ② | 여자가 남자에게서 이름을 **질문 받았어요**. | 女人被男人問了名字。 |
| ③ | 선생님이 학생에게 책을 펴라고 **지시했어요**. | 老師指示學生翻開書。 |
| ④ | 학생이 선생님한테서 책을 펴라고 **지시 받았어요**. | 學生接到了老師要求翻開書的指示。 |
| ⑤ | 여자가 남자에게 사전을 빌려 달라고 **부탁했어요**. | 女人請求男人借她字典。 |
| ⑥ | 남자가 여자에게 사전을 빌려 달라고 **부탁 받았어요**. | 男人接到了女人借字典的請求。 |
| ⑦ | 여자가 남자에게 제주도에 가 보라고 **추천했어요**. | 女人向男人推薦去濟州島看看。 |
| ⑧ | 남자가 여자에게서 제주도에 가 보라고 **추천 받았어요**. | 男人得到了女人請他去濟州島看看的建議。 |
| ⑨ | 남자가 여자가 공부하는 것을 **방해했어요**. | 男人妨礙了女人學習。 |
| ⑩ | 여자가 남자 때문에 공부를 **방해 받았어요**. | 女人因為男人的緣故，學習受到妨礙。 |
| ⑪ | 여자가 남자가 한국어를 잘한다고 **칭찬했어요**. | 女人稱讚男人韓話說得好。 |
| ⑫ | 남자가 여자한테서 한국어를 잘한다고 **칭찬 받았어요**. | 男人得到了女人說韓語說得好的稱讚。 |

## B 一起使用的動詞

### (1)

걱정하다 격려하다　걱정하다 위로하다
擔心　　鼓勵　　　擔心　　安慰

ⓐ 남자가 시험 보기 전에 시험 때문에 **걱정했어요**.
　男人在考試前，因為考試而擔心。

ⓑ 여자가 잘할 거라고 남자를 **격려했어요**.
　女人鼓勵男人說一定能考好。

ⓒ 남자가 시험이 끝난 다음에 시험 결과를 **걱정했어요**.
　男人在考試結束後擔心起了考試的結果。

ⓓ 여자가 괜찮다고 남자를 **위로했어요**.
　女人安慰男人說沒關係。

### (2)

설명하다 이해하다　　　이해 못 하다
說明　　理解　　　　　無法理解

ⓐ 선생님이 학생들에게 문법을 **설명했어요**.
　老師對女學生說明了文法。

ⓑ 여학생이 문법 설명을 **이해했어요**.
　女學生聽懂了文法說明。

ⓒ 남학생이 문법 설명을 **이해 못 했어요**.
　男學生沒聽懂文法說明。

### (3)

불평하다 사과하다　불평하다 변명하다
抱怨　　道歉　　　抱怨　　辯解

ⓐ 음식이 늦게 나와서 손님이 직원에게 **불평했어요**.
　因為上菜太晚，客人向服務生抱怨。

ⓑ 직원이 손님에게 미안하다고 **사과했어요**.
　服務生向客人道歉說對不起。

ⓒ 남자가 늦게 와서 여자가 **불평했어요**.
　因為男人來晚，女人埋怨他。

ⓓ 남자가 길이 많이 막힌다고 **변명했어요**.
　男人辯解說是因為路上塞車。

### (4)

제안하다 받아들이다　제안하다 거절하다
提議　　接受　　　　提議　　拒絕

ⓐ 남자가 여자에게 식사를 **제안했어요**.
　男人向女人提議去吃飯。

ⓑ 여자가 남자의 제안을 **받아들였어요**.
　女人接受了男人的提議。

ⓒ 남자가 여자에게 식사를 **제안했어요**.
　男人向女人提議去吃飯。

ⓓ 여자가 남자의 제안을 **거절했어요**.
　女人拒絕了男人的提議。

**1** 請選擇正確的答案。

(1) 변명하다
ⓐ 왜 매일 약속에 늦게 와요□? □
ⓑ 미안해요. 시계가 고장 나서 늦었어요.□

(2) 거절하다
ⓐ 같이 영화 보러 갈까요? □
ⓑ 미안해요. 시간이 없어요. □

(3) 부탁하다
ⓐ 천천히 말해 주세요. □
ⓑ 네, 알겠어요. □

(4) 칭찬하다
ⓐ 옷이 선생님한테 잘 어울려요.□
ⓑ 고마워요. □

(5) 추천하다
ⓐ 여기에서 어떤 음식이 맛있어요? □
ⓑ 불고기가 유명하니까 그거 드세요. □

(6) 불평하다
ⓐ 또 고장 났어요. □
ⓑ 고쳐 드릴게요. □

**2** 請連接與下列句子相關的單字。

(1) 한국어 발음이 정말 좋네요. •
• ⓐ 추천하다

(2) 화장실을 같이 쓰니까 너무 불편해요. •
• ⓑ 지시하다

(3) 오늘 수업 후에 뭐 할 거예요? •
• ⓒ 불평하다

(4) 오늘 저 좀 도와 주세요. •
• ⓓ 질문하다

(5) 회의가 끝나고 제 사무실로 오세요. •
• ⓔ 칭찬하다

(6) 가족하고 여행하려면 제주도가 좋을 거예요. •
• ⓕ 부탁하다

**3** 請選擇正確的答案。

(1)
민수　잘 모르겠어요. 숙제를 좀 도와 주시겠어요?
수지　네, 도와드릴게요.

▶ 민수가 수지한테 숙제를 도와 달라고 (ⓐ 지시했어요. / ⓑ 부탁했어요.)

(2)
소영　오늘 같이 점심 먹을까요?
민규　네, 그래요.

▶ 소영이 민규에게 점심을 제안하니까 민규가 소영의 제안을 (ⓐ 받아들였어요. / ⓑ 거절했어요.)

(3)
수지　비빔밥이 유명하니까 꼭 먹어 보세요.
민수　그래요? 꼭 먹어 볼게요.

▶ 민수가 수지한테 (ⓐ 추천한 / ⓑ 추천 받은) 음식은 비빔밥이에요.

(4)
유빈　어디에 살아요?
진호　강남에 살아요.

▶ 진호는 유빈에게 어디에 사는지 (ⓐ 질문했어요. / ⓑ 질문 받았어요.)

(5)
미희　도서관이니까 좀 조용히 해 주시겠어요?
현기　네, 죄송합니다.

▶ 현기가 시끄럽게 해서 미희한테 (ⓐ 사과했어요. / ⓑ 추천했어요.)

(6)
문수　저 때문에 지나 씨가 너무 화가 났어요. 어떡하죠?
미진　시간이 지나면 괜찮아질 거예요.

▶ 문수가 많이 (ⓐ 거절하니까 / ⓑ 걱정하니까) 미진이 문수를 위로했어요.

**4** 請找出對應的選項連成句子。

(1) 새로 산 물건이 고장 나면　　•　　• ⓐ 미안하다고 사과할 거예요.

(2) 친구의 말을 이해 못 하면　　•　　• ⓑ 잘할 거라고 격려할 거예요.

(3) 친구가 시험 때문에 걱정하면　•　　• ⓒ 왜 할 수 없는지 이유를 말할 거예요.

(4) 약속에 늦어서 친구가 화가 나면 •　　• ⓓ 친구에게 다시 질문할 거예요.

(5) 친구가 미용실에 갔다 오면　　•　　• ⓔ 가게에 가서 불평할 거예요.

(6) 친구의 제안을 거절하려면　　•　　• ⓕ 머리 모양이 예쁘다고 칭찬할 거예요.

# Part ③

Fun!

動詞 .......................................................

表現 .......................................................

語言 .......................................................

# 動詞 가다/오다

**韓語小單字**

A

(1)

| 들어가다 | 나오다 |
|---|---|
| 進去 | 出來 |

 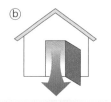

ⓐ 오늘 피곤해서 일찍 집에 **들어갔어요.**
今天因為太累，很早就回家了。

ⓑ 집에서 빨리 **나오세요.**
請快點從家裡出來！

(2)

| 나가다 | 들어오다 |
|---|---|
| 出去 | 進來 |

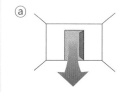 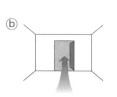

ⓐ 오늘 비가 와서 집 밖에 안 **나갔어요.**
今天下雨，所以沒出去。

ⓑ 민수 씨가 제일 먼저 회사에 **들어왔어요.**
民秀最早進公司。

(3)

| 올라가다 | 내려오다 |
|---|---|
| 上去 | 下來 |

ⓐ 회의실에 가려면 10층으로 **올라가세요.**
要去會議室的話，請上10樓。

ⓑ 민수 씨가 **내려올** 때까지 여기서 기다려요.
請在這裡等民秀下來。

(4)

| 내려가다 | 올라오다 |
|---|---|
| 下去 | 上來 |

ⓐ 화장실은 2층으로 **내려가면** 오른쪽에 있어요.
你下到二樓，右邊就有洗手間。

ⓑ 3층에 있으면 한 층 더 **올라오세요.**
如果你在三樓，請再往上一層。

 請在空格內填寫正確的名字。

준기 소연　　선아　동현　지수　영호

(1) ( 　　　 )이/가 계단을 올라오고 있어요.
(2) ( 　　　 )이/가 계단을 내려오고 있어요.
(3) ( 　　　 )이/가 계단을 내려가고 있어요.
(4) ( 　　　 )이/가 계단을 올라가고 있어요.
(5) ( 　　　 )이/가 건물에 들어가고 있어요.
(6) ( 　　　 )이/가 건물에서 나오고 있어요.

# B

## (1)

돌아가다
回去

돌아오다
回來

ⓐ 한국에서 1년 동안 일한 다음에 고향에 **돌아갔어요.**
在韓國工作一年後，回家鄉了。

ⓑ 친구가 외국에 여행 갔다가 아직 안 **돌아왔어요**
朋友去國外旅行，還沒回來。

## (2)

왔다 갔다 하다
走來走去

왜 문 앞에서 **왔다 갔다 해요?**
為什麼在門外走來走去？

## (3)

갔다 오다
去了後回來

화장실에 **갔다 올게요.**
我去一下洗手間就回來。

## (4)

왔다 가다
來了然後走了

미국 친구가 한국에 **왔다 갔어요.**
美國朋友來韓國一趟回去了。

> 貼心小叮嚀！
> 돌아가다 : 回去
> 왔다 가다 : 某人來了之後又走了

---

**考考自己!** 請選擇正確的答案。

(1) A 민기가 집에 있어요?

B 아니요, 여행에서 아직 안 ⓐ 돌아갔어요.
　　　　　　　　　　　 ⓑ 돌아왔어요.

(3) A 지갑을 집에 놓고 왔어요.

B 여기에서 기다릴게요.
집에 빨리 ⓐ 왔다 가세요.
　　　　　 ⓑ 갔다 오세요.

(5) A 외국에서 온 친구가 아직 한국에 있어요?

B 아니요, 어제 자기 나라로ⓐ 돌아갔어요.
　　　　　　　　　　　　 ⓑ 돌아왔어요.

(2) A 손님이 지금도 있어요?

B 조금 전에ⓐ 왔다 갔어요.
　　　　　 ⓑ 갔다 왔어요.

(4) A 아침에 아파 보였는데 약을 먹었어요?

B 너무 아파서 아까 병원에ⓐ 왔다 갔어요.
　　　　　　　　　　　　 ⓑ 갔다 왔어요.

(6) A 왜 경찰이 저 건물 앞에서
　　　　　　　　　　ⓐ 갔다 왔다 해요?
　　　　　　　　　　ⓑ 왔다 갔다 해요?

B 저기가 대사관이라서 경찰이 있어요.

# C

**(1)**

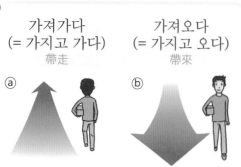

가져가다
(= 가지고 가다)
帶走

가져오다
(= 가지고 오다)
帶來

ⓐ 지금 밖에 비가 오니까 우산을 **가져가세요**.
現在外面在下雨,請帶雨傘。

ⓑ 서류가 필요해요. 여기로 서류를 **가져오세요**.
我需要文件,請把文件拿到這裡。

**(2)**

데려가다
(= 데리고 가다)
帶人去

데려오다
(= 데리고 오다)
帶人來

ⓐ 파티에 내 친구를 **데려가도** 돼요?
我可以帶我朋友去派對嗎?

ⓑ 우리 집에 친구를 **데려왔어요**.
我把朋友帶回家來了。

> **小祕訣**
> 데려가다 (=데리고 가다) :
> 不需尊稱句子的受詞時
> 모셔가다 (=모시고 가다) :
> 必須尊稱句子的受詞時

**(3)**

갖다 주다
(= 가져다주다)
帶給;送

데려다 주다
帶;陪伴

ⓐ 그 식당은 집으로 음식을 **갖다 줘요**.
那個餐館送食物到家裡。

ⓑ 남자 친구가 여자 친구를 집까지 **데려다 줘요**.
男朋友送女朋友回家。

**(4)**

빌려주다
借給

돌려주다
歸還

ⓐ 친구한테 제 책을 **빌려줬어요**.
我把我的書借給朋友了。

ⓑ 친구한테서 빌린 책을 **돌려줬어요**.
我把從朋友那借來的書還給她了。

> **貼心小叮嚀!**
> 갖다주다是指東西,데려다주다則是指將人從某個場所送到某個特定的場所。亦即運送東西或送人的感覺。對於尊重的對象,使用「모셔다 드리다」而不是「데려다주다」。

**考考自己!** 請選出一個不恰當的單字。

(1) 학교에 갈 때 가방에 (ⓐ 공책 / ⓑ 연필 / ⓒ 선생님 / ⓓ 사전)을/를 가져가요.

(2) 집들이 때 (ⓐ 휴지 / ⓑ 친구 / ⓒ 비누 / ⓓ 선물)을/를 집에 가져가요.

(3) 내일 요리할 테니까 (ⓐ 그릇 / ⓑ 앞치마 / ⓒ 수건 / ⓓ 요리사)을/를 집에 가져오세요.

(4) 생일 파티에 (ⓐ 동료 / ⓑ동생 / ⓒ 후배 / ⓓ 아버지)을/를 집에 데려가요.

(5) 식당에서 "(ⓐ 물 / ⓑ 물티슈 / ⓒ 주인 / ⓓ 계산서)을/를 갖다 주세요."라고 말해요.

(6) 자동차로 (ⓐ 여자 친구 / ⓑ 아이 / ⓒ 아들 / ⓓ 할머니)을/를 집에 데려다줬어요.

(7) 친구에게 (ⓐ 동생 / ⓑ 돈 / ⓒ 집 / ⓓ 자동차)을/를 빌려줬어요.

(8) (ⓐ 책 / ⓑ 약속 / ⓒ 옷 / ⓓ 서류)을/를 내일 돌려줄 테니까 오늘 빌려주세요.

## D

(1)

지나가다　　　　지나오다
過去　　　　　　經過

ⓐ 친구하고 얘기하고 있을 때 버스가 우리 앞을
　**지나 갔어요.**
　我和朋友說話的時候，公車從我們前面過去了。
ⓑ 우리가 내려야 할 정류장을 **지나온 것** 같아요.
　我們好像錯過了應該下車的車站。

(2)

건너가다　　　　건너오다
越過去　　　　　越過來

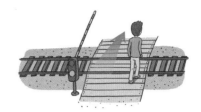

ⓐ 기찻길을 **건너갈 때** 위험하니까 조심하세요.
　穿越平交道的時候很危險，所以要小心。
ⓑ 저기 다리를 **건너오는** 사람이 제 친구예요.
　從橋上過來的那個人是我朋友。

(3)

따라가다　　　　따라오다
跟著去　　　　　跟著來

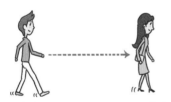

ⓐ 제가 길을 몰라서 친구 뒤를 **따라갔어요.**
　因為我不知道路，所以跟著朋友去。
ⓑ 어젯밤에 누가 저를 계속 **따라와서** 무서웠어요.
　昨天晚上有人一直跟著我，害怕極了。

(4)

쫓아가다　　　　쫓아오다
追去　　　　　　追來

ⓐ 경찰이 도둑을 **쫓아가서** 결국 잡았어요.
　警察去追小偷，最後抓到了。
ⓑ 식당 주인이 **쫓아와서** 저한테 우산을 줬어요.
　餐廳老闆追過來，把雨傘拿給我。

---

**考考自己!** 請選擇正確的答案。

(1)

다리를 (ⓐ 건너가는 / ⓑ 건너오는) 자동
차가 우리 차예요.

(2)

(ⓐ 지나간 / ⓑ 지나온) 일은 다 잊어버리세요.

(3)

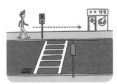

횡단보도를 (ⓐ 지나가면 / ⓑ 건너가면)
약국이 보여요.

(4)

지금 강아지가 저를 (ⓐ 따라오고 / ⓑ 쫓아
오고) 있어요.

# E

## (1)

| 다니다 | 돌아다니다 |
|---|---|
| 上 | 走來走去 |

ⓐ 지금은 한국 회사에 **다니고** 있어요.
我現在在韓國公司上班。

ⓑ 마음에 드는 선물을 찾기 위해서 시내 여기저기를 **돌아다녔어요.**
為了尋找喜歡的禮物，在市區到處走來走去。

## (2)

| 가지고 다니다 | 데리고 다니다 |
|---|---|
| 帶著去 | 陪著去 |

ⓐ 매일 회사에 가방을 **가지고 다녀요.**
每天帶公事包去公司。

ⓑ 아이를 데리고 다녀요.
帶著孩子去。

## (3)

| 찾아다니다 | 따라다니다 |
|---|---|
| 找來找去 | 跟著 |

ⓐ 경찰이 어떤 남자를 **찾아다녀요.**
警察四處尋找某個男人。

ⓑ 개가 하루 종일 내 뒤를 **따라다녀요.**
小狗一整天都跟在我後面。

## (4)

| 들르다 |
|---|
| 停留、造訪 |

집에 가는 길에 은행에 **들러서** 돈을 찾았어요.
回家的路上，去銀行領了錢。

> **小祕訣**
> 다니다前面可加上動詞，形成類似돌아다니다(轉來轉去)、뛰어다니다(跑來跑去)、날아다니다(飛來飛去)等合成語。

**考考自己!** 請在空格中填寫正確的單字。

| 다니다 | 돌아다니다 | 가지고 다니다 | 데리고 다니다 |
|---|---|---|---|

(1) A 외국어를 공부할 때 어떻게 했어요?
　　B 저는 매일 가방에 책을 ＿＿＿＿＿＿＿＿＿＿면서 읽었어요.

(2) A 무슨 일 하세요?
　　B 무역 회사에 ＿＿＿＿＿＿＿＿＿＿고 있어요.

(3) A 피곤해 보여요. 무슨 일 있어요?
　　B 부모님 선물을 사려고 하루 종일 가게를 ＿＿＿＿＿＿＿＿＿＿.

(4) A 동생에게 옷을 사 줬어요?
　　B 아침부터 저녁까지 동생을 ＿＿＿＿＿＿＿＿＿＿지만 동생은 아무것도 사지 않았어요.

F

(1)

다녀가다
來了又走了

다녀오다
去去就回來

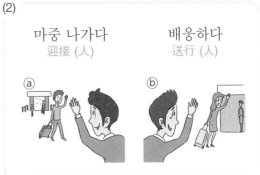

ⓐ 병원에 입원해 있을 때 친구들이 병원에 **다녀갔어요.**
　我住院的時候，朋友去醫院看過我。
ⓑ 한국 사람들은 매일 집에 들어올 때 어른께
　**"다녀왔습니다"**라고 인사해요.
　韓國人每天回到家的時候，都會跟長輩說 "我回來了。"

(2)

마중 나가다
迎接 (人)

배웅하다
送行 (人)

ⓐ 외국에 살고 있는 친구가 한국에 놀러 와서 제
가 공항에 **마중 나갔어요.**
　住在國外的朋友來韓國玩，所以我去機場接他。
ⓑ 친구가 한국을 떠나서 공항에 가서 **배웅했어요.**
　朋友離開韓國，所以我去機場送他。

考考自己! 請修改下方劃線的部分。

(1) 지금 학원에 <u>돌아다니고</u> 있어요.

　　➜

(2) 요즘 장마라서 매일 우산을 <u>데리고 다녀요</u>.

　　　　➜

(3) 좋은 가방을 사려고 하루 종일 명동에 있는 가게를 <u>가지고 다녔어요</u>.

　　　　　　➜

(4) 소중한 지갑을 잃어버려서 주말 내내 지갑을 <u>돌아다녔어요</u>.

　　　　➜

(5) 친구가 오전에 우리 집에 <u>다녀왔어요</u>. 지금은 친구가 우리 집에 없어요.

　　　➜

(6) 콘서트마다 좋아하는 가수를 <u>데리고 다녔지만</u> 가수를 멀리서 보기만 했어요.

　　　　➜

(7) 친구 부모님이 한국에 오셔서 친구가 기차역으로 부모님을 <u>배웅했지만</u>, 기차역에서 만나지 못했어요.

　　　　➜

(8) 한국에서는 퇴근하고 집에 들어올 때 <u>"다녀갔습니다"</u>라고 인사해요.

　　　➜

# 動詞 나다

### 第82課

**韓語小單字**

動詞 나다 意味著某種事物 (現象) 的出現。

## A 光、聲音、氣味傳出

| 빛이 나다 | 소리가 나다 | 냄새가 나다 | 맛이 나다 |
|---|---|---|---|
| 發光 | 傳出聲音 | 散發氣味 | 有…味道 |

① 반지가 반짝반짝 **빛이 나요.**
　戒指閃閃發亮。

③ 음식에서 이상한 **냄새가 나요.**
　食物中散發出奇怪的氣味。

② 옆방에서 시끄러운 **소리가 나요.**
　隔壁房間傳出吵雜的聲音。

④ 이 주스는 사과 **맛이 나요.**
　這果汁有蘋果的味道。

> **小祕訣**
> 나다 前方使用助詞 이/가，但在口語中，助詞 이/가 經常省略。
> 例 빛이 나다 = 빛나다
> 　냄새가 나다 = 냄새나다

## B 出現在身體表面的狀況

| 여드름이 나다 | 두드러기가 나다 | 수염이 나다 | 털이 나다 |
|---|---|---|---|
| 長青春痘 | 起疹子 | 長鬍子 | 長毛 |

① 얼굴에 **여드름이** 많이 **났어요.**
　臉上長了很多青春痘。

③ 수염을 깎았는데 또 **수염이 났어요.**
　已經刮了鬍子，但又長出來了。

② 팔에 **두드러기가 나서** 가려워요.
　手臂上起了疹子，所以很癢。

④ 중학생이 되니까 다리에 **털이 났어요.**
　上了國中，腿上也長毛了。

**考考自己!** 請選擇正確的答案。

(1) 빵에서 이상한 (ⓐ 냄새 / ⓑ 소리)가 나서 먹을 수 없어요.

(2) 이 알람 시계는 정말 큰 (ⓐ 냄새 / ⓑ 소리)가 나요.

(3) 아버지 다리에 (ⓐ 털 / ⓑ 수염)이 났어요.

(4) 음식을 잘못 먹으면 등에 (ⓐ 냄새 / ⓑ 두드러기)가 나요.

## C 出現於情緒上的狀況

> 小祕訣
>
> 나다 和 내다 的比較：
> • 화가 나다：表現情緒的狀態。
> • 화를 내다：表現因為生氣而可能出現的行動，
>    例如大叫的行為就是生氣的行動。

| 화가 나다 | 짜증이 나다 | 싫증이 나다 | 겁이 나다 |
|---|---|---|---|
| 生氣 | 煩悶 | 厭惡 | 害怕 |

① 오늘도 지각해서 부장님이 **화가 났어요.**
　今天又遲到，所以部長生氣了。

③ 매일 샌드위치를 먹으니까 **싫증이 났어요.**
　每天都吃三明治，所以膩了。

② 늦게 나오는 친구 때문에 **짜증이 났어요.**
　因為晚來的朋友，心裡很煩悶。

④ 뱀이 바로 눈 앞에 있어서 **겁이 났어요.**
　蛇就在眼前，所以害怕了。

## D 某種事物形體發生變化或發生異常問題時

| 고장이 나다 | 구멍이 나다 | 상처가 나다 | 자국이 나다 |
|---|---|---|---|
| 故障 | 破洞 | 受傷 | 出現痕跡 |

① 컴퓨터가 **고장 났어요.**
　電腦故障了。

③ 팔에 **상처가 났어요.**
　手臂受傷了。

② 옷에 **구멍이 났어요.**
　衣服破了洞。

④ 길에 타이어 **자국이 났어요.**
　馬路上出現輪胎的痕跡。

考考自己! 請選擇恰當的選項連成句子。

(1) 옷에 구멍이 나면　(2) 모든 일에 싫증이 나면　(3) 손에 상처가 나면　(4) 물건이 고장 나면

•　　　　　　•　　　　　　•　　　　　　•

•　　　　　　•　　　　　　•　　　　　　•

ⓐ 반창고로
　치료하세요.

ⓑ 여행을
　떠나세요.

ⓒ 서비스 센터에
　맡기세요.

ⓓ 실과 바늘로
　바느질하세요.

## E 發生事件

**사고가 나다**
發生事故

**불이 나다**
發生火災

**전쟁이 나다**
發生戰爭

① 사거리에서 교통**사고가 났어요.**
十字路口發生了交通事故。

② 1시간 전에 건물에 **불이 났어요.**
一個小時前建築物發生了火災。

③ 중동에서 **전쟁이 났어요.**
中東發生了戰爭。

> **小秘訣**
> 發生緊急的事情時，
> 可說「큰일났어요!」

## F 發生自然災害時

**지진이 나다**
發生地震

**홍수가 나다**
淹大水

**가뭄이 나다**
出現乾旱

① 어제 섬에서 **지진이 났어요.**
昨天島上發生了地震。

③ 오랫동안 비가 안 와서 **가뭄이 났어요.**
好久沒下雨，出現了乾旱。

② 비가 너무 많이 와서 **홍수가 났어요.**
雨下得太多，淹大水。

---

**考考自己!** 請選擇正確的答案。

(1) 담배를 끄지 않고 버려서 (ⓐ 불 / ⓑ 전쟁)이 났어요.

(2) 운전할 때 전화를 하면 (ⓐ 전쟁이 / ⓑ 사고가) 날 수 있어요.

(3) 지진이 나면 건물이 (ⓐ 세워질/ ⓑ 무너질) 수 있어요.

(4) (ⓐ 가뭄이 / ⓑ 홍수가) 나서 물이 많이 부족해요.

(5) (ⓐ 가뭄이 / ⓑ 홍수가) 나면 물이 허리까지 올라올 수 있어요.

(6) 1950년에 한국에서 (ⓐ 지진 / ⓑ 전쟁)이 나서 많은 사람들이 죽었어요.

## G 生病時

| 병이 나다 | 멀미가 나다 | 배탈이 나다 | 현기증이 나다 |
|---|---|---|---|
| 生病 | 暈(車、機) | 鬧肚子 | 頭暈 |

① 쉬지 않고 일하다가 **병이 났어요.**
　不休息一直工作，導致生病了。

③ **배탈이 났으니까** 약을 먹어야겠어요.
　因為鬧肚子，所以必須吃藥。

② 자동차로 올 때 **멀미가 났어요.**
　我坐車來的時候暈車了。

④ 더운 날씨에 오래 서 있어서 **현기증이 났어요.**
　因為大熱天站得太久，頭暈。

## H 記憶或想法突然出現時

| 기억이 나다 | 생각이 나다 |
|---|---|
| 記起來 | 想起來 |

민수

① 갑자기 그 사람 이름이 **기억났어요.**
　突然記起他的名字了。

② 저 사람을 어디에서 만났는지 **생각났어요.**
　我想起來在哪裡見過他了。

**小秘訣**
兩者的意義不同：
- 이/가 생각나다 想起……
- 을/를 생각하다 想……

---

**考考自己!** 請選擇恰當的選項連成句子。

(1) 어릴 때 친구를 만나면　　　•

(2) 배를 타고 바다에 가면　　　•

(3) 갑자기 당황하면　　　•

(4) 아이스크림을 많이 먹으면　　　•

(5) 더울 때 오랫동안 밖에 서 있으면　　　•

(6) 쉬지 않고 무리해서 계속 일하면　　　•

　• ⓐ 자기 이름도 기억 나지 않을 수 있어요.

　• ⓑ 현기증이 날 수도 있어요.

　• ⓒ 친구 이름이 생각날 거예요.

　• ⓓ 배탈이 날 수도 있어요.

　• ⓔ 병이 날 거예요.

　• ⓕ 멀미가 날 수도 있어요.

# 動詞하다

動詞 하다 是做的意思。

## A [課題] + 하다

| 공부하다 學習 | 운동하다 運動 | 연습하다 練習 | 청소하다 打掃 |
| --- | --- | --- | --- |
| ① ㄱ,ㄴ,ㄷ | ② | ③ | ④ |
| 공부 學習 | 운동 運動 | 연습 練習 | 청소 打掃 |

考考自己! 請在空格中填寫正確的答案。

| 연습하다 | 공부하다 | 청소하다 | 운동하다 |
| --- | --- | --- | --- |

(1) 내일 시험이 있어서 _____.

(2) 살이 많이 쪄서 _____.

(3) 야구 선수가 되고 싶어서 야구를 _____.

(4) 방이 너무 더러워서 _____.

## B 하다 當作代動詞使用

(1) 動詞 하다 指前方使用的動詞或形容詞，與 -는、-만 等助詞一起使用，如下述：

① 동생이 제 말을 안 듣지만 귀엽기는 **해요.**
　弟弟雖然不聽我的話，但還是很可愛。

② 친구가 아무 말도 하지 않고 울기만 **했어요.**
　朋友什麼話都不說，只是一直哭。

③ 너무 긴장돼서 문 앞에서 왔다 갔다 **해요.**
　因為太緊張了，所以一直在門口徘徊。

④ 주말에 집에서 책을 읽거나 텔레비전을 보거나 **해요.**
　週末在家裡讀書或看電視。

(2) 動詞 하다 在下方例句的句子脈絡中，代替特定動詞或形容詞使用。

① 이제부터 매일 운동하기로 **했어요.** (=결심했어요)
　決定從現在開始每天運動。

② 한국어를 잘했으면 **해요.** (=좋겠어요)
　如果能把韓話說好就好了。

## C 從事某種職業、領域或經營事業時

**(1) 指稱從事特定職業時**

| ① 정치 政治 | → | 정치하다 從政 |
|---|---|---|
| ② 문학 文學 | → | 문학(을) 하다 從事文學工作 |
| ③ 영화 電影 | → | 영화(를) 하다 拍電影 |

**(2) 指稱經營商店時**

| ① 가게 店鋪 | → | 가게(를) 하다 開店 |
|---|---|---|
| ② 세탁소 洗衣店 | → | 세탁소(를) 하다 經營洗衣店 |
| ③ 식당 餐廳 | → | 식당(을) 하다 經營餐廳 |

考考自己! 請找出相對應的部分連起來。

(1) 사업가 •

(2) 영화감독 •

(3) 정치가 •

(4) 식당 주인 •


ⓐ 식당(을) 하다

ⓑ 사업하다

ⓒ 정치하다

ⓓ 영화(를) 하다

## D 表達配戴飾物

小秘訣
使用 하다 描述配戴飾物時，以完成時制表現。
例 귀걸이를 했어요. (○)
= 귀걸이를 하고 있어요.
我戴耳環。
귀걸이를 해요. (×)

| 귀걸이를 하다 戴耳環 | 목걸이를 하다 戴項鏈 | 넥타이를 하다 打領帶 | 목도리를 하다 圍圍巾 |
|---|---|---|---|

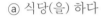

① 귀걸이 耳環　② 목걸이 項鏈　③ 넥타이 領帶　④ 목도리 圍巾

**+ -을/를 했어요**
配戴

考考自己! 請修改下方劃線的部分。

(1)  벨트를 입었어요.

(2)  안경을 했어요.

(3)  우산을 했어요.

(4)  목도리를 꼈어요.

(5)  팔찌를 썼어요.

(6)  넥타이를 신었어요.

## E 表達價格

[價格] + 하다

(1) 詢問價格時
A 이 가방이 얼마나 **해요?** (=이 가방이 얼마예요?) 這個包包多少錢？
B 30만 원쯤 **해요.** (=30만 원이에요.) 30萬韓元左右。

(2) 詢問費用時
A 이번 여행에 돈이 얼마나 들었어요? 這次旅行花了多少錢？
B 30만 원쯤 들었어요. 大概花了30萬韓元。

考考自己! 請選擇正確的答案。

(1) 생일 파티에 돈이 얼마나 (ⓐ 했어요? / ⓑ 들었어요?)  (2) 이 자동차가 얼마나 (ⓐ 해요? / ⓑ 들어요?)

(3) 비자를 만들 때 돈이 얼마나 (ⓐ 해요? / ⓑ 들어요?)  (4) 커피 한 잔이 얼마나 (ⓐ 해요? / ⓑ 들어요?)

## F 잘하다 vs. 못하다

(1)
잘하다
做得好

내 친구는 외국어를 **잘해요.**
我朋友外語說得很好。

(2)
못하다
做不來

저는 술을 **못해요.**
我喝酒不行。

小祕訣
잘하다與못하다使用助詞을/를。
例 외국어를잘하다 (○)
외국어가잘하다 (✕)

考考自己! 下列句子正確的話畫○，錯誤的話畫✕。

새라

어렸을 때부터 요리했어요. 요리가 재미있고 저한테 별로 어렵지 않아요. 그런데 집에 물건이 고장 나면 어떻게 해야 할지 잘 모르겠어요. 노래도 잘 못 부르니까 노래방에 가기 싫어요.

진수

저는 요리에 관심이 있지만 제가 만든 음식은 별로 맛이 없어요. 하지만 저는 컴퓨터나 가구 어떤 것도 쉽게 고쳐요. 가끔 노래방에 가지만 노래는 잘 못 불러요.

(1) 진수와 새라는 둘 다 요리를 잘해요. ☐  (2) 진수는 요리를 잘하지만 수리를 잘 못해요. ☐

(3) 새라는 요리를 잘하지만 수리를 잘 못해요. ☐  (4) 진수와 새라는 둘 다 노래를 잘 못해요. ☐

## G 表達間接轉述

-고 하다
轉述

다시 전화 할게요.
선생님이 다시 전화한다 고 했어요.

A 선생님이 뭐라**고 했어요?**
老師說什麼？
B 다시 전화한다**고 했어요.**
(= 말했어요.)
她說她會再打電話。

小祕訣
間接話法-고 하다 根據引用的句子類型，形態有所不同。

陳述句：-다고 하다
命令句：-(으)라고 하다
勸誘句：-자고 하다
疑問句：-냐고 하다

考考自己! 請看圖片使用間接話法，完成下列句子。

리에
오늘 시간이 없어요?

제인
지난주에 친구를 만났어요.

(1) 리에는 오늘 시간이 _____.

(2) 제인은 지난주에 친구를 _____.

새라
오늘 같이 점심 먹읍시다.

진수
보통 저녁에 운동해요.

(3) 새라는 오늘 같이 _____.

(4) 진수는 보통 저녁에 _____.

## H –게 하다 : 表達使役動詞的意義

(1)

[某人]을/를 [動詞]게 하다
讓[某人] 做 [動詞]

아이가 엄마를 **화나게 했어요.**
孩子讓媽媽生氣。

(2)

[某人]에게 [動詞]게 하다
讓 [某人] [動詞]

선생님이 학생들에게 책을 **읽게 했어요.**
老師讓學生們讀書。

**考考自己!** 請選擇恰當的選項連成句子。

(1) 친구가 계속 수업에 늦게 와서 •
(2) 직원이 오늘 너무 피곤해 보여서 •
(3) 아들 방이 너무 더러워서 •
(4) 딸이 매일 게임만 해서 •

• ⓐ 엄마가 딸에게 게임을 못 하게 했어요.
• ⓑ 엄마가 아들에게 방을 정리하게 했어요.
• ⓒ 사장님이 직원을 하루 쉬게 했어요.
• ⓓ 선생님을 화나게 했어요.

## I   -아/어하다 : 表達從行動中可感受的情緒

形容詞詞幹添加 -아/어하다 時，成為動詞。

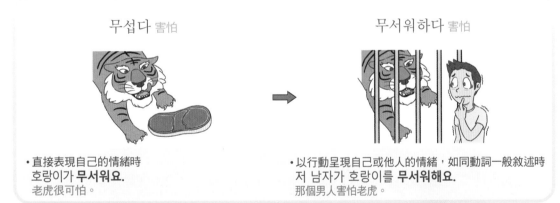

무섭다 害怕

무서워하다 害怕

• 直接表現自己的情緒時
호랑이가 **무서워요.**
老虎很可怕。

• 以行動呈現自己或他人的情緒，如同動詞一般敘述時
저 남자가 호랑이를 **무서워해요.**
那個男人害怕老虎。

**小祕訣**
-아/어하다是以行動客觀地表現可流露出的情緒時使用。
• 슬프다 悲傷：
例 영화가 슬퍼요. 電影很傷感。
• 슬퍼하다 悲傷：
例 사람들이 그분의 죽음을 슬퍼했어요.
人們對於他的死亡都感到悲傷。

**考考自己!** 請選擇正確的答案。

(1) 회사 생활이 너무 (ⓐ 괴로워요. / ⓑ 괴로워해요.)
(2) 그 사람은 자기 실수를 너무 (ⓐ 부끄러워요. / ⓑ 부끄러워해요.)
(3) 가족을 (ⓐ 그리워도 / ⓑ 그리워해도) 만날 수 없어요.
(4) 저를 도와준 사람들에게 항상 (ⓐ 고맙고 / ⓑ 고마워하고) 있어요.

# 動詞되다

韓語小單字

動詞 되다 具有成為的意義。

## A [名詞] + 이/가 되다：成為某種職業或狀態時

A 나중에 어떤 사람이 **되고** 싶어요?
你以後想成為怎樣的人？

B 가수가 **되고** 싶어요.
我想成為歌手。

小祕訣

되다 前面使用助詞 이/가。

例 선생님이 됐어요. (○)
我成為老師了。
선생님에 됐어요. (×)

考考自己! 請在空格中填寫正確的單字。

| 배우 | 작가 | 의사 | 경찰 |
|---|---|---|---|

(1) 저는 나중에 자기 책을 쓰고 싶어요. _____ 이/가 되고 싶어요.

(2) 저는 도둑 같은 나쁜 사람을 잡고 싶어요. _____ 이/가 되고 싶어요.

(3) 저는 아픈 사람을 고쳐 주고 싶어요. _____ 이/가 되고 싶어요.

(4) 저는 영화나 드라마에서 연기하고 싶어요. _____ 이/가 되고 싶어요.

## B 表達變化時

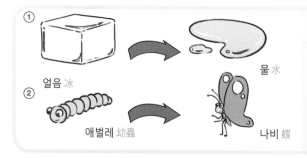

① 얼음이 물이 **되었어요.**
冰變成水了。
= 얼음이 물로 되었어요.

② 애벌레가 나비가 **되었어요.**
毛毛蟲變成蝴蝶了。

貼心小叮嚀!

以 되다 表現變為
某種狀態時，使
用助詞 -(으)로。

考考自己! 請連接相關的部分。

(1) 병아리가 •

(2) 강아지가 •

(3) 남자 아이가 •

(4) 여자 아이가 •

• ⓐ 개가 돼요.

• ⓑ 닭이 돼요.

• ⓒ 소녀가 돼요.

• ⓓ 소년이 돼요.

## C 表達成為某種時機或狀態時

① 오늘 → 내일
19살 → 20살

② AM 07:00 → AM 08:00

① 내일이면 스무 살이 **돼요.**
明天就二十歲了。

② 아침 8시가 **되면** 길이 막혀요.
一到早上8點就塞車。

考考自己! 請修改下方劃線的單字。

(1) 매년 12월이 되면 환영회를 해요.

(2) 한국에서 60살이 되면 환송회를 해요.

(3) 이사하게 되면 송년회를 해요.

(4) 친구가 떠나게 되면 집들이를 해요.

(5) 한국에서 1살이 되면 환갑잔치를 해요.

(6) 새로운 사람이 오게 되면 돌잔치를 해요.

## D 表達某種事物或現象被完成時

① 빵이 다 **됐습니다.** 麵包已經好了。

添加副詞 다，傳達已經完成的感覺。

② 밥이 준비 **됐어요.** 飯已經準備好了。

考考自己! 請選擇正確的答案，完成下列對話。

| 다 | 하나도 | 거의 | 반 |
|---|---|---|---|

(1) A 숙제 끝났어요?
　　B 네, _____ 다 됐어요. 5분만 더 하면 돼요.

(2) A 파티 준비가 끝났어요?
　　B 그럼요, 벌써 _____ 됐어요.

(3) A 음식이 다 됐어요?
　　B 아니요, 지금 _____ 쯤 됐어요. 50% 더 돼야 돼요.

(4) A 지금 밥을 먹을 수 있어요?
　　B 아니요, 밥이 _____ 안 됐어요. 지금 시작해야 해요.

## E 表達製作材料或成份時

(1)

나무로 **된** 집은 겨울에 추워요.
用木頭蓋成的房子冬天很冷。

(2)

유리로 **된** 장난감은 깨지기 쉬워요.
用玻璃製作的玩具很容易碎。

**考考自己!** 請選擇正確的答案。

(1) 면으로 된 양말은 (ⓐ 입기 / ⓑ 신기) 좋아요.
(2) 실크로 된 블라우스는 (ⓐ 화장하기 / ⓑ 세탁하기) 불편해요.
(3) 종이로 된 신분증은 (ⓐ 찢어지기 / ⓑ 깨지기) 쉬워요.
(4) 유리로 된 장난감은 (ⓐ 찢어지기 / ⓑ 깨지기) 쉬워요.

> **小祕訣**
> 表示材料時，
> 使用助詞 -(으)로。

## F 表達機械動作的時候

(1)

어제 세탁기를 수리해서 이제 **잘 돼요.**
昨天修理了洗衣機，所以現在很正常。

(2)

컴퓨터가 **안 돼요.** 또 고장 났어요.
電腦壞了，又故障了。

**考考自己!** 請在空格中填寫正確的單字。

| 자판기 | 전화기 | 면도기 | 세탁기 |
|---|---|---|---|

(1) _____ 이/가 안 돼요. 빨래를 세탁소에 맡겨야 돼요.
(2) _____ 이/가 안 돼요. 상대방 소리가 안 들려요.
(3) _____ 이/가 안 돼요. 오늘은 수염을 깎을 수 없어요.
(4) _____ 이/가 안 돼요. 돈을 넣어도 음료수가 안 나와요.

## G 잘되다 vs. 안되다

(1)

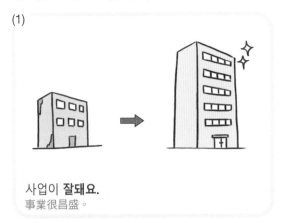

사업이 **잘돼요.**
事業很昌盛。

(2)

공부가 잘 **안돼요.**
讀書不太行。

考考自己! 請選擇正確的答案。

(1) 공사가 잘되면
　　ⓐ 문제가 생길 거예요.
　　ⓑ 문제가 없을 거예요.

(3) 공부가 잘 안되면 ⓐ 잠깐 쉬는 게 좋아요.
　　　　　　　　　　ⓑ 공부하는 게 좋아요.

(2) 수술이 잘되면 ⓐ 빨리 나을 거예요.
　　　　　　　　ⓑ 다시 아플 거예요.

(4) 일이 잘 안되면 ⓐ 큰돈을 벌 수 있어요.
　　　　　　　　　ⓑ 큰돈을 잃을 수 있어요.

## H 表達情緒時 : [걱정, 긴장, 후회, 안심] + 되다

① 시험 준비를 못 해서 **걱정돼요.**
　考試沒做準備，所以很擔心。
② 시험이 쉬워서 **안심돼요.**
　考試很簡單，所以很放心。
③ 면접할 때 너무 **긴장돼요.**
　面試的時候很緊張。
④ 친구하고 싸운 것이 **후회돼요.**
　我很後悔跟朋友吵架。

考考自己! 請選擇恰當的選項連成句子。

(1) 아이가 늦게까지 집에 안 들어올 때　•

(2) 사람들 앞에서 외국어로 말할 때　•

(3) 해야 할 일을 안 해서 문제가 될 때　•

(4) 어두운 곳이라도 친구와 함께 있을 때　•

　•　ⓐ 긴장돼요.

　•　ⓑ 안심돼요.

　•　ⓒ 걱정돼요.

　•　ⓓ 후회돼요.

# 動詞 생기다、풀다、걸리다

第85課

韓語小單字

## 動詞 생기다

생기다 具有出現或發生的意思。

小祕訣
생기다 是在說明已經發生的
事件，應使用完成時制。
例　남자 친구가 생겼어요. (○)
　　我有男朋友了。
　　남자 친구가 생겨요. (×)

### A 原本不存在的東西出現時

① 집 앞에 슈퍼가 **생겼어요.**
　我家前面新開了一家超市。
③ 동생에게 여자 친구가 **생겼어요.**
　我弟弟有女朋友了。

② 돈이 **생기면** 밥 사 줄게요.
　有了錢就請你吃飯。
④ 박수 소리를 듣고 자신감이 **생겼어요.**
　聽到掌聲產生了自信心。

### B 某件事情突然發生時

① 문제가 **생겨서** 걱정돼요.
　因為出現問題，所以很擔心。
② 형에게 좋은 일이 **생겼어요.**
　哥哥有好事發生了。

考考自己！ 請連接相應的部分。

(1) 선물로 돈이 생겼어요. •

(2) 다른 친구하고 약속이 생겼어요. •

(3) 집에 문제가 생겼어요. •

(4) 집 근처에 식당이 생겼어요. •

• ⓐ 그래서 내일 만날 수 없어요.

• ⓑ 그래서 사고 싶은 운동화를 샀어요.

• ⓒ 그래서 거기에 밥 먹으러 자주 가요.

• ⓓ 그래서 가족하고 해결 방법을 찾고 있어요.

## C 表達人或事物的模樣時

(1)

 ①  ②

① 여학생이 예쁘게 **생겼어요.** 女學生長得很漂亮。
② 여자가 귀엽게 **생겼어요.** 女生長得很可愛。

(2)

 ①  ②

① 영화배우가 멋있게 **생겼어요.** 電影演員長得很帥。
② 남자가 착하게 **생겼어요.** 男生看起來很善良。

(3)

 ①  ②

① 진호는 미국 사람처럼 **생겼어요.**
鎮浩長得像美國人。
② 여자가 배우처럼 **생겼어요.**
女生長得像演員。

(4)

 ①  ②

① 저 사람은 운동선수처럼 **생겼어요.**
那個人長得像運動選手。
② 여자가 모델처럼 **생겼어요.**
女生長得像模特兒。

貼心小叮嚀
• 처럼 : 用於動詞或形容詞之前。
例 여자가 모델처럼 키가 커요.
女人的個子像模特兒一樣高。
• 같은 : 使用在名詞之前。
例 모델 같은 여자가 키가 커요.
像模特兒一樣的女人個子很高。

**考考自己!1** 請連接相對應的句子。

(1) 공주처럼　　•
(2) 왕자처럼　　•
(3) 아이처럼　　•
(4) 호랑이처럼 •

• ⓐ 귀엽게 생겼어요.
• ⓑ 예쁘게 생겼어요.
• ⓒ 무섭게 생겼어요.
• ⓓ 멋있게 생겼어요.

**考考自己!2** 看圖選擇正確的答案。

(1)

내 친구는 (ⓐ 사업가 / ⓑ 예술가)처럼 생겼어요.

(2)

우리 개는 (ⓐ 고양이 / ⓑ 거북이)처럼 생겼어요.

(3)

저 아이들은 형제처럼 (ⓐ 똑같이 / ⓑ 다르게) 생겼어요.

(4)

같은 회사 제품이지만 (ⓐ 똑같이 / ⓑ 다르게) 생겼어요.

# 動詞 풀다

動詞 풀다 具有將成團的或纏繞在一的東西解開的意思。

## A 不是綁起來或纏繞時

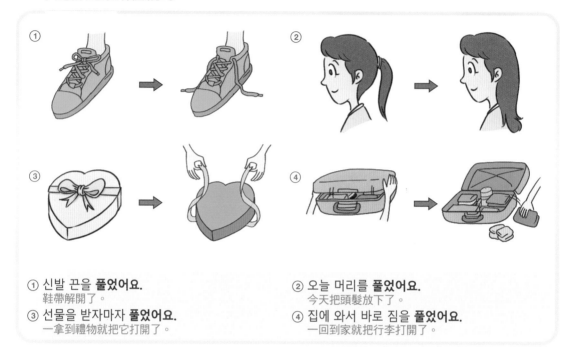

① 신발 끈을 **풀었어요.**
鞋帶解開了。

③ 선물을 받자마자 **풀었어요.**
一拿到禮物就把它打開了。

② 오늘 머리를 **풀었어요.**
今天把頭髮放下了。

④ 집에 와서 바로 짐을 **풀었어요.**
一回到家就把行李打開了。

考考自己! 1 請連接相應的部分，並完成下列句子。

(1) 짐을 풀다 •

(2) 머리를 풀다 •

(3) 선물을 풀다 •

(4) 벨트를 풀다 •

(5) 끈을 풀다 •

(6) 시계를 풀다 •

• ⓐ 싸다

• ⓑ 묶다

• ⓒ 차다

> **小祕訣**
> 싸다 : 包起來
> 묶다 : 綁起來
> 차다 : 戴

考考自己! 2 請看圖片，並選擇正確的答案。

(1) 어제 가방을 (ⓐ 쌀 / ⓑ 묶을) 때 모자를 넣었는데, 가방을 풀 때 모자가 없어요.

(2) 끈으로 머리를 (ⓐ 싸면 / ⓑ 묶으면) 아이 같은데, 머리를 풀면 어른 같아요.

(3) 발이 아파요. 신발 끈을 풀고 다시 (ⓐ 싸야 / ⓑ 묶어야) 할 것 같아요.

(4) 선물을 (ⓐ 쌀 / ⓑ 묶을) 때 30분 걸렸는데, 선물을 풀 때에는 1분도 안 걸렸어요.

(5) 소포를 (ⓐ 싼 / ⓑ 묶은) 다음에 소포를 받는 이름과 주소, 연락처를 써야 해요.

(6) 배가 너무 불러서 벨트를 풀었어요. 이따가 회의 시작 전에 다시 벨트를 (ⓐ 싸야 / ⓑ 차야) 해요.

## B 用於表示解決、緩解、消除等意思時

(1) 解決困難問題

① 시험 문제를 **풀고** 있어요.
我在解答考題。

② 인터넷을 통해 궁금증을 **풀었어요**.
我透過網路解開了疑惑。

(2) 消除疲勞等不好的感覺

① 음식으로 스트레스를 **풀어요**.
用吃東西來解除壓力。

② 운동으로 피로를 **풀었어요**.
用運動來消除疲勞。

(3) 抑制情緒等

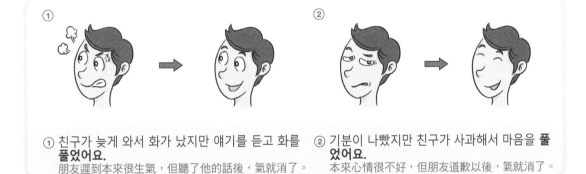

① 친구가 늦게 와서 화가 났지만 얘기를 듣고 화를 **풀었어요**.
朋友遲到本來很生氣，但聽了他的話後，氣就消了。

② 기분이 나빴지만 친구가 사과해서 마음을 **풀었어요**.
本來心情很不好，但朋友道歉以後，氣就消了。

**考考自己!** 請選擇恰當的選項連成句子。

(1) 기분을 풀기 위해 •
(2) 오해를 풀기 위해 •
(3) 피로를 풀기 위해 •
(4) 문제를 풀기 위해 •

• ⓐ 문제에 대해 많이 생각했어요.
• ⓑ 신나게 춤을 췄어요.
• ⓒ 그 사람과 오랫동안 대화했어요.
• ⓓ 하루 종일 푹 쉬었어요.

# 動詞 걸리다

걸리다 是 걸다 的被動詞。

## A 表達所需時間

① 청소하는 데 3시간 정도 **걸렸어요.**
打掃花了三個小時左右。

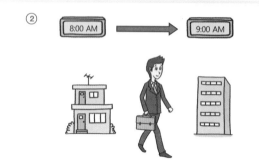

② 집에서 회사까지 1시간 정도 **걸려요.**
從家裡到公司需要一個小時左右。

**考考自己!** 請看圖表，正確的句子畫○，錯誤的話畫×。

(1) 자동차가 시간이 제일 조금 걸려요. ☐
(2) 자전거가 시간이 제일 많이 걸려요. ☐
(3) 버스가 지하철보다 10분 빨라요. ☐
(4) 자전거가 지하철보다 20분 느려요. ☐
(5) 자동차와 오토바이는 10분 차이가 나요. ☐

| 자동차 | 15분 |
|---|---|
| 오토바이 | 20분 |
| 자전거 | 45분 |
| 지하철 | 25분 |
| 버스 | 35분 |
| 도보 | 1시간 20분 |

## B 表達得了某種病

① 지난주에 감기에 **걸려서** 회사에 못 갔어요.
上星期感冒，所以無法去公司。

② 담배를 많이 피우면 암에 **걸릴** 수 있어요.
菸抽太多的話，會致癌的。

**考考自己!** 請選擇恰當的選項連成句子。

(1) 겨울에 옷을 얇게 입으면 •          • ⓐ 변비에 걸려요.
(2) 스트레스를 많이 받으면 •          • ⓑ 감기에 걸려요.
(3) 담배를 많이 피우면 •          • ⓒ 폐암에 걸려요.
(4) 소화에 문제가 생기면 •          • ⓓ 우울증에 걸려요.

## C 掛在類似鉤子上的時候

 ①

 ②

① 옷이 옷걸이에 **걸려** 있어요.
衣服掛在衣架上。

② 벽에 그림이 **걸려** 있어요.
牆上掛著一幅畫。

## D 做壞事途中被發現時

① 시험을 볼 때 책을 보다가 선생님한테 **걸렸어요**.
考試的時候看書，被老師逮到了。

② 너무 빨리 운전하다가 경찰에게 **걸렸어요**.
開車開得太快，被警察抓到了。

## E 被類似鉤子等的東西妨礙時

① 못에 **걸려서** 옷이 찢어졌어요.
衣服被釘子鉤到，破掉了。

② 돌에 **걸려서** 길에서 넘어졌어요.
被石頭絆到，在路上跌倒了。

---

**考考自己!** 請看圖並將正確的部分連起來。

(1)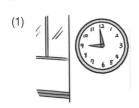

(2)

(3)

(4)

벽에 시계가 걸려 있어서　거짓말이 친구에게 걸려서　간판에 걸려서　경찰에게 걸려서
・　　　　　　　　・　　　　　　　・　　　　　　　・

・　　　　　　　　・　　　　　　　・　　　　　　　・
ⓐ 친구가 화를 냈어요.　ⓑ 경찰서에 갔어요.　ⓒ 길에서 넘어졌어요.　ⓓ 쉽게 시간을 확인
　　　　　　　　　　　　　　　　　　　　　　　　　　　할 수 있어요.

# 及物動詞和不及物動詞

 第86課

## 韓語小單字

### A 主語表現某一個行動時－表現行動的結果時

(1)
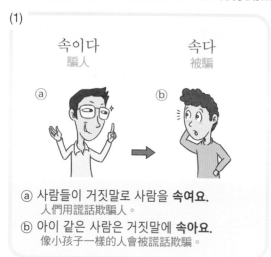

속이다
騙人

속다
被騙

ⓐ 사람들이 거짓말로 사람을 **속여요.**
人們用謊話欺騙人。

ⓑ 아이 같은 사람은 거짓말에 **속아요.**
像小孩子一樣的人會被謊話欺騙。

(2)

알리다
告知

알다
知道

010-1234-1234

ⓐ 진수가 선생님 전화번호를 수지한테 **알려** 줬어요.
真秀把老師的電話號碼告訴了秀智。

ⓑ 수지는 선생님 전화번호를 **알아요.**
秀智知道老師的電話號碼。

(3)

남기다
使…剩下

남다
剩下

ⓐ 너무 배가 불러서 음식을 **남겼어요.**
因為太飽了，而把飯菜剩下來。

ⓑ 음식이 반 정도 **남았어요.**
飯菜剩下一半左右。

(4)
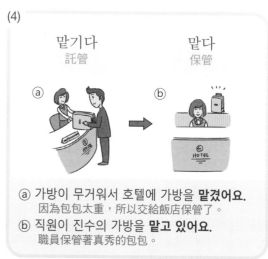

맡기다
託管

맡다
保管

ⓐ 가방이 무거워서 호텔에 가방을 **맡겼어요.**
因為包包太重，所以交給飯店保管了。

ⓑ 직원이 진수의 가방을 **맡고 있어요.**
職員保管著真秀的包包。

考考自己!! **請看圖片，連接相應的部分，並完成下列句子。**

(1) 사람을 잘 믿어서 •
(2) 배불러서 •
(3) 빨리 가려고 •
(4) 잃어버리지 않으려고 •
(5) 나중에 여행 가려고 •
(6) 갑자기 일이 생겨서 •

• ⓐ 택시를 세웠어요.
• ⓑ 약속을 바꿨어요.
• ⓒ 음식을 남겼어요.
• ⓓ 친구가 잘 속아요.
• ⓔ 돈을 모으고 있어요.
• ⓕ 열쇠를 책상 서랍 안에 넣었어요.

(5)

세우다
停

서다
停

ⓐ 브레이크를 밟아서 차를 **세웠어요.**
　　踩剎車把車子停了下來。

ⓑ 차가 횡단보도 앞에서 **섰어요.**
　　車子停在人行道前面。

(6)

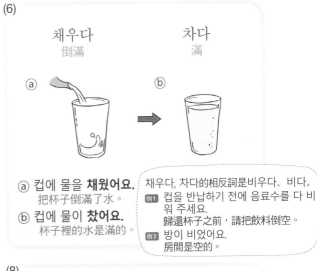

채우다
倒滿

차다
滿

ⓐ 컵에 물을 **채웠어요.**
　　把杯子倒滿了水。

ⓑ 컵에 물이 **찼어요.**
　　杯子裡的水是滿的。

> 채우다, 차다的相反詞是비우다、비다。
> 例1 컵을 반납하기 전에 음료수를 다 비워 주세요.
> 　　歸還杯子之前，請把飲料倒空。
> 例2 방이 비었어요.
> 　　房間是空的。

(7)

모으다
存

모이다
存

ⓐ 여행 가려고 돈을 **모으고** 있어요.
　　為了去旅遊，所以正在存錢呢。

ⓑ 돈이 50만 원 **모였어요.**
　　我存了50萬韓元。

(8)

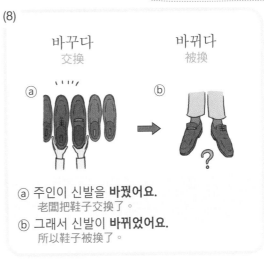

바꾸다
交換

바뀌다
被換

ⓐ 주인이 신발을 **바꿨어요.**
　　老闆把鞋子交換了。

ⓑ 그래서 신발이 **바뀌었어요.**
　　所以鞋子被換了。

---

**考考自己!2** 請選擇正確的答案。

(1) 배가 불러서 음식을 (ⓐ 남을 / ⓑ 남길) 줄 알았는데 음식이 하나도 안 (ⓐ 남았어요. / ⓑ 남겼어요.)

(2) 친구한테 일을 (ⓐ 맡았으니까 / ⓑ 맡겼으니까) 앞으로 친구가 제 일을 (ⓐ 맡을 / ⓑ 맡길) 거예요.

(3) 사람들이 거짓말로 나를 (ⓐ 속아도 / ⓑ 속여도) 나는 절대로 (ⓐ 속지 / ⓑ 속이지) 않을 거예요.

(4) 부모님이 내 결정을 (ⓐ 바뀌려고 / ⓑ 바꾸려고) 해도 내 결정은 (ⓐ 바뀌지 / ⓑ 바꾸지) 않았어요.

(5) 길에서 차를 (ⓐ 서려고 / ⓑ 세우려고) 했지만 차가 (ⓐ 서지 / ⓑ 세우지) 않았어요.

(6) 200ml 이상 물이 (ⓐ 차지 / ⓑ 채우지) 않게 그릇에 천천히 물을 (ⓐ 차세요. / ⓑ 채우세요.)

(7) 같이 여행 가려고 사람을 (ⓐ 모았지만 / ⓑ 모였지만) 사람이 2명만 (ⓐ 모았어요. / ⓑ 모였어요.)

(8) 저 사람한테 제 이름을 (ⓐ 알아 / ⓑ 알려) 줬으니까 이제 저 사람도 제 이름을 (ⓐ 알 / ⓑ 알릴) 거예요.

# B 뜨리다-지다 形式

**小秘訣**
在描述由行為人引起的動作時，助詞을/를與及物動詞一起使用，而在描述動作的結果時，助詞이/가使用在不及物動詞的前面。

(1)

| 깨뜨리다 | 깨지다 |
|---|---|
| 打破[及物動詞] | 被打破[不及物動詞] |

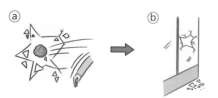

ⓐ 아이가 창문에 공을 던져서 창문을 **깨뜨렸어요.**
孩子朝窗戶丟球，把窗戶打破了。
ⓑ 창문이 **깨져서** 창문을 수리해야 해요.
窗戶被打破了，所以得修理。

(2)

| 부러뜨리다 | 부러지다 |
|---|---|
| 折斷[及物動詞] | 斷裂[不及物動詞] |

ⓐ 불을 피울 때 나무를 작게 부러뜨려서 사용해요.
生火的時候，要把樹枝折斷使用。
ⓑ 여기에 나무가 **부러져** 있다.
這裡的樹枝斷裂了。

(3)

| 떨어뜨리다 | 떨어지다 |
|---|---|
| 弄掉[及物動詞] | 掉[不及物動詞] |

ⓐ 오늘 지갑을 길에서 **떨어뜨려서** 잃어버렸어요.
今天把錢包掉在路上弄丟了。
ⓑ 바닥에 **떨어진** 지갑을 못 봤어요.
沒看到掉在地上的錢包。

(4)

| 빠뜨리다 | 빠지다 |
|---|---|
| 把…推進[及物動詞] | 掉進[不及物動詞] |

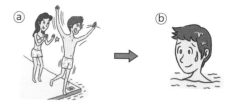

ⓐ 친구가 장난으로 나를 수영장에 **빠뜨렸어요.**
朋友開玩笑，把我推進游泳池裡。
ⓑ 친구 때문에 내가 수영장에 **빠졌어요.**
因為朋友的緣故，我掉進了游泳池。

---

**考考自己!** 請看圖片填寫正確的答案，完成下列句子。

(1)

카메라 렌즈가 _____ 서 안 보여요.

(2)

실수로 안경다리를 _____ 서 쓸 수 없어요.

(3)

아이가 물에 _____ . 도와주세요.

(4)

휴대폰을 _____ 서 휴대폰이 고장 났어요.

## C 내다-나다 形式

主語帶著意圖，呈現出做某種行動所出現的結果時

(1)

내다–나다 고장을 내다
把…弄壞

고장이 나다
故障

ⓐ 친구가 컴퓨터를 **고장 냈어요.**
朋友把電腦弄壞了。

ⓑ 컴퓨터가 **고장 났어요.**
電腦故障了。

(2)

사고를 내다
惹出事故

사고가 나다
發生事故

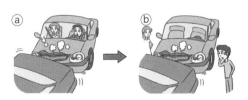

ⓐ 남자가 **사고를 냈어요.**
那個男生出惹事故了。

ⓑ 자동차 **사고가 났어요.**
汽車發生事故了。

(3)

소리를 내다
製造聲音

소리가 나다
發出聲音

ⓐ 남자가 시끄러운 **소리를 내요.**
男人發出吵雜的聲音。

ⓑ 옆 방에서 이상한 **소리가 나요.**
從隔壁房間發出奇怪的聲音。

(4)

소문을 내다
張揚

소문이 나다
傳聞

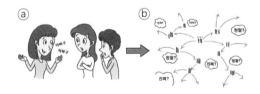

ⓐ 저 여자가 여기저기에 **소문을 냈어요.**
那個女生到處張揚。

ⓑ 여기저기에 **소문이 났어요.**
到處都是傳聞。

---

**考考自己!** 請寫下正確的動詞。

(1) 아무도 없는 집에서 이상한 소리가 (ⓐ 나서 / ⓑ 내서) 무서워요.

(2) 제 동생이 스피커를 고장 (ⓐ 나서 / ⓑ 내서) 수리해야 해요.

(3) 이 가게의 빵이 맛있다고 소문이 (ⓐ 나서 / ⓑ 내서) 그 가게에 가 봤어요.

(4) 택시가 자동차하고 부딪쳤어요. 누가 사고를 (ⓐ 났어요? / ⓑ 냈어요?)

(5) 핸드폰이 고장 (ⓐ 나면 / ⓑ 내면) 서비스 센터에 가져오세요.

(6) 교통사고가 (ⓐ 난 / ⓑ 낸) 곳이 어디예요? 지금 가 볼게요.

(7) 밤늦게 시끄럽게 소리를 (ⓐ 나면 / ⓑ 내면) 안 돼요.

(8) 이 얘기는 비밀이니까 소문을 (ⓐ 나지 / ⓑ 내지) 마세요.

## D 其他

**(1)**

많이 먹다　　살이 찌다
吃得很多　　長肉、發胖

**많이 먹어서 살이** 3kg **쪘어요.**
吃得很多，胖了3公斤。

**(2)**

살을 빼다　　살이 빠지다
減肥　　　　變瘦

운동해서 **살을 빼니까 살이** 2kg **빠졌어요.**
我用運動來減肥，結果瘦了2公斤。

**(3)**

스트레스를 받다　　피곤하다
受到壓力　　　　　疲倦

일 때문에 요즘 **스트레스를 받아서 피곤해요.**
因為工作的關係，最近受到不少壓力，所以很疲倦。

**(4)**

담배를 피우다　　병에 걸리다
抽菸　　　　　　生病

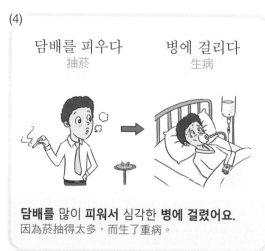

**담배를** 많이 **피워서** 심각한 **병에 걸렸어요.**
因為菸抽得太多，而生了重病。

**(5)**

치료를 받다　　병이 낫다
接受治療　　　痊癒

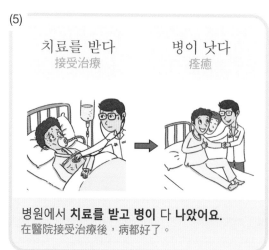

병원에서 **치료를 받고 병이** 다 **나았어요.**
在醫院接受治療後，病都好了。

**(6)**

비를 맞다　　옷이 젖다
淋雨　　　　衣服濕掉

**비를 맞아서 옷이** 다 **젖었어요.**
淋了雨，結果衣服都濕了。

(7)

커피를 마시다
喝咖啡

잠이 안 오다
睡不著

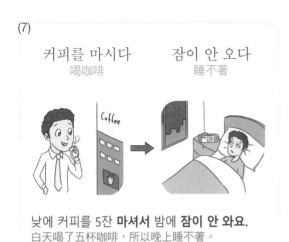

낮에 커피를 5잔 **마셔서** 밤에 **잠이 안 와요.**
白天喝了五杯咖啡，所以晚上睡不著。

(8)

술을 마시다
喝酒

술에 취하다
酒醉

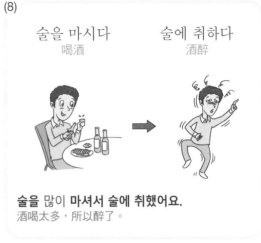

**술을** 많이 **마셔서 술에 취했어요.**
酒喝太多，所以醉了。

(9)

급하게 먹다
吃得太急

체하다
消化不良

밥을 **급하게 먹어서 체했어요.**
飯吃得太急，所以消化不良。

(10)

공을 맞다
被球打到

멍이 들다
淤血

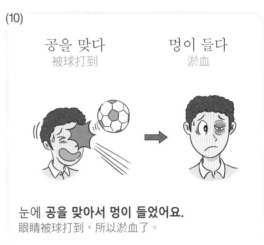

눈에 **공을 맞아서 멍이 들었어요.**
眼睛被球打到，所以淤血了。

**考考自己!** 請選擇正確的答案。

(1) 열심히 다이어트 했는데 (ⓐ 살을 안 뺐어요. / ⓑ 살이 안 빠져요.)

(2) 체하지 않게 (ⓐ 천천히 밥을 드세요. / ⓑ 빨리 밥을 드세요.)

(3) 비가 많이 와서 우산을 썼지만 (ⓐ 비를 맞았어요. / ⓑ 비를 안 맞았어요.)

(4) 밤에 (ⓐ 잠을 안 자서 / ⓑ 잠이 안 와서) 3시까지 책을 읽었어요.

(5) (ⓐ 치료를 받으면 / ⓑ 스트레스를 받으면) 병이 나을 거예요.

(6) 살이 (ⓐ 쪄서 / ⓑ 빠져서) 작년에 산 옷이 전부 작아요.

# 第87課 與錢相關的動詞

## 韓語小單字

## A 買賣東西

**(1)**

팔다 — 사다
賣 — 買

ⓐ 빵집에서 아침 7시부터 빵을 **팔아요.**
麵包店從早上七點開始賣麵包。

ⓑ 빵을 5,000원어치 **샀어요.**
我買了5,000韓元的麵包。

**(2)**

팔리다 — 매진되다
被賣 — 賣完

ⓐ 빵이 하나도 없어요. 다 **팔렸어요.**
麵包一個都不剩，全賣光了。

ⓑ 그 영화가 인기가 많아서 표가 **매진됐어요.**
那部電影很受歡迎，票都賣完了。

**(3)**

할인하다 — 값을 깎다
打折 — 殺價

ⓐ 이 옷이 10만 원인데 **할인해서** 8만 원이에요.
這件衣服要10萬韓元，打折到8萬韓元。

ⓑ 옷을 살 때 2만 원 **깎았어요.**
我買衣服的時候，砍了兩萬韓元。

**(4)**

무료 — 공짜
免費 — 不出力、不出錢

ⓐ 한국에서는 반찬이 **무료**예요.
在韓國，小菜是免費的。

ⓑ 길에서 휴지를 **공짜**로 받았어요.
我在路邊拿到了免費的紙巾。

> **小祕訣**
> 무료：免費
> 공짜：不出力、不出錢，憑空獲得的東西。
> 거스름돈 = 잔돈 零錢

**考考自己!** 選擇正確的答案。

(1) 가게 주인이 물건을 (ⓐ 사고 / ⓑ 팔고), 손님이 물건을 (ⓐ 사요. / ⓑ 팔아요.)

(2) 시장에서 과일을 만 원(ⓐ 어치 / ⓑ 짜리) 샀어요.

(3) 두부를 못 샀어요. 왜냐하면 두부가 다 (ⓐ 팔았어요. / ⓑ 팔렸어요.)

(4) 콘서트 표를 못 샀어요. 왜냐하면 표가 다 (ⓐ 팔았어요. / ⓑ 매진됐어요.)

(5) 지금 가게에서 에어컨을 10% (ⓐ 팔아서 / ⓑ 할인해서) 백만 원이에요.

(6) 삼겹살을 먹을 때 채소는 돈을 안 내도 돼요. 채소가 (ⓐ 무료예요. / ⓑ 안 팔려요.)

# B 月薪

(1)

### 돈을 벌다
賺錢

저는 20살 때부터 **돈을 벌**기 시작했어요.
我從二十歲開始賺錢了。

(2)

### 월급을 받다
領薪水

회사에서 매달 25일에 **월급을 받아요.**
我每個月25號從公司領薪水。

(3)

### 월급이 오르다
薪水調升

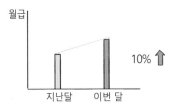

월급 │

10% ⬆

지난달    이번 달

이번 달에 승진해서 **월급이** 10% **올랐어요.**
這個月我升遷了，所以月薪調升了10%。

① A 한 달에 얼마나 벌어요?
　　一個月賺多少錢？

　 B 500만 원 벌어요.
　　賺500萬韓元。

③ A 월급이 얼마나 올랐어요?
　　你的月薪上漲了多少？

　 B 10% 올랐어요.
　　上漲了10%。

(4)

### 월급이 내리다
薪水調降

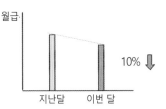

월급 │

10% ⬇

지난달    이번 달

회사가 어려워서 **월급이** 10% **내렸어요.**
因為公司拮据，月薪調降了10%。

② A 한 달에 월급을 얼마나 받아요?
　　一個月拿多少薪水？

　 B 500만 원 받아요.
　　拿500萬韓元。

④ A 보너스를 얼마나 받아요?
　　你領到多少獎金？

　 B 100% 받아요.
　　100%。

**考考自己!** 請選擇恰當的選項連成句子。

(1) 아르바이트를 해서 한 달에　　•

(2) 이번에 일을 잘해서 보너스를　•

(3) 승진해서 이번 달부터 월급이　•

(4) 우리 회사는 월말에 월급을　　•

- • ⓐ 받았어요.
- • ⓑ 조금 올랐어요.
- • ⓒ 줘요.
- • ⓓ 100만 원 벌어요.

## C 買

① 유럽에 여행 가서 100만 원을 **썼어요.**
　去歐洲旅行，花了100萬韓元。
③ 여행비가 17만 원 **들었어요.**
　旅行費用花了17萬韓元。
⑤ 여행 가려고 작년부터 돈을 **모으기** 시작했어요.
　為了去旅行，我從去年就開始存錢了。

② 표를 예약하려면 내일까지 돈을 **내야 해요.**
　要預約票的話，明天以前要付錢。
④ 돈이 **떨어지면** 아르바이트를 시작하려고 해요.
　如果錢花光了，我打算開始打工。
⑥ 돈이 다 **모이면** 여행을 떠날 거예요.
　存夠錢的話，我就要去旅行。

小祕訣
돈이 들다 花錢
돈을 들이다 花錢

## D 與錢相關的名詞

| ＿＿비 費 | | ＿＿료 費 | | ＿＿세 稅 | |
|---|---|---|---|---|---|
| 교통비 | 交通費 | 입장료 | 入場費 | 소득세 | 所得稅 |
| 택시비 | 計程車費 | 사용료 | 使用費 | 재산세 | 財產稅 |
| 식사비 | 餐費 | 수업료 | 上課費 | 주민세 | 居民稅 |
| 숙박비 | 住宿費 | 대여료 | 租借費 | 소비세 | 消費稅 |

考考自己! 請選擇正確的答案，完成下列句子。

| 내다 | 쓰다 | 들다 | 떨어지다 | 모으다 | 모이다 |
|---|---|---|---|---|---|

(1) 100만 원이 있었어요. 그런데 이번 달에 60만 원을 ＿＿＿＿＿＿＿. 그래서 40만 원이 남았어요.
(2) 지난번에 친구가 밥을 사 줬어요. 그래서 이번에는 같이 제가 식사비를 ＿＿＿＿＿＿ 려고 해요.
(3) 50만 원이 ＿＿＿＿＿＿＿ 면 그 돈으로 노트북을 사려고 해요.
(4) 지난주에 제주도에 여행 가서 돈을 다 썼어요. 그래서 지금 돈이 다 ＿＿＿＿＿＿＿.
(5) 제가 다음 주에 이사하려고 해요. 보통 한국에서 이사할 때 돈이 얼마나 ＿＿＿＿＿＿?
(6) 세계 여행을 가고 싶어서 돈을 ＿＿＿＿＿＿ 고 있어요. 이제 100만 원 돈이 모였어요.

## E 借錢、還錢

빌려주다 ↔ 빌리다
借給　　　借

돌려주다
歸還

갚다
還錢

교환하다
交換

환전하다
換錢

① 남자가 여자에게 노트북을 빌려줬어요.
男生把筆記型電腦借給女生了。

② 여자가 남자에게 노트북을 빌렸어요.
女生向男生借了筆記型電腦。

③ 일주일 후에 여자가 남자에게 노트북을 돌려줬어요.
一個星期後，女生把筆記型電腦還給男生。

④ 일주일 후에 여자가 남자에게 돈을 갚았어요.
一個星期後，女生把向男生借的錢都還清了。

⑤ 남자하고 여자가 책을 교환했어요.
男生跟女生交換了自己的書。

⑥ 남자가 미국 돈을 한국 돈으로 환전했어요.
男生把美金換成韓幣了。

> **小祕訣**
> 在表現如同〔A→B〕改變時，
> 改變的物件B後面使用助詞(으)로。
> **例1** 미국 돈을 한국 돈으로 환전했어요.
> 我把美元換成韓幣了。
> **例2** 지하철 2호선에서 3호선으로 갈아 탔어요.
> 我從地鐵2號線換乘3號線。
> **例3** 서울에서 부산으로 이사했어요.
> 我從首爾搬家到釜山。

**考考自己!** 請選擇正確的答案。

(1) 오늘 지갑을 집에 놓고 와서 친구한테 만 원을 (ⓐ 빌렸어요. / ⓑ 빌려줬어요.)

(2) 동생한테서 빌린 카메라를 오늘 동생한테 (ⓐ 갚았어요. / ⓑ 돌려줬어요.)

(3) 친구가 노트북이 필요하다고 해서 제 노트북을 (ⓐ 빌렸어요. / ⓑ 빌려줬어요.)

(4) 열심히 돈을 벌어서 은행에서 빌린 돈을 빨리 (ⓐ 갚으려고 / ⓑ 돌려주려고) 해요.

(5) 빨간색 신발이 마음에 안 들어요. 그래서 빨간색 신발을 파란색 신발로 (ⓐ 교환했어요. / ⓑ 환전했어요.)

(6) 오늘 은행에서 한국 돈을 일본 돈으로 (ⓐ 돌려줬어요. / ⓑ 환전했어요.)

## F 結帳

계산하다
結帳

(1) 結帳方式詢問
A 어떻게 계산하시겠어요?　您要怎麼結帳？
B 현금으로 계산할게요.　　我用現金結帳。
　카드로 계산할게요.　　　我用信用卡結帳。

(2) 使用信用卡的時候
A 어떻게 해 드릴까요?　　您要怎麼結帳？
B 일시불로 해 주세요.　　我要一次付清。
　할부로 해 주세요.　　　我要分期付款。

**考考自己!** 請選擇恰當的選項連成句子。

(1) 어떻게 계산하시겠어요?　•

(2) 계산할게요.　•

(3) 카드로 어떻게 해 드릴까요? •

(4) 여기 카드 돼요?　•

• ⓐ 네, 전부 25,000원입니다.

• ⓑ 일시불로 해 주세요.

• ⓒ 현금으로 할게요.

• ⓓ 죄송합니다. 카드가 안 됩니다.

# 主題動詞

## 韓語小單字

> **小祕訣**
> 與前方動詞結合時請注意！
> -기로 결정하다 決定…
> -기로 결심하다 決心…

### A 樹立計劃

| 바라다 | 고민하다 | 믿다 | 결정하다 (=정하다) |
|---|---|---|---|
| 希望 | 苦悶 | 相信 | 決定 |

① 케빈은 한국 사람처럼 한국어를 잘하기를 **바랐어요.**
  凱文希望自己的韓語說得跟韓國人一樣好。
③ 케빈은 한국인 친구의 말을 **믿었어요.**
  凱文相信了韓國朋友的話。

② 케빈은 공부하고 일 중에서 무엇을 할지 **고민했어요.**
  凱文對於學習和工作中應該選擇哪一個，覺得很苦惱。
④ 결국 케빈은 공부를 하기로 **결정했어요.** (=**정했어요.**)
  結果凱文決定學習。

| 시작하다 | 미루다 | 결심하다 | 계획을 세우다 |
|---|---|---|---|
| 開始 | 延遲 | 決心 | 樹立計劃 |

⑤ 책으로 공부하기 **시작했어요.**
  從書本開始了學習。
⑦ 케빈은 내일부터 다시 공부하기로 **결심했어요.**
  凱文下定決心，從明天開始重新學習。

⑥ 하지만 케빈은 자꾸 공부를 **미뤘어요.**
  但是凱文老是推遲學習。
⑧ 케빈은 어떻게 공부할지 **계획을 세웠어요.**
  凱文制定了如何學習的計劃。

> **小祕訣**
> 注意與前方動詞結合的時候！
> -기(를) 바라다 希望…
> -기 시작하다 開始…

**考考自己!** 請選擇正確的答案，並完成下列句子。

| 믿다 | 바라다 | 세우다 | 미루다 | 정하다 | 고민하다 |
|---|---|---|---|---|---|

(1) 하기 싫어도 오늘 일을 내일로 _____ 지 마세요.
(2) 요즘 여러 가지 문제 때문에 _____ 고 있어요.
(3) 방학 때 어디로 여행 갈지 아직 못 _____ .
(4) 일을 시작하기 전에 자세히 계획을 _____ 는 편이에요.
(5) 제 친구가 거짓말을 자주 해서 그 친구의 말을 _____ 수 없어요.
(6) 부모님께서 항상 건강하시길 _____ 고 있어요.

## B 經驗

참다
忍耐

계속하다
繼續

고생하다
辛苦

화이팅!!

**小祕訣**

在動詞前面亦使用副詞。
例1 계속 + [動詞] : 계속 먹었어요. 繼續吃。
例2 그만 + [動詞] : 그만 먹었어요. 不吃了。

참지 못하다
忍不住

포기하다
放棄

그만두다
放棄，終止

민지        진호

난 할 수 없어.

① 민지는 요리를 배울 때 힘들어서 **고생했어요.**
　民智學做菜的時候很辛苦。
② 민지는 아무리 힘들어도 **참았어요.**
　無論如何辛苦民智都忍住了。
③ 민지는 요리 배우는 것이 어렵지만 **계속할 거예요.**
　學做菜雖然很難，但民智仍然會繼續。

④ 진호는 고생을 참지 **못했어요.**
　鎮浩沒有忍住辛苦。
⑤ 진호는 요리 배우는 것을 **포기했어요.**
　鎮浩放棄了學做菜。
⑥ 진호는 요리 배우는 것을 **그만뒀어요.**
　鎮浩不學做菜了。

---

**考考自己!** 請選擇正確的答案，並完成下列對話。

| 고생하다 | 참다 | 포기하다 | 계속하다 | 그만두다 |
|---|---|---|---|---|

(1) A 김진수 씨가 왜 안 보여요?
　　B 김진수 씨가 어제 회사를 ＿＿＿＿＿＿＿. 다른 사람이 새로 올 거예요.

(2) A 여행이 어땠어요?
　　B 배탈이 나서 ＿＿＿＿＿＿＿. 진짜 힘들었어요.

(3) A 주사 맞기 싫어요.
　　B 아파도 조금만 ＿＿＿＿＿＿＿ 세요. 주사를 맞아야 해요.

(4) A 태권도를 배우고 있는데 너무 어려워요.
　　B ＿＿＿＿＿＿＿ 지 말고 끝까지 계속하세요. 제가 도와 드릴게요.

(5) A 운동을 해도 효과가 없어요.
　　B 3개월 이상 ＿＿＿＿＿＿＿ 면 효과가 있을 거예요.

## C 約定1

약속하다
約定

약속을 지키다
遵守約定

약속을 어기다
違背約定

① 준수는 담배를 끊기로 아내와 **약속했어요**. 俊秀和妻子約好了戒菸。
② 준수는 아내와의 **약속을 지켰어요**. 俊秀遵守了和妻子的約定。
③ 준수는 아내와의 **약속을 어겼어요**. 俊秀違背了和妻子的約定。

## D 約定2

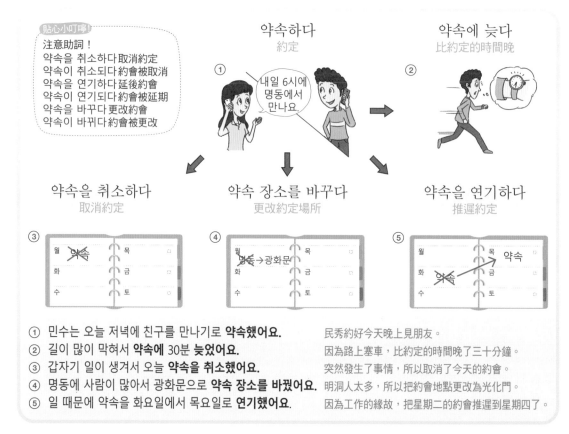

貼心小叮嚀

注意助詞！
약속을 취소하다 取消約定
약속이 취소되다 約會被取消
약속을 연기하다 延後約會
약속이 연기되다 約會被延期
약속을 바꾸다 更改約會
약속이 바뀌다 約會被更改

약속하다
約定

내일 6시에
명동에서
만나요.

약속에 늦다
比約定的時間晚

약속을 취소하다
取消約定

약속 장소를 바꾸다
更改約定場所

약속을 연기하다
推遲約定

① 민수는 오늘 저녁에 친구를 만나기로 **약속했어요**. 民秀約好今天晚上見朋友。
② 길이 많이 막혀서 **약속에 30분 늦었어요**. 因為路上塞車，比約定的時間晚了三十分鐘。
③ 갑자기 일이 생겨서 오늘 **약속을 취소했어요**. 突然發生了事情，所以取消了今天的約會。
④ 명동에 사람이 많아서 광화문으로 **약속 장소를 바꿨어요**. 明洞人太多，所以把約會地點更改為光化門。
⑤ 일 때문에 약속을 화요일에서 목요일로 **연기했어요**. 因為工作的緣故，把星期二的約會推遲到星期四了。

考考自己! **請選擇正確的答案。**

(1) 진수는 약속하면 꼭 (ⓐ 지키니까 / ⓑ 어기니까) 친구들이 진수를 좋아해요.

(2) 민수가 갑자기 약속을 (ⓐ 바뀌어서 / ⓑ 바꿔서) 문제가 생겼어요.

(3) 2시 약속인데 2시 30분에 도착했어요. 약속 시간에 (ⓐ 늦었어요. / ⓑ 연기됐어요.)

(4) 비가 많이 와서 오늘 약속이 (ⓐ 취소했어요. / ⓑ 취소됐어요.)

## E 睡覺

### 눕다
躺

① 자려고 침대에 **누웠어요.**
想睡覺，所以躺在床上。

### 잠이 안 오다
睡不著

② 하지만 저녁에 마신 커피 때문에 **잠이 안 왔어요.**
但是因為晚上喝了咖啡，所以睡不著。

### 잠이 오다
想睡

③ 재미없는 책을 읽으니까 **잠이 왔어요.**
看了無聊的書，所以想睡了。

### 졸리다
睏

④ 졸려서 하품했어요.
很睏所以一直打呵欠。

### 졸다
打瞌睡

⑤ 책을 읽으면서 **졸았어요.**
一邊讀書一邊打了瞌睡。

### 잠이 들다
睡著

⑥ 책상 위에서 **잠이 들었어요.**
在書桌上睡著了。

### 자다
睡覺

### 꿈을 꾸다
做夢

### 잠을 깨다
睡醒

### 일어나다
起床

⑦ 책상 위에서 밤새 **잤어요.**
在書桌上睡了一夜。

⑨ **잠을 깨** 보니까 책상 위였어요.
睡醒一看，是書桌上阿。

⑧ 자는 동안 이상한 **꿈을 꾸었어요.**
睡覺的時候做了一個奇怪的夢。

⑩ **일어나서** 다시 침대로 갔어요.
起床後，又走向床去了。

---

**考考自己!** 請選擇恰當的選項連成句子。

(1) 잠을 깼지만　　　　　・

(2) 잠을 자는 동안에　　　・

(3) 잠이 안 올 때에는　　・

(4) 수업에서 졸지 않으려면 ・

(5) 텔레비전을 보다가　　・

・ ⓐ 커피를 마시는 게 좋겠어요

・ ⓑ 소파에서 잠이 들었어요.

・ ⓒ 그냥 침대에 누워 있었어요.

・ ⓓ 따뜻한 물로 목욕하면 좋아요.

・ ⓔ 꿈 속에서 돌아가신 할머니를 만났어요.

## F 病

**(1)**

진찰하다　　　진찰을 받다
診療　　　　　接受診療

ⓐ 의사가 환자를 **진찰해요.**
　醫生診療病人。
ⓑ 환자가 의사의 **진찰을 받아요.**
　病人接受醫生的診療。

**(2)**

치료하다　　　치료를 받다
治療　　　　　接受治療

ⓐ 의사가 환자의 상처를 **치료해요.**
　醫生治療病人的傷口。
ⓑ 환자가 상처를 **치료 받아요.**
　病人接受傷口的治療。

**(3)**

입원하다
住院

ⓐ 사고가 나서 한 달 동안 병원에 **입원했어요.**
　因為出了事故，所以住院一個月。

수술하다
手術

ⓑ 암 때문에 다음 달에 **수술해야** 해요.
　因為癌症的關係，下個月必須動手術。

**(4)**

주사를 놓다　　　주사를 맞다
打針　　　　　　挨針

ⓐ 간호사가 환자에게 **주사를 놓아요.**
　護理師為病人打針。
ⓑ 환자가 어깨에 **주사를 맞아요.**
　病人的肩膀挨了一針。

**(5)**

병에 걸리다　　　병이 낫다
生病　　　　　　痊癒

ⓐ 제가 불규칙한 생활 때문에 **병에 걸렸어요.**
　我因為不規律的生活而生了病。
ⓑ 치료 받은 후에 **병이 다 나았어요.**
　接受治療之後，病全好了。

---

**考考自己!** 請連接相對應的動詞。

(1) 환자가 진찰을 •　　　　　• ⓐ 했어요

(2) 환자가 주사를 •　　　　　• ⓑ 맞았어요

(3) 환자가 입원을 •　　　　　• ⓒ 나았어요

(4) 환자가 병에　 •　　　　　• ⓓ 받았어요

(5) 환자가 병이　 •　　　　　• ⓔ 걸렸어요

## G 車

(1)

타다
搭乗

태우다
載

ⓐ 여자가 남자의 자동차에 **타요.**
女人搭男人的車。

ⓑ 남자가 여자를 자동차에 **태워요.**
男人用車載女人。

데려다주다
載去

ⓒ 남자가 여자를 지하철역에 **데려다줘요.**
男人載女人去地鐵站。

(2)

내리다
下

내려 주다
讓…下

ⓐ 여자가 남자의 자동차에서 **내려요.**
女人從男人的車上下來。

ⓑ 남자가 여자를 지하철역 앞에 **내려 줘요.**
男人讓女人在地鐵站前下車。

갈아타다
換乘

ⓒ 여자가 자동차에서 지하철로 **갈아타요.**
女人從汽車換乘地鐵。

> **小祕訣**
> 갈다 具有 바꾸다 的意義。
> 갈아타다 換乘
> 갈아입다 換穿
> 갈아 신다 換穿

**考考自己!** 請選擇正確的答案，並完成下列句子。

| 타다 | 태우다 | 내리다 | 갈아타다 |
|---|---|---|---|

(1) 지하철역까지 차로 _____ 주세요.

(2) 지하철 2호선에서 4호선으로 _____ 세요.

(3) 버스를 _____ 때 교통 카드를 사용 하세요.

(4) 저는 약국 앞에서 _____ 주세요. 약국에서 걸어갈게요.

## H 包含 **알다** 的合成動詞

알아보다
瞭解

여행에 대한 정보는 인터넷으로 **알아보세요.**
透過網路瞭解一下關於旅行的資訊吧。

알아듣다
聽懂

강남에서 만나기로 했어요 50%

한국 드라마를 보면 50% 정도 **알아들어요.**
看韓國連續劇的話，能聽懂50%左右。

알다

알아두다
記住

이 음식은 건강에 좋으니까 꼭 **알아두세요.**
一定要記住這個食物對健康很好。

알아차리다
看出、察覺

영화의 마지막까지 범인이 누군지 **알아차리지** 못했어요.
直到電影的最後，也沒看出來犯人究竟是誰。

考考自己! 請修改下方劃線的部分。

(1) A 지금도 영화 표를 살 수 있을까요?
　　 B 잠깐만요, 제가 <u>알아둘게요.</u>

(2) A 이 단어가 중요해요?
　　 B 그럼요, 시험에 나올 테니까 꼭 <u>알아차리세요.</u>

(3) A 한국 영화를 볼 때 자막이 필요해요?
　　 B 네, 자막이 없으면 <u>알아보기</u> 어려워서 이해할 수 없네요.

(4) A 거짓말한 것을 친구가 알고 있죠?
　　 B 아니요, 그런데 이번에는 친구가 <u>알아듣지</u> 못했어요.

## I 具有相似意義的單字

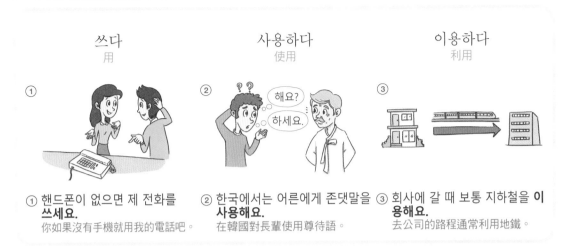

**쓰다** 用    **사용하다** 使用    **이용하다** 利用

① 핸드폰이 없으면 제 전화를 **쓰세요.**
你如果沒有手機就用我的電話吧。

② 한국에서는 어른에게 존댓말을 **사용해요.**
在韓國對長輩使用尊待語。

③ 회사에 갈 때 보통 지하철을 **이용해요.**
去公司的路程通常利用地鐵。

## J 사다 和 하다 結合的合成動詞

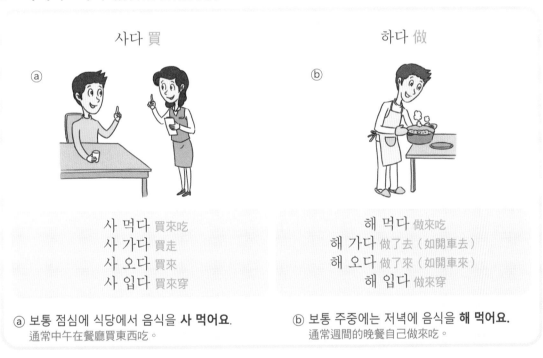

**사다** 買

ⓐ
사 먹다 買來吃
사 가다 買走
사 오다 買來
사 입다 買來穿

ⓐ 보통 점심에 식당에서 음식을 **사 먹어요.**
通常中午在餐廳買東西吃。

**하다** 做

ⓑ
해 먹다 做來吃
해 가다 做了去（如開車去）
해 오다 做了來（如開車來）
해 입다 做來穿

ⓑ 보통 주중에는 저녁에 음식을 **해 먹어요.**
通常週間的晚餐自己做來吃。

**考考自己!** 請選擇正確的答案。

(1) 한국어를 (ⓐ 사용 / ⓑ 이용)해서 말할 때 많이 신경 써야 해요.

(2) 내 친구는 요리를 못해서 밖에서 음식을 (ⓐ 사 먹어요. / ⓑ 해 먹어요.)

(3) 요즘은 건강을 위해서 계단을 (ⓐ 쓰는 / ⓑ 이용하는) 사람이 많아요.

(4) 저는 옷을 잘 만드니까 제 옷을 직접 (ⓐ 사 입어요. / ⓑ 해 입어요.)

# 情緒表現

## 韓語小單字

### A 和 되다 一起使用的情況

| 걱정되다 | 안심되다 | 긴장되다 | 안정되다 |
|---|---|---|---|
| 令人擔心 | 令人放心 | 緊張 | 穩定 |

| 기대되다 | 후회되다 | 부담되다 | 흥분되다 |
|---|---|---|---|
| 令人期待 | 後悔 | 感到有負擔 | 興奮 |

① 밖에 나간 아이가 밤이 돼도 집에 안 들어와서 **걱정돼요.** 外出的孩子直到晚上都還沒有回家，真是令人擔心。

② 아이가 어른과 같이 나갔다고 하니까 **안심돼요.** 聽說孩子是和大人一起出去的，所以很放心。

③ 처음 외국에 갔을 때 외국인과 말이 잘 안 통해서 **긴장됐어요.**
第一次去國外的時候，因為和外國人語言不通，所以很緊張。

④ 연습을 많이 안 해서 긴장했지만 옆에 친구가 있어서 **안정됐어요.**
因為沒有多做練習而很緊張，但是旁邊有朋友在，所以心情就穩定下來了。

⑤ 다니고 싶었던 학교에 합격했어요. 대학 생활이 정말 **기대돼요.**
我被想去的學校錄取了，大學生活真的很令人期待。

⑥ 어제 친한 친구하고 작은 일로 싸웠는데 지금 너무 **후회돼요.**
昨天和好朋友因為小事吵架，現在真是後悔極了。

⑦ 저는 항상 돈이 부족한 학생이니까 비싼 해외 여행은 **부담돼요.**
因為我是經濟狀況不好的學生，所以對於昂貴的國外旅行感到有負擔。

⑧ 축구 경기를 할 때 **흥분돼서** 의자에 앉아서 볼 수 없어요.
看足球比賽的時候，因為太過興奮，而沒有辦法坐在椅子上看。

**考考自己!** 請連接相對應的動詞。

(1) 내일 시험이 있는데 준비를 못 했어요.   •         • ⓐ 긴장돼요.

(2) 내일 오랜만에 제주도 여행을 떠나요.   •         • ⓑ 걱정돼요.

(3) 저에 대한 부모님의 기대가 너무 커요.   •         • ⓒ 후회돼요.

(4) 시험공부를 했지만 시험 볼 때 가슴이 뛰어요. •         • ⓓ 안심돼요.

(5) 어렸을 때 공부를 열심히 했어야 했어요.   •         • ⓔ 기대돼요.

(6) 감기가 다 나았어요. 이제 걱정 안 해도 돼요. •         • ⓕ 부담돼요.

## B 表達情緒的動詞

사랑하다
愛

마음에 들다
滿意, 喜歡

좋아하다
喜歡

싫어하다
不喜歡

① ② ③ ④

실망하다
失望

만족하다
滿意

당황하다
慌張

질투하다
嫉妒

⑤ ⑥ ⑦ ⑧

① **사랑하는** 사람과 함께 지내고 싶어요.     我想和我愛的人一起生活。
② 이 옷이 제 **마음에 들어요.**     我喜歡這件衣服。
③ 저는 맵지 않은 음식을 **좋아해요.**     我喜歡不辣的食物。
④ 저는 닭고기가 들어간 음식을 **싫어해요.**     我不喜歡加雞肉的菜。
⑤ 승진 발표에서 제가 떨어져서 **실망했어요.**     公佈升遷時, 我落榜了, 所以很失望。
⑥ 저는 이번 시험의 성적에 **만족해요.**     我對這次考試的成績很滿意。
⑦ 식당에서 음식을 먹은 후 계산할 때 지갑이 없어서 **당황했어요.**
    在餐廳吃完飯結帳的時候, 發現錢包不見了, 讓我很慌張。
⑧ 너무 사이가 좋은 남녀를 **질투하는** 사람이 있어요.     有人會嫉妒交情太好的男女朋友。

**小祕訣**

**느끼거나, 생각하다** : [如同及物動詞] (以自己的感覺或體驗為基礎) 感覺或覺得
例 외국어를 공부하면서 그 나라의 문화와 생각을 느낄 수 있어요.
在學習外語的同時, 可以感受那個國家的文化和思想。

**느낌이 들다, 생각이 들다** : [如同不及物動詞] (與自己的意圖無關) 出現某種感覺或想法
例 그 일을 시작할 때 왠지 이상한 느낌이 들었어요.
開始做那件事情的時候, 不知為什麼, 有一種奇怪的感覺。

**貼心小叮嚀!**

당황하다 是因為驚嚇, 不知道怎麼辦的狀態, 和 놀라다 的意義不同。
例 밖에서 갑자기 큰 소리가 나서 깜짝 놀랐어요.
外面突然發出很大的聲音, 嚇了我一跳。

**考考自己!** 請選擇正確的答案, 並完成下列句子。

| 만족하다 | 당황하다 | 사랑하다 | 실망하다 | 마음에 들다 | 질투하다 |

(1) 한국어 수업이 너무 재미있어요. 지금 수업에 _____ 고 있어요.
(2) 선생님이 항상 한 학생만 좋아해서 다른 학생들이 그 학생을 _____ .
(3) 저 구두가 _____ 지만 돈이 부족해서 못 샀어요.
(4) _____ 는 사람과 결혼해서 영원히 함께 살고 싶어요.
(5) 한국 사람이 나이를 자꾸 물어봐서 처음에는 _____ 지만 지금은 익숙해졌어요.
(6) 맛있는 식당이라서 기대하고 갔는데 실제로 맛이 좋지 않아서 _____ .

## C 正面的情緒

행복하다
幸福

①

기쁘다
高興

②

즐겁다
愉快

③

반갑다
高興

④

小祕訣

初次見到某人時：
기쁘다 (x) → 반갑다 (○)
例 만나서 반갑습니다.
見到您很高興。

① 좋아하는 사람과 함께 시간을 보내게 돼서 정말 **행복해요.**
能和喜歡的人一起共度時光，真的很幸福。

② 이번 시험에 합격해서 너무 **기뻐요.**
我這次考試合格了，真的很高興。

③ 사람들과 얘기하면서 **즐거운** 시간을 보냈어요.
我和大家一起談天，度過了愉快的時光。

④ 오랜만에 진수 씨를 만나서 정말 **반가웠어요.**
見到了久違的珍秀，真的很高興。

**考考自己!1** 請選擇一個不恰當的單字。

(1) 우리 집은 (ⓐ 기쁜 / ⓑ 행복한 / ⓒ 즐거운) 집이에요.

(2) 오랜만에 만나서 (ⓐ 기쁘게 / ⓑ 반갑게 / ⓒ 행복하게) 악수했어요.

(3) (ⓐ 반가운 / ⓑ 행복한 / ⓒ 즐거운) 시간을 보냈어요.

(4) 좋은 동료와 (ⓐ 즐겁게 / ⓑ 행복하게 / ⓒ 반갑게) 일하고 있어요.

**考考自己!2** 請選擇正確的答案。

(1) 승진 소식을 듣고 (ⓐ 기뻐서 / ⓑ 반가워서) 소리를 질렀어요.

(2) 어떤 일이든지 (ⓐ 반갑게 / ⓑ 즐겁게) 하면 덜 힘든 것 같아요.

(3) 친구와 놀이공원에 가서 (ⓐ 즐겁게 / ⓑ 기쁘게) 놀았어요.

(4) 오랫동안 가고 싶었던 여행을 하는 동안 (ⓐ 반가웠어요 / ⓑ 행복했어요).

## D 負面的情緒

지루하다
無聊

답답하다
煩悶

싫증나다
厭煩

또!

귀찮다
麻煩

① 남자 얘기를 듣는 게 너무 **지루해요.**
聽他說話實在太無聊了。

③ 좋아하는 음식도 매일 먹으면 **싫증나요.**
即便是喜歡的食物，每天吃也會厭煩。

② 아무리 설명해도 친구가 내 말을 이해하지 못해요. 정말 **답답해요.**
無論我怎麼說明，朋友也沒辦法理解我的話，實在是太悶了。

④ 공부할 때 동생이 계속 질문해서 **귀찮아요.**
我讀書的時候，弟弟在旁邊一直問，很煩。

**小祕訣**

[화/싫증/짜증 등]이/가 나다 :
雖然是動詞，但如同形容詞一般表達心情。

[화/싫증/짜증 등]을/를 내다 :
用行動表現是何種心情。例如화를 낸다 的反應應該是高喊、丟東西或臉紅的情況。

例 화가 났지만 화를 내지 않았어요.
我雖然生氣，但沒表現出來。

**貼心小叮嚀**

兩者的意義上略有不同！

**심심하다** : 沒有可做的事情的時候。

例 평일에는 바쁘지만 주말에는 약속이 없어서 심심해요.
平常雖然很忙，但週末沒有約會，覺得很無聊。

**지루하다** : 同一情況持續很長時間。

例 그 영화가 너무 지루해서 계속 하품만 했어요.
那部電影太無趣了，所以我一直打呵欠。

**考考自己!** 請選擇正確的答案。

(1) 선생님의 얘기가 너무 길어서 (ⓐ 지루해요. / ⓑ 귀찮아요.)

(2) 매일 똑같은 옷을 입어야 하니 (ⓐ 귀찮아요. / ⓑ 싫증나요.)

(3) 좁은 집에서 사는 것이 (ⓐ 지루해요. / ⓑ 답답해요.)

(4) 매일 청소하기 (ⓐ 귀찮아서 / ⓑ 지루해서) 일주일에 한 번 청소해요.

## E 相似的情緒

**(1)**

### 창피하다
丟臉
(在別人面前失去體面的時候)

①

②

### 부끄럽다
慚愧
(因為對不起良心，無法理直氣壯或害羞時)

① 많은 사람들 앞에서 넘어졌을 때 정말 **창피했어요.**
在很多人面前摔倒的時候真的很丟臉。

② 거짓말을 한 내 자신이 **부끄러워요.**
對於說謊的自己，覺得很羞愧。

**(2)**

### 불쌍하다
可憐

①

### 안타깝다
惋惜

②

① 혼자 동생들을 돌보는 아이가 **불쌍해요.**
獨自照顧弟妹的孩子真可憐。

② 불쌍한 아이 옆에서 도와줄 사람이 없는 상황이 **안타까웠어요.**
對於可憐的孩子身邊沒有人照顧的情況，我覺得很惋惜。

**(3)**

### 아쉽다
可惜
(需要的時候沒有或不夠，因此感到惋惜和無法滿足)

①

### 아깝다
可惜
(有價值的對象無法真正被使用，或因為無法妥善使用而覺得惋惜)

②

① 먹고 싶었던 음식이 다 떨어져서 먹을 수 없어요. **아쉬워요.**
想吃的食物都沒了，所以不能吃，真可惜。

② 어제 산 비싼 핸드폰을 오늘 잃어버렸어요. 돈이 아까워요.
昨天花很多錢買的手機今天就丟了，錢真是太可惜了。

---

**考考自己!** 請選擇正確的答案。

(1) 한국어로 말할 때 많이 실수해서 (ⓐ 창피해요. / ⓑ 아까워요.)

(2) (ⓐ 불쌍한 / ⓑ 아쉬운) 사람을 보면 누구나 도와주고 싶을 거예요.

(3) 전쟁에서 너무 많은 사람이 죽는 것을 보니 (ⓐ 아쉬웠어요. / ⓑ 안타까웠어요.)

(4) 친한 친구와 같이 여행을 못 가서 (ⓐ 아쉬워요. / ⓑ 부끄러워요.)

## F 其他

신나다
興奮

①

어색하다
尷尬

②

섭섭하다
不捨

③

짜증나다
煩躁

④

속상하다
痛心

⑤

괴롭다
難受

⑥

① 야구 경기에서 우리 팀이 5:3으로 이겨서 정말 **신나요.**
棒球比賽中，我們隊以5:3的比分贏了，真令人興奮。

② 처음 만난 사람과 앉아 있을 때 분위기가 **어색해서** 불편해요.
與初次見面的人坐在一起的時候，氣氛真是尷尬不舒服。

③ 오랫동안 같이 공부한 친구와 헤어질 때 **섭섭했어요.**
和長期一起念書的朋友分離的時候，真的很不捨。

④ 도서관에서 어떤 사람이 계속 전화해서 **짜증났어요.**
有人在圖書館裡一直打電話，真是煩死了。

⑤ 결승선 바로 앞에서 아이가 넘어져서 **속상했어요.**
孩子在終點前面跌倒了，真是讓人痛心。

⑥ 아침마다 사람들로 꽉 찬 버스 때문에 **괴로워요.**
每天早晨因為人滿為患的公車感到難受。

**考考自己!** 請連接下列正確的情緒表現。

(1) 친구가 내 생일을 잊어버렸을 때  •

(2) 파티에서 빠른 음악과 춤이 나올 때 •

(3) 잘 모르는 사람과 얘기할 때  •

(4) 싫어하는 상사 밑에서 일할 때  •

• ⓐ 신나요.

• ⓑ 어색해요.

• ⓒ 괴로워요.

• ⓓ 섭섭해요.

# 購物表現

## 第90課

**韓語小單字**

## A 顏色

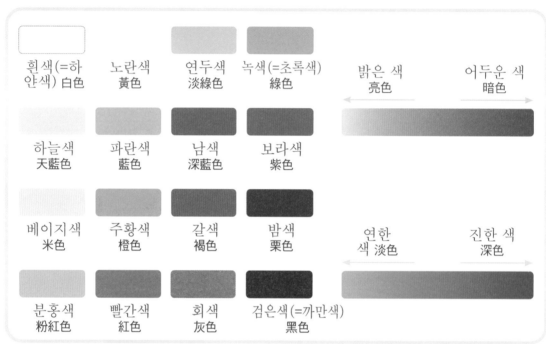

| | | | | |
|---|---|---|---|---|
| 흰색(=하얀색) 白色 | 노란색 黃色 | 연두색 淡綠色 | 녹색(=초록색) 綠色 | 밝은 색 亮色 ← → 어두운 색 暗色 |
| 하늘색 天藍色 | 파란색 藍色 | 남색 深藍色 | 보라색 紫色 | |
| 베이지색 米色 | 주황색 橙色 | 갈색 褐色 | 밤색 栗色 | 연한 색 淡色 ← → 진한 색 深色 |
| 분홍색 粉紅色 | 빨간색 紅色 | 회색 灰色 | 검은색(=까만색) 黑色 | |

**考考自己!1** 請連接圖片相應的顏色。

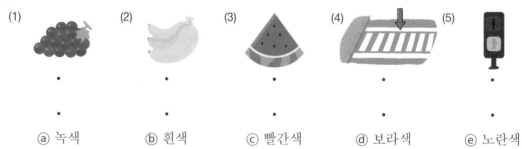

(1)　(2)　(3)　(4)　(5)

ⓐ 녹색　　ⓑ 흰색　　ⓒ 빨간색　　ⓓ 보라색　　ⓔ 노란색

**考考自己!2** 請看圖片，並選擇正確的答案。

(1) A 무슨 색 모자를 썼어요?
B (ⓐ 녹색 / ⓑ 회색) 모자를 썼어요.

(2) A 무슨 색 바지를 샀어요?
B (ⓐ 파란색 / ⓑ 노란색) 바지를 샀어요.

(3) A 무슨 색 구두를 신었어요?
B (ⓐ 빨간색 / ⓑ 까만색) 구두를 신었어요.

(4) A 무슨 색 가방을 사고 싶어요?
B (ⓐ 흰색 / ⓑ 갈색) 가방을 사고 싶어요.

## B 東西描述：거

### (1) 顏色

빨간 거
紅色的
ⓐ

파란 거
藍色的
ⓑ

밝은 거
亮的
ⓐ

어두운 거
暗的
ⓑ

### (2) 大小和模樣

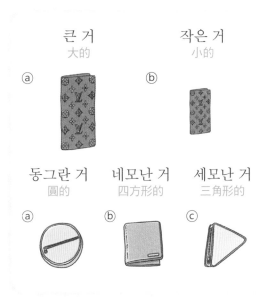

큰 거
大的
ⓐ

작은 거
小的
ⓑ

동그란 거
圓的
ⓐ

네모난 거
四方形的
ⓑ

세모난 거
三角形的
ⓒ

### (3) 商品品牌名稱和商品產地

현대 거
現代的
ⓐ
HYUNDAI GRANDEUR

포드 거
福特的
ⓑ
FORD TAURUS

국산 거
國產的
ⓐ

외제 거
外國產的
ⓑ

### (4) 使用期間

새 거
新的
ⓐ

오래된 거
舊的
ⓑ

100년 된 거
一百年的
ⓐ

3년 된 거
三年的
ⓑ

考考自己! 請選擇正確的答案。

(1) 너무 작아요. 더 (ⓐ 큰 거 / ⓑ 작은 거) 보여 주세요.

(2) 이 가방은 10년 전에 샀지만 깨끗해서 (ⓐ 새 거 / ⓑ 오래된 거) 같아요.

(3) 이 디자인이 저한테 잘 안 어울려요. (ⓐ 같은 거 / ⓑ 다른 거) 없어요?

(4) 네모난 모양의 열쇠고리가 마음에 안 들어요. (ⓐ 네모난 거 / ⓑ 동그란 거) 없어요?

## C 商品的優、缺點

**(1)**

디자인이 좋다
設計好

ⓐ

디자인이 안 좋다 (=나쁘다)
設計不好

ⓑ

**(2)**

품질이 좋다
品質好

ⓐ

품질이 안 좋다 (=나쁘다)
品質不好

ⓑ

**(3)**

잘 어울리다
很合適

ⓐ

잘 안 어울리다
不太合適

ⓑ

**(4)**

잘 맞다
很合身

ⓐ

잘 안 맞다
不合身

ⓑ

---

**考考自己!** 請看圖片，並選擇正確的答案。

**(1)**
옷의 (ⓐ 품질 / ⓑ 디자인)이 안 좋아서 옷에 구멍이 났어요.

**(2)**
이 자동차는 옛날 (ⓐ 품질 / ⓑ 디자인)이라서 인기가 없어요.

**(3)**
옷이 너무 커요. 저한테 (ⓐ 맞는 / ⓑ 안 맞는) 옷으로 바꾸고 싶어요.

**(4)**
저 옷은 저한테 잘 (ⓐ 어울려서 / ⓑ 안 어울려서) 사지 않을 거예요.

## D 問題

| 단추가 떨어지다 | 구멍이 나다 | 가방 끈이 찢어지다 | 바느질이 안 좋다 |
|---|---|---|---|
| 釦子掉落 | 衣服破洞 | 包包的帶子斷掉 | 縫得不好 |

| 옷이 줄어들다 | 옷이 늘어나다 | 물이 빠지다 | 얼룩이 묻다 |
|---|---|---|---|
| 衣服縮水了 | 衣服拉長了 | 褪色了 | 沾上污漬了 |

| 배송하다 | 반품하다 |
|---|---|
| 送貨 | 退貨 |

| 교환 | 환불 |
|---|---|
| 交換 | 退款 |

考考自己! 請選擇正確的答案。

(1) 세탁한 후에 옷이 (ⓐ 줄어들었어요. / ⓑ 늘어났어요.) 그래서 저한테 옷이 작아요.

(2) 단추가 (ⓐ 떨어졌어요. / ⓑ 찢어졌어요.) 그래서 새 단추를 달아야 해요.

(3) 신발에 얼룩이 묻어서 다른 신발로 (ⓐ 교환하고 / ⓑ 환불하고) 싶어요.

(4) 인터넷으로 주문한 운동화가 마음에 안 들어서 운동화를 (ⓐ 배송하고 / ⓑ 반품하고) 싶어요.

# 穿著的表現

## 韓語小單字

### A 穿戴動詞

**(1) 穿戴動詞按照身體部位和穿著方法而不同**

① 쓰다
使用於頭部、
臉上和相關部位的東西
(帽子、眼鏡、口罩……)

② 입다
上半身或下半身穿戴的東西
(褲子、裙子、襯衫、罩衫、外套……)

③ 신다
腳或相關部位穿戴的東西
(皮鞋、運動鞋、襪子、絲襪……)

④ 끼다
在小的空間中,
穿戴合適的東西
(戒指、手套、隱形眼鏡……)

⑤ 하다
如小飾品一樣
附加穿戴的東西
(項鏈、耳環、領巾、圍巾、領帶……)

⑥ 차다
在身體的一部分加以
圍繞穿戴的東西
(手錶、腰帶、手鏈……)

> **貼心小叮嚀**
> -고 있다 的否定形式為 -고 있지 않다。
> 例 바지를 입고 있지 않아요. (○) 沒穿褲子。
> 바지를 입고 없어요. (×)

**(2) 表現不穿戴時**

① 여자는 치마를 **입고 있어요**.
女生穿著裙子。

② 여자는 바지를 **입고 있지 않아요**. (= 안 입고 있어요.)
女生沒穿褲子。

③ **아무도** 안경을 쓰고 있지 **않아요**.
沒有人戴眼鏡。

④ 남자는 아무것도 **신고 있지 않아요**.
男生的腳上什麼都沒有穿。

**考考自己!1** 在下列各項中找出一個與其他三種不同類的動詞。

(1) ⓐ 바지 / ⓑ 잠옷 / ⓒ 치마 / ⓓ 양말　　(2) ⓐ 모자 / ⓑ 안경 / ⓒ 마스크 / ⓓ 콘택트렌즈

(3) ⓐ 목걸이 / ⓑ 목도리 / ⓒ 반지 / ⓓ 귀걸이　(4) ⓐ 시계 / ⓑ 장갑 / ⓒ 벨트 / ⓓ 팔찌

**考考自己!2** 請看上圖,並選擇正確的答案。

(1) 여자는 모자를 (ⓐ 쓰고 있어요 / ⓑ 쓰고 있지 않아요).

(2) 여자는 장갑을 (ⓐ 끼고 있어요 / ⓑ 끼고 있지 않아요).

(3) 여자는 가방을 (ⓐ 들고 있어요 / ⓑ 들고 있지 않아요).

(4) 여자는 운동화를 (ⓐ 신고 있어요 / ⓑ 신고 있지 않아요).

## B 同樣的東西使用不同的動詞

(1) 넥타이

하다
做

① 

매다
打、繫

②

(2) 안경

쓰다
戴

①

끼다
戴

②

(3) 우산

쓰다
使用

①

들다
撐、拿

②

(3) 가방

메다
背

①

들다
提

②

끌다
拉

③

考考自己! 請看圖選擇正確的答案。

(1) 남자가 왼손으로 여행 가방을 (ⓐ 들고 / ⓑ 끌고) 있어요.
(2) 남자가 어깨에 가방을 (ⓐ 메고 / ⓑ 끌고) 있어요.
(3) 남자가 우산을 (ⓐ 들고 / ⓑ 쓰고) 있어요.
(4) 남자가 넥타이를 (ⓐ 매고 있어요. / ⓑ 매고 있지 않아요.)
(5) 남자가 모자를 머리에 (ⓐ 쓰고 있어요. / ⓑ 쓰고 있지 않아요.)
(6) 남자가 선글라스를 손에 (ⓐ 들고 있어요. / ⓑ 들고 있지 않아요.)

## C 衣服的種類

小秘訣
반바지与반팔中的반是「一半」的意思。

### (1) 根據衣服的長度

반바지
短褲

①

긴 바지
長褲

②

반팔 셔츠
(=반소매 셔츠)
短袖T恤

③

긴팔 셔츠
(=긴소매 셔츠)
長袖T恤

④

민소매 셔츠
背心

⑤

### (2) 衣服的名稱

小秘訣
옷 (固有語)和복 (漢字語) 都意味著衣服的意思。

前方被結合的名詞如果是漢字語，後方使用漢字語的「服」加以結合。

수영복
泳衣

①

운동복
運動服

②

한복
韓服

③

양복
西裝

④

교복
校服

⑤

제복
制服

⑥

前方被結合的名詞如果是固有語，後方使用固有語「옷」加以結合。

잠옷
睡衣

①

비옷
雨衣

②

속옷
內衣

③

考考自己! 請選擇恰當的單字填空。

| 양복 | 잠옷 | 속옷 | 교복 | 비옷 | 운동복 | 반팔 옷 | 수영복 |
|---|---|---|---|---|---|---|---|

(1) 잘 때 _____ 을/를 입어요.

(2) 수영할 때 _____ 을/를 입어요.

(3) 운동할 때 _____ 을/를 입어요.

(4) 비가 올 때 _____ 을/를 입어요.

(5) 보통 더울 때 _____ 을/를 입어요.

(6) 보통 옷 안에 _____ 을/를 입어요.

(7) 회사에서 남자가 _____ 을/를 입어요.

(8) 학교에서 학생이 _____ 을/를 입어요.

# D 穿脫動詞

## (1) 벗다

| 옷을 벗다 | 신발을 벗다 | 모자를 벗다 | 장갑을 벗다 |
|---|---|---|---|
| 脫衣服 | 脫鞋子 | 脫帽子 | 脫手套 |

①     ②     ③     ④

貼心小叮嚀！
在韓語中，脫下帽子時亦可用벗다。

## (2) 풀다

| 목걸이를 풀다 | 시계를 풀다 |
|---|---|
| 解開項鏈 | 解開手錶 |

①     ②

## (3) 빼다

| 귀걸이를 빼다 | 반지를 빼다 |
|---|---|
| 取下耳環 | 取下戒指 |

①     ②

小祕訣
- 풀다：解下圍繞在手腕的手錶或脖子周圍的項鏈等東西。
- 빼다：解下戴在耳洞的耳環，或戴在手指上的戒指等緊扣著的東西。

考考自己！ 請寫出可用於下sw列東西的兩個動詞。

| 신다 | 차다 | 빼다 | 입다 | 풀다 | 하다 | 쓰다 | 벗다 | 끼다 |

(1) 치마 : ____ ↔ ____     (2) 시계 : ____ ↔ ____

(3) 구두 : ____ ↔ ____     (4) 장갑 : ____ ↔ ____

(5) 모자 : ____ ↔ ____     (6) 귀걸이 : ____ ↔ ____

(7) 목걸이: ____ ↔ ____     (8) 목도리 : ____ ↔ ____

(9) 반지 : ____ ↔ ____     (10) 안경 : ____ ↔ ____

(11) 팔찌 : ____ ↔ ____     (12) 양말 : ____ ↔ ____

## E 模樣和紋路描述

**(1) 模樣**

① 별 모양의 열쇠고리 星星模樣的鑰匙圈
② 하트 모양의 목걸이 心型模樣的項鏈
③ 달 모양의 반지 月亮模樣的戒指

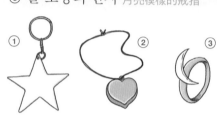

**(2) 紋路**

① 줄무늬 옷 線條紋路的衣服
② 꽃무늬 손수건 花紋的手帕
③ 체크무늬 우산 方格圖案的雨傘

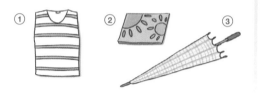

考考自己! **請看圖並在空格填寫正確的答案。**

조카 선물을 샀어요. (1) (ⓐ 줄무늬 / ⓑ 체크무늬) 치마와
(2) (ⓐ 줄무늬 / ⓑ 체크무늬) 가방을 샀어요.
그리고 (3) (ⓐ 별 / ⓑ 달) 모양의 머리핀도 샀어요.

## F 材質

① 가죽 지갑 皮夾
② 면 티셔츠 棉衫
③ 모스웨터 毛衣
④ 실크 블라우스 絲質罩衫
⑤ 고무 장화 橡膠雨鞋
⑥ 금반지 金戒指
⑦ 은 목걸이 銀項鏈
⑧ 망사 가방 網狀包包
⑨ 플라스틱 안경 塑膠眼鏡
⑩ 유리컵 玻璃杯
⑪ 털장갑 毛手套

> **小祕訣**
> 表現材質的時候使用助詞 -(으)로。

考考自己! **請看圖並在空格填寫正確的答案。**

(1) 지갑이 _____ (으)로 만들어졌어요.
(2) 컵이 _____ (으)로 만들어졌어요.
(3) 반지가 _____ (으)로 만들어졌어요.
(4) 스웨터가 _____ (으)로 만들어졌어요.
(5) 목걸이가 _____ (으)로 만들어졌어요.
(6) 장화가 _____ (으)로 만들어졌어요.
(7) 장갑이 _____ (으)로 만들어졌어요.
(8) 티셔츠가 _____ (으)로 만들어졌어요.

## G 附加特徵的描述

주머니가 달린 바지
有口袋的褲子

①

지퍼가 달린 필통
有拉鏈的鉛筆盒

②

리본이 달린 구두
有緞帶的皮鞋

③

바퀴가 달린 가방
有輪子的行李箱

④

손잡이가 달린 가방
有手把的箱子

⑤

끈이 달린 가방
有繩子的包包

⑥

> **小祕訣**
> 끈：綁東西的時候使用。
> 줄：抓的時候使用。

**考考自己!** 請看圖並在空格填寫正確的答案。

(1)
＿＿＿＿ 이/가
달린 옷을
샀어요.

(2)
＿＿＿＿ 이/가
달린 카메라가
들고 다니기
편해요.

(3)
＿＿＿＿ 이/가
달린 화장품을
사고 싶어요.

## H 描述兩種以上的穿著時

①

②

① 청바지에 셔츠를 입고 있어요.
穿著牛仔褲和襯衫。
② 선글라스에 수영복을 입고 있어요.
戴著太陽眼鏡，並且穿著泳裝。

**考考自己!** 請看圖並在空格填寫正確的答案。

(1)
(ⓐ 털 / ⓑ 면) 티셔츠에
체크무늬 치마를
입고 있어요.

(2)
녹색 바지에
(ⓐ 유리 / ⓑ 가죽) 구두를
신고 있어요.

(3)
하트 모양의 (ⓐ 금 / ⓑ 은)
목걸이에 달 모양의
귀걸이를 하고 있어요.

# 時間的表現

韓語小單字

## A 時間副詞

(1) 전에 **vs.** 아까 **和** 이따가 **vs.** 나중에

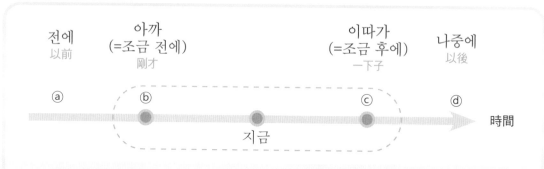

| 전에 | 아까 | | 이따가 | 나중에 |
|---|---|---|---|---|
| 以前 | (=조금 전에) | | (=조금 후에) | 以後 |
| | 剛才 | 지금 | 一下子 | |

ⓐ 그 사람을 **전에** 만난 적이 있어요. 我以前見過他。
ⓒ **이따가** 다시 전화할게요.　 我過一下再打電話。
ⓑ **아까** 어떤 사람이 찾아왔어요.　 有人來找你。
ⓓ **나중에** 사업을 해 보고 싶어요. 以後我想做生意。

(2) 지금 **vs.** 이제

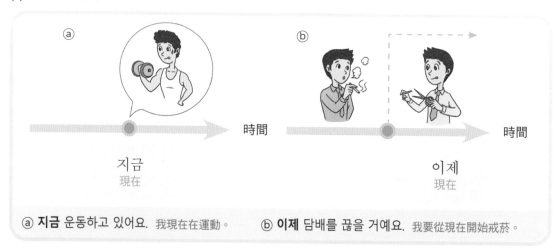

지금
現在

이제
現在

ⓐ **지금** 운동하고 있어요. 我現在在運動。　　ⓑ **이제** 담배를 끊을 거예요. 我要從現在開始戒菸。

考考自己! 請選擇正確的答案。

(1) (ⓐ 지금 / ⓑ 이제) 샤워하고 있어서 전화를 받을 수 없어요.

(2) (ⓐ 아까 / ⓑ 전에) 부산에 가 본 적이 있지만 잘 기억 안 나요.

(3) 30분 후에 다시 올게요. (ⓐ 이따가 / ⓑ 나중에) 여기에서 만나요.

(4) 전에 돈을 너무 많이 썼어요. (ⓐ 지금 / ⓑ 이제) 돈을 아껴 써야 해요.

(5) (ⓐ 이따가 / ⓑ 나중에) 여행 가려고 지금 돈을 모으고 있어요.

(6) (ⓐ 아까 / ⓑ 전에) 어떤 사람이 찾아왔어요. 1시간 후에 다시 올 거예요.

(3) 방금 **vs.** 금방

ⓐ **방금** 전에 도착했어요.
剛才到的。

ⓑ **금방** 갔다 올게요. 잠깐만 기다려 주세요.
我馬上回來，請等我一下。

(4) 곧 **vs.** 잠깐

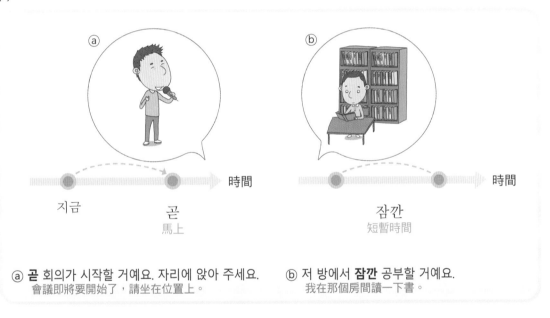

ⓐ **곧** 회의가 시작할 거예요. 자리에 앉아 주세요.
會議即將要開始了，請坐在位置上。

ⓑ 저 방에서 **잠깐** 공부할 거예요.
我在那個房間讀一下書。

**考考自己!2** 請選擇正確的答案。

(1) 직원이 (ⓐ 방금 / ⓑ 금방) 올 거예요.

(2) 그 책을 (ⓐ 곧 / ⓑ 잠깐) 읽어서 무슨 내용인지 잘 모르겠어요.

(3) 저도 (ⓐ 방금 / ⓑ 금방) 전에 도착해서 오래 기다리지 않았어요.

(4) (ⓐ 곧 / ⓑ 잠깐) 겨울이 되니까 두꺼운 옷을 준비하세요.

(5) 보일러를 켜니까 방 안이 (ⓐ 방금 / ⓑ 금방) 따뜻해졌어요.

(6) (ⓐ 방금 / ⓑ 곧) 만든 음식이니까 식기 전에 드세요.

(5) 동안 vs. 만에

@ 지난 3년 **동안** 친구를 못 만났어요.
過去三年期間，我沒有見到朋友。

ⓑ 10년 **만에** 옛날 친구를 만났어요.
隔了十年才見到以前的朋友。

考考自己!3 請選擇正確的答案。

(1) (@ 오랫동안 / ⓑ 오랜만에) 못 만난 친구를 오늘 만나기로 했어요.
(2) 교통사고로 (@ 한 달 동안 / ⓑ 한 달 만에) 병원에 입원했어요.
(3) (@ 5년 동안 / ⓑ 5년 만에) 고향에 돌아가니까 기대돼요.
(4) (@ 3시간 동안 / ⓑ 3시간 만에) 회의를 계속해서 좀 피곤해요.

(6) 동안 vs. 부터

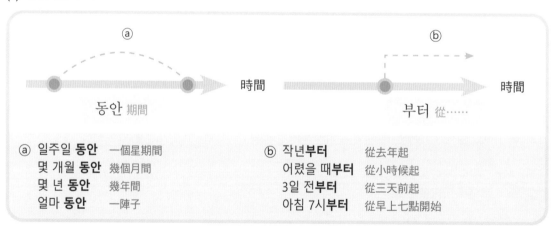

@ 일주일 **동안**　一個星期間
몇 개월 **동안**　幾個月間
몇 년 **동안**　幾年間
얼마 **동안**　一陣子

ⓑ 작년**부터**　　從去年起
어렸을 때**부터**　從小時候起
3일 전**부터**　　從三天前起
아침 7시**부터**　從早上七點開始

考考自己!4 請選擇正確的答案。

(1) (@ 3일 동안 / ⓑ 3일 후부터) 시험을 준비했어요.
(2) (@ 일주일 동안 / ⓑ 일주일 전부터) 세일이 시작했어요.
(3) (@ 며칠 동안 / ⓑ 며칠 전부터) 고향에 돌아갈 거에요.
(4) (@ 어렸을 때 동안 / ⓑ 어렸을 때부터) 태권도를 배웠어요.

## B 前後

### (1) 전에 以前

小祕訣
下列副詞按照時間的長短，
使用也不同。
바로 전에 剛才
얼마 전에 不久前
한참 전에 很久以前
오래 전에 很久很久以前

① 만나기 1시간 **전에** 약속을
취소했어요.
在見面前一個小時，取消了約會。

② 자기 바로 **전에** 기도해요.
在睡覺之前禱告。

③ 여행 떠나기 **전**날에 여행
가방을 샀어요.
在去旅行的前一天買了行李箱。

### (2) 후에 以後

小祕訣
바로 전에 = 직전에 剛才
바로 후에 = 직후에 之後

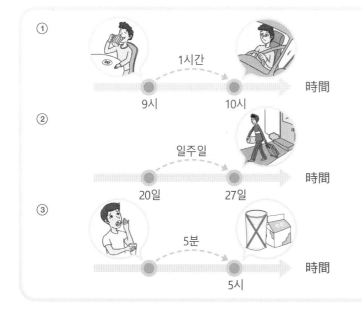

① 술을 마신 1시간 **후에**도 운전
하면 안 돼요.
即便是在喝酒一個小時以後，也
不能開車。

② 여행에서 돌아온 일주일 **후에**
다시 여행을 떠나요!
旅行回來一周後，我再去旅行。

③ 약을 먹은 **직후에** 우유를 마시
지 마세요.
在吃藥之後，不要喝牛奶。

考考自己! 請選擇正確的答案。

貼心小叮嚀!
注意順序！
아침 일찍 一大早
밤늦게 深夜
1시간 일찍 提早一個小時
30분 늦게 晚三十分鐘

(1) 오늘 길이 많이 막혀서 (ⓐ 늦게 30분 / ⓑ 30분 늦게) 도착했어요.

(2) 회사에서 승진한 (ⓐ 직후에 / ⓑ 직전에) 제가 한턱냈어요.

(3) 서울에 오기 (ⓐ 5시 전에 / ⓑ 바로 전에) 비행기표를 샀어요.

(4) 영화가 시작하고 (ⓐ 30분 전에 / ⓑ 30분 후에) 영화관에 도착했어요.

## C 時間

(1)

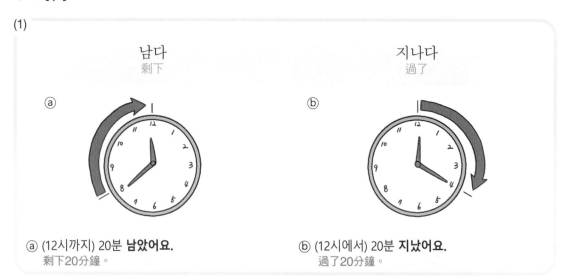

남다
剩下

ⓐ (12시까지) 20분 **남았어요.**
剩下20分鐘。

지나다
過了

ⓑ (12시에서) 20분 **지났어요.**
過了20分鐘。

(2)

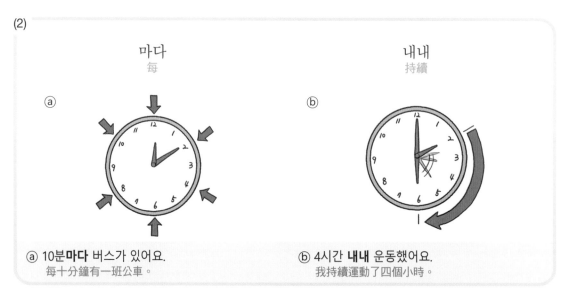

마다
每

ⓐ 10분**마다** 버스가 있어요.
每十分鐘有一班公車。

내내
持續

ⓑ 4시간 **내내** 운동했어요.
我持續運動了四個小時。

考考自己! 請選擇正確的答案。

(1) 회의가 1시간 ⓐ 지났는데 음식이 아직도 준비 안 됐어요.
　　　　　　　 ⓑ 지냈는데

(2) 친구를 ⓐ 2시간 내내 기다렸지만 아직도 안 와요.
　　　　 ⓑ 2시간마다

(3) 수업이 끝나려면 1시간이나 ⓐ 남았는데 너무 졸려요.
　　　　　　　　　　　　　 ⓑ 지났는데

(4) 친구가 평일에 시간이 없어서 ⓐ 주말 내내 저녁에 잠깐 친구를 만나요.
　　　　　　　　　　　　　　 ⓑ 주말마다

## D 過

보내다
過

지내다
過
(在某個地方生活了一段時間，和生活하다 意義類似)

ⓐ 주말 잘 보내.

ⓐ 주말 잘 **보내세요.**
祝你週末愉快。

ⓑ 그동안 잘 지냈어요?

ⓑ 작년에는 한국에서 잘 **지냈는데** 올해는 좀 힘들어요.
去年在韓國過得很好，今年就有點辛苦。

**考考自己!1** 請選擇正確的答案。

(1) 한국 생활이 좋아요. 요즘 잘 (ⓐ 보내고 / ⓑ 지내고) 있어요.

(2) 우리 어머니는 저하고 친구처럼 (ⓐ 보내요. / ⓑ 지내요.)

(3) 휴가를 가서 조용한 시간을 (ⓐ 보냈어요. / ⓑ 지냈어요.)

(4) 전에는 직장 생활을 잘 못 (ⓐ 보냈지만 / ⓑ 지냈지만) 지금은 잘 지내요.

(5) 이번 추석은 가족과 함께 (ⓐ 보내려고 / ⓑ 지내려고) 해요.

(6) 회사 동료와 문제 없이 잘 (ⓐ 보내고 / ⓑ 지내고) 있어요.

> **小祕訣**
> 지내다 也有관계를 유지하다
> (維持關係) 的意思。
> 例1 나는 우리 반 친구들과 잘 지
> 내고 있어요.
> 我和我們班的朋友交情很好。
> 例2 사장님은 우리하고 가족처럼
> 지내고 있어요.
> 社長待我們就像家人一樣。

**考考自己!2** 請完成下列對話。

(1) A 주말 잘 ＿＿＿＿＿＿＿＿＿?
　　B 네, 친구하고 재미있게 보냈어요.

(2) A 동생하고 어떻게 ＿＿＿＿＿＿＿＿?
　　B 사이좋게 지내요.

(3) A 그동안 잘 ＿＿＿＿＿＿＿＿＿?
　　B 네, 덕분에 잘 지냈어요.

(4) A 휴가 때 보통 어떻게 시간을 ＿＿＿＿＿＿＿?
　　B 여행 가거나 집에서 쉬어요.

**考考自己!3** 請連接正確的部分。

(1) 금요일 저녁에 헤어지는 친구에게　•

(2) 친구와 사이가 안 좋은 친구에게　•

(3) 휴가 때 헤어지는 친구에게　•

(4) 한국에 유학 온 친구에게　•

•　ⓐ 휴가 잘 보내세요.

•　ⓑ 주말 잘 보내세요.

•　ⓒ 한국에서 잘 지내세요.

•　ⓓ 친구와 잘 지내세요.

# 數量表現

## 韓語小單字

### A 分數表現

**(1) 分數**

0점
零分(영점 或 빵점)

① 

① 이번 시험을 못 봤어요. **0점** 받았어요.
這次考試我考得不好，得了零分。

100점
100分(讀為 백 점 或 만 점)

② 

② 이번 시험을 잘 봤어요. **100점** 받았어요.
這次考試我考得很好，得了一百分。

**(2) 小數點**

① **35.35**
삼십오 ↑ 삼 오
　　점

② **0.5**
영 ↑ 오
　점

③ **0.01**
영 ↑ 영 일
　점

讀小數點的時候，
0不讀공，而是讀영。

**(3) 比賽分數**

3:1 (삼 대 일)

①

**3 : 1**

① 축구 경기에서 우리 팀이 **3:1**로
이겼어요.
在足球比賽中，我們隊以3比1贏了。

1:1 (일 대 일)

② 

**1 : 1**

② 한국하고 일본이 축구 경기에서
**1:1**로 비겼어요.
韓國和日本的足球比賽以1比1平手。

0:2 (영 대 이)

③

**0 : 2**

③ 테니스 경기에서 제가
**0:2**로 졌어요.
在網球比賽中，我以0比2輸了。

小祕訣
比賽分數後面使用助詞 -(으)로。

**考考自己!** 請修改下方劃線的部分。

(1) **3 : 0**

어제 야구 경기에서
삼 대 공으로 이겼어요.

(2)
- - - - - - - **PASS**
0.5점 ↕

시험에서 공 점 오 점
부족해서 떨어졌어요.

(3) **210점**

스케이트 경기에서
이백일십 점 받았어요.

(4) **2 : 2**

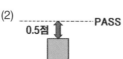

축구 경기에서
두 대 두로 비겼어요.

## B 比率

### (1) 分數

$\dfrac{1}{2}$ ─이분의 일
二分之一

$\dfrac{3}{4}$ ─사분의 삼
四分之三

① 우리 반 사람들의 **1/3**이 일본 사람이에요.
我們班同學的三分之一是日本人。

② 옆 반 사람들의 **20%**가 미국 사람이에요.
隔壁班同學20%是美國人。

**小祕訣**
% 讀為 퍼센트，在口語中也可讀為 프로。

### (2) 全體和部分

전체
全體

부분
部分

나머지

① 학생 10명 **전체**가 동양인이에요.
學生十個人全部都是東方人。

② 한국인이 2명, 일본인이 1명, **나머지**는 중국인이에요.
韓國人2位，日本人1位，其餘都是中國人。

### (3) 전부 vs. 대부분 vs. 절반 vs. 일부

전부
全部

대부분
大部分

절반
一半

일부
一部分

① 학생 **전부**가 영어를 말할 수 있어요.
學生全部都會說英語。
**모든** 학생들이 영어를 말할 수 있어요.
所有學生都會說英語。

③ 학생의 **절반**은 여자예요.
學生一半是女生。
**절반**의 학생들은 여자예요.
一半的學生是女生。

② 학생의 **대부분**이 미국 사람이에요.
學生大部分是美國人。
**대부분**의 학생들이 미국 사람이에요.
大部分的學生是美國人。

④ 학생의 **일부**가 호주 사람이에요.
學生中一部分是澳洲人。
**몇몇** 학생들이 호주 사람이에요.
幾個學生是澳洲人。

---

**考考自己!** 請看百分比，並選擇正確的答案。

(1) 100% → 회사 사람들 (ⓐ 전체 / ⓑ 부분)이/가 한국인이에요.

(2) 80% → (ⓐ 모든 / ⓑ 대부분)의 학생들이 한자를 알아요.

(3) 10% → 학생들의 (ⓐ 일부 / ⓑ 절반)만 아르바이트를 해요.

(4) 25% → 네 사람이 피자 하나를 (ⓐ 일분의 사 / ⓑ 사분의 일)씩 먹었어요.

(5) 20% → 제 친구의 (ⓐ 일분의 오 / ⓑ 오분의 일)이/가 결혼 안 했어요.

**貼心小叮嚀!**
**모두** (= 전부) : 在動詞前使用
例 사람들이 모두 왔어요. 人們都來了。
**모든** : 使用於名詞前
例 모든 사람들이 왔어요. 所有人都來了。

## C 距離與長度

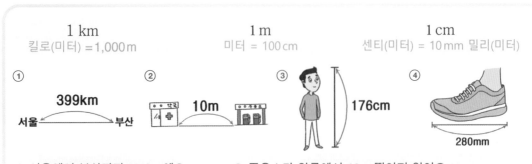

**1 km**
킬로(미터) =1,000m

**1 m**
미터 = 100 cm

**1 cm**
센티(미터) = 10mm 밀리(미터)

① **399km**
서울 ⌒ 부산

② **10m**

③ **176cm**

④ **280mm**

① 서울에서 부산까지 **399km**예요.
從首爾到釜山是399公里。

② 주유소가 약국에서 **10m** 떨어져 있어요.
加油站距離藥局10公尺。

③ 이 남자의 키는 **176cm**예요.
這男人的身高是176公分。

④ 이 운동화는 **280mm**예요.
這雙運動鞋是28的。

> **小祕訣**
> 在口語中，亦可縮略如 키로、센치、미리 雖非標準語，但是經常使用。
>
> km (킬로미터) → 킬로, 키로 公里
> kg (킬로그램) → 킬로, 키로 公斤
> cm (센티미터) → 센티, 센치 公分
> mm (밀리미터) → 밀리, 미리 毫米
> ml (밀리리터) → 밀리, 미리 毫升

## D 重量

**1 t**
톤 = 1,000 kg

**1 kg**
킬로(그램) = 1,000 g

**1 g**
그램 = 1,000 mg 밀리그램

①

②  **-3kg**

③

① 우리 아파트에서 일주일에 **1톤**의 쓰레기가 나와요.
我們的公寓一週排出1噸的垃圾。

② 운동해서 **3kg** 뺐어요.
透過運動減了3公斤。

③ 한국에서는 고기 **600g**씩 포장해서 팔아요.
在韓國，肉以600克為單位包裝銷售。

> **小祕訣**
> 在日常生活中，km 或 kg 雖然都讀成킬로，但根據前後文可加以理解。

## E 體積

> **小祕訣**
> 在日常生活中，ml或mg 雖然都讀成밀리、미리，但根据前後文可加以理解。

**1ℓ**
1리터 = 1,000밀리(리터)

①

②  250㎖

① 하루에 물 **1㎖**를 마셔야 해요.
一天得喝1升的水。

② 저는 매일 우유 **250㎖**를 마셔요.
我每天喝250ml的牛奶。

## F 面積

**1km²**
(제곱 킬로미터)

저는 **1km²** 정도의 땅을 갖고 있어요.
我擁有大約1km²的土地。

**考考自己 1** 請選擇下列選項中錯誤的一項。

(1) ⓐ 10km → 십 킬로

ⓑ 150ml → 백오십 리터

ⓒ 80kg → 팔십 킬로

ⓓ 90m² → 구십 제곱미터

(2) ⓐ 15mm → 십오 밀리

ⓑ 150ml → 백오십 밀리

ⓒ 300g → 삼백 밀리

ⓓ 30cm → 삼십 센티

**考考自己 2** 請選擇正確的答案。

(1)

ⓐ
1.5L

저는 매일 물 일 점 오 리터를 마셔요.

ⓑ +2kg

요즘 운동을 안 해서 살이 두 킬로 더 쪘어요.

ⓒ
500ml

조금 전에 오백 리터 생맥주를 시켰어요.

ⓓ 1km

저는 매일 한 킬로를 걸어요.

(2)

ⓐ
165 cm

제 키는 백육십오 미터예요.

ⓑ 牛乳
200ml

매일 우유를 이백 밀리씩 먹으면 먹어요.

ⓒ 2.5kg
2.5kg

소포 무게가 두 점 오 킬로 나왔습니다.

ⓓ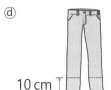
10 cm

바지가 길어서 열 센티 정도 잘라야 돼요.

**考考自己 3** 請連接符合問題的答案。

(1) 몸무게가 몇 킬로예요? •

(2) 키가 몇 센티예요? •

(3) 집에서 회사까지 몇 킬로예요? •

(4) 우유가 몇 리터예요? •

(5) 발이 몇 밀리예요? •

• ⓐ 183cm예요.

• ⓑ 1,000㎖예요.

• ⓒ 78kg예요.

• ⓓ 10km쯤 돼요.

• ⓔ 255mm예요.

# 位置表現

## 韓語小單字

### A 照片中的位置描述

(1)

排、列

● 排成兩列時

① 뒷줄 (두 번째 줄)
後排(第二排)

② 앞줄 (첫 번째 줄)
前排(第一排)

● 排成三排以上的時候

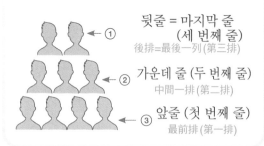

① 뒷줄 = 마지막 줄
(세 번째 줄)
後排=最後一列(第三排)

② 가운데 줄 (두 번째 줄)
中間一排(第二排)

③ 앞줄 (첫 번째 줄)
最前排(第一排)

(2)

同一列的位置

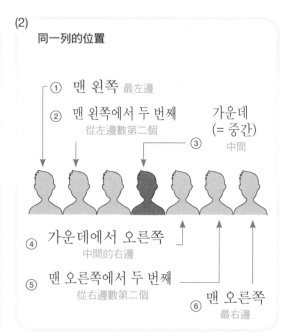

① 맨 왼쪽 最左邊

② 맨 왼쪽에서 두 번째
從左邊數第二個

③ 가운데
(= 중간)
中間

④ 가운데에서 오른쪽
中間的右邊

⑤ 맨 오른쪽에서 두 번째
從右邊數第二個

⑥ 맨 오른쪽
最右邊

(3)

具體的位置表現

① 진수의 뒤의 뒤 真秀後面的後面

② 진수의 뒤 真秀的後面

③ 진수의 옆 真秀旁邊

④ 진수의 옆의 옆 真秀旁邊的旁邊

⑤ 진수의 앞 真秀的前面

⑥ 진수의 앞의 앞 真秀前面的前面

(4)

部位

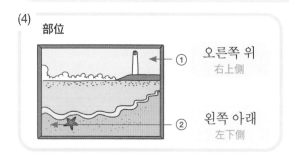

① 오른쪽 위
右上側

② 왼쪽 아래
左下側

(5)

面

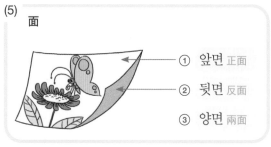

① 앞면 正面

② 뒷면 反面

③ 양면 兩面

考考自己!1 請閱讀下文，寫下符合的家族成員名稱。

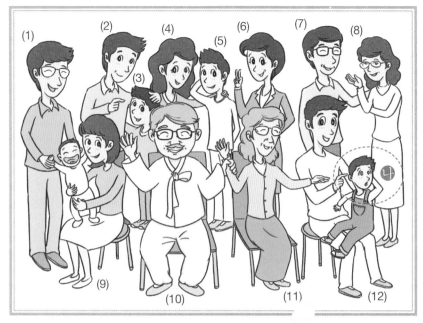

(1) _____
(2) _____
(3) _____
(4) _____
(5) _____
(6) _____
(7) _____
(8) _____
(9) _____
(10) _____
(11) _____
(12) _____

　　저는 사진의 맨 오른쪽에 앉아 있는 막내 삼촌의 무릎에 앉아 있어요. 막내 삼촌 바로 뒤에는 큰아버지가 서 있어요. 뒷줄의 오른쪽에서 두 번째 사람이에요. 뒷줄의 맨 오른쪽에 큰어머니가 서 있어요. 큰아버지 바로 옆에 있어요. 막내 삼촌 옆에는 할머니가 앉아 있어요. 그 옆에는 할아버지도 앉아 있어요.

　　할아버지와 할머니 사이에 큰형이 서 있어요. 큰형의 오른쪽에 있는 여자가 고모예요. 고모는 큰형과 큰아버지 사이에 서 있어요. 어머니는 할아버지 바로 뒤에 서 있어요. 어머니 옆에는 아버지가 있어요. 아버지와 어머니 사이에 작은형이 서 있어요.

　　뒷줄에서 맨 왼쪽에 있는 사람이 작은아버지예요. 아버지 옆에 서 있어요. 작은아버지와 아버지 사이에 작은어머니가 앉아 있어요. 사촌 동생을 안고 있어요.

考考自己!2 請看圖片，並在空格中寫下正確答案。

(1) A 어떤 분이 _____ 예요/이에요?

　　B 뒷줄의 맨 왼쪽에서 두 번째 서 있는 분이에요.

(2) A _____ 이/가 어디에 있어요?

　　B 뒷줄의 맨 오른쪽에서 세 번째 서 있어요.

(3) A 할머니와 할아버지 사이에 서 있는 사람이 누구예요?

　　B _____ 예요/이에요.

(4) A 앞줄의 맨 왼쪽에 아기를 안고 있는 사람이 누구예요?

　　B _____ 예요/이에요.

## B 주위 vs. 주변 vs. 근처

(1)

주위
周圍

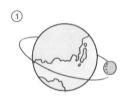 ①       ②       ③

① 달이 지구 **주위**를 돌고 있어요.
月亮圍繞著地球旋轉。

② **주위**를 둘러보세요.
請環視周圍。

③ 사람들이 가수 **주위**를 둘러쌌어요.
人們圍繞在歌手的周圍。

(2)

주변
周邊

 ①      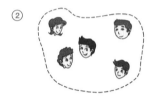 ②

① 집 **주변**에 술집이 많이 있어서 시끄러워요.
家附近有很多酒館，所以非常吵。

② **주변** 사람들이 저를 잘 도와줘요. 周遭的人常常幫助我。
(주변 사람들 : 親近的朋友與家人)

(3)

근처
附近

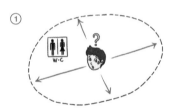 ①      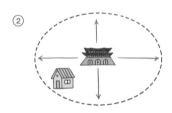 ②

① 이 **근처**에 화장실 있어요?
這附近有沒有洗手間？

② 내 친구는 경복궁 **근처**에 살아요.
我朋友住在景福宮附近。

---

考考自己!   請看圖選擇正確的答案。

(1)

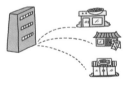

회사 (ⓐ 주위 / ⓑ 근처)에 식당이 많아요.

(2)

지구는 태양의 (ⓐ 주위 / ⓑ 근처)를 돌고 있어요.

(3)

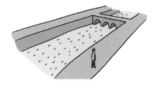

한강 (ⓐ 주변 / ⓑ 주위)을/를 산책했어요.

(4)

병원이 너무 멀어서 그 (ⓐ 주위 / ⓑ 근처)로 이사 갔어요.

## C 方向

서울(의) 북쪽
首爾的北邊

서울(의) 중앙
首爾的中央

北

西

東

서울(의) 서쪽
首爾的西邊

서울(의) 동쪽
首爾的東邊

북한산

경복궁

김포공항

롯데월드

고속버스 터미널

서울(의) 남쪽
首爾的南邊

南

**考考自己!1** 請看地圖並在空格中填寫正確的答案。

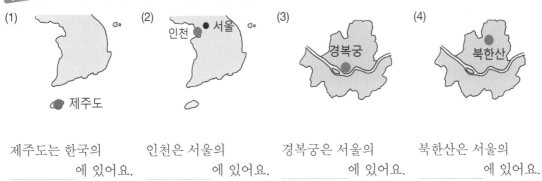

(1)

제주도

(2)
인천 ● 서울

(3)
경복궁

(4)
북한산

제주도는 한국의
___에 있어요.

인천은 서울의
___에 있어요.

경복궁은 서울의
___에 있어요.

북한산은 서울의
___에 있어요.

**考考自己!2** 請看地圖，下列句子正確的畫○，錯誤的畫×。

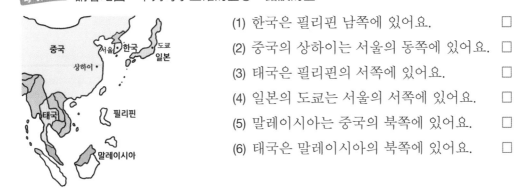

중국
서울 ● 한국
도쿄
일본
상하이
태국
필리핀
말레이시아

(1) 한국은 필리핀 남쪽에 있어요.　　□

(2) 중국의 상하이는 서울의 동쪽에 있어요.　□

(3) 태국은 필리핀의 서쪽에 있어요.　　□

(4) 일본의 도쿄는 서울의 서쪽에 있어요.　□

(5) 말레이시아는 중국의 북쪽에 있어요.　□

(6) 태국은 말레이시아의 북쪽에 있어요.　□

# 助詞

**第95課**

**韓語小單字**

韓語的助詞連接在名詞之後，具有指稱句子內主語、受語、副詞語的功能。韓語的助詞前使用的名詞的末尾，在沒有終聲時和有終聲時，助詞的形態有時候會不同。

## A 主格助詞 이/가

作為主語使用的名詞語幹，沒有終聲時使用 가，有終聲時使用 이。

① 폴 씨**가** 호주 사람이에요. 保羅是澳洲人。　　② 선생님**이** 한국 사람이에요. 老師是韓國人。

③ 길에 사람들**이** 많아요. 　路上人很多。　　　④ 집에 동생**이** 있어요. 　　　弟弟在家裡。

⑤ 친구**가** 1층에 있어요. 　朋友在一樓。

## B 受格助詞 을/를

作為受詞使用的名詞語幹，沒有終聲時使用 를，有終聲時使用 을。

① 커피**를** 좋아해요. 喜歡咖啡。　　　　　② 물**을** 마셔요. 喝水。

**貼心小叮嚀！**
助詞必須留意的！
• 喜歡〔動詞〕
例 커피를 좋아해요. 我喜歡咖啡。
• 好〔形容詞〕
例 커피가 좋아요. 咖啡很好。

## C 補助詞 은/는

前方使用的名詞語幹，沒有終聲時使用 는，有終聲時使用 은。

(1) 表現主題時
　① 저**는** 링링이에요. 我是玲玲。　　　　② 선생님**은** 한국 사람이에요. 老師是韓國人。

(2) 表現對照時
　비빔밥하고 불고기를 좋아해요. 그런데 김치**는** 안 좋아해요. 我喜歡拌飯和烤肉，可是不喜歡辛奇。

(3) 兩種以上比較時
　사과**는** 2,000원이에요. 배**는** 3,000원이에요. 蘋果2,000韓元，梨子3,000韓元。

(4) 表示強調時
　A 머리**가** 아파요. 我頭痛。
　B 약**은** 먹었어요? 藥吃了嗎?

**考考自己11** 請選擇正確的答案。

(1) 친구(ⓐ 이 / ⓑ 가) 미국 사람이에요.　　(2) 병원 전화번호(ⓐ 을 / ⓑ 를) 몰라요.

(3) 제 이름(ⓐ 은 / ⓑ 는) 김진수입니다.　　(4) 선생님(ⓐ 이 / ⓑ 가) 사무실에 없어요.

**考考自己12** 下方劃線的助詞正確的畫○，錯誤的畫×。

(1) 이를 닦을 때 치약<u>을</u> 필요해요. □　　(2) 오늘 날씨<u>가</u> 정말 좋아요. □

(3) 저는 진수 아버지 얼굴<u>이</u> 알아요. □　　(4) 요즘 일<u>을</u> 많아서 힘들어요. □

(5) 저는 커피<u>가</u> 정말 좋아해요. □　　(6) 저는 자동차<u>를</u> 없어요. □

## D 表示時間的助詞에

(1) 前方使用的名詞語幹，無論有無終聲都使用에。
   3시에 만나요. 三點見。

(2) 在一個句子裡，表示時間的助詞에 只用一次。
   다음 주 금요일 저녁 7시에 만나요. (○) 下週五晚上七點見。
   다음 주에 금요일에 저녁 7시에 만나요. (×)

> 貼心小叮嚀！
> 今天、昨天、明天後面不使用에。
> 例 내일에 만나요. (×)
>   내일 만나요. (○) 明天見。

## E 地方助詞에/에서

(1) 地方助詞에 (與狀態動詞一起)：
   表達在某個場所，某種事物存在與否，或者表達在某個位置呈現某種狀態。
   通常與動詞 있다/없다、形容詞一起使用。
   ① 화장실에 아무도 없어요. 洗手間裡沒人。
   ② 길에 사람이 많아요. 路上人很多。

(2) 地方助詞에서 (與動作動詞一起)：
   表現行動成就的場所。
   ① 회사에서 일해요. 在公司工作。
   ② 이따가 공원에서 만나요! 待會在公園見！

(3) 地方助詞에 (與移動動詞一起)：
   表達進行方向的目的地，通常和 가다/오다、도착하다、다니다 等移動動詞一起使用。
   ① 지금 은행에 가요. 現在去銀行。
   ② 8시에 부산에 도착해요. 八點到達釜山。

(4) 地方助詞에서：
   表達出發、出處的場所。
   ① 저는 미국에서 왔어요.　　我從美國來。
   ② 우리 집은 회사에서 멀어요. 我們家離公司很遠。

考考自己!1 請使用助詞，完成下列句子。

(1) 보통 / 아침 / 8시 / 회사 / 가요.

(2) 밤 / 11시 / 길 / 사람 / 없어요.

(3) 올해 / 6월 / 박물관 / 일했어요.

(4) 다음 달 / 15일 / 고향 / 돌아갈 거예요.

(5) 오늘 / 오후 / 2시 / 친구 / 만나요.

(6) 토요일 / 저녁 / 6시 / 공원 / 입구 / 봐요.

考考自己!2 請修改下方劃線的部分。

(1) 시장에서 사람들이 많이 있어요.

(2) 일요일에 사무실에서 아무도 없어요.

(3) 다음 주에 금요일에 집에서 쉬어요.

(4) 3시간 후에 부산에서 도착할 거예요.

(5) 내일에 오후 3시에 여행 갈 거예요.

(6) 오늘 저녁 7시에 일본에서 여행 가요.

## F 한테/에게/에 vs. 한테서/에게서/에서

在韓語中，放在人的後面使用或放在事物後面使用時，助詞是不同的。即使是同一個人，按照語體是否正式，助詞的使用也有所不同。

(1) 人的後面 한테/에게 vs. 事物的後面 에

- 助詞한테[人、非正式]
  링링이 친구한테 전화해요. 玲玲給朋友打鮷話。

- 助詞에게[人、正式]
  제가 동료**에게** 이메일을 보냈습니다. 我發電子郵件給同事。

- 助詞에[類似團體的]
  회사**에** 전화해서 30분 동안 얘기했어요. 我打電話到公司，講了30分鐘。

**小祕訣**
한테서/에게서可縮略為한테/에게使用。

(2) 人的後面 한테서/에게서 vs. 事物的後面 에서

- 助詞한테서[人、非正式]
  진수가 친구**한테서** 선물을 받았어요. 真秀從朋友那得到了禮物。
  = 친구한테

- 助詞에게서 [人、正式]
  저는 사장님**에게서** 이메일을 받았습니다. 我收到社長的電子郵件。
  = 사장님에게

- 助詞에서[類似團體的]
  병원**에서** 전화가 와서 깜짝 놀랐어요. 醫院打電話來，我嚇了一跳。

(3) 人的後面 한테/에게 vs. 事物的後面 에

- 助詞에게/한테[人]
  ① 한자는 미국 사람**에게** 너무 어려워요. 漢字對美國人來說太難。
  ② 담배는 아이들**한테** 나쁜 영향을 줘요. 香菸帶給孩子不好的影響。

- 助詞에[事物]
  ① 스트레스는 건강**에** 안 좋아요. 壓力對健康不好。
  ② 드라마는 듣기 공부에 도움이 돼요. 電視劇對學習聽力有幫助。

**貼心小叮嚀**
根據對象是人或事物的不同，助詞也相異。
例 한국 문화에 관심이 있어요. 我對韓國的文化有興趣。
　 한국 배우에게 관심이 있어요. 我對韓國演員有興趣。

**考考自己!** 請選擇正確的答案。

(1) 형이 동생(ⓐ 에게 / ⓑ 에) 선물을 줬어요.

(2) 담배와 술은 건강(ⓐ 에게 / ⓑ 에) 안 좋아요.

(3) 이 편지는 형(ⓐ 한테서 / ⓑ 에서) 받았어요.

(4) 회사(ⓐ 에게서 / ⓑ 에서) 서류가 왔어요.

(5) 질문이 있으면 친구(ⓐ 한테 / ⓑ 한테서) 물어보세요.

(6) 사람이 다치면 119(ⓐ 에게 / ⓑ 에) 전화하세요.

(7) 조금 전에 대학(ⓐ 에게서 / ⓑ 에서) 연락 왔어요.

(8) 이 옷은 저(ⓐ 에게 / ⓑ 에) 잘 안 어울려요.

(9) 저는 한국 역사(ⓐ 에게 / ⓑ 에) 관심이 많아요.

(10) 친구(ⓐ 에게서 / ⓑ 에서) 이메일을 받고 답장했어요.

## G 에서/부터 vs. 까지

(1) ~에서 ~까지 從……到……(地點)

집에서 회사까지 시간이 얼마나 걸려요? 從家到公司很近。

(2) ~부터 ~까지 從……到……(時間)

1시부터 2시까지 점심시간이에요. 從十二點到一點是午飯時間。

(3) -까지 為止，……前

5시**까지** 일을 끝낼게요. 五點前我會結束工作。

(4) -까지 為止，到……

어제 새벽 2시**까지** 공부했어요. 昨天我讀書到凌晨兩點。

**考考自己!1** 請看圖並在空格填寫正確的答案。

| (1) | (2) | (3) | (4) |
|---|---|---|---|
|  |  |  | |
| 화요일 _____ 금요일 _____ 출장을 가요. | 서울 _____ 도쿄 _____ 비행기로 2시간 걸려요. | 한국에서는 6월 _____ 8월 _____ 여름이에요. | 사무실은 이 빌딩 3층 _____ 6층 _____ 예요. |

**考考自己!2** 請選擇並填寫正確的答案。

| 부터 | 에서 | 까지 |
|---|---|---|

(1) 축제는 10월 _____ 시작해요.

(2) 이 일은 금요일 _____ 끝내야 해요.

(3) 서울 _____ 제주도까지 여행하고 싶어요.

(4) 문제는 3번에서 5번 _____ 푸세요.

(5) 인천공항 _____ 서울 시내까지 1시간 걸려요.

(6) 한국에서는 8살 _____ 초등학교에 다녀요.

(7) 어제 시작한 이 영화는 다음 주 _____ 계속할 거예요.

(8) 이 일은 처음 _____ 문제가 있었어요.

(9) 걱정 마세요. 제가 끝 _____ 열심히 하겠습니다.

(10) 아침 9시 _____ 여기로 오세요.

## H 하고 vs. 와/과 vs. (이)랑

(1) 前方使用的名詞語幹有終聲時
- 하고[非正式]
  아까 과자하고 물을 샀어요. 剛才買了餅乾和礦泉水。
  친구하고 점심을 먹어요. 和朋友吃午飯。

- 와[正式]
  서류와 노트북이 책상 위에 있습니다. 桌上有文件和筆記型電腦。
  동료와 회의를 했습니다. 和同事開了會。

- 랑[非正式，特別用在親近的人之間]
  어제 모자랑 가방을 샀어요. 昨天買了帽子和包。
  친구랑 여행 가요. 和朋友去旅行。

(2) 前方使用的名詞語幹沒有終聲時
- 하고[非正式]
  어제 라면하고 밥을 먹었어요. 昨天吃了泡麵和米飯。
  주말에 가족하고 여행 갔어요. 週末跟家人去旅行。

- 와/과[正式]
  사장님과 직원들은 이번 제품에 대해 회의를 했습니다. 社長和職員對於這次的產品開了會。
  내일 부장님과 같이 출장 갑니다. 明天要和部長出差。

- (이)랑[非正式，用在親近的人之間]
  한국 음악이랑 영화를 진짜 좋아해요. 我真的很喜歡韓國音樂和電影。
  선생님이랑 한국 문화에 대해 얘기했어요. 跟老師談了韓國文化。

## I 所有格助詞 의

의 在口語中經常省略。
  ① 이것은 아버지**의** 가방이에요.　　這是爸爸的公事包。
  ② 그 사람**의** 이름을 잊어버렸어요. 我忘了他的名字。

> 貼心小叮嚀！
> 口語中助詞經常省略，但是名詞加修飾語時，所有格助詞의不能省略。
> 例 선생님의 큰 가방 (○)
> 　老師的大公事包。
> 　선생님 큰 가방 (×)

**考考自己!** 請選擇正確的答案。

(1) 저녁에 저는 가족(ⓐ 이 / ⓑ 과) 식사합니다.

(2) 동료(ⓐ 가 / ⓑ 와) 제가 같이 발표했습니다.

(3) 저(ⓐ 랑 / ⓑ 는) 친구는 취미가 같아요.

(4) 동생은 아버지(ⓐ 에서 / ⓑ 하고) 닮았어요.

(5) 한국 음식(ⓐ 을 / ⓑ 이랑) 중국 음식을 만들 거예요.

(6) 동생(ⓐ 은 / ⓑ 과) 친구는 이름이 비슷합니다.

(7) 이것은 친구(ⓐ 가 / ⓑ 의) 책이에요.

## J (으)로

前方使用的名詞語幹沒有終聲時使用로，有終聲時使用으로。

| | | |
|---|---|---|
| [方向] | 사거리에서 왼쪽**으로** 가세요. | 在十字路口向左轉。 |
| [變化的方向] | 미국 돈을 한국 돈**으로** 바꿔 주세요. | 請將美金換成韓幣。 |
| [材料] | 불고기는 소고기**로** 만들어요. | 烤肉是用牛肉製成的。 |
| [方法] | 저는 사촌과 영어**로** 말해요. | 我和堂哥用英語說話。 |
| [理由] | 저 여자는 교통사고**로** 다리를 다쳤어요. | 那個女生因為交通事故而傷了腿。 |

**考考自己!** 下方劃線的助詞如果正確畫○，錯誤的話畫✕。

(1) 신촌으로 이사하려고 해요.　□　(2) 이 음식은 돼지 고기로 만들었어요.　□

(3) 회사에 갈 때 지하철로 타세요.　□　(4) 이번 사고로 많은 사람이 다쳤어요.　□

(5) 신호등에서 왼쪽으로 가세요.　□　(6) 지하철 2호선에서 3호선에 갈아타세요.　□

(7) 검은색을 흰색에 바꿔 주세요.　□　(8) 사거리에서 오른쪽으로 가면 왼쪽으로 있어요.　□

## K 도 vs. 만

(1) 도 : 主格助詞 이/가、受格助詞 을/를 與 도 一起使用時，加以省略。
　① 동생이 음악을 좋아해요. 저**도** 음악을 좋아해요. 弟弟喜歡音樂，我也喜歡音樂。
　② 저는 영화를 좋아해요. 저는 연극**도** 좋아해요.　我喜歡電影，也喜歡話劇。

　도 一起使用時不能省略，一定要使用。
　③ 저는 동생에게 편지를 보냈어요. 저는 친구**에게도** 편지를 보냈어요.
　　我寄信給弟弟，也寄了信給朋友。
　④ 동생은 회사에서 양복을 입어요. 동생은 집**에서도** 양복을 입어요.
　　弟弟在公司穿西裝，他在家裡也穿西裝。

(2) 만 : 主格助詞 이/가、受格助詞 을/를 與 만 一起使用時，加以省略。
　① 동생**만** 시간이 없어요.　　　　　　只有弟弟沒時間。
　② 저는 한국 음식 중에서 김치**만** 못 먹어요. 韓國菜中，我只有辛奇不吃。

　其餘的助詞與 만 一起使用時不能省略，一定要使用。
　③ 그 사람이 저**에게만** 책을 빌려줬어요. 他只將借書給我。
　④ 저는 집**에서만** 인터넷을 해요.　　　我只在家裡上網。

**考考自己!** 請選擇正確的答案。

(1) 주말에 쉬지 못했어요. 일도 하고 (ⓐ 청소도 / ⓑ 청소만) 했어요.

(2) 친구가 다른 사람한테 화를 내지 않아요. (ⓐ 나한테도 / ⓑ 나한테만) 화를 내요.

(3) 저는 집에서 청바지를 입어요. 그리고 (ⓐ 회사에서도 / ⓑ 회사에서만) 청바지를 입어요.

(4) 너무 피곤해서 아무것도 못 하고 하루 종일 (ⓐ 잠도 / ⓑ 잠만) 잤어요.

(5) 반찬을 먹을 때에는 고기만 먹지 말고 (ⓐ 채소도 / ⓑ 채소만) 먹어야 돼요.

## L 尊待語中的助詞

韓語用尊待語的時候，不只語尾，連尊待對象後方的助詞也可能改變。

| | 主格助詞 이/가 | 受格助詞 을/를 | 補助詞 은/는 |
|---|---|---|---|
| 普通 | 동생이 신문을 읽어요.<br>弟弟看報紙。 | 제가 동생을 도와줘요.<br>我幫助弟弟。 | 동생은 회사원이에요.<br>弟弟是公司職員。 |
| 尊待語 | 아버지께서 신문을 읽으세요.<br>爸爸看報紙。 | 제가 아버지를 도와 드려요.<br>我幫助爸爸。 | 아버지께서는 공무원이세요.<br>爸爸是公務員。 |
| | 한테/에게 | 한테서/에게서 | 한테는 |
| 普通 | 저는 친구에게 전화해요.<br>我打電話給朋友。 | 저는 친구에게서 선물을 받았어요.<br>我得到朋友的禮物。 | 친구한테는 선물 못 줬어요.<br>我沒給朋友禮物。 |
| 尊待語 | 저는 부모님께 전화 드려요.<br>我打電話給父母。 | 저는 부모님께 선물을 받았어요.<br>我收到了父母的禮物。 | 선생님께는 선물 못 드렸어요.<br>我沒給老師禮物。 |

> 受格助詞을/를在普通的時候和使用尊待語的時候都相同。

> 貼心小叮嚀！
> 關於應使用尊待語對象的所屬部分不需使用尊待語。
> 例 아버지 손께서 크세요. (X)
> 　　아버지 손이 크세요. (○) 爸爸的手很大。

**考考自己!1** 請選擇正確的答案。

(1) 할아버지(ⓐ 가 / ⓑ 께서) 아직도 일하세요.

(2) 할머니 다리(ⓐ 가 / ⓑ 께서) 아프세요.

(3) 지금 친구(ⓐ 에게 / ⓑ 께) 전화를 할 거예요.

(4) 동생(ⓐ 은 / ⓑ 께서는) 대학교에 다녀요.

(5) 어제 할머니(ⓐ 에게 / ⓑ 께) 선물을 드렸어요.

(6) 저는 어머니(ⓐ 께 / ⓑ 께서) 전화를 받았어요.

(7) 아버지(ⓐ 는 / ⓑ 께서는) 변호사세요.

(8) 아이가 어른(ⓐ 께 / ⓑ 께서) 인사를 드려요.

**考考自己!2** 請將劃線的部分改寫成尊待語。

(1) 우리 할아버지는 요리사세요. ➜

(2) 사람들이 할아버지가 만든 음식을 아주 좋아해요. ➜

(3) 요즘 할아버지에게 스마트폰 사용법을 가르쳐 드려요. ➜

(4) 그래도 할아버지가 건강하시니까 계속 일하실 거예요. ➜

(5) 어제는 할아버지에게 과자를 선물 받아서 정말 기분이 좋았어요. ➜

## M 其他

(1) (이)나 或 [名詞之間]
　① 커피**나** 차 드시겠어요? 要喝咖啡或茶嗎？
　② 토요일**이나** 일요일에 놀러 오세요. 歡迎你星期六或星期天來玩。

(2) 에 每
　① 하루**에** 두 번 지하철을 타요. 我一天坐兩次地鐵。
　② 사과가 한 개**에** 2,000원이에요. 蘋果一個2,000韓元。

(3) 마다 每
　① 일요일**마다** 친구를 만나요. 我每個星期天都見朋友。
　② 사람**마다** 생각이 달라요. 每個人想法都不一樣。

(4) 보다 比
　① 내가 형**보다** 키가 더 커요. 我比哥哥個子高。
　② 서울이 제주도**보다** 날씨가 더 추워요. 首爾的天氣比濟州島更冷。

(5) 처럼 像
　① 4월인데 여름**처럼** 날씨가 더워요. 才四月，但天氣跟夏天一樣熱。
　② 그 여자는 아이**처럼** 웃어요. 那女生笑得像孩子一樣。

> **貼心小叮嚀！**
> 根據修飾主體的不同，形式亦如下述不同：
> **例1** 이 음식은 초콜릿처럼 달아요.
> 　　[修飾形容詞或動詞時] 這個食物像巧克力一樣甜。
> **例2** 저는 초콜릿같은 것을 좋아해요.
> 　　[修飾名詞時] 我喜歡巧克力之類的東西。

## N 特定名詞後使用的接詞

**下列並非助詞，而是接詞，用在特定名詞之後。**

(1) 接詞씩：使用於表現數量的名詞之後。
　① 매일 한 시간**씩** 운동해요. 我每天運動一個小時。
　② 한 사람이 만 원**씩** 돈을 냈어요. 每個人交了一萬韓元。

(2) 接詞짜리：使用於表現數、量、價格的名詞之後。
　① 열 살**짜리** 아이가 혼자 밥을 해 먹어요. 十歲的孩子自己做飯吃。
　② 제주도에서 십만 원**짜리** 방에서 묵었어요. 在濟州島住的是十萬韓元的房間。

(3) 接詞끼리：使用於具有複數性名詞之後，具有只有該類型一起的意義。
　① 남자는 남자**끼리** 여자는 여자끼리 버스를 따로 탔어요. 男生和男生一起，女生和女生一起，各自坐了公車。
　② 같은 반**끼리** 놀러 갔어요. 同班同學去玩了。

**考考自己！** 請在空格中填寫正確的答案。

| 에 | 처럼 | 마다 | 보다 | (이)나 | 씩 |
| --- | --- | --- | --- | --- | --- |

(1) 저는 어머니하고 친구 _____ 지내요.　(2) 일주일 _____ 한 번 친구를 만나요.

(3) 사람 _____ 취미가 달라요.　(4) 저한테 바지가 치마 _____ 더 잘 어울려요.

(5) 사과하고 귤을 3개 _____ 샀어요.　(6) 저는 시간이 있을 때 영화 _____ 드라마를 봐요.

# 疑問詞

## 韓語小單字

### A 人

(1) 누가 誰

當누가是敘述語的主語時

① **누가** 사무실에 있어요? 誰在辦公室？　　② **누가** 운동해요? 誰運動？

貼心小叮嚀!
누구가 (×)

(2) 누구 誰

1) 和이다 一起使用時
　이분이 **누구예요**? 這位是誰？

2) 和其他助詞一起使用時

　• 和受格助詞을/를 一起
　**누구를** 좋아해요? 你喜歡誰？

　• 和하고 一起
　**누구하고** 식사해요? 你跟誰一起吃飯？

　• 和한테 一起
　**누구한테** 전화해요? 你打電話給誰？

　• 和한테서 一起
　**누구한테서** 한국어를 배워요? 你跟誰學習韓語？

3) 詢問所有者時
　이 가방이 **누구** 거예요? 這個包包是誰的？

考考自己! 請選擇正確的答案，並完成下列對話。

| 누가 | 누구 | 누구를 | 누구한테 | 누구하고 | 누구한테서 |

(1) A ＿＿＿＿＿＿＿＿ 여행을 가요?
　　B 가족하고 여행을 가요.

(2) A 이 책이 ＿＿＿＿＿＿＿＿ 거예요?
　　B 선생님 거예요.

(3) A 제가 ＿＿＿＿＿＿＿＿ 전화할까요?
　　B 선생님한테 전화해 주세요.

(4) A ＿＿＿＿＿＿＿＿ 제일 먼저 집에 들어와요?
　　B 동생이 제일 먼저 집에 들어와요.

(5) A 어제 ＿＿＿＿＿＿＿＿ 만났어요?
　　B 회사 동료를 만났어요.

(6) A ＿＿＿＿＿＿＿＿ 그 얘기를 들었어요?
　　B 반 친구한테서 들었어요.

## B 事物

### (1) 뭐 / 무엇 什麼

- 和 이다 一起使用時
  이름이 **뭐예요**? 你叫什麼名字？
  이번 회의 주제가 **무엇입니까**? 這次會議的主題是什麼？

小祕訣
뭐 [非正式]
무엇 [正式]

- 以句子的受詞使用時
  오늘 오후에 **뭐** 해요? 你今天下午要做什麼？
  회의에서 보통 **무엇**을 합니까? 開會的時候通常做什麼？

- 以句子的主語使用時，使用主格助詞 이/가
  **뭐가** 제일 어려워요? 什麼最難？
  면접 때 **무엇이** 중요합니까? 面試的時候最重要的是什麼？

### (2) 무슨 什麼

詢問種類、類型時
**무슨** 영화를 좋아해요? 你喜歡什麼電影？

### (3) 어느 哪一

在指定的範圍內選擇時
**어느** 나라 사람이에요? 你是哪國人？

### (3) 어떤 哪種、哪個

- 詢問哪種人、事物的特徵、狀態時，可以 어떻게 進行聯想
  그 사람이 **어떤** 옷을 입었어요? 那個人穿什麼樣的衣服？

- 在指定的範圍內詢問選擇時
  이 중에서 **어떤** 것이 제일 마음에 들어요? 這裡面你最喜歡哪個？

考考自己! 請選擇正確的答案。

(1) A (ⓐ 무슨 / ⓑ 어느) 나라에 여행 가요?
　　B 아프리카에 가고 싶어요.

(2) A 이 중에서 (ⓐ 어떤 / ⓑ 무슨) 가방이 마음에 들어요?
　　B 왼쪽에 있는 가방이 마음에 들어요.

(3) A (ⓐ 어떤 / ⓑ 무슨) 집에 살고 싶어요?
　　B 정원이 있는 집에서 살고 싶어요.

(4) A (ⓐ 무슨 / ⓑ 어느) 선생님이 박 선생님이에요?
　　B 갈색 옷을 입은 분이에요.

(5) A (ⓐ 무슨 / ⓑ 어느) 일로 부산에 가요?
　　B 출장으로 부산에 가요.

(6) A (ⓐ 어떤 / ⓑ 무슨) 사람을 좋아해요?
　　B 솔직한 사람을 좋아해요.

## C 時間

**(1) 언제 什麼時候**

- 與 이다 一起使用時
  생일이 **언제예요?** 生日是什麼時候？

- 與 이다 除外的其他動詞一起使用時
  **언제** 사무실에 가요? 什麼時候去辦公室？

- 作為句子敘述語的主語使用時，與主格助詞
  가一起使用
  **언제가** 제일 좋아요? 什麼時候最好？

**(2) 며칠 幾號**

- 與 이다 一起使用時
  오늘이 **며칠이에요?** 今天是幾號？

- 與 이다 除外的其他動詞一起使用時
  (需搭配時間助詞에)
  **며칠에** 여행 가요? 你幾號去旅行？

**(3) 몇 시 幾點**

- 與 이다 一起使用時
  지금 몇 **시예요?** 現在幾點？

- 與 이다 除外的其他動詞一起使用時
  (需搭配時間助詞에)
  **몇 시에** 운동해요? 幾點運動？

**(4) 무슨 요일 星期幾**

- 與 이다 一起使用時
  오늘이 **무슨 요일이에요?** 今天是星期幾？

- 與 이다 除外的其他動詞一起使用時
  (需搭配時間助詞에)
  **무슨 요일에** 영화를 봐요? 星期幾看電影？

## D 場所

**(1) 어디 哪裡**

- 與 이다 一起使用時
  집이 어디예요? 你家在哪？

- 與動作動詞一起使用時
  (需要表示場所的助詞에서)
  어디에서 친구를 만나요? 你和朋友在哪見？

- 與狀態動詞 있다/없다、移動動詞 가다/오다、다
  니다一起使用時
  (需要表示位置、目的地的助詞에)
  어디에 가요? 去哪兒？

考考自己! 請選擇正確的答案。

(1) 학교가 (ⓐ 언제 / ⓑ 누가) 시작해요?

(2) 오늘이 (ⓐ 언제예요 / ⓑ 며칠이에요)?

(3) 축제가 토요일부터 (ⓐ 어디까지 / ⓑ 며칠까지) 해요?

(4) 밥 먹으러 (ⓐ 어디에 / ⓑ 어디에서) 가요?

(5) 금요일 (ⓐ 몇 시에 / ⓑ 무슨 요일에) 만나요?

(6) 1시에 배가 출발해요. (ⓐ 몇 시까지 / ⓑ 몇 시간까지) 가야 해요?

## E 몇 + [單位名詞]

(1) 數數的時候使用，回答的時候使用固有數字。

- 數事物的時候，使用單位名詞 개。
  가방이 **몇** 개 있어요? 有幾個包包？

- 數人的時候，使用單位名詞 명。
  사람이 **몇** 명 있어요? 有幾個人？

- 數應使用尊待語的人的時候，使用單位名詞 분。
  할머니가 **몇** 분 계세요? 有幾位奶奶？

- 數次數的時候，使用單位名詞 번。
  제주도에 **몇** 번 가 봤어요? 你去過幾次濟州島？

- 數像紙張一樣的平而薄的東西的時候，
  使用單位名詞 장。
  표를 **몇** 장 샀어요? 買了幾張票？

- 數月的時候，使用單位名詞 달。
  **몇** 달 전에 여기 왔어요? 幾個月前來這裡？

- 數年紀的時候，使用單位名詞 살。
  이 아이가 **몇** 살이에요? 這孩子幾歲？

(2) 回答的時候使用漢字數字

- 讀號碼時
  전화번호가 **몇** 번이에요? 你的電話號碼是多少？

- 讀時間的時
  **몇** 시 **몇** 분이에요? 現在是幾點幾分？

**考考自己1** 請連接符合問題的答案。

(1) 가족이 몇 명이에요? •
(2) 나이가 몇 살이에요? •
(3) 생일이 며칠이에요? •
(4) 가방이 몇 개예요? •
(5) 전화번호가 몇 번이에요? •

- ⓐ 3월 31일이에요.
- ⓑ 010-1234-5678이에요.
- ⓒ 두 개예요.
- ⓓ 서른 살이에요.
- ⓔ 다섯 명이에요.

**考考自己2** 請看圖片，並選擇正確的答案。

(1)
A 우산 _____ 가져 왔어요?
B 우산 3개 가져왔어요.

(2)
A 아이들이 _____ 있어요?
B 2명 있어요.

(3)
A 커피 _____ 마셨어요?
B 커피 2잔 마셨어요.

(4)
A 표 _____ 샀어요?
B 표 4장 샀어요.

(5)
A _____ 에 살아요?
B 10층에 살아요.

(6)
A _____ 에 있어요?
B 304호에 있어요.

## F  其他

### (1)  얼마 與 -예요 一起使用時

> 이게 **얼마예요?** 這個多少錢？

### (2)  얼마나 多少

> ① 시간이 **얼마나** 걸려요? 需要多少時間？
> ② 돈이 **얼마나** 들어요? 要花多少錢？
> ③ 키가 **얼마나** 돼요? 身高多高？
>
> 얼마나 **後面加副詞，表示更仔細地詢問**
> ④ **얼마나 자주** 운동해요? 多久運動一次？
> ⑤ **얼마나 많이** 단어를 알아요? 知道多少單字？
> ⑥ **얼마나 오래** 회의를 해요? 開多久的會？
> ⑦ **얼마나 일찍** 가야 해요? 要多早去？

### (3)  얼마 동안 問需要時間

> ① **얼마 동안** 한국에 살았어요? 在韓國住了多久？
> ② **얼마 동안** 기다렸어요? 等了多久？

### (4)  어떻게 怎麼

> ① **어떻게** 집에 가요? 怎麼回家？
> ② **어떻게** 알았어요? 怎麼知道的？

### (5)  왜 為什麼

> ① **왜** 한국어를 공부해요? 為什麼學習韓語？
> ② **왜** 표를 안 샀어요? 為什麼沒買票？

考考自己! **請選擇正確的答案。**

(1) A  컴퓨터가 (ⓐ 왜 / ⓑ 얼마나) 고장 났어요?
　　B  제가 바닥에 떨어뜨렸어요.

(2) A  회사까지 시간이 (ⓐ 어떻게 / ⓑ 얼마나) 걸려요?
　　B  30분쯤 걸려요.

(3) A  그 얘기를 (ⓐ 왜 / ⓑ 어떻게) 알았어요?
　　B  친구한테서 들었어요.

(4) A  한국 사람에 대해 (ⓐ 어떻게 / ⓑ 얼마나) 생각해요?
　　B  마음이 따뜻해요.

# G 整理

**(1)** 疑問詞 뭐、누구、언제、어디、얼마、며칠 與 예요 一起使用時

> ① 취미가 **뭐예요?** 興趣是什麼？
> ② 저 분이 **누구예요?** 那位是誰？
> ③ 직장이 **어디예요?** 公司在哪裡？
> ④ 휴가가 **언제예요?** 什麼時候休假？
> ⑤ 입장료가 **얼마예요?** 入場費多少錢？

**(2)** 疑問詞 뭐、누구、언제、어디 以句子的主語使用時，누구 成為 누가

> ① 가방에 뭐**가** 있어요? 包包裡有什麼？
> ② 누**가** 노래해요? 誰唱歌？
> ③ 언제**가** 편해요? 什麼時候方便？
> ④ 어디**가** 제일 마음에 들어요? 你最喜歡哪裡？

**(3)** 몇 雖然用在數數時，但也用於數量不太多或大概算的時候，因此問題和回答都可以使用

> ① A 사람들이 **몇 명** 왔어요? 來了幾個人？
>   B **몇 명** 왔어요. 來了幾個。
> ② A 제주도에 **몇 번** 가 봤어요? 你去過幾次濟州島？
>   B **몇 번** 가 봤어요. 去過幾次。

**考考自己!1** 請選擇一個不恰當的單字。

(1) ⓐ 이름이 뭐예요?
   ⓑ 취미가
   ⓒ 나이가

(2) ⓐ 집이 어디예요?
   ⓑ 직업이
   ⓒ 학교가

(3) ⓐ 내일이 언제예요?
   ⓑ 휴가가
   ⓒ 회의가

**考考自己!2** 請選擇正確的答案，並完成下列對話。

| 어디예요 | 언제예요 | 누구예요 | 얼마예요 |
| --- | --- | --- | --- |

(1) A 직장이 _____ ?
   B 은행이에요.

(2) A 부장님이 _____ ?
   B 저분이에요.

(3) A 모임이 _____ ?
   B 3시예요.

(4) A 이게 _____ ?
   B 3만 원이에요.

# 副詞

第 97 課

## A 形成副詞的方法

有一些副詞是在形容詞語幹後加 -게 成為副詞

① 예쁘 + 게 : 옷을 **예쁘게** 입었어요. 她穿得很漂亮。

② 깨끗하 + 게 : 손을 **깨끗하게** 씻었어요. 把手洗得很乾淨。

③ 쉽 + 게 : 문제를 **쉽게** 생각하세요. 簡單地思考問題。

## B 除了形容詞轉為副詞形以外的副詞

(1)
아직
還

**아직** 일이 안 끝났어요.
事情還沒結束。

(2)
벌써
已經

지금 11시인데 **벌써** 점심을 먹었어요?
現在才十一點，已經吃完午餐了嗎？

(3)
점점
漸漸

11월에 날씨가 **점점** 추워져요.
十一月天氣漸漸變冷了。

(4)
서로
互相

두 사람은 **서로** 사랑했어요.
兩個人曾經相愛。

(5)
갑자기
突然

**갑자기** 비가 와서 옷이 젖었어요.
突然下雨，衣服都濕了。

(6)
직접
直接

**직접** 만든 음식이 더 맛있어요.
親手做的菜更好吃。

(7)

계속
一直

5일 동안 계속 눈이 왔어요.
整整五天一直下雪。

(8)

그만
停止

밤이니까 **그만** 먹는 게 좋아요.
現在是晚上了，還是別再吃了。

(9)

몰래
偷偷地

아들이 부모님 **몰래** 밖으로
나가요.
兒子瞞著父母，偷偷地出去。

(10)

우연히
偶然

옛날 친구를 길에서 **우연히**
만났어요.
在路上偶然遇見了以前的朋友。

(11)

실수로
不小心

다른 사람의 발을 **실수로**
밟았어요.
不小心踩了別人的腳。

(12)

일부러
故意

동생이 미워서 **일부러** 동생
컵을 깨뜨렸어요.
因為討厭妹妹，所以故意打破
了她的杯子。

(13)

억지로
勉強

배가 불렀지만 밥을 **억지
로** 다 먹었어요.
雖然已經飽了，但勉強把飯
都吃光。

(14)

급히
急忙

10분 남았다.

갑자기 친구들이 오니까 **급히**
청소했어요.
朋友突然來，急忙打掃了家裡。

(15)

겨우
好不容易

뛰어가서 회의 시작 전에
**겨우** 사무실에 도착했어요.
跑著去，好不容易在會議開始
之前到達了辦公室。

## C 根據文章脈絡來熟悉副詞

① 중요한 시험이라서 **열심히** 시험 준비를 했어요.
因為是重要的考試，所以我努力做了準備。

② 이번 시험에 떨어졌지만, 내년에 **다시** 시험을 볼 거예요.
雖然這次考試落榜，但我明年還會再考。

③ 시험이 한 달 후에 있지만 **미리** 준비하는 것이 마음이 편해요.
雖然考試在一個月後，但事先準備的話，我會比較放心。

④ 한국 음식을 좋아하는데, **특히** 불고기를 좋아해요.
我喜歡韓國料理，尤其是烤肉。

⑤ 학교에 수업은 없지만 심심해서 **그냥** 왔어요.
雖然沒有課，但因為無聊，還是來學校了。

⑥ 이번 휴가 때 **원래** 여행 가려고 했는데 계획이 취소됐어요.
這次休假原本想去旅行，但計劃取消了。

⑦ 한국 음식이 맵다고 생각했는데 먹어 보니까 **역시** 매워요.
我一直認為韓國料理很辣，一吃果不其然。

⑧ 이 구두는 **새로** 샀으니까 이걸 신고 산에 갈 수 없어요.
這雙皮鞋是新買的，不能穿去爬山。

⑨ 제주도가 따뜻하다고 생각했지만 **실제로** 가 보니까 추웠어요.
我原以為濟州島應該很暖和，但實際去了以後，覺得很冷。

⑩ 잘못한 사람이 **당연히** 그 문제를 책임져야 해요.
做錯事的人當然要對那個問題負責任。

⑪ 소고기가 없어서 소고기 **대신에** 돼지고기를 넣었어요.
因為沒有牛肉，所以用豬肉代替。

⑫ 30분 후에 제가 치울게요. 제 물건은 **그대로** 두세요.
三十分鐘後我會收拾的，我的東西就先擺著吧。

⑬ 다른 사람에게 부탁하지 말고 **스스로** 문제를 해결하세요.
不要請求他人的幫助，自己解決問題吧。

⑭ 힘든 운동은 **오히려** 건강에 안 좋아요.
吃力的運動反而對身體不好。

## D 單一個副詞具有兩種意義

### (1) 쭉

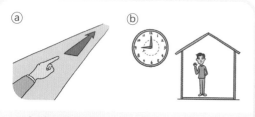

ⓐ 이 길로 **쭉** 가세요.
沿著這條路一直走。

ⓑ 어제 **쭉** 집에 있었어요.
昨天一直在家。

### (2) 바로

ⓐ 우리 집 **바로** 옆에 은행이 있어요.
銀行就在我們家旁邊。

ⓑ 호텔에 가면 **바로** 전화해 주세요.
到了飯店立刻打電話給我。

### (3) 중간에

ⓐ 학교와 집 **중간에** 서점이 있어요.
學校和我家中間有書店。

ⓑ 전화가 와서 회의 **중간에** 잠깐 나왔어요.
電話來了，所以會議中途出來了一下。

### (4) 마지막에

ⓐ 왼쪽 줄의 **마지막에** 서 있어요.
站在左邊那一列的最後一個。

ⓑ 책이 처음에는 재미있었는데 **마지막에는** 재미없었어요.
書的開頭部分很有意思，但結尾卻很無趣。

**考考自己!1** 請選擇正確的答案。

(1) 포기하지 마세요. (ⓐ 아직 / ⓑ 벌써) 늦지 않았어요.

(2) 일이 끝나는 대로 (ⓐ 바로 / ⓑ 직접) 퇴근할 거예요.

(3) 얘기를 못 들었는데 (ⓐ 역시 / ⓑ 다시) 말씀해 주시겠어요?

(4) 참을 수 없어서 수업 (ⓐ 중간에 / ⓑ 쭉) 화장실에 갔다 왔어요.

(5) 그 사람은 (ⓐ 실수로 / ⓑ 열심히) 일해서 3년 후에 집을 샀어요.

(6) 정말 친한 친구끼리는 문제가 생기면 (ⓐ 서로 / ⓑ 새로) 도와줘요.

**考考自己!2** 請選擇正確的答案，並完成下列對話。

| 편하다 | 두껍다 | 시끄럽다 | 사이좋다 |

(1) A 오늘 날씨가 추워요.
 B 네, 옷을 _____ 입어야겠어요.

(2) A 방 친구하고 어떻게 지내요?
 B 마음이 잘 맞아서 _____ 지내요.

(3) A 친구 집에서 어떻게 지냈어요?
 B 방이 넓어서 _____ 지냈어요.

(4) A 왜 음악을 안 들어요?
 B 아기가 자니까 _____ 하면 안 돼요.

**考考自己!3** 請寫下符合句子圖片的選項，並選擇恰當的單字完成下列句子。

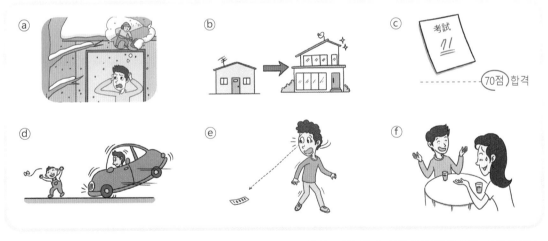

| 새로 | 그만 | 겨우 | 갑자기 | 억지로 | 우연히 |

(1) □ 길에서 _____ 돈을 주웠어요.

(2) □ 집이 너무 오래돼서 _____ 집을 지었어요.

(3) □ 71점을 맞아서 시험에 _____ 합격했어요.

(4) □ 남자의 농담이 재미없었지만 _____ 웃었어요.

(5) □ 운전할 때 아이가 _____ 뛰어들어서 깜짝 놀랐어요.

(6) □ 눈이 너무 많이 와서 힘들어요. 이제 눈이 _____ 왔으면 좋겠어요.

## E 表達程度的時候

(1)

| | |
|---|---|
| 아주 (=매우)<br>非常 | ① 그 여자가 **아주** 예뻐요. 她非常漂亮。 |
| 꽤<br>非常 | ② 그 여자가 **꽤** 예뻐요. 她非常漂亮。 |
| 조금 (=좀)<br>一點 | ③ 그 여자가 **조금** 예뻐요. 她有點漂亮。 |

(2)

| | |
|---|---|
| 가장 (= 제일)<br>最 | ① 월요일이 **가장** 바빠요. 星期一最忙。 |
| 더<br>更 | ② 어제보다 오늘이 **더** 추워요.<br>今天比昨天更冷。 |
| 훨씬<br>更加 | ③ 이게 훨씬 더 맛있어요.<br>這個好吃多了。 |
| 덜<br>不太 | ④ 이 과일은 **덜** 익었어요.<br>這個水果不太熟。 |

> **貼心小叮嚀！**
> 下列句子在韓語中有意義上的差異，請注意！
> • 세계에서：具体地指地球上的所有國家。
> • 세상에서：抽象地描述人類居住的所有社會。
> 例 이 여자는 <u>세계에서</u> 제일 아름다운 여자다.
> 這個女人是世界上最美麗的女人。
> → 世界選美比賽中得到冠軍的女人。
> 例 이 여자는 <u>세상에서</u> 제일 아름다운 여자다.
> 這個女人是世上最美麗的女人。
> → 意指我想的世界或我認識的女人中。

(3)

| | |
|---|---|
| 아주<br>[正面的意義]比普通程度更… | ① 시험 문제가 **아주** 쉬웠어요. 考試題目非常容易。<br>② **아주** 많이 먹었어요. 吃很多了。 |
| 너무<br>[負面的意義]超越一定的程度或界限 | ③ 시험 문제가 **너무** 쉬웠어요. 考試題目太簡單了。<br>④ **너무** 많이 먹었어요. 吃得太多了。 |

**考考自己!** 請選擇正確的答案。

(1) 러시아에 여행 갔는데 생각보다 (ⓐ 가장 / ⓑ 훨씬) 추워서 많이 고생했어요.

(2) 약을 먹으니까 (ⓐ 더 / ⓑ 덜) 아팠어요. 이제 감기가 다 나았어요.

(3) 이 음식은 (ⓐ 너무 / ⓑ 조금) 매워서 매운 음식을 잘 먹는 저도 먹을 수 없었어요.

(4) 저 아이가 우리 반에서 가수처럼 (ⓐ 조금 / ⓑ 제일) 노래를 잘해요.

## F 表達頻率的時候

| | | |
|---|---|---|
| 100% | 항상 (=언제나) | 總是 |
| 90% | 보통/대개 | 普通、大概 |
| 70%~ | 자주/종종 | 常常 |
| 40% | 가끔/때때로 | 偶爾 |
| ~20% | 별로 + [否定形] | 不常+[否定型] |
| 0% | 전혀 + [否定形] | 完全不+[否定型] |

① 나는 아침마다 **항상** 커피 한 잔을 마셔요.
   我每天早晨都喝一杯咖啡。
② 금요일 저녁에는 **보통** 친구들을 만나요.
   我星期五晚上通常會見朋友。
③ 저는 무역 회사에 다녀서 **자주** 출장 가요.
   我在貿易公司上班，所以經常出差。
④ 영화를 좋아하지만 시간이 없어서 **가끔** 극장에 가요.
   我雖然喜歡電影，但因為沒有時間，所以偶爾才去一次電影院。
⑤ 고기를 좋아하지 않아서 **별로** 먹지 않아요.
   我因為不太喜歡吃肉，所以不怎麼吃。
⑥ 너무 바빠서 **전혀** 운동하지 않아요.
   因為太忙了，所以根本不運動。

**考考自己!** 請選擇並填寫正確的答案。

| 항상 | 보통 | 자주 | 가끔 | 별로 | 전혀 |
|---|---|---|---|---|---|

(1) 여행을 자주 못 가지만 _____ 가요. 일 년에 세 번쯤 가요.
(2) 자동차가 _____ 고장 나서 서비스 센터에 일주일에 한 번 가야 해요.
(3) _____ 저녁을 사 먹지만 주말에는 집에서 저녁을 해 먹어요.
(4) 진수는 부지런해서 _____ 일찍 나와요. 전혀 늦지 않아요.

## G 表示事情的進展程度

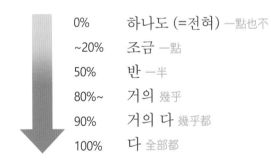

| | | |
|---|---|---|
| 0% | 하나도 (=전혀) | 一點也不 |
| ~20% | 조금 | 一點 |
| 50% | 반 | 一半 |
| 80%~ | 거의 | 幾乎 |
| 90% | 거의 다 | 幾乎都 |
| 100% | 다 | 全部都 |

A 밥이 얼마나 됐어? 飯怎麼樣了？
B ① **하나도 안** 됐어. 我還沒準備呢
  ② **조금밖에 안** 됐어. 只做了一點。
  ③ **반쯤** 됐어. 做了有一半了。
  ④ **거의** 됐어. 快好了。
  ⑤ **거의 다** 됐어. 幾乎全好了。
  ⑥ **다** 됐어. 都好了。

**考考自己!** 請選擇正確的答案。

(1) 집에 (ⓐ 거의 / ⓑ 전혀) 왔어요. 조금만 더 가면 돼요.
(2) 책을 (ⓐ 다 / ⓑ 반) 읽었어요. 50% 더 읽어야 해요.
(3) 숙제가 (ⓐ 다 / ⓑ 조금) 끝났어요. 이제 숙제가 없어요.
(4) 저녁 준비가 (ⓐ 조금 / ⓑ 하나도) 안 됐어요. 오늘 외식해요.

## H 든지 vs. 아무 –나

(1)

| | |
|---|---|
| 누구든지 無論是誰<br>뭐든지 = 무엇이든지 無論什麼<br>언제든지 無論何時<br>어디든지 無論何處 | ① 하고 싶은 사람은 누구든지 말씀하세요. 如果有想做的，無論是誰都請說。<br>② 질문이 있으면 뭐든지 물어보세요. 如果有問題的話，無論什麼，都請發問。<br>③ 시간이 있을 때 언제든지 오세요. 有空的時候，不管是什麼時間，你儘管來。<br>④ 당신이 가는 곳이라면 어디든지 갈게요. 只要是你去的地方，無論是哪裡我都去。 |

(2)

| | |
|---|---|
| 아무나 任何人<br>아무거나 無論是什麼<br>아무 때나 任何時間<br>아무 데나 任何地方 | ① 여기에 아무나 들어가지 못해요. 這裡不是所有人都能進去的。<br>② 저는 아무거나 먹을 수 있어요. 我什麼都能吃。<br>③ 아무 때나 전화하면 안 돼요. 不分時間打電話是不行的。<br>④ 밤에 혼자 아무 데나 가지 마세요. 晚上不要一個人到處亂跑。 |

考考自己! 請選擇正確的答案。

(1) 저는 항상 사무실에 있으니까 (ⓐ 어디든지 / ⓑ 언제든지) 오세요.

(2) 다리가 너무 아픈데 (ⓐ 아무 때나 / ⓑ 아무 데나) 앉으면 안 돼요? 저기 어때요?

(3) 저는 (ⓐ 뭐든지 / ⓑ 누구든지) 괜찮으니까 먹고 싶은 음식을 말해 보세요.

## I 表現不確定性的對象時

### (1) 形態雖相同，但意義不同

| 뭐 (= 뭔가)<br>什麼 | 누가 (= 누군가)<br>誰 | 어디 (= 어딘가)<br>哪裡 | 언제 (= 언젠가)<br>找一天 |
|---|---|---|---|

① A 뭐 먹었어요? 你吃了什麼？
   B 아까 뭐 먹었어요.
     我剛才吃了點東西。
③ A 어디 가요? 去哪裡？
   B 어디 가니까 내일 얘기해요.
     要去一個地方，明天再告訴你。

② A 누가 전화했어? 誰打電話來了？
   B 누가 전화했는데 이름이 생각 안 나요.
     有人來電話，不過名字想不起來了。
④ A 언제 우리 집에 올 수 있어요?
     什麼時候可以來我家？
   B 언제 갈게요. 我會找一天去的。

### (2) 個數不太清楚的情況，使用몇

① A 중국에 몇 번 여행 갔어요?
     你去中國旅遊過幾次？
   B 중국에 몇 번 여행 못 갔어요.
     我沒去過中國幾次。

② A 교실에 사람이 몇 명 있어요?
     教室裡有幾個人？
   B 교실에 사람이 몇 명 없어요.
     教室裡沒有幾個人。

考考自己! 請連接相應的部分，並完成下列句子。

(1) 요즘 일이 많아서 •                    • ⓐ 얼굴이 생각 안 나요.

(2) 지금 배고프면 •                      • ⓑ 인도에 가 보고 싶어요.

(3) 누가 찾아왔는데 •                     • ⓒ 뭐 먹고 오세요.

(4) 언제 시간이 있으면 •                  • ⓓ 며칠 못 갔어요.

## J  指稱幾種物體時

### (1) 指稱兩種或以上時

| 하나 | 다른 하나 | 왼쪽 것 | 가운데 것 | 오른쪽 것 |
|---|---|---|---|---|
| 一個 | 另一個 | 左邊的 | 中間的 | 右邊的 |

① **하나**는 부모님 선물이고 **다른 하나**는 동생 선물이에요.
　一個是父母的禮物，另一個是弟弟的禮物。
② **왼쪽 것**은 언니 것이고 **가운데 것**은 동생 것이고 **오른쪽 것**은 제 것이에요.
　左邊的是姐姐的，中間的是弟弟的，右邊的是我的。

### (2) 說明優先順序時

①

| 첫째 | 둘째 | 셋째 | 넷째 | 다섯째 |
|---|---|---|---|---|
| (=첫 번째) | (=두 번째) | (=세 번째) | (=네 번째) | (=다섯 번째) |
| 第一 | 第二 | 第三 | 第四 | 第五 |

②

| 먼저 (=우선) | 그다음으로 | 또 | 그리고 | 마지막으로 |
|---|---|---|---|---|
| 首先 | 其次 | 另外 | 還有 | 最後 |

① 물건을 고를 때에는 **첫째** 디자인, **둘째** 값, **셋째** 품질을 중요하게 생각해요.
　我覺得選東西的時候，最重要的是設計、第二是價格、第三是品質。
② 집을 선택할 때에는 **우선** 가격, **그 다음으로** 시설, **마지막으로** 교통이 중요해요.
　選住宅最重要的是價格、第二是設施、最後是交通。

**考考自己!**  請寫下正確答案。

(1) 먼저 청소를 하고 또 설거지를 한 다음에 ＿＿＿＿＿＿ 빨래해요.

(2) 왼쪽 것은 한국 차이고, ＿＿＿＿＿＿ 것은 일본 차이고, 오른쪽 것은 독일 차예요.

(3) 결혼하고 싶은 사람을 찾을 때 ＿＿＿＿＿＿ 성격, 둘째 외모, 셋째 경제력이 중요해요.

(4) 한국어를 공부할 때 두 가지가 중요한데, 하나는 책이고 ＿＿＿＿＿＿ 한국인 친구예요.

## K 容易混淆的副詞

| 容易混淆的副詞 | 在規定的時間內，反覆出現時 |
|---|---|
| 주말 **내내** 整個週末<br>일주일 **내내** 一整個星期<br>한달 **내내** 整整一個月<br>일년 **내내** 整整一年 | **매**일 每天<br>**매**주 每週<br>**매**달 每月<br>**매**년 每年 |
| 밤새 熬夜<br>하루 종일 一整天 | 밤**마다** 每晚<br>주말**마다** 每個週末 |

(1)
  ⓐ 지난주 **일주일 내내** 비가 왔어요. — 上個星期天天都在下雨。
  ⓑ 지난달에는 **매주** 토요일에 비가 왔어요. — 上個月的每個星期六都下雨。

(2) ⓐ **아마** 선생님은 사무실에 있을 거예요. — 老師可能在辦公室。
   ⓑ **혹시** 선생님을 못 봤어요? — 你有沒有看到老師？

(3) ⓐ 3년 전에 한국에 **처음** 왔어요. — 我三年前第一次來韓國。
   ⓑ 영화가 **처음에** 너무 지루했어요. — 電影一開始時太無聊了。

(4) ⓐ **마지막으로** 여러분께 감사의 말씀을 드립니다. — 最後我要向各位表示感謝之意。
   ⓑ 영화 **마지막에** 그 노래가 나왔어요. — 電影的結尾出現了那首歌。

(5) ⓐ 제 친구는 **항상** 약속에 늦게 나와요. — 我的朋友約會總是遲到。
   ⓑ 이 메일을 보면 **꼭**(=반드시) 연락해 주세요. — 看到這封信件後一定要聯絡我。

(6) ⓐ **전혀** 늦지 않아요. — 一點都不晚。
   ⓑ **절대로** 거짓말을 하지 마세요. — 絕對不要說謊。

> 小祕訣
> 전혀 和 절대로
> 與否定型一起使用。

**考考自己!** 請選擇正確的答案。

(1) 오늘 (ⓐ 처음 / ⓑ 처음에) 호랑이를 직접 봤어요.
(2) 밤에 단 음식을 (ⓐ 전혀 / ⓑ 절대로) 먹지 마세요.
(3) 어제 (ⓐ 밤새 / ⓑ 밤마다) 책을 읽어서 지금 졸려요.
(4) (ⓐ 아마 / ⓑ 혹시) 선생님 전화번호를 알면 가르쳐 주세요.
(5) 이 책은 (ⓐ 처음 / ⓑ 처음에) 재미있었는데 중간부터 재미없어요.
(6) 질문은 나중에 회의 (ⓐ 마지막에 / ⓑ 마지막으로) 받겠습니다.

(7) ⓐ 영화를 좋아하니까 **자주** 극장에 가요.     因為我喜歡電影，所以常去電影院。

      ⓑ 오래된 자동차라서 **자꾸** 고장 나요.     因為是舊車，所以經常故障。

(8) ⓐ 친구가 없어서 오늘 **혼자** 밥을 먹었어요.     因為朋友不在，所以今天我一個人吃飯。

      ⓑ 이민 가려고 **스스로** 회사를 그만두었어요.     我因為要移民，所以自己辭掉了工作。

(9) ⓐ 잘 못 들었는데 **다시** 말씀해 주시겠어요?     我沒聽清楚，能再說一遍嗎？

      ⓑ 이 세탁기가 **또** 고장 났어요.     這台洗衣機又故障了。

(10) ⓐ 사고 **때문에** 회사에 지각했어요.     因為發生事故，所以到公司晚了。

       ⓑ 선생님 **덕분에** 한국어를 재미있게 공부했어요.     託老師的福，我學韓語學得很有趣。

(11) ⓐ 직원이 9명이니까 사장님을 포함해서 모두 10명이에요.     員工有9人，包括社長總共有十個人。

       ⓑ 직원이 9명이니까 사장님을 빼고 9명이에요.     員工有9人，除去社長是九個人。

(12) ⓐ 한국 요리가 쉬울 줄 알았는데 **실제로** 해 보니까 어려워요.

       我以為做韓國料理很容易，但實際做起來很難。

       ⓑ 제가 그만둔다고 해서 놀랐어요? **사실은** 농담이에요.

       我說要辭職，嚇了一跳吧？其實我是開玩笑的。

(13) ⓐ **아무리** 밥을 먹어도 배고파요.     不管我吃多少飯，還是會餓。

       ⓑ **얼마나** 밥을 많이 먹었는지 잘 수 없어요.     吃得太多了，睡不著。

(14) ⓐ 일이 아직 안 끝났어요.     工作還沒做完。

       ⓑ 지금 11시인데 아직도 안 일어났어요.     現在11點還沒起床。

**考考自己!** 請選擇正確的答案。

(1) 시험 (ⓐ 때문에 / ⓑ 덕분에) 어젯밤에 자지 못했어요.

(2) 친구가 밤늦게 (ⓐ 자주 / ⓑ 자꾸) 전화해서 귀찮아요.

(3) 아까 많이 먹었는데 (ⓐ 다시 / ⓑ 또) 먹어요?

(4) 저는 고기를 안 먹으니까 고기 (ⓐ 포함해서 / ⓑ 빼고) 주세요.

(5) 아이가 자기 잘못을 (ⓐ 혼자 / ⓑ 스스로) 말할 때까지 기다리려고 해요.

(6) 김치가 매워 보였는데 (ⓐ 실제로 / ⓑ 사실은) 먹어 보니까 안 매워요.

(7) (ⓐ 아무리 / ⓑ 얼마나) 돈이 많아도 행복을 살 수 없어요.

(8) 10분 후에 회의가 시작하는데 (ⓐ 아직 / ⓑ 아직도) 회의 자료를 만들고 있어요.

# 連接副詞

**第98課**

## A 經常使用的連接副詞

下列連接副詞在連接兩個句子時使用。

---

다음 달에 유럽에 여행 갈 거예요.① **그리고** 홍콩에 갈 거예요.
下個月我要去歐洲旅行。　　　　　　然後要去香港。

② **그러면** 유럽에 있는 친구를 만날 수 있을 거예요.
那樣的話，就可以見到在歐洲的朋友了。

③ **그런데** 지금 표가 없어서 아직 표를 못 샀어요.
但是現在沒有飛機票，所以還沒買票。

④ **그래서** 이번 달에 호텔을 예약하려고 해요.
所以這個月打算預約飯店。

⑤ **그래도** 다음 달 10일까지 일은 제가 끝낼 거예요.
即便如此，在下個月十號之前，我會完成工作的。

⑥ **왜냐하면** 다음 달 중순에 2주 동안 휴가예요.
因為下個月中旬我有兩週的假期。

⑦ **예를 들면** 프랑스, 독일, 스페인에 갈 거예요.
例如我要去法國、德國和西班牙。

⑧ **그렇지 않으면** 올해 여행 갈 수 없을 거예요.
如果不這樣的話，今年就不能去旅行了。

---

**考考自己!1** 請選擇正確的答案填空。

| 그리고 | 그러면 | 그래도 | 그래서 | 왜냐하면 | 그렇지 않으면 |
|---|---|---|---|---|---|

(1) 오늘 시간이 없어요. _____ 오늘 만날 수 없어요.

(2) 담배를 끊으세요. _____ 건강이 좋아질 거예요.

(3) 지금 배가 너무 고파요. _____ 오늘 아침을 못 먹었어요.

(4) 저는 낮에는 회사에 다녀요. _____ 밤에는 학원에 다녀요.

(5) 운동을 시작하세요. _____ 나중에 후회할 거예요.

(6) 이 음식은 조금 매워요. _____ 맛있어요.

**考考自己!2** 請連接相應的部分，並完成下列句子。

(1) 한국어를 열심히 공부해요. •　　• ⓐ 그런데 돈이 없어서 살 수 없어요.

(2) 마음에 드는 옷이 있어요. •　　• ⓑ 그래서 보통 주말에 혼자 집에 있어요.

(3) 이 식당은 분위기가 좋아요. •　　• ⓒ 그렇지 않으면 친구가 많이 기다릴 거예요.

(4) 친구들이 요즘 많이 바빠요. •　　• ⓓ 그리고 음식도 정말 맛있어요.

(5) 내일 비가 많이 올 거예요. •　　• ⓔ 왜냐하면 한국 회사에서 일하고 싶어요.

(6) 약속에 늦으면 미리 전화하세요. •　　• ⓕ 그래도 꼭 여행을 떠날 거예요.

## B 具有類似意義的連接副詞

**(1) 그리고**

在口語中，也可發音為 그리구。

① **[而且]** 저는 한국 음식을 좋아해요.
**그리고** 한국 영화도 좋아해요.
我喜歡韓國料理，而且也喜歡韓國電影。

② **[然後]** 저녁에 운동했어요. **그리고** 샤워했어요.
我晚上運動，然後洗了澡。

**(2) 그런데**

在口語中，也可發音為 근데。

① **[但是]** 제 동생은 일찍 자고 일찍 일어나요.
**그런데** 저는 늦게 자고 늦게 일어나요.
我弟弟早睡早起，但是我晚睡晚起。

② **[啊]** 우리 같이 밥 먹어요.
**그런데** 그 얘기 들었어요?
我們一起吃飯吧！啊，你聽說過那件事嗎？

## C 意思雖然類似，形態卻不同的連接副詞

**(1) 하지만 / 그렇지만 / 그러나 但是**

① **[可是]** 이 식당은 음식이 맛있어요. **하지만** 너무 비싸요.
這個餐館的菜很好吃，可是太貴了。(常使用在口語中)

② **[但是]** 날씨가 너무 덥습니다.
**그렇지만** 참아야 합니다.
天氣太熱了，但是得忍耐。(口語、書面語都使用)

③ **[但是]** 생활이 힘듭니다.
**그러나** 포기할 수 없습니다.
生活很辛苦，但是不能放棄。(常使用在書面語中)

**(2) 그래서 / 그러니까 / 따라서 / 그러므로 所以**

① **[所以]** 어제 감기에 걸렸어요.
**그래서** 아무것도 못 했어요.
昨天感冒了，所以什麼都做不了。

② **[所以]** 이 일은 혼자 하기 어려워요.
**그러니까** 다른 사람하고 같이 하세요.
這件事情自己做太困難了，和其他人一起做吧！

③ **[所以]** 이번 달에 집 수리를 했습니다.
**따라서** 이번 달에 쓸 돈이 부족할 것입니다.
這個月我整修了房子，所以這個月的錢可能會不夠。

④ **[所以]** 누구나 화를 내는 사람을 싫어합니다.
**그러므로** 화가 나도 참아야 합니다.
大家都討厭發脾氣的人，所以就算生氣也要忍耐。

**(3) 그러면 / 그럼 那麼**

① **[那麼]** 공포 영화를 안 좋아해요? 그러면 코미디 영화는 어때요?
不喜歡看恐怖片嗎？那麼喜劇怎麼樣？

② **[那麼]** 이 음악을 들어 봐. 그럼 기분이 좋아질 거야.
請聽這首音樂吧，那麼心情會變好的。
(口語、書面語都使用)

**(4) 아니면 / 또는 要不然、或者**

① **[要不然]** 같이 사무실에 갈래요?
**아니면** 여기에서 기다릴래요?
要不要一起去辦公室？要不然的話在這裡等？

② **[或者]** 주말에 집안일을 해요.
**또는** 책을 읽어요.
週末做家事，或是讀書。

**考考自己!** 請選擇正確的答案。

(1) 친구하고 만났어요. (ⓐ 그리고 / ⓑ 하지만) 같이 식사했어요.

(2) 시간이 있을 때 책을 읽어요. (ⓐ 그렇지만 / ⓑ 또는) 운동해요.

(3) 오늘 같이 커피 마셔요. (ⓐ 그런데 / ⓑ 그러나) 진수는 어디 있어요?

(4) 같이 영화 보러 갈까요? (ⓐ 그래서 / ⓑ 아니면) 식사하러 갈까요?

(5) 옷을 두껍게 입으세요. (ⓐ 그러면 / ⓑ 아니면) 감기에 걸리지 않을 거예요.

(6) 일을 미리 끝내세요. (ⓐ 그러면 / ⓑ 그렇지 않으면) 5시까지 다 못 끝낼 거예요.

## D 容易混淆的連接副詞

(1) 그런데 vs. 그래도

> 그래도 用於從前面的情況中脫離期待的結果時。
>
> ⓐ 저 식당 음식은 맛없어요. **그런데** 값이 너무 비싸요.
> 那個餐館的菜不好吃，但是價格很貴。
>
> ⓑ 저 식당 음식은 맛없어요. **그래도** 오늘 저기에 갈 거예요.　　　　(≠ 그런데)
> 那個餐館的菜不好吃，即便如此，今天還是要去那裡。

(2) 그래서 vs. 그러니까

> 그러니까 用於後句為勸誘型或命令型等強調時。
>
> ⓐ 밖에 비가 와요. **그래서** 밖에 안 나가요.
> 外面在下雨，所以不出去了。
>
> ⓑ 밖에 비가 와요. **그러니까** 우산을 가져가세요.
> 　　　　　(≠ 그래서)
> 外面在下雨，所以要帶著傘。

(3) 그래서 vs. 왜냐하면

> 그래서 用於原因和結果中間；왜냐하면 用於結果與原因中間。
>
> ⓐ 이번 시험을 잘 못 봤어요. **그래서** 부모님이 화가 났어요.
> 這次考試沒考好，所以父母生氣了。
>
> ⓑ 이번 시험을 잘 못 봤어요. **왜냐하면** 시험 공부를 많이 못 했어요.
> 這次考試沒考好，因為考試沒好好準備。

(4) 그래서 vs. 그러면

> 그래서 用於前句成為後句的原因時；그러면 用於前句成為後句的條件時。
>
> ⓐ 머리가 아파요. **그래서** 병원에 가려고 해요.
> 我頭痛，所以想去醫院。
>
> ⓑ 머리가 아파요. **그러면** 병원에 가세요.
> 頭痛。那就去醫院吧。

**考考自己!1** 請選擇正確的答案。

(1) 오늘 친구들과 약속이 있어요? (ⓐ 그래서 / ⓑ 그러면) 내일 만나요.

(2) 시간이 많이 있어요. (ⓐ 그래서 / ⓑ 그러니까) 천천히 갔다 오세요.

(3) 날씨가 추워요. (ⓐ 그래서 / ⓑ 왜냐하면) 두꺼운 옷을 입어요.

(4) 내년에도 바쁠 거예요. (ⓐ 그런데 / ⓑ 그래도) 한국어를 공부할 거예요.

**考考自己!2** 在下列的選項中，請選擇一個不恰當的句子。

(1) 아버지가 건강이 안 좋아요.
　　ⓐ 그래서 병원에 다녀요.
　　ⓑ 그리고 운동을 좋아해요.
　　ⓒ 그래도 가끔 술을 마셔요.

(2) 지금 단 음식을 먹고 싶어요.
　　ⓐ 그래도 다이어트 때문에 참아야 해요.
　　ⓑ 그렇지만 단 음식을 사러 백화점에 왔어요.
　　ⓒ 예를 들면 초콜릿이나 케이크를 먹고 싶어요.

(3) 이번 주말에 같이 등산 갈까요?
　　ⓐ 아니면 시내를 구경하러 갈까요?
　　ⓑ 그러면 이번 주말에 날씨가 좋아요.
　　ⓒ 그렇지 않으면 다음에는 같이 못 갈 거예요.

(4) 이제부터 운동을 시작해야겠어요.
　　ⓐ 왜냐하면 살이 너무 쪘어요.
　　ⓑ 그러면 운동을 하러 헬스장에 갔어요.
　　ⓒ 하지만 어떤 운동이 좋을지 모르겠어요.

## E 經常誤用的副詞

韓語中的副詞如下列所述，根據條件做不同使用。

| | 和 | 或者 |
|---|---|---|
| 使用於名詞之間 | **하고**<br>① 아침에 **빵하고** 우유를 먹었어요.<br>早上吃了麵包和牛奶。 | **(이)나**<br>① 식사 후에 커피**나** 차를 마셔요.<br>飯後喝咖啡或茶。 |
| 用於動詞<br>或形容詞之間 | **-고**<br>② 아침을 먹**고** 이를 닦아요.<br>吃完早餐後刷牙。 | **-거나**<br>② 주말에 책을 읽**거나** 영화를 봐요.<br>週末讀書或看電影。 |
| 用於句子之間 | **그리고**<br>③ 아침을 먹어요. **그리고** 이를 닦아요.<br>吃早餐，並刷牙。 | **또는**<br>③ 주말에 책을 읽어요. **또는** 영화를 봐요.<br>週末讀書，或是看電影。 |

**考考自己!1** 請將兩個句子改寫成一個句子。

(1) 저는 커피를 마셔요. 그리고 저는 주스를 마셔요. ➔ 저는 ＿＿＿＿ 를 마셔요.

(2) 휴가 때 집에서 쉬어요. 또는 친구를 만나요. ➔ 휴가 때 집에서 ＿＿＿＿ 친구를 만나요.

(3) 친구하고 전화 통화해요. 그리고 잠이 들었어요. ➔ 친구하고 전화 ＿＿＿＿ 잠이 들었어요.

(4) 주말에 소설을 읽어요. 또는 잡지를 읽어요. ➔ 주말에 ＿＿＿＿ 를 읽어요.

**考考自己!2** 請選擇正確的答案，填寫於空格中。

| 그래서 | 하지만 | 예를 들면 | 왜냐하면 |
|---|---|---|---|

저는 한국 문화에 관심이 많이 있어요. (1) ＿＿＿＿＿ 태권도, 탈춤, 도자기에 관심이 많아요. 이번 달부터 태권도를 배우기 시작했어요. 처음에는 태권도를 배울 때 많이 힘들었어요. (2) ＿＿＿＿＿ 태권도 선생님이 너무 빨리 말해요. (3) ＿＿＿＿＿ 선생님의 말을 알아듣기 어려웠어요. (4) ＿＿＿＿＿ 지금은 익숙해져서 괜찮아요.

| 그리고 | 그래도 | 그래서 | 그런데 |
|---|---|---|---|

저는 한국 음식을 좋아해요. (5) ＿＿＿＿＿ 점심 식사로 비빔밥이나 김밥을 자주 먹어요. (6) ＿＿＿＿＿ 저녁 식사는 친구하고 같이 불고기를 먹어요. 저는 일본 요리를 잘해요. (7) ＿＿＿＿＿ 한국 요리는 못해요. 요리 방법이 조금 복잡해요. (8) ＿＿＿＿＿ 한국 요리를 좋아하니까 배우고 싶어요.

# 形容詞

第 99 課

## 韓語小單字

### A 相反形容詞

(1)

**충분하다** 充足　　　**부족하다** 不足

ⓐ 음식을 10인분 준비했는데 사람이 3명 왔어요. 음식이 충분해요.
菜準備了十人份，來了三個人，所以菜很充足。

ⓑ 음식을 10인분 준비했는데 사람이 19명 왔어요. 음식이 부족해요.
菜準備了十人份，結果來了十九個人，所以菜不夠。

(2)

**간단하다** 簡單　　　**복잡하다** 複雜

ⓐ **간단한** 지도를 보면 길을 쉽게 찾을 수 있어요.
如果看簡單的地圖，可以輕鬆找到路。

ⓑ **복잡한** 지도를 보면 길을 찾기 어려워요.
如果看複雜的地圖，很難找到路。

(3)

**평범하다** 平凡　　　**특별하다** 特別

ⓐ **평범한** 머리 스타일은 학생 같아서 싫어요.
平凡的髮型看起來像學生，我不喜歡。

ⓑ 그 사람은 **특별한** 머리 스타일 때문에 멀리에서도 쉽게 알 수 있어요.
那個人因為髮型很特別，所以很遠就能認出。

(4)

**익숙하다** 習慣　　　**서투르다** 生疏

ⓐ 지나는 요리에 **익숙해요.** 그래서 채소도 잘 썰어요.
智娜習慣做菜，所以切菜很在行。

ⓑ 민호는 요리에 **서툴러요.** 그래서 채소도 잘 못 썰어요.
民浩不太會做菜，所以也不太會切菜。

考考自己! 請選擇正確的答案。

(1) 음식을 5인분만 준비했는데 사람이 10명이 와서 음식이 (ⓐ 충분했어요 / ⓑ 부족했어요).

(2) 문법을 너무 짧고 (ⓐ 간단하게 / ⓑ 복잡하게) 설명해서 이해가 안 돼요. 설명이 더 필요해요.

(3) 제 친구는 성격이 (ⓐ 평범해서 / ⓑ 특별해서) 다른 사람들하고 쉽게 친해지기 어려워요.

(4) 제 친구는 고치는 것에 (ⓐ 익숙해서 / ⓑ 서툴러서) 어떤 것이 고장 나도 쉽게 고쳐요.

## B 形成句子的形容詞

在韓語中，有一些組合形成的形容詞，這些形容詞前面使用 이/가。

**(1)**

인기가 있다 ↔ 인기가 없다
受歡迎　　　不受歡迎

관심이 있다 ↔ 관심이 없다
有興趣　　　沒有興趣

 ⓐ
 ⓑ
 ⓒ
 ⓓ 도대체 이런 데는 왜 오는 건지?

ⓐ 이 가수는 **인기가 있어요.**
　這個歌手很受歡迎。
ⓑ 이 가수는 **인기가 없어요.**
　這個歌手不受歡迎。
ⓒ 저 사람은 도자기에 **관심이 있어요.**
　他對陶瓷器有興趣。
ⓓ 저 사람은 도자기에 **관심이 없어요.**
　他對陶瓷器沒有興趣。

**(2)**

예의가 있다 ↔ 예의가 없다
有禮貌　　　沒有禮貌

나이가 많다 ↔ 나이가 적다
年紀大　　　年紀小

 ⓐ
 ⓑ
 ⓒ
 ⓓ

ⓐ 진수는 **예의가 있어요.**
　真秀有禮貌。
ⓑ 민규는 **예의가 없어요.**
　民主沒有禮貌。
ⓒ 우리 할머니는 **나이가 많아요.**
　我奶奶年紀很大。
ⓓ 우리 딸은 **나이가 적어요.**
　我女兒年紀小。

**(3)**

힘이 세다 ↔ 힘이 없다
力氣大　　　沒力氣

키가 크다 ↔ 키가 작다
個子高　　　個子矮

 ⓐ
ⓑ
 ⓒ
 ⓓ

ⓐ 저 사람은 **힘이 세요.**
　他力氣很大。
ⓑ 저 사람은 **힘이 없어요.**
　他沒力氣。
ⓒ 이 남자는 **키가 커요.**
　這個男人個子很高。
ⓓ 이 남자는 **키가 작아요.**
　這個男人個子很矮。

**(4)**

운이 좋다 ↔ 운이 나쁘다
運氣好　　　運氣不好

도움이 되다 ↔ 도움이 안 되다
有幫助　　　沒有幫助

 ⓐ 100번째 손님 이벤트에 당첨되셨습니다. ⓑ
 ⓒ
 ⓓ 공부? 경부?

ⓐ 이 남자는 **운이 좋아요.**
　這個男人運氣很好。
ⓑ 이 남자는 **운이 나빠요.**
　這個男人運氣不好。
ⓒ 드라마가 한국어 발음 연습에 **도움이 돼요.**
　電視劇對於韓語發音練習有幫助。
ⓓ 쓰기 숙제가 한국어 발음 연습에 **도움이 안 돼요.**
　寫作作業對於韓語發音練習沒有幫助。

## C 에 좋다 vs. 에 나쁘다

**건강에 좋다** 對健康好

① 운동이 **건강에 좋아요**. 運動對健康很好。
② 휴식이 **건강에 좋아요**. 休息對健康很好。
③ 채소가 **건강에 좋아요**. 蔬菜對健康很好。

**건강에 나쁘다** 對健康不好

① 담배가 **건강에 나빠요**. 香菸對健康不好。
② 스트레스가 **건강에 나빠요**. 壓力對健康不好。
③ 패스트푸드가 **건강에 나빠요**. 速食對健康不好。

## D 其他

중요하다
重要

소중하다
珍惜

심하다
嚴重

우울하다
憂鬱

궁금하다
好奇

미끄럽다
滑

① 건강을 위해서 운동이 **중요해요**.
　為了健康，運動很重要。
② 이 반지는 어머니한테서 받은 **소중한** 반지예요.
　這個戒指是從媽媽那得到的很珍貴的戒指。
③ 부상이 **심해서** 운동할 수 없어요.
　傷勢過重，所以不能運動。

④ 비가 오는 날은 기분이 **우울해요**.
　下雨天心情憂鬱。
⑤ 그 여자가 요즘 어떻게 지내는지 **궁금해요**.
　我很好奇她最近是怎麼過的。
⑥ 바닥이 **미끄러워서** 넘어졌어요.
　因為地很滑，所以摔倒了。

**考考自己!** 請選擇正確的答案。

(1) 친구와 약속한 것을 잘 지키는 것이 (ⓐ 중요해요 / ⓑ 중요하지 않아요).

(2) 제 동생은 장난이 (ⓐ 심해서 / ⓑ 심하지 않아서) 항상 문제가 생겨요.

(3) 저는 역사에 관심이 없으니까 역사 이야기가 (ⓐ 궁금해요 / ⓑ 궁금하지 않아요).

(4) 겨울에 길이 (ⓐ 미끄러우면 / ⓑ 미끄럽지 않으면) 위험해요.

(5) 저에게 (ⓐ 소중한 / ⓑ 소중하지 않은) 물건은 청소할 때 버려요.

(6) 기분이 (ⓐ 우울하면 / ⓑ 우울하지 않으면) 하고 싶은 일이 별로 없어요.

## E 形容詞的兩種用法

在韓語中，使用形容詞的時候，如下所述，敘述名詞時與修飾名詞時各自添加不同語尾活用。

(1) 形容詞以敘述的用法使用時，如同動詞一樣，在形容詞語幹後添加 -아/어요。

中文 [名詞＋形容詞]　　　　　　　 ：天氣好。
韓語 [形容詞語幹 + -아/어요]　　 : 날씨가 좋아요. (← 좋 + -아요)

(2) 形容詞修飾名詞的時候，形容詞語幹後添加 -ㄴ/은。

中文 [形容詞＋名詞]　　　　　　　　　 ：好天氣
韓語 [形容詞語幹 + -ㄴ/은 + 名詞] : 좋은 날씨 (← 좋다 + -은 + 날씨)

| | 形容詞 | 以敘述的用法使用時 | 修飾名詞時 |
|---|---|---|---|
| (1) | 유명하다<br>有名 | 김치가 **유명해요.** [유명하 +-여요]<br>辛奇有名。 | 유명한 김치 (유명하 + -ㄴ)<br>有名的辛奇 |
| (2) | 같다<br>相同 | 이름이 **같아요.** [같 +-아요]<br>名字相同。 | 같은 이름 (같 + -은)<br>相同的名字 |
| (3) | 맛있다<br>好吃 | 음식이 **맛있어요.** [맛있 + -어요]<br>食物好吃。 | 맛있는 음식 (맛있 + -는)<br>好吃的食物 |
| (4) | 바쁘다<br>忙 | 일이 **바빠요.** [바쁘 + -아요]<br>事情忙。 | 바쁜 일 (바쁘 + -ㄴ)<br>忙的事 |
| (5) | 길다<br>長 | 머리가 **길어요.** [길 + -어요]<br>頭髮很長。 | 긴 머리 (길 + -ㄴ)<br>長頭髮 |
| (6) | 맵다<br>辣 | 음식이 **매워요.** [맵 + -어요]<br>食物很辣。 | 매운 음식 (맵 + -은)<br>辣的食物 |
| (7) | 다르다<br>不同 | 성격이 **달라요.** [다르 + -아요]<br>性格不同。 | 다른 성격 (다르 + -ㄴ)<br>不同的性格 |

**考考自己!** 請選擇正確的答案填空。

| 아름답다 | 힘들다 | 게으르다 | 젊다 | 이상하다 | 필요하다 |
|---|---|---|---|---|---|

(1) 동생이 너무 ＿＿＿＿＿＿＿ 서 방 청소를 하나도 안 해요.

(2) 부산에 갔는데 바다 경치가 정말 ＿＿＿＿＿＿＿＿＿ .

(3) 여권을 만들 때 ＿＿＿＿＿＿＿ 서류는 여기에 다 있어요.

(4) 너무 ＿＿＿＿＿＿ 운동은 건강에 도움이 안 돼요.

(5) 발음이 ＿＿＿＿＿ 면 알아듣기 어려워요.

(6) ＿＿＿＿＿＿ 사람이 나이 많은 사람보다 경험이 부족해요.

> **貼心小叮嚀**
> 韓語中필요하다是形容詞。
> 因此前方需要主語和助詞이/가。
> 例 신분증이 필요해요.
> 我需要身份證。

## 韓語小單字

### A 하다 動詞的名詞詞根

| 動詞 | 名詞 | | 動詞 | 名詞 |
|------|------|---|------|------|
| 사랑하다 愛 | 사랑 愛 | | 경험하다 經歷 | 경험 經驗 |
| 걱정하다 擔心 | 걱정 擔心 | | 실망하다 失望 | 실망 失望 |
| 준비하다 準備 | 준비 準備 → | 후회하다 後悔 | 후회 後悔 → |
| 생각하다 想 | 생각 想法 | | 성공하다 成功 | 성공 成功 |
| 기억하다 記住 | 기억 記憶 | | 실패하다 失敗 | 실패 失敗 |

**考考自己!** 請選擇正確的答案填空。

| 준비 | 걱정 | 기억 | 사랑 |
|------|------|------|------|

(1) 진수는 비싼 학비 때문에 _____ 이/가 많아요.

(2) 민호는 지금 _____ 에 빠져서 아무것도 못 해요.

(3) 일찍 시험 _____ 을/를 끝낸 사람은 밤새 공부하지 않아요.

(4) 어렸을 때 부모님과 바닷가에 간 것이 지금도 _____ 에 남아요.

### B 動詞語幹 + -기 ➡ 名詞

| 動詞 | 名詞 | | 動詞 | 名詞 |
|------|------|---|------|------|
| 말하다 說 | 말하기 會話 (말하 + -기) | | 쓰다 寫 | 쓰기 寫作 (쓰 + -기) |
| 듣다 聽 | 듣기 聽力 (듣 + -기) | | 걷다 走 | 걷기 走路 (걷 + -기) |
| 읽다 讀 | 읽기 閱讀 (읽 + -기) | | 달리다 跑 | 달리기 跑步 (달리 + -기) |

**考考自己!** 請看圖並在空格填寫正確的答案。

(1)

(ⓐ 걷기 / ⓑ 달리기)가 건강에 좋아요.

(2)

(ⓐ 걷기 / ⓑ 달리기)에 자신이 있어요.

(3)

(ⓐ 쓰기 / ⓑ 말하기)를 좋아해서 매일 일기를 써요.

(4)

매일 드라마를 보면 (ⓐ 듣기 / ⓑ 쓰기)가 좋아져요.

## C 形容詞語幹 + -(으)ㅁ ➡ 名詞

-(으)ㅁ 表達心情、狀態、感覺。

| 形容詞 | 名詞 | 形容詞 | 名詞 |
|---|---|---|---|
| 기쁘다 高興 | 기쁨 喜悅 (기쁘 + ㅁ) | 고맙다 感謝 | 고마움 感謝 (고맙 + 음) |
| 슬프다 悲傷 | 슬픔 悲傷 (슬프 + ㅁ) | 무섭다 害怕 | 무서움 恐懼 (무섭 + 음) |
| 아프다 疼痛 | 아픔 痛楚 (아프 + ㅁ) | 즐겁다 愉悅 | 즐거움 愉悅 (즐겁 + 음) |
| 배고프다 肚子餓 | 배고픔 飢餓 (배고프 + ㅁ) | 아쉽다 可惜 | 아쉬움 可惜 (아쉽 + 음) |

**考考自己!** 請將下列單字改寫為名詞後，填寫入空格內。

(1) (아프다 ➡          )을 참고 이기면 곧 병이 나을 거예요.

(2) 나이 어린 아이들이 (배고프다 ➡          )을 참기 어려워요.

(3) 내 옆에서 나를 도와준 친구에게 (고맙다 ➡          )을 느껴요.

(4) 할머니께서 돌아가셔서 가족이 (슬프다 ➡          )에 빠졌어요.


## D 動詞語幹 + -(으)ㅁ ➡ 名詞

-(으)ㅁ 表動詞完全更改為名詞。

| 動詞 | 名詞 | 動詞 | 名詞 |
|---|---|---|---|
| 자다 睡 | 잠 睡眠 (자 + ㅁ) | 죽다 死 | 죽음 死亡 (죽 + 음) |
| (꿈을) 꾸다 做(夢) | 꿈 夢 (꾸 + ㅁ) | 느끼다 感覺 | 느낌 感覺 (느끼 + ㅁ) |
| (춤을) 추다 跳(舞) | 춤 舞 (추 + ㅁ) | 바라다 希望 | 바람 希望 (바라 + ㅁ) |
| 웃다 笑 | 웃음 笑容 (웃 + 음) | 믿다 相信 | 믿음 信任 (믿 + 음) |
| 울다 哭 | 울음 哭聲 (울 + 음) | 싸우다 爭吵 | 싸움 爭吵 (싸우 + ㅁ) |
| 걷다 走 | 걸음 腳步 (걷 + 음) | 모이다 聚集 | 모임 聚會 (모이 + ㅁ) |

**考考自己!** 請將下列單字改寫為名詞後，填寫入空格內。

(1) (추다 ➡          )보다 노래가 더 자신이 있어요.

(2) 어젯밤에 (꾸다 ➡          )에서 돌아가신 할아버지를 봤어요.

(3) 연말에는 (모이다 ➡          )이 많아서 집에 늦게 들어가요.

(4) (싸우다 ➡          )에서 진 아이가 결국 울기 시작했어요.

(5) 그 영화를 보고 (죽다 ➡          )에 대해 생각하게 됐어요.

(6) 교통사고 이후에 그 여자는 (웃다 ➡          )을 잃어버렸어요.

## E 動詞語幹 + -개 ➡ 名詞

用 -개 形成的名詞大都是工具。

| 動詞 | 名詞 | 動詞 | 名詞 |
|---|---|---|---|
| 지우다 擦 | 지우개 橡皮擦(지우 + 개) | 가리다 擋住 | 가리개 屏風(가리 + 개) |
| 베다 枕 | 베개 枕頭(베 + 개) | 싸다 包 | 싸개 包東西的紙或布(싸 + 개) |
| 덮다 蓋 | 덮개 蓋子、紗罩(덮 + 개) | 따다 打開 | 따개 開瓶器(따 + 개) |

考考自己! 請將下列動詞改為名詞,並連接正確的圖片。

(1) 지우다  ・ ・ ① 베개 ・ ・ ⓐ

(2) 베다  ・ ・ ② 덮개 ・ ・ ⓑ

(3) 덮다  ・ ・ ③ 지우개 ・ ・ ⓒ

## F 形容詞語幹 + -(으)ㄴ + 이 ➡ 名詞

이 是人的意思。

| 形容詞 | 名詞 |
|---|---|
| 늙다 老 | 늙은이 老人(늙 + -은 + 이) |
| 젊다 年輕 | 젊은이 年輕人(젊 + -은 + 이) |
| 어리다 年幼 | 어린이 兒童(어리 + -ㄴ + 이) |

> 小祕訣
> 늙은이 和 어린이 不用做稱呼,對方年紀小的時候,叫名字就可以;對方年紀大的時候,使用適當的稱呼即可。

考考自己! 請看圖片,並連接相應的部分。

(1)  ・ ・ ① 어린이 ・ ・ ⓐ 청년

(2) ・ ・ ② 늙은이 ・ ・ ⓑ 아이

(3)  ・ ・ ③ 젊은이 ・ ・ ⓒ 노인

## G 固有名詞

固有名詞的漢字語可推測其意義。

(1) 一般名詞是固有詞時，在固有名詞中，以漢字語替換。

| 一般名詞 | | 例 |
|---|---|---|
| 바다 海 | ___해 | 동**해**, 서**해**, 남**해** |
| 다리 橋 | ___교 | 잠수**교**, 금천**교**, 양화**교** |
| 섬 島 | ___도 | 제주**도**, 여의**도**, 거제**도**, 강화**도** |
| 절 寺廟 | ___사 | 불국**사**, 해인**사**, 부석**사**, 내소**사** |
| 길 路 | ___로 | 종**로**, 을지**로**, 대학**로**, 퇴계**로** |

(2) 一般名詞如果是一個音節的漢字語，使用該固有名詞。

| 一般名詞 | | 例 |
|---|---|---|
| 산 山 | ___산 | 남**산**, 북한**산**, 설악**산**, 한라**산** |
| 강 江 | ___강 | 한**강**, 남한**강**, 낙동**강**, 금**강** |
| 문 門 | ___문 | 동대**문**, 서대**문**, 광화**문**, 독립**문** |
| 궁 宮 | ___궁 | 경복**궁**, 창덕**궁**, 창경**궁**, 덕수**궁** |
| 탕 湯 | ___탕 | 설렁**탕**, 곰**탕**, 매운**탕**, 갈비**탕** |

(3) 一般名詞如果是兩個音節以上的漢字語，在固有名詞中選擇一個漢字語。

| 一般名詞 | | 例 |
|---|---|---|
| 도시 都市 | ___시 | 서울**시**, 부산**시**, 대전**시**, 광주**시** |
| 대학 大學 | ___대 | 고려**대**, 서강**대**, 서울**대**, 연세**대** |

**考考自己!** 請選擇劃線部分的漢字語的意思。

(1) 감자<u>탕</u>을 오늘 처음 봤어요.
   ⓐ 채소   ⓑ 사탕   ⓒ 뜨거운 음식

(2) 울산<u>시</u>에 갔다 왔어요.
   ⓐ 시내   ⓑ 도시   ⓒ 시간

(3) 부산<u>대</u>에서 수업을 들어요.
   ⓐ 군대   ⓑ 대학   ⓒ 바다

(4) 통도<u>사</u>에 갔다 왔어요.
   ⓐ 절   ⓑ 회사   ⓒ 사진관

## H 尊待語

有幾個單字對於應尊待的人和相關的詞彙都要使用尊待語。

| 普通 |
|---|
| 이름 名字 |
| 나이 年紀 |
| 말 話 |
| 밥 飯 |
| 집 家 |
| 생일 生日 |

→

| 尊待語 |
|---|
| 성함 名字 |
| 연세 年紀 |
| 말씀 話 |
| 진지 飯 |
| 댁 家 |
| 생신 生辰 |

**考考自己!1** 請連接具有相同意義的話語。

(1) 이름이 뭐예요? •
(2) 몇 살이에요? •
(3) 집이 어디예요? •
(4) 밥 먹었어요? •
(5) 생일이 며칠이에요? •
(6) 말 들었어요? •

• ⓐ 댁이 어디세요?
• ⓑ 진지 드셨어요?
• ⓒ 말씀 들었어요?
• ⓓ 성함이 어떻게 되세요?
• ⓔ 연세가 어떻게 되세요?
• ⓕ 생신이 며칠이세요?

**考考自己!2** 請填寫正確的答案，完成下列句子。

(1) 친구의 이름은 알지만 선생님 _____ 은/는 잊어버렸어요.

(2) 할머니께 _____ 을/를 차려 드리고 우리도 밥을 먹었어요.

(3) 우리 아버지 _____ 와/과 제 생일이 같은 날짜예요.

(4) 우리 할아버지께서는 _____ 이/가 많으시지만 건강하세요.

(5) 사장님의 _____ 을/를 듣고 직원들이 힘을 냈어요.

(6) 급한 일이 있는데 선생님께서 사무실에 안 계셔서 선생님 _____ 에 찾아뵈었어요.

## | 謙讓法

在韓語中，為了使用尊待語，有時會將和自己相關的詞彙降格。

普通

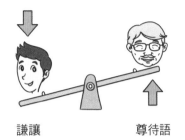

謙讓　　　　　尊待語

| 普通 |
| --- |
| 나 我 |
| 우리 我們 |
| 말 話 |

| 謙讓 |
| --- |
| 저 我 |
| 저희 我們 |
| 말씀 話 |

> **小祕訣**
>
> 말씀 在尊待對方和謙讓時都使用。
>
> 例 지금부터 사장님 말씀이 있겠습니다.
> [尊待語] 現在起，請社長致詞。
> 말씀 드리게 있는데요.
> [謙讓] 我有事情想向您稟報。

 請將劃線的部分改為尊待語，並填寫於空格中。

나는 오늘 동료들하고 부산으로 출장 갈 거야.
출장에서 돌아와서 내가 전화할게.
그리고 우리 회사 근처에서 만나면 출장에
대해 말해 줄게.

(1) _____ 오늘 동료들하고 부산으로
출장 갈 거예요. 출장에서 돌아와서
(2) _____ 전화 드릴게요. 그리고
(3) _____ 회사 근처에서 만나면
출장에 대해 (4) _____ 드릴게요.

# 附錄

# 答案

## Part ①

### 第01課 數字的讀法1

**韓語小單字**

2　(1) ⓔ　　(2) ⓕ　　(3) ⓑ　　(4) ⓒ
　　(5) ⓐ　　(6) ⓓ　　(7) ⓖ

**動動腦 2**

　　(1) ×　　(2) ○　　(3) ×　　(4) ×
　　(5) ○　　(6) ×　　(7) ×　　(8) ○
　　(9) ×

### 第02課 數字的讀法2

**韓語小單字**

2　(1) ⓓ　　(2) ⓖ　　(3) ⓐ　　(4) ⓒ
　　(5) ⓔ　　(6) ⓕ　　(7) ⓗ　　(8) ⓑ

**動動腦 2**

　　(1) ⓔ　　(2) ⓒ　　(3) ⓓ　　(4) ⓑ
　　(5) ⓖ　　(6) ⓗ　　(7) ⓕ　　(8) ⓐ

### 第03課 價格的讀法

**韓語小單字**

2　(1) ⓑ　　(2) ⓔ　　(3) ⓓ　　(4) ⓐ
　　(5) ⓒ　　(6) ⓕ

**動動腦 2**

　　(1) ⓗ　　(2) ⓕ　　(3) ⓓ　　(4) ⓔ
　　(5) ⓒ　　(6) ⓐ　　(7) ⓑ　　(8) ⓖ

### 第04課 個數的讀法

**韓語小單字**

2　(1) ⓑ　　(2) ⓓ　　(3) ⓒ　　(4) ⓔ
　　(5) ⓕ　　(6) ⓐ

**動動腦 1**

　　(1) ⓒ　　(2) ⓓ　　(3) ⓓ　　(4) ⓐ
　　(5) ⓒ　　(6) ⓓ　　(7) ⓐ　　(8) ⓑ

**動動腦 2**

　　(1) ⓔ　　(2) ⓒ　　(3) ⓓ　　(4) ⓖ

　　(5) ⓑ　　(6) ⓘ　　(7) ⓐ　　(8) ⓙ
　　(9) ⓕ　　(10) ⓗ

### 第05課 月、日

**韓語小單字**

2　(1) ⓐ　　(2) ⓑ　　(3) ⓑ　　(4) ⓐ

**動動腦 2**

　　(1) ⓐ　　(2) ⓑ　　(3) ⓐ　　(4) ⓑ

### 第06課 特別的日子

**韓語小單字**

　　(1) ⓒ　　(2) ⓑ　　(3) ⓐ　　(4) ⓖ
　　(5) ⓘ　　(6) ⓕ　　(7) ⓗ　　(8) ⓓ
　　(9) ⓔ

**動動腦 1**

　　(1) ⓒ　　(2) ⓑ　　(3) ⓓ　　(4) ⓐ

**動動腦 2**

　　(1) ⓒ　　(2) ⓐ　　(3) ⓑ　　(4) ⓓ

### 第07課 星期

**韓語小單字**

1　(1) ⓔ　　(2) ⓒ　　(3) ⓖ　　(4) ⓐ
　　(5) ⓓ　　(6) ⓕ　　(7) ⓑ
2　(1) ⓑ　　(2) ⓐ　　(3) ⓐ　　(4) ⓑ
　　(5) ⓐ, ⓓ　(6) ⓑ

**動動腦 2**

　　(1) ⓐ, ⓐ, ⓑ, ⓑ　　　(2) ⓑ, ⓐ, ⓐ
　　(3) ⓑ, ⓑ, ⓑ

### 第08課 年度

**韓語小單字**

2　(1) ⓑ　　(2) ⓔ　　(3) ⓐ　　(4) ⓒ
　　(5) ⓓ　　(6) ⓕ

**動動腦 2**

1　(1) ⓓ　　(2) ⓒ　　(3) ⓐ　　(4) ⓑ
2　(1) ⓒ　　(2) ⓑ　　(3) ⓓ　　(4) ⓐ

## 第09課 星期與月份

**韓語小單字**

2　(1) ⓑ　　　(2) ⓐ　　　(3) ⓐ　　　(4) ⓑ
　　(5) ⓐ　　　(6) ⓑ　　　(7) ⓐ　　　(8) ⓐ

**動動腦 2**

　　(1) ⓑ　　　(2) ⓐ　　　(3) ⓑ　　　(4) ⓐ
　　(5) ⓐ　　　(6) ⓑ

## 第10課 日期和年份

**韓語小單字**

　　(1) 그제　　(2) 어제　　(3) 내일　　(4) 모레
　　(5) 재작년　(6) 작년　　(7) 올해　　(8) 내년
　　(9) 후년

**動動腦 1**

　　(1) 달　　　(2) 전　　　(3) 어제　　(4) 매주
　　(5) 모레　　(6) 내일　　(7) 일주일　(8) 후
　　(9) 화요일　(10) 오늘

**動動腦 2**

　　(1) 오늘 오후 2시 30분에 명동에서 약속이 있어요
　　(2) 지난주 금요일 밤 8시에 동료하고(동료와/동료랑)
　　　　저녁 식사를 했어요
　　(3) 올해 12월 마지막 주 토요일에 콘서트를 보러 가요
　　(4) 다음 주 월요일 아침 9시에 한국어 수업을 시작해요

## 第11課 時間的讀法

**韓語小單字**

2　(1) ⓓ　　　(2) ⓑ　　　(3) ⓔ　　　(4) ⓐ
　　(5) ⓒ　　　(6) ⓕ

**動動腦 1**

　　(1) ⓑ　　　(2) ⓓ　　　(3) ⓐ　　　(4) ⓒ

## 第12課 需要的時間

**韓語小單字**

2　(1) ⓓ　　　(2) ⓐ　　　(3) ⓒ　　　(4) ⓑ

**動動腦 1**

　　(1) ⓔ　　　(2) ⓓ　　　(3) ⓖ　　　(4) ⓑ
　　(5) ⓕ　　　(6) ⓒ　　　(7) ⓐ　　　(8) ⓗ
　　(9) ⓘ

**動動腦 2**

　　(1) ⓔ　　　(2) ⓐ　　　(3) ⓕ　　　(4) ⓓ
　　(5) ⓑ　　　(6) ⓒ

## 第13課 國家

**韓語小單字**

　　(1) ⑦ 한국 ⑥ 중국 ⑧ 일본 ⑨ 호주 ① 인도 ② 태국
　　　　⑤ 필리핀 ③ 베트남 ④ 싱가포르
　　(2) ② 미국 ① 캐나다 ④ 브라질 ③ 멕시코 ⑤ 아르헨티나
　　(3) ① 영국 ④ 독일 ⑦ 이란 ⑧ 케냐 ① 스페인 ⑥ 이집트
　　　　③ 프랑스 ⑤ 러시아

**動動腦 1**

　　(1) ⓗ　　　(2) ⓒ　　　(3) ⓖ　　　(4) ⓕ
　　(5) ⓑ　　　(6) ⓔ　　　(7) ⓐ　　　(8) ⓓ

**動動腦 2**

　　(1) ⓓ　　　(2) ⓖ　　　(3) ⓐ　　　(4) ⓔ
　　(5) ⓒ　　　(6) ⓑ　　　(7) ⓗ　　　(8) ⓕ

## 第14課 國籍與語言

**韓語小單字**

　　(1) 일본어　(2) 중국인　(3) 프랑스　(4) 아랍어
　　(5) 미국 사람 (6) 영어　　(7) 외국

**動動腦 1**

　　(1) ⓐ　　　(2) ⓑ　　　(3) ⓑ　　　(4) ⓐ
　　(5) ⓑ　　　(6) ⓑ

**動動腦 2**

　　(1) ○　　　(2) ×　　　(3) ○　　　(4) ×
　　(5) ○　　　(6) ×

## 第15課 職業

**韓語小單字**

　　(1) ⓔ　　　(2) ⓐ　　　(3) ⓕ　　　(4) ⓒ
　　(5) ⓚ　　　(6) ⓗ　　　(7) ⓑ　　　(8) ⓙ
　　(9) ⓘ　　　(10) ⓛ　　(11) ⓓ　　(12) ⓖ

**動動腦 1**

　　(1) ⓑ　　　(2) ⓐ　　　(3) ⓔ　　　(4) ⓒ
　　(5) ⓓ

**動動腦 2**

　　(1) ⓒ　　　(2) ⓔ　　　(3) ⓐ　　　(4) ⓑ
　　(5) ⓓ　　　(6) ⓕ

## 第16課 年紀

### 韓語小單字
1　(1) ⓑ　　(2) ⓐ　　(3) ⓓ　　(4) ⓔ
　　(5) ⓒ
2　(1) ⓐ　　(2) ⓙ　　(3) ⓖ　　(4) ⓓ
　　(5) ⓒ　　(6) ⓘ　　(7) ⓕ　　(8) ⓗ
　　(9) ⓔ　　(10) ⓑ

### 動動腦 1
2　(1) ⓑ　　(2) ⓕ　　(3) ⓓ　　(4) ⓐ
　　(5) ⓒ　　(6) ⓔ

### 動動腦 2
　　(1) ⓕ　　(2) ⓓ　　(3) ⓐ　　(4) ⓒ
　　(5) ⓔ　　(6) ⓑ

## 第17課 家人

### 韓語小單字
　　(1) ⓘ　　(2) ⓒ　　(3) ⓚ　　(4) ⓕ
　　(5) ⓖ　　(6) ⓑ　　(7) ⓛ　　(8) ⓔ
　　(9) ⓗ　　(10) ⓐ　　(11) ⓙ　　(12) ⓓ

### 動動腦 1
　　(1) ⓑ　　(2) ⓐ　　(3) ⓑ　　(4) ⓑ

### 動動腦 2
　　(1) ⓑ　　(2) ⓑ　　(3) ⓐ　　(4) ⓐ

## 第18課 場所1

### 韓語小單字
　　(1) ⓒ　　(2) ⓔ　　(3) ⓖ　　(4) ⓓ
　　(5) ⓘ　　(6) ⓕ　　(7) ⓗ　　(8) ⓑ
　　(9) ⓐ　　(10) ⓙ

### 動動腦 1
　　(1) ⓑ　　(2) ⓓ　　(3) ⓐ　　(4) ⓔ
　　(5) ⓕ　　(6) ⓒ

### 動動腦 2
　　(1) ⓕ　　(2) ⓒ　　(3) ⓑ　　(4) ⓓ
　　(5) ⓐ　　(6) ⓔ

## 第19課 場所2

### 韓語小單字
2　(1) ⓕ　　(2) ⓖ　　(3) ⓗ　　(4) ⓙ
　　(5) ⓔ　　(6) ⓑ　　(7) ⓚ　　(8) ⓐ
　　(9) ⓛ　　(10) ⓓ　　(11) ⓘ　　(12) ⓒ

### 動動腦 1
　　(1) ⓕ　　(2) ⓑ　　(3) ⓐ　　(4) ⓔ
　　(5) ⓒ　　(6) ⓓ

### 動動腦 2
　　(1) ⓑ　　(2) ⓒ　　(3) ⓕ　　(4) ⓓ
　　(5) ⓐ　　(6) ⓔ

## 第20課 街道

### 韓語小單字
　　(1) ⓓ　　(2) ⓐ　　(3) ⓜ　　(4) ⓔ
　　(5) ⓚ　　(6) ⓑ　　(7) ⓝ　　(8) ⓒ
　　(9) ⓘ　　(10) ⓕ　　(11) ⓛ　　(12) ⓞ
　　(13) ⓙ　　(14) ⓖ　　(15) ⓗ

### 動動腦 1
　　(1) ⓑ　　(2) ⓐ　　(3) ⓐ　　(4) ⓐ
　　(5) ⓑ　　(6) ⓐ

### 動動腦 2
　　(1) ⓑ　　(2) ⓐ　　(3) ⓑ　　(4) ⓐ
　　(5) ⓐ

## 第21課 位置和方向

### 韓語小單字
　　(1) ⓖ　　(2) ⓑ　　(3) ⓐ　　(4) ⓒ
　　(5) ⓘ　　(6) ⓓ　　(7) ⓕ　　(8) ⓔ
　　(9) ⓙ　　(10) ⓗ

### 動動腦 1
　　(1) ⓔ　　(2) ⓓ　　(3) ⓑ　　(4) ⓐ
　　(5) ⓒ

### 動動腦 2
　　(1) ⓑ　　(2) ⓔ　　(3) ⓕ　　(4) ⓐ
　　(5) ⓓ　　(6) ⓒ

## 第22課 問路

### 韓語小單字
　　(1) ⓕ　　(2) ⓖ　　(3) ⓓ　　(4) ⓐ
　　(5) ⓚ　　(6) ⓒ　　(7) ⓘ　　(8) ⓔ
　　(9) ⓙ　　(10) ⓗ　　(11) ⓑ

### 動動腦
　　(1) 수영장　(2) 영화관　(3) 동물원　(4) 교회
　　(5) 은행

## 第23課　個人物品

**韓語小單字**

| | | | |
|---|---|---|---|
| (1) ⓑ | (2) ⓟ | (3) ⓐ | (4) ⓜ |
| (5) ⓝ | (6) ⓒ | (7) ⓓ | (8) ⓙ |
| (9) ⓕ | (10) ⓘ | (11) ⓞ | (12) ⓗ |
| (13) ⓔ | (14) ⓛ | (15) ⓖ | (16) ⓚ |

**動動腦 1**

(1) 열쇠, 서류, 안경, 지갑, 핸드폰, 사진

(2) 우산, 수첩, 휴지, 빗, 화장품

(3) 책, 공책, 펜, 필통

**動動腦 2**

| | | | |
|---|---|---|---|
| (1) ⓐ | (2) ⓑ | (3) ⓐ | (4) ⓑ |
| (5) ⓐ | (6) ⓑ | | |

## 第24課　房間裡的物品

**韓語小單字**

| | | | |
|---|---|---|---|
| (1) ⓑ | (2) ⓗ | (3) ⓔ | (4) ⓙ |
| (5) ⓘ | (6) ⓞ | (7) ⓕ | (8) ⓒ |
| (9) ⓜ | (10) ⓟ | (11) ⓓ | (12) ⓖ |
| (13) ⓚ | (14) ⓛ | (15) ⓝ | (16) ⓐ |

**動動腦 1**

| | | | |
|---|---|---|---|
| (1) ⓑ | (2) ⓑ | (3) ⓐ | (4) ⓑ |
| (5) ⓑ | (6) ⓐ | (7) ⓐ | (8) ⓐ |
| (9) ⓑ | (10) ⓑ | | |

**動動腦 2**

| | | | |
|---|---|---|---|
| (1) ⓐ | (2) ⓐ | (3) ⓑ | (4) ⓐ |
| (5) ⓑ | (6) ⓑ | (7) ⓐ | (8) ⓑ |
| (9) ⓐ | (10) ⓑ | | |

## 第25課　家裡的物品

**韓語小單字**

| | | | |
|---|---|---|---|
| (1) ⓑ | (2) ⓔ | (3) ⓖ | (4) ⓗ |
| (5) ⓕ | (6) ⓓ | (7) ⓐ | (8) ⓘ |
| (9) ⓒ | | | |

**動動腦 1**

| | | | |
|---|---|---|---|
| (1) ⓑ | (2) ⓕ | (3) ⓔ | (4) ⓐ |
| (5) ⓓ | (6) ⓒ | | |

**動動腦 2**

| | | | |
|---|---|---|---|
| (1) ⓘ | (2) ⓔ | (3) ⓑ | (4) ⓖ |
| (5) ⓐ | (6) ⓓ | (7) ⓕ | (8) ⓚ |
| (9) ⓒ | (10) ⓗ | (11) ⓙ | (12) ⓛ |

## 第26課　家具和生活用品

**韓語小單字**

| | | | |
|---|---|---|---|
| (1) ⓛ | (2) ⓒ | (3) ⓐ | (4) ⓡ |
| (5) ⓖ | (6) ⓔ | (7) ⓓ | (8) ⓘ |
| (9) ⓑ | (10) ⓙ | (11) ⓠ | (12) ⓜ |
| (13) ⓝ | (14) ⓞ | (15) ⓚ | (16) ⓕ |
| (17) ⓗ | (18) ⓣ | (19) ⓟ | (20) ⓢ |

**動動腦 1**

| | | | |
|---|---|---|---|
| (1) ⓐ | (2) ⓐ | (3) ⓑ | (4) ⓐ |
| (5) ⓐ | (6) ⓐ | (7) ⓐ | (8) ⓐ |

**動動腦 2**

| | | | |
|---|---|---|---|
| (1) ⓐ | (2) ⓑ | (3) ⓐ | (4) ⓐ |
| (5) ⓐ | (6) ⓑ | | |

## 第27課　一天作息

**韓語小單字**

| | | | |
|---|---|---|---|
| (1) ⓒ | (2) ⓔ | (3) ⓓ | (4) ⓑ |
| (5) ⓗ | (6) ⓕ | (7) ⓘ | (8) ⓖ |
| (9) ⓐ | | | |

**動動腦 1**

| | | | |
|---|---|---|---|
| (1) ⓔ | (2) ⓑ | (3) ⓐ | (4) ⓓ |
| (5) ⓒ | (6) ⓕ | | |

**動動腦 2**

| | | | |
|---|---|---|---|
| (1) ⓑ | (2) ⓐ, ⓒ | (3) ⓑ | (4) ⓓ |

## 第28課　在家裡的行動

**韓語小單字**

| | | | |
|---|---|---|---|
| (1) ⓔ | (2) ⓓ | (3) ⓚ | (4) ⓖ |
| (5) ⓘ | (6) ⓒ | (7) ⓐ | (8) ⓕ |
| (9) ⓛ | (10) ⓑ | (11) ⓙ | (12) ⓗ |

**動動腦 1**

| | | | |
|---|---|---|---|
| (1) ⓑ | (2) ⓐ | (3) ⓒ | (4) ⓑ |
| (5) ⓒ | (6) ⓒ | (7) ⓐ | (8) ⓒ |
| (9) ⓑ | (10) ⓐ | (11) ⓐ | (12) ⓑ |

**動動腦 2**

| | | | |
|---|---|---|---|
| (1) ⓗ | (2) ⓒ | (3) ⓓ | (4) ⓖ |
| (5) ⓐ | (6) ⓛ | (7) ⓕ | (8) ⓚ |
| (9) ⓙ | (10) ⓘ | (11) ⓔ | (12) ⓑ |

## 第29課 生活習慣

**韓語小單字**

(1) 1　　　(2) 3　　　(3) 5　　　(4) 3
(5) 3　　　(6) 4　　　(7) 1　　　(8) 0
(9) 1~2　　(10) 3~4　(11) 1　　(12) 1~2
(13) 0　　(14) 1　　(15) 2~3　(16) 2

**動動腦 1**

(1) ⓑ　　(2) ⓒ　　(3) ⓓ　　(4) ⓔ
(5) ⓐ

**動動腦 2**

(1) ⓑ　　(2) ⓕ　　(3) ⓔ　　(4) ⓐ
(5) ⓑ　　(6) ⓓ　　(7) ⓒ　　(8) ⓕ

## 第30課 家務事

**韓語小單字**

(1) ⓖ　　(2) ⓔ　　(3) ⓙ　　(4) ⓑ
(5) ⓓ　　(6) ⓘ　　(7) ⓒ　　(8) ⓕ
(9) ⓗ　　(10) ⓐ　(11) ⓚ　(12) ⓛ

**動動腦 1**

(1) ⓓ　　(2) ⓔ　　(3) ⓑ　　(4) ⓕ
(5) ⓗ　　(6) ⓐ　　(7) ⓖ　　(8) ⓒ

**動動腦 2**

(1) ⓖ　　(2) ⓒ　　(3) ⓔ　　(4) ⓗ
(5) ⓐ　　(6) ⓑ　　(7) ⓓ　　(8) ⓕ

## 第31課 週末活動

**韓語小單字**

(1) ⓓ　　(2) ⓕ　　(3) ⓘ　　(4) ⓒ
(5) ⓐ　　(6) ⓔ　　(7) ⓔ　　(8) ⓗ
(9) ⓙ　　(10) ⓛ　(11) ⓖ　(12) ⓚ

**動動腦 1**

(1) ⓐ　　(2) ⓑ　　(3) ⓐ　　(4) ⓑ
(5) ⓑ　　(6) ⓐ

**動動腦 2**

(1) ⓕ　　(2) ⓒ　　(3) ⓑ　　(4) ⓓ
(5) ⓔ　　(6) ⓐ

## 第32課 生活中常用的動詞

**韓語小單字**

(1) ⓓ　　(2) ⓐ　　(3) ⓒ　　(4) ⓜ

(5) ⓕ　　(6) ⓔ　　(7) ⓝ　　(8) ⓗ
(9) ⓑ　　(10) ⓖ　(11) ⓙ　(12) ⓘ
(13) ⓚ　(14) ⓛ

**動動腦 1**

(1) ⓐ　　(2) ⓑ　　(3) ⓑ　　(4) ⓐ
(5) ⓐ　　(6) ⓐ　　(7) ⓑ　　(8) ⓐ

**動動腦 2**

(1) ③, ⓔ　(2) ④, ⓒ　(3) ②, ⓐ　(4) ①, ⓓ
(5) ⑥, ⓕ　(6) ⑤, ⓑ

## 第33課 生活中常用的形容詞

**韓語小單字**

(1) ⓗ　　(2) ⓑ　　(3) ⓕ　　(4) ⓒ
(5) ⓖ　　(6) ⓘ　　(7) ⓔ　　(8) ⓓ
(9) ⓐ　　(10) ⓙ

**動動腦 1**

(1) 필요 없다　　(2) 쉽다　　　(3) 안전하다
(4) 재미없다　　(5) 맛없다　　(6) 한가하다
(7) 안 중요하다　(8) 인기가 없다

**動動腦 2**

(1) ⓑ　　(2) ⓓ　　(3) ⓐ　　(4) ⓔ
(5) ⓕ　　(6) ⓗ　　(7) ⓒ　　(8) ⓖ

## 第34課 生活中常用的表現1

**韓語小單字**

(1) ⓓ　　(2) ⓗ　　(3) ⓚ　　(4) ⓖ
(5) ⓑ　　(6) ⓕ　　(7) ⓔ　　(8) ⓛ
(9) ⓙ　　(10) ⓐ　(11) ⓒ　(12) ⓘ

**動動腦 1**

(1) ⓓ　　(2) ⓒ　　(3) ⓐ　　(4) ⓕ
(5) ⓔ　　(6) ⓑ

**動動腦 2**

(1) ⓒ　　(2) ⓓ　　(3) ⓐ　　(4) ⓑ

## 第35課 生活中常用的表現2

**韓語小單字**

(1) ⓕ　　(2) ⓚ　　(3) ⓖ　　(4) ⓗ
(5) ⓓ　　(6) ⓛ　　(7) ⓘ　　(8) ⓑ
(9) ⓒ　　(10) ⓐ　(11) ⓔ　(12) ⓙ

**動動腦 1**

(1) ⓒ　　(2) ⓔ　　(3) ⓘ　　(4) ⓑ

(5) ⓙ　　(6) ⓖ　　(7) ⓐ　　(8) ⓓ

(9) ⓗ　　(10) ⓕ

**動動腦 2**

(1) ⓒ　　(2) ⓑ　　(3) ⓔ　　(4) ⓓ

(5) ⓕ　　(6) ⓐ

## 第36課　水果

**韓語小單字**

(1) ⓑ　　(2) ⓐ　　(3) ⓔ　　(4) ⓙ

(5) ⓗ　　(6) ⓚ　　(7) ⓛ　　(8) ⓓ

(9) ⓖ　　(10) ⓕ　　(11) ⓒ　　(12) ⓘ

**動動腦 2**

(1) ④, ⓐ　(2) ①, ⓓ　(3) ②, ⓒ　(4) ③, ⓑ

## 第37課　蔬菜

**韓語小單字**

(1) ⓘ　　(2) ⓔ　　(3) ⓕ　　(4) ⓑ

(5) ⓗ　　(6) ⓙ　　(7) ⓒ　　(8) ⓐ

(9) ⓓ　　(10) ⓖ　　(11) ⓢ　　(12) ⓜ

(13) ⓣ　　(14) ⓝ　　(15) ⓡ　　(16) ⓠ

(17) ⓛ　　(18) ⓚ　　(19) ⓟ　　(20) ⓞ

**動動腦 1**

(1) O, ×　(2) O, O　(3) ×, ×　(4) ×, O

**動動腦 2**

(1) ×　　(2) O　　(3) ×　　(4) ×

(5) ×　　(6) ×　　(7) O　　(8) ×

## 第38課　肉和海鮮

**韓語小單字**

2　(1) ⓕ　　(2) ⓘ　　(3) ⓑ　　(4) ⓗ

　(5) ⓙ　　(6) ⓐ　　(7) ⓔ　　(8) ⓖ

　(9) ⓓ　　(10) ⓒ　　(11) ⓜ　　(12) ⓚ

　(13) ⓝ　　(14) ⓛ　　(15) ⓞ　　(16) ⓟ

**動動腦 2**

(1) ⓒ, ⓔ　(2) ⓐ, ⓑ　(3) ⓔ, ⓓ　(4) ⓐ, ⓔ

(5) ⓔ, ⓒ　(6) ⓑ, ⓒ

## 第39課　每天吃的食物和食材

**韓語小單字**

1　(1) ⓒ　　(2) ⓓ　　(3) ⓐ　　(4) ⓑ

　(5) ⓔ　　(6) ⓕ

2　(1) ⓑ　　(2) ⓑ　　(3) ⓐ　　(4) ⓐ

　(5) ⓐ　　(6) ⓑ

**動動腦 1**

(1) ⓓ　　(2) ⓐ　　(3) ⓔ　　(4) ⓒ

(5) ⓕ　　(6) ⓑ

**動動腦 2**

(1) ⓕ　　(2) ⓖ　　(3) ⓐ　　(4) ⓒ

(5) ⓔ　　(6) ⓗ　　(7) ⓑ　　(8) ⓙ

(9) ⓘ　　(10) ⓓ

## 第40課　飲料

**韓語小單字**

(1) ⓕ　　(2) ⓒ　　(3) ⓔ　　(4) ⓑ

(5) ⓓ　　(6) ⓗ　　(7) ⓐ　　(8) ⓖ

(9) ⓙ　　(10) ⓛ　　(11) ⓚ　　(12) ⓜ

(13) ⓘ

**動動腦 2**

(1) ⓕ　　(2) ⓔ　　(3) ⓑ　　(4) ⓐ

(5) ⓒ　　(6) ⓓ

## 第41課　飯後甜點和零食

**韓語小單字**

1　(1) ⓓ　　(2) ⓒ　　(3) ⓐ　　(4) ⓗ

　(5) ⓑ　　(6) ⓕ　　(7) ⓖ　　(8) ⓔ

**動動腦 1**

(1) ⓑ　　(2) ⓐ　　(3) ⓔ　　(4) ⓖ

(5) ⓕ　　(6) ⓗ　　(7) ⓒ　　(8) ⓒ

**動動腦 2**

(1) ⓑ　　(2) ⓒ　　(3) ⓐ　　(4) ⓓ

## 第42課　飯桌

**韓語小單字**

1　(1) ⓐ　　(2) ⓓ　　(3) ⓕ　　(4) ⓘ

　(5) ⓖ　　(6) ⓗ　　(7) ⓑ　　(8) ⓔ

　(9) ⓒ

2　(1) ⓕ　　(2) ⓐ　　(3) ⓓ　　(4) ⓒ

　(5) ⓑ　　(6) ⓔ

動動腦 1

(1) ×     (2) ○     (3) ×     (4) ×
(5) ○     (6) ○     (7) ○     (8) ○
(9) ○     (10) ×

動動腦 2

(1) ⓐ     (2) ⓑ     (3) ⓑ     (4) ⓐ
(5) ⓐ     (6) ⓐ

## 第43課 用餐

韓語小單字

(1) ⓓ     (2) ⓒ     (3) ⓑ     (4) ⓐ
(5) ⓔ     (6) ⓕ

動動腦 1

(1) ⓔ     (2) ⓛ     (3) ⓚ     (4) ⓗ
(5) ⓓ     (6) ⓐ     (7) ⓘ     (8) ⓒ
(9) ⓕ     (10) ⓖ     (11) ⓑ     (12) ⓙ

動動腦 2

(1) ⓖ     (2) ⓐ     (3) ⓗ     (4) ⓒ
(5) ⓔ     (6) ⓓ     (7) ⓕ     (8) ⓑ

## 第44課 料理方法

韓語小單字

2 (1) ⓑ, ⓐ     (2) ⓐ, ⓑ     (3) ⓑ, ⓐ     (4) ⓑ, ⓐ
(5) ⓐ, ⓑ     (6) ⓑ, ⓐ

動動腦 1

(1) ⓓ     (2) ⓒ     (3) ⓒ     (4) ⓐ
(5) ⓒ     (6) ⓒ

動動腦 2

ⓒ → ⓔ → ⓐ → ⓓ → ⓕ → ⓑ

## 第45課 興趣

韓語小單字

(1) ⓒ     (2) ⓘ     (3) ⓑ     (4) ⓕ
(5) ⓓ     (6) ⓗ     (7) ⓝ     (8) ⓙ
(9) ⓜ     (10) ⓐ     (11) ⓛ     (12) ⓞ
(13) ⓟ     (14) ⓖ     (15) ⓔ     (16) ⓚ

動動腦 2

(1) ○, ×     (2) ×, ×     (3) ×, ○     (4) ×, ×
(5) ○, ×, ×     (6) ×, ○, ×

## 第46課 運動

韓語小單字

(1) ⓛ     (2) ⓔ     (3) ⓖ     (4) ⓚ
(5) ⓑ     (6) ⓞ     (7) ⓘ     (8) ⓕ
(9) ⓗ     (10) ⓓ     (11) ⓐ     (12) ⓙ
(13) ⓜ     (14) ⓒ     (15) ⓝ

動動腦 2

(1) ×     (2) ○     (3) ×     (4) △
(5) ×     (6) ○     (7) ×     (8) △
(9) ○     (10) △     (11) △     (12) ×

## 第47課 旅行1

韓語小單字

(1) ⓐ     (2) ⓕ     (3) ⓒ     (4) ⓞ
(5) ⓟ     (6) ⓡ     (7) ⓙ     (8) ⓝ
(9) ⓑ     (10) ⓠ     (11) ⓜ     (12) ⓗ
(13) ⓔ     (14) ⓘ     (15) ⓚ     (16) ⓓ
(17) ⓖ     (18) ⓛ

動動腦 1

(1) ⓓ     (2) ⓐ     (3) ⓒ     (4) ⓑ
(5) ⓗ     (6) ⓖ     (7) ⓔ     (8) ⓕ

動動腦 2

2 (1) ⓓ     (2) ⓒ     (3) ⓐ     (4) ⓕ
(5) ⓒ     (6) ⓔ

## 第48課 旅行2

韓語小單字

(1) ⓓ     (2) ⓐ     (3) ⓑ     (4) ⓚ
(5) ⓔ     (6) ⓒ     (7) ⓘ     (8) ⓕ
(9) ⓛ     (10) ⓙ     (11) ⓖ     (12) ⓗ

動動腦 1

(1) ⓔ     (2) ⓘ     (3) ⓐ     (4) ⓓ
(5) ⓗ     (6) ⓑ     (7) ⓕ     (8) ⓙ
(9) ⓒ     (10) ⓖ

動動腦 2

(1) ⓓ     (2) ⓔ     (3) ⓐ     (4) ⓕ
(5) ⓑ     (6) ⓖ     (7) ⓗ     (8) ⓒ

## 第49課　通信

韓語小單字

1　(1) ⓒ　　　(2) ⓕ　　　(3) ⓐ　　　(4) ⓙ
　　(5) ⓔ　　　(6) ⓗ　　　(7) ⓘ　　　(8) ⓖ
　　(9) ⓓ　　　(10) ⓑ

2　(1) ⓓ　　　(2) ⓑ　　　(3) ⓒ　　　(4) ⓐ

動動腦 1
　　(1) ⓓ　　　(2) ⓑ　　　(3) ⓒ　　　(4) ⓐ

動動腦 2
　　(1) ⓐ, ⓑ　(2) ⓐ, ⓑ　(3) ⓑ, ⓐ　(4) ⓒ, ⓑ, ⓐ


## 第50課　買東西

韓語小單字

　　(1) ⓖ　　　(2) ⓒ　　　(3) ⓔ　　　(4) ⓘ
　　(5) ⓓ　　　(6) ⓕ　　　(7) ⓐ　　　(8) ⓑ
　　(9) ⓗ

動動腦 1
　　(1) ⓑ　　　(2) ⓐ　　　(3) ⓕ　　　(4) ⓔ
　　(5) ⓓ　　　(6) ⓒ

動動腦 2
　　(1) 3, 0, 1　(2) 15, 0, 2　(3) 3, 4, 0　(4) 6, 2, 0
　　(5) 6, 0, 4　(6) 9, 4, 0


## 第51課　感覺

韓語小單字

　　(1) ⓖ　　　(2) ⓓ　　　(3) ⓐ　　　(4) ⓘ
　　(5) ⓕ　　　(6) ⓔ　　　(7) ⓒ　　　(8) ⓗ
　　(9) ⓑ

動動腦 1
　　(1) ⓓ　　　(2) ⓒ　　　(3) ⓑ　　　(4) ⓐ
　　(5) ⓕ　　　(6) ⓔ

動動腦 2
　　(1) ⓓ　　　(2) ⓔ　　　(3) ⓐ　　　(4) ⓒ
　　(5) ⓑ


## 第52課　情緒

韓語小單字

　　(1) ⓙ　　　(2) ⓚ　　　(3) ⓐ　　　(4) ⓒ
　　(5) ⓘ　　　(6) ⓔ　　　(7) ⓗ　　　(8) ⓑ
　　(9) ⓛ　　　(10) ⓕ　　　(11) ⓓ　　　(12) ⓖ


動動腦 1
　　(1) ⓑ　　　(2) ⓐ　　　(3) ⓑ　　　(4) ⓑ
　　(5) ⓐ

動動腦 2
　　(1) ⓒ　　　(2) ⓐ　　　(3) ⓕ　　　(4) ⓔ
　　(5) ⓑ　　　(6) ⓓ


## 第53課　人物描述

韓語小單字

　　(1) ⓑ　　　(2) ⓐ　　　(3) ⓑ　　　(4) ⓐ
　　(5) ⓐ　　　(6) ⓑ　　　(7) ⓐ　　　(8) ⓑ
　　(9) ⓑ　　　(10) ⓐ　　　(11) ⓐ　　　(12) ⓑ
　　(13) ⓑ　　　(14) ⓒ　　　(15) ⓐ

動動腦 1
　　(1) ⓔ　　　(2) ⓓ　　　(3) ⓒ　　　(4) ⓐ
　　(5) ⓑ　　　(6) ⓕ

動動腦 2
　　(1) ⓑ　　　(2) ⓒ　　　(3) ⓓ　　　(4) ⓐ


## 第54課　身體與症狀

韓語小單字

　　(1) ⓗ　　　(2) ⓖ　　　(3) ⓒ　　　(4) ⓕ
　　(5) ⓘ　　　(6) ⓔ　　　(7) ⓐ　　　(8) ⓓ
　　(9) ⓑ　　　(10) ⓙ　　　(11) ⓝ　　　(12) ⓜ
　　(13) ⓣ　　　(14) ⓚ　　　(15) ⓠ　　　(16) ⓞ
　　(17) ⓟ　　　(18) ⓡ　　　(19) ⓛ　　　(20) ⓢ

動動腦 1
　　(1) ⓓ　　　(2) ⓑ　　　(3) ⓐ　　　(4) ⓕ
　　(5) ⓔ　　　(6) ⓒ

動動腦 2
　　(1) ⓒ　　　(2) ⓑ　　　(3) ⓕ　　　(4) ⓔ
　　(5) ⓐ　　　(6) ⓓ　　　(7) ⓗ　　　(8) ⓖ
　　(9) ⓘ


## 第55課　身體部位

韓語小單字

A　(1) ⓑ　　　(2) ⓔ　　　(3) ⓐ　　　(4) ⓓ
　　(5) ⓕ　　　(6) ⓒ

B　(1) ⓔ　　　(2) ⓒ　　　(3) ⓓ　　　(4) ⓑ
　　(5) ⓕ　　　(6) ⓐ

C　(1) ⓑ　　　(2) ⓓ　　　(3) ⓔ　　　(4) ⓒ
　　(5) ⓐ　　　(6) ⓕ

D (1) ⓒ (2) ⓔ (3) ⓑ (4) ⓐ
(5) ⓕ (6) ⓓ

**動動腦 1**
(1) ⓐ, ⓑ, ⓒ, ⓔ, ⓗ, ⓘ, ⓞ, ⓟ, ⓡ
(2) ⓕ, ⓛ, ⓜ, ⓤ
(3) ⓖ, ⓝ, ⓢ, ⓣ
(4) ⓓ, ⓙ, ⓚ, ⓠ

**動動腦 2**
(1) ⓑ (2) ⓕ (3) ⓓ (4) ⓒ
(5) ⓔ (6) ⓐ

## 第56課 穿著

**韓語小單字**
A (1) ⓔ (2) ⓚ (3) ⓞ (4) ⓐ
(5) ⓘ (6) ⓗ (7) ⓓ (8) ⓜ
(9) ⓛ (10) ⓙ (11) ⓑ (12) ⓕ
(13) ⓒ (14) ⓖ (15) ⓝ
B (1) ⓑ (2) ⓐ (3) ⓒ (4) ⓔ
(5) ⓓ (6) ⓖ (7) ⓕ
C (1) ⓒ (2) ⓓ (3) ⓐ (4) ⓑ
(5) ⓔ
D (1) ⓓ (2) ⓑ (3) ⓕ (4) ⓒ
(5) ⓔ (6) ⓐ
E (1) ⓒ (2) ⓐ (3) ⓑ
F (1) ⓑ (2) ⓐ

**動動腦**
(1) ⓐ (2) ⓐ (3) ⓑ (4) ⓐ
(5) ⓑ (6) ⓐ

## 第57課 季節

**韓語小單字**
1 (1) ⓒ (2) ⓑ (3) ⓓ (4) ⓐ

**動動腦 1**
(1) ⓒ (2) ⓐ (3) ⓓ (4) ⓑ

**動動腦 2**
(1) ⓑ (2) ⓑ (3) ⓑ (4) ⓐ
(5) ⓑ

## 第58課 天氣

**韓語小單字**
1 (1) ⓑ (2) ⓔ (3) ⓒ (4) ⓐ
(5) ⓗ (6) ⓓ (7) ⓕ (8) ⓖ

2 (1) ⓒ (2) ⓐ (3) ⓓ (4) ⓑ
(5) ⓔ (6) ⓕ

**動動腦 1**
(1) ⓐ (2) ⓒ (3) ⓓ (4) ⓔ
(5) ⓑ

**動動腦 2**
(1) ⓐ, ⓓ, ⓗ (2) ⓕ, ⓘ
(3) ⓑ, ⓔ, ⓖ (4) ⓒ, ⓙ

## 第59課 動物

**韓語小單字**
1 (1) ⓔ (2) ⓐ (3) ⓓ (4) ⓕ
(5) ⓗ (6) ⓖ (7) ⓑ (8) ⓒ
(9) ⓛ (10) ⓚ (11) ⓙ (12) ⓘ
2 A (1) ⓓ (2) ⓔ (3) ⓕ (4) ⓑ
(5) ⓒ (6) ⓐ
B (1) ⓑ (2) ⓒ (3) ⓓ (4) ⓐ
C (1) ⓒ (2) ⓐ (3) ⓑ (4) ⓓ

**動動腦 1**
(1) ⓓ (2) ⓕ (3) ⓐ (4) ⓒ
(5) ⓔ (6) ⓑ

**動動腦 2**
(1) ⓑ (2) ⓔ (3) ⓐ (4) ⓑ
(5) ⓐ (6) ⓒ (7) ⓑ (8) ⓐ
(9) ⓒ (10) ⓑ (11) ⓒ (12) ⓐ

## 第60課 鄉村

**韓語小單字**
(1) ⓣ (2) ⓗ (3) ⓜ (4) ⓢ
(5) ⓡ (6) ⓑ (7) ⓙ (8) ⓐ
(9) ⓒ (10) ⓘ (11) ⓓ (12) ⓞ
(13) ⓖ (14) ⓕ (15) ⓝ (16) ⓟ
(17) ⓔ (18) ⓠ (19) ⓚ (20) ⓛ

**動動腦 1**
(1) o (2) × (3) × (4) o
(5) o (6) ×

**動動腦 2**
(1) ⓒ (2) ⓗ (3) ⓔ (4) ⓐ
(5) ⓕ (6) ⓙ (7) ⓘ (8) ⓓ
(9) ⓖ (10) ⓑ

# Part ❷

## 第61課 外貌

**自我挑戰!**

1 (1) ⓓ　　(2) ⓐ　　(3) ⓕ　　(4) ⓒ
　 (5) ⓑ　　(6) ⓔ

2 (1) 키가 작아요　　(2) 뚱뚱해요
　 (3) 머리가 짧아요　(4) 잘생겼어요

3 (1) 눈이 커요　　(2) 말랐어요
　 (3) 커요　　　　(4) 잘생겼어요
　 (5) 20대 초반이에요　(6) 검은색 머리예요

4 (1) ⓔ　　(2) ⓒ　　(3) ⓑ　　(4) ⓐ
　 (5) ⓕ　　(6) ⓓ

## 第62課 個性

**自我挑戰!**

1 (1) ⓒ　　(2) ⓓ　　(3) ⓐ　　(4) ⓑ

2 (1) ⓑ　　(2) ⓐ　　(3) ⓑ　　(4) ⓑ
　 (5) ⓐ　　(6) ⓓ　　(7) ⓑ　　(8) ⓑ

3 (1) 착한　　　　　(2) 인내심이 없어요
　 (3) 게을러　　　 (4) 성실한
　 (5) 이기적이에요　(6) 활발하

4 (1) ⓓ　　(2) ⓒ　　(3) ⓑ　　(4) ⓐ
　 (5) ⓕ　　(6) ⓔ

## 第63課 感覺描述

**自我挑戰!**

1 (1) ⓑ　　(2) ⓐ　　(3) ⓑ　　(4) ⓐ

2 (1) ⓒ, 그리워요　　(2) ⓑ, 대단해요
　 (3) ⓕ, 불쌍해요　　(4) ⓓ, 신기해요
　 (5) ⓔ, 아쉬워요　　(6) ⓐ, 싫어요

## 第64課 人際關係

**自我挑戰!**

1 (1) ① 할아버지, 아저씨, 사위, 삼촌, 아들, 형, 손자, 아빠, 남편

　　 ② 딸, 아내, 엄마, 이모, 장모, 며느리, 손녀, 고모, 할머니, 누나

　　 ③ 조카, 동생

　 (2) ① 할아버지, 아저씨, 엄마, 이모, 장모, 삼촌, 고모, 할머니, 형, 아빠, 누나

　　 ② 딸, 아내, 조카, 사위, 며느리, 손녀, 아들, 동생, 손자, 남편

2 (1) ⓑ　　(2) ⓔ　　(3) ⓕ　　(4) ⓐ
　 (5) ⓒ　　(6) ⓓ

3 (1) 부모님　(2) 부부　(3) 형제　(4) 동료

4 (1) ⓒ　　(2) ⓒ　　(3) ⓓ　　(4) ⓒ
　 (5) ⓐ　　(6) ⓑ

5 (1) 이모　　　　　(2) 부모님
　 (3) 사위　　　　　(4) 조카
　 (5) 시어머니　　　(6) 엄마
　 (7) 손자　　　　　(8) 큰아버지
　 (9) 며느리　　　　(10) 사촌

## 第65課 人生

**自我挑戰!**

1 (1) 퇴근　(2) 퇴직　(3) 졸업　(4) 이혼

2 (1) ⓑ　　(2) ⓒ　　(3) ⓐ　　(4) ⓓ

3 (1) ⓑ　　(2) ⓒ　　(3) ⓐ　　(4) ⓑ
　 (5) ⓑ　　(6) ⓐ

## 第66課 受傷了

**自我挑戰!**

1 (1) ⓐ　　(2) ⓑ　　(3) ⓑ　　(4) ⓐ

2 (1) ②, ⓐ　(2) ③, ⓒ　(3) ④, ⓑ　(4) ①, ⓓ

3 (1) ⓑ　　(2) ⓑ　　(3) ⓐ　　(4) ⓐ

## 第67課 治療

**自我挑戰!**

1 (1) ⓑ　　(2) ⓐ　　(3) ⓑ　　(4) ⓑ

2 (1) ⓓ　　(2) ⓐ　　(3) ⓕ　　(4) ⓒ
　 (5) ⓔ　　(6) ⓑ

3 (1) 피부과　(2) 안과　(3) 치과　(4) 소아과
　 (5) 내과　 (6) 정형외과

## 第68課 家裡可能出現的問題

**自我挑戰!**

1 (1) ⓐ　　(2) ⓐ　　(3) ⓑ　　(4) ⓐ

2 (1) ⓑ　　(2) ⓐ　　(3) ⓑ　　(4) ⓐ
　 (5) ⓑ　　(6) ⓐ

3 (1) ⓔ　　(2) ⓒ　　(3) ⓓ　　(4) ⓐ
　 (5) ⓑ

## 第69課　生活中可能發生的問題

**自我挑戰!**

1　(1) ⓑ　(2) ⓒ　(3) ⓐ　(4) ⓑ
　　(5) ⓓ　(6) ⓐ
2　(1) ⓑ　(2) ⓐ　(3) ⓑ　(4) ⓑ
　　(5) ⓐ

## 第70課　問題情況

**自我挑戰!**

1　(1) ⓐ　(2) ⓑ　(3) ⓓ　(4) ⓑ
2　(1) ⓒ　(2) ⓑ　(3) ⓑ　(4) ⓒ
　　(5) ⓐ　(6) ⓑ
3　(1) ⓔ　(2) ⓐ　(3) ⓓ　(4) ⓒ
　　(5) ⓑ　(6) ⓕ
4　(1) ⓓ　(2) ⓒ　(3) ⓕ　(4) ⓔ
　　(5) ⓑ　(6) ⓐ

## 第71課　相反副詞1

**自我挑戰!**

1　(1) ⓒ　(2) ⓑ　(3) ⓐ　(4) ⓕ
　　(5) ⓓ　(6) ⓔ
2　(1) 혼자　　　　(2) 잘
　　(3) 오래　　　　(4) 빨리
　　(5) 많이　　　　(6) 일찍
3　(1) 일찍　　　　(2) 조금
　　(3) 혼자　　　　(4) 천천히

## 第72課　相反副詞2

**自我挑戰!**

1　(1) ⓔ　(2) ⓐ　(3) ⓓ　(4) ⓑ
　　(5) ⓒ
2　(1) ⓓ, 다　　　(2) ⓕ, 더
　　(3) ⓔ, 같이　　(4) ⓑ, 자세히
　　(5) ⓒ, 먼저　　(6) ⓐ, 대충
3　(1) 하나 더　　　(2) 전혀 안 해요
　　(3) 먼저

## 第73課　相反形容詞1

**自我挑戰!**

1　(1) ⓑ　(2) ⓐ　(3) ⓐ　(4) ⓐ
2　(1) ⓒ　(2) ⓓ　(3) ⓔ　(4) ⓕ
　　(5) ⓑ　(6) ⓐ
3　(1) ⓑ　(2) ⓐ　(3) ⓑ　(4) ⓑ

## 第74課　相反形容詞2

**自我挑戰!**

1　(1) 낮아요　　　(2) 많아요
　　(3) 불편해요　　(4) 빨라요
2　(1) ⓒ　(2) ⓐ　(3) ⓑ　(4) ⓓ
3　(1) ⓐ　(2) ⓐ　(3) ⓐ　(4) ⓑ
　　(5) ⓐ　(6) ⓐ　(7) ⓐ　(8) ⓐ
4　(1) ⓕ　(2) ⓗ　(3) ⓒ　(4) ⓑ
　　(5) ⓔ　(6) ⓐ　(7) ⓖ　(8) ⓓ
5　(1) 달라요　　　(2) 느려서
　　(3) 좁아서　　　(4) 안 불편해요
　　(5) 적어서

## 第75課　相反動詞1

**自我挑戰!**

1　(1) 등, 얼굴, 다리　(2) 피아노, 외국어, 태권도
　　(3) 스트레스, 월급, 선물
2　(1) ⓐ　(2) ⓐ　(3) ⓑ
3　(1) ⑤, ⓑ (2) ①, ⓐ　(3) ③, ⓑ　(4) ②, ⓑ
　　(5) ⑥, ⓐ (6) ④, ⓑ

## 第76課　相反動詞2

**自我挑戰!**

1　(1) ⓐ　(2) ⓑ　(3) ⓐ　(4) ⓑ
　　(5) ⓑ　(6) ⓑ
2　(1) ⓒ　(2) ⓑ　(3) ⓐ　(4) ⓓ
3　(1) ⓐ　(2) ⓐ　(3) ⓐ　(4) ⓑ
　　(5) ⓑ　(6) ⓐ　(7) ⓑ　(8) ⓑ
4　(1) 에　(2) 에서　(3) 을　(4) 에
　　(5) 을　(6) 에　(7) 에서　(8) 가
5　(1) 놓으세요　　　(2) 주웠어요
　　(3) 덮으세요

## 第77課　相反動詞3

**自我挑戰!**

1 (1) ⓐ　(2) ⓑ　(3) ⓐ　(4) ⓐ
2 (1) ⓑ　(2) ⓐ　(3) ⓓ　(4) ⓒ
3 (1) 올랐어요　　(2) 몰라요
　(3) 줄여요

## 第78課　動作動詞

**自我挑戰!**

1 (1) ⓐ　(2) ⓑ　(3) ⓑ　(4) ⓐ
　(5) ⓑ　(6) ⓐ
2 (1) ⓒ　(2) ⓑ　(3) ⓑ　(4) ⓐ
　(5) ⓑ　(6) ⓐ

## 第79課　身體相關動詞

**自我挑戰!**

1 (1) ⓑ　(2) ⓐ　(3) ⓓ　(4) ⓒ
　(5) ⓒ　(6) ⓑ
2 (1) ⓑ　(2) ⓐ　(3) ⓑ　(4) ⓐ
　(5) ⓑ　(6) ⓑ　(7) ⓑ　(8) ⓐ
3 (1) ⓑ　(2) ⓐ　(3) ⓑ　(4) ⓑ
　(5) ⓑ　(6) ⓑ
4 (1) ⓐ　(2) ⓑ　(3) ⓑ　(4) ⓐ

## 第80課　成雙的動詞

**自我挑戰!**

1 (1) ⓑ　(2) ⓑ　(3) ⓐ　(4) ⓐ
　(5) ⓑ　(6) ⓐ
2 (1) ⓔ　(2) ⓒ　(3) ⓓ　(4) ⓕ
　(5) ⓑ　(6) ⓐ
3 (1) ⓑ　(2) ⓐ　(3) ⓑ　(4) ⓑ
　(5) ⓐ　(6) ⓑ
4 (1) ⓔ　(2) ⓓ　(3) ⓑ　(4) ⓐ
　(5) ⓕ　(6) ⓒ

# Part ③

## 第81課　動詞가다/오다

**A** 考考自己!
(1) 선아　(2) 영호　(3) 동현　(4) 지수
(5) 소연　(6) 준기

**B** 考考自己!
(1) ⓑ　(2) ⓐ　(3) ⓑ　(4) ⓑ
(5) ⓐ　(6) ⓑ

**C** 考考自己!
(1) ⓒ　(2) ⓑ　(3) ⓓ　(4) ⓓ
(5) ⓒ　(6) ⓓ　(7) ⓐ　(8) ⓑ

**D** 考考自己!
(1) ⓑ　(2) ⓐ　(3) ⓐ　(4) ⓐ

**E** 考考自己!
(1) 가지고 다니　(2) 다니
(3) 돌아다녔어요　(4) 데리고 다녔

**F** 考考自己!
(1) 다니고　　　(2) 가지고 다녀요
(3) 돌아다녔어요　(4) 찾아다녔어요
(5) 다녀갔어요　　(6) 따라다녔지만
(7) 마중 나갔지만　(8) 다녀왔습니다

## 第82課　動詞나다

**A, B** 考考自己!
(1) ⓐ　(2) ⓑ　(3) ⓐ　(4) ⓑ

**C, D** 考考自己!
(1) ⓓ　(2) ⓑ　(3) ⓐ　(4) ⓒ

**E, F** 考考自己!
(1) ⓐ　(2) ⓑ　(3) ⓐ　(4) ⓐ
(5) ⓑ　(6) ⓑ

**G, H** 考考自己!
(1) ⓒ　(2) ⓕ　(3) ⓐ　(4) ⓓ
(5) ⓑ　(6) ⓔ

## 第83課　動詞하다

**A** 考考自己!
(1) 공부해요　　(2) 운동해요
(3) 연습해요　　(4) 청소해요

**C** 考考自己!
(1) ⓑ (2) ⓓ (3) ⓒ (4) ⓐ

**D** 考考自己!
(1) 했어요 (2) 썼어요
(3) 썼어요 (4) 했어요
(5) 했어요/찼어요 (6) 했어요/맸어요

**E** 考考自己!
(1) ⓑ (2) ⓐ (3) ⓑ (4) ⓐ

**F** 考考自己!
(1) × (2) × (3) ○ (4) ○

**G** 考考自己!
(1) 없냐고 했어요 (2) 만났다고 했어요
(3) 점심 먹자고 했어요 (4) 운동한다고 했어요

**H** 考考自己!
(1) ⓓ (2) ⓒ (3) ⓑ (4) ⓐ

**I** 考考自己!
(1) ⓐ (2) ⓑ (3) ⓑ (4) ⓑ

### 第84課 動詞되다

**A** 考考自己!
(1) 작가 (2) 경찰 (3) 의사 (4) 배우

**B** 考考自己!
(1) ⓑ (2) ⓐ (3) ⓓ (4) ⓒ

**C** 考考自己!
(1) 송년회 (2) 환갑잔치
(3) 집들이 (4) 환송회
(5) 돌잔치 (6) 환영회

**D** 考考自己!
(1) 거의 (2) 다 (3) 반 (4) 하나도

**E** 考考自己!
(1) ⓑ (2) ⓑ (3) ⓐ (4) ⓑ

**F** 考考自己!
(1) 세탁기 (2) 전화기 (3) 면도기 (4) 자판기

**G** 考考自己!
(1) ⓑ (2) ⓐ (3) ⓐ (4) ⓑ

**H** 考考自己!
(1) ⓒ (2) ⓐ (3) ⓓ (4) ⓑ

### 第85課 動詞생기다、풀다、걸리다

#### 생기다 動詞

**A, B** 考考自己!
(1) ⓑ (2) ⓐ (3) ⓓ (4) ⓒ

**C** 考考自己! 1
(1) ⓑ (2) ⓓ (3) ⓐ (4) ⓒ

考考自己! 2
(1) ⓑ (2) ⓐ (3) ⓐ (4) ⓑ

#### 풀다 動詞

**A** 考考自己! 1
(1) ⓐ (2) ⓑ (3) ⓒ (4) ⓒ
(5) ⓑ (6) ⓒ

考考自己! 2
(1) ⓐ (2) ⓑ (3) ⓑ (4) ⓐ
(5) ⓐ (6) ⓑ

**B** 考考自己!
(1) ⓑ (2) ⓒ (3) ⓓ (4) ⓐ

#### 걸리다 動詞

**A** 考考自己!
(1) ○ (2) × (3) × (4) ○
(5) ×

**B** 考考自己!
(1) ⓑ (2) ⓓ (3) ⓒ (4) ⓐ

**C, D, E** 考考自己!
(1) ⓓ (2) ⓐ (3) ⓒ (4) ⓑ

### 第86課 及物動詞和不及物動詞

**A** 考考自己! 1
(1) ⓓ (2) ⓒ (3) ⓐ (4) ⓕ
(5) ⓔ (6) ⓑ

考考自己! 2
(1) ⓑ, ⓐ (2) ⓑ, ⓐ (3) ⓑ, ⓐ (4) ⓑ, ⓐ
(5) ⓑ, ⓐ (6) ⓐ, ⓑ (7) ⓐ, ⓑ (8) ⓑ, ⓐ

**B** 考考自己!
(1) 깨져 (2) 부러뜨려
(3) 빠졌어요 (4) 떨어뜨려

**C** 考考自己!
(1) ⓐ (2) ⓑ (3) ⓐ (4) ⓑ
(5) ⓐ (6) ⓐ (7) ⓑ (8) ⓑ

**D** 考考自己!

(1) ⓑ　　(2) ⓐ　　(3) ⓐ　　(4) ⓑ

(5) ⓐ　　(6) ⓐ

## 第87課　與錢相關的動詞

**A** 考考自己!

(1) ⓑ, ⓐ　(2) ⓐ　　(3) ⓑ　　(4) ⓑ

(5) ⓑ　　(6) ⓐ

**B** 考考自己!

(1) ⓓ　　(2) ⓐ　　(3) ⓑ　　(4) ⓒ

**C, D** 考考自己!

(1) 썼어요　　　　(2) 내

(3) 모이　　　　　(4) 떨어졌어요

(5) 들어요　　　　(6) 모으

**E** 考考自己!

(1) ⓐ　　(2) ⓑ　　(3) ⓑ　　(4) ⓐ

(5) ⓐ　　(6) ⓑ

**F** 考考自己!

(1) ⓒ　　(2) ⓐ　　(3) ⓑ　　(4) ⓓ

## 第88課　主題動詞

**A** 考考自己!

(1) 미루　　　　　(2) 고민하

(3) 정했어요　　　(4) 세우

(5) 믿을　　　　　(6) 바라

**B** 考考自己!

(1) 그만뒀어요　　(2) 고생했어요

(3) 참으　　　　　(4) 포기하

(5) 계속하

**C, D** 考考自己!

(1) ⓐ　　(2) ⓑ　　(3) ⓐ　　(4) ⓑ

**E** 考考自己!

(1) ⓒ　　(2) ⓔ　　(3) ⓓ　　(4) ⓐ

(5) ⓑ

**F** 考考自己!

(1) ⓓ　　(2) ⓑ　　(3) ⓐ　　(4) ⓔ

(5) ⓒ

**G** 考考自己!

(1) 태워　　　　　(2) 갈아타

(3) 탈　　　　　　(4) 내려

**H** 考考自己!

(1) 알아볼게요　　　(2) 알아두세요

(3) 알아듣기　　　　(4) 알아차리지

**I, J** 考考自己!

(1) ⓐ　　(2) ⓐ　　(3) ⓑ　　(4) ⓑ

## 第89課　情緒表現

**A** 考考自己!

(1) ⓑ　　(2) ⓔ　　(3) ⓕ　　(4) ⓐ

(5) ⓒ　　(6) ⓓ

**B** 考考自己!

(1) 만족하　　　　(2) 질투해요

(3) 마음에 들　　　(4) 사랑하

(5) 당황했　　　　(6) 실망했어요

**C** 考考自己! 1

(1) ⓐ　　(2) ⓒ　　(3) ⓐ　　(4) ⓒ

考考自己! 2

(1) ⓐ　　(2) ⓑ　　(3) ⓐ　　(4) ⓑ

**D** 考考自己!

(1) ⓐ　　(2) ⓑ　　(3) ⓑ　　(4) ⓐ

**E** 考考自己!

(1) ⓐ　　(2) ⓐ　　(3) ⓑ　　(4) ⓐ

**F** 考考自己!

(1) ⓓ　　(2) ⓐ　　(3) ⓑ　　(4) ⓒ

## 第90課　購物表現

**A** 考考自己! 1

(1) ⓓ　　(2) ⓔ　　(3) ⓒ　　(4) ⓑ

(5) ⓐ

考考自己! 2

(1) ⓑ　　(2) ⓐ　　(3) ⓐ　　(4) ⓑ

**B** 考考自己!

(1) ⓐ　　(2) ⓐ　　(3) ⓑ　　(4) ⓑ

**C** 考考自己!

(1) ⓐ　　(2) ⓑ　　(3) ⓐ　　(4) ⓑ

**D** 考考自己!

(1) ⓐ　　(2) ⓐ　　(3) ⓐ　　(4) ⓑ

## 第91課　穿著的表現

**A** 考考自己! 1
(1) ⓓ　　(2) ⓓ　　(3) ⓒ　　(4) ⓑ

考考自己! 2
(1) ⓐ　　(2) ⓑ　　(3) ⓐ　　(4) ⓑ

**B** 考考自己!
(1) ⓑ　　(2) ⓐ　　(3) ⓐ　　(4) ⓑ
(5) ⓑ　　(6) ⓑ

**C** 考考自己!
(1) 잠옷　(2) 수영복　(3) 운동복　(4) 비옷
(5) 반팔 옷 (6) 속옷　(7) 양복　(8) 교복

**D** 考考自己!
(1) 입다, 벗다　　　(2) 차다, 풀다
(3) 신다, 벗다　　　(4) 끼다, 벗다
(5) 쓰다, 벗다　　　(6) 하다, 빼다
(7) 하다, 풀다　　　(8) 하다, 풀다/벗다
(9) 끼다, 빼다　　　(10) 쓰다/끼다, 벗다
(11) 차다, 풀다　　　(12) 신다, 벗다

**E** 考考自己!
(1) ⓐ　　(2) ⓑ　　(3) ⓐ

**F** 考考自己!
(1) 가죽　(2) 유리　(3) 금　(4) 모
(5) 은　　(6) 고무　(7) 털　(8) 면

**G** 考考自己!
(1) 단추　(2) 끈/줄　(3) 거울

**H** 考考自己!
(1) ⓑ　　(2) ⓑ　　(3) ⓐ

## 第92課　時間的表現

**A** 考考自己! 1
(1) ⓐ　　(2) ⓑ　　(3) ⓐ　　(4) ⓑ
(5) ⓑ　　(6) ⓐ

考考自己! 2
(1) ⓑ　　(2) ⓑ　　(3) ⓐ　　(4) ⓐ
(5) ⓑ　　(6) ⓐ

考考自己! 3
(1) ⓐ　　(2) ⓐ　　(3) ⓑ　　(4) ⓐ

考考自己! 4
(1) ⓐ　　(2) ⓑ　　(3) ⓐ　　(4) ⓑ

**B** 考考自己!
(1) ⓑ　　(2) ⓐ　　(3) ⓑ　　(4) ⓑ

**C** 考考自己!
(1) ⓐ　　(2) ⓐ　　(3) ⓐ　　(4) ⓑ

**D** 考考自己! 1
(1) ⓑ　　(2) ⓑ　　(3) ⓐ　　(4) ⓑ
(5) ⓐ　　(6) ⓑ

考考自己! 2
(1) 보냈어요　　　(2) 지내요
(3) 지냈어요　　　(4) 보내요

考考自己! 3
(1) ⓑ　　(2) ⓓ　　(3) ⓐ　　(4) ⓒ

## 第93課　數量表現

**A** 考考自己!
(1) 삼 대 영　　　(2) 영 점 오
(3) 이백십　　　　(4) 이 대 이

**B** 考考自己!
(1) ⓐ　　(2) ⓑ　　(3) ⓐ　　(4) ⓑ
(5) ⓑ

**C, D, E, F** 考考自己! 1
(1) ⓑ　　(2) ⓒ

考考自己! 2
(1) ⓐ　　(2) ⓑ

考考自己! 3
(1) ⓒ　　(2) ⓐ　　(3) ⓓ　　(4) ⓑ
(5) ⓔ

## 第94課　位置表現

**A** 考考自己! 1
(1) 작은아버지　　(2) 아버지
(3) 작은형　　　　(4) 어머니
(5) 큰형　　　　　(6) 고모
(7) 큰아버지　　　(8) 큰어머니
(9) 작은어머니　　(10) 할아버지
(11) 할머니　　　 (12) 막내 삼촌

考考自己! 2
(1) 아버지　　　　(2) 고모
(3) 큰형　　　　　(4) 작은어머니

**B** 考考自己!
(1) ⓑ　　(2) ⓐ　　(3) ⓐ　　(4) ⓑ

**C** 考考自己! 1

(1) 남쪽　(2) 서쪽　(3) 중앙/가운데　(4) 북쪽

考考自己! 2

(1) ×　(2) ×　(3) O　(4) ×

(5) ×　(6) O

## 第95課 助詞

**A, B, C** 考考自己! 1

(1) ⓑ　(2) ⓑ　(3) ⓐ　(4) ⓐ

考考自己! 2

(1) ×　(2) O　(3) ×　(4) ×

(5) ×　(6) O

**D, E** 考考自己! 1

(1) 보통 아침 8시에 회사에 가요.

(2) 밤 11시에 길에 사람이 없어요.

(3) 올해 6월에 박물관에서 일했어요.

(4) 다음 달 15일에 고향에 돌아갈 거예요.

(5) 오늘 오후 2시에 친구를 만나요.

(6) 토요일 저녁 6시에 공원 입구에서 봐요.

考考自己! 2

(1) 시장에　(2) 사무실에

(3) 다음 주 금요일에　(4) 부산에

(5) 내일 오후 3시에　(6) 일본에

**F** 考考自己!

(1) ⓐ　(2) ⓑ　(3) ⓐ　(4) ⓑ

(5) ⓐ　(6) ⓑ　(7) ⓑ　(8) ⓐ

(9) ⓑ　(10) ⓐ

**G** 考考自己! 1

(1) 부터, 까지　(2) 에서, 까지

(3) 부터, 까지　(4) 에서, 까지

考考自己! 2

(1) 부터　(2) 까지

(3) 에서　(4) 까지

(5) 에서　(6) 부터

(7) 까지　(8) 부터

(9) 까지　(10) 까지

**H, I** 考考自己!

(1) ⓑ　(2) ⓑ　(3) ⓐ　(4) ⓑ

(5) ⓑ　(6) ⓑ　(7) ⓑ

**J** 考考自己!

(1) O　(2) O　(3) ×　(4) O

(5) O　(6) ×　(7) ×　(8) ×

**K** 考考自己!

(1) ⓐ　(2) ⓑ　(3) ⓐ　(4) ⓑ

(5) ⓐ

**L** 考考自己! 1

(1) ⓑ　(2) ⓐ　(3) ⓐ　(4) ⓐ

(5) ⓑ　(6) ⓐ　(7) ⓑ　(8) ⓐ

考考自己! 2

(1) 께서는　(2) 께서

(3) 께　(4) 께서

(5) 께

**M, N** 考考自己!

(1) 처럼　(2) 에

(3) 마다　(4) 보다

(5) 씩　(6) 나

## 第96課 疑問詞

**A** 考考自己!

(1) 누구하고　(2) 누구

(3) 누구한테　(4) 누가

(5) 누구를　(6) 누구한테서

**B** 考考自己!

(1) ⓑ　(2) ⓐ　(3) ⓐ　(4) ⓑ

(5) ⓐ　(6) ⓐ

**C, D** 考考自己!

(1) ⓐ　(2) ⓑ　(3) ⓑ　(4) ⓐ

(5) ⓐ　(6) ⓐ

**E** 考考自己! 1

(1) ⓔ　(2) ⓓ　(3) ⓐ　(4) ⓒ

(5) ⓑ

考考自己! 2

(1) 몇 개　(2) 몇 명

(3) 몇 잔　(4) 몇 장

(5) 몇 층　(6) 몇 호

**F** 考考自己!

(1) ⓐ　(2) ⓑ　(3) ⓑ　(4) ⓐ

**G** 考考自己! 1

(1) ⓒ　(2) ⓑ　(3) ⓐ

考考自己! 2

(1) 어디예요　(2) 누구예요

(3) 언제예요　(4) 얼마예요

## 第97課 副詞

**A, B, C, D** 考考自己! 1

(1) ⓐ　　(2) ⓐ　　(3) ⓑ　　(4) ⓐ

(5) ⓑ　　(6) ⓐ

考考自己! 2

(1) 두껍게　　　　(2) 사이좋게

(3) 편하게　　　　(4) 시끄럽게

考考自己! 3

(1) ⓔ, 우연히　　(2) ⓑ, 새로

(3) ⓒ, 겨우　　　(4) ⓕ, 억지로

(5) ⓓ, 갑자기　　(6) ⓐ, 그만

**E** 考考自己!

(1) ⓑ　　(2) ⓑ　　(3) ⓐ　　(4) ⓑ

**F** 考考自己!

(1) 가끔　(2) 자주　(3) 보통　(4) 항상

**G** 考考自己!

(1) ⓐ　　(2) ⓑ　　(3) ⓐ　　(4) ⓑ

**H** 考考自己!

(1) ⓑ　　(2) ⓑ　　(3) ⓐ

**I** 考考自己!

(1) ⓓ　　(2) ⓒ　　(3) ⓐ　　(4) ⓑ

**J** 考考自己!

(1) 마지막으로　　(2) 가운데

(3) 첫째　　　　　(4) 다른 하나는

**K** 考考自己! 1

(1) ⓐ　　(2) ⓑ　　(3) ⓐ　　(4) ⓑ

(5) ⓑ　　(6) ⓐ

考考自己! 2

(1) ⓐ　　(2) ⓑ　　(3) ⓑ　　(4) ⓑ

(5) ⓑ　　(6) ⓐ　　(7) ⓐ　　(8) ⓑ

## 第98課 連接副詞

**A** 考考自己! 1

(1) 그래서　　　　(2) 그러면

(3) 왜냐하면　　　(4) 그리고

(5) 그렇지 않으면　(6) 그래도

考考自己! 2

(1) ⓔ　　(2) ⓐ　　(3) ⓓ　　(4) ⓑ

(5) ⓕ　　(6) ⓒ

**B, C** 考考自己!

(1) ⓐ　　(2) ⓑ　　(3) ⓐ　　(4) ⓑ

(5) ⓐ　　(6) ⓑ

**D** 考考自己! 1

(1) ⓑ　　(2) ⓐ　　(3) ⓐ　　(4) ⓑ

考考自己! 2

(1) ⓑ　　(2) ⓑ　　(3) ⓑ　　(4) ⓑ

**E** 考考自己! 1

(1) 커피하고 주스　(2) 쉬거나

(3) 통화하고　　　(4) 소설이나 잡지

考考自己! 2

(1) 예를 들면　　　(2) 왜냐하면

(3) 그래서　　　　(4) 하지만

(5) 그래서　　　　(6) 그리고

(7) 그런데　　　　(8) 그래도

## 第99課 形容詞

**A** 考考自己!

(1) ⓑ　　(2) ⓐ　　(3) ⓑ　　(4) ⓐ

**B, C, D** 考考自己!

(1) ⓐ　　(2) ⓐ　　(3) ⓑ　　(4) ⓐ

(5) ⓑ　　(6) ⓐ

**E** 考考自己!

(1) 게을러　　　　(2) 아름다웠어요

(3) 필요한　　　　(4) 힘든

(5) 이상하　　　　(6) 젊은

## 第100課 名詞

**A** 考考自己!

(1) 걱정　　　　　(2) 사랑

(3) 준비　　　　　(4) 기억

**B** 考考自己!

(1) ⓑ　　(2) ⓐ　　(3) ⓐ　　(4) ⓐ

**C** 考考自己!

(1) 아픔　　　　　(2) 배고픔

(3) 고마움　　　　(4) 슬픔

**D** 考考自己!

(1) 춤　　　　　　(2) 꿈

(3) 모임　　　　　(4) 싸움

(5) 죽음　　　　　(6) 웃음

**E** 考考自己!

(1) ③, ⓑ    (2) ①, ⓐ    (3) ②, ⓒ

**F** 考考自己!

(1) ②, ⓒ    (2) ③, ⓐ    (3) ①, ⓑ

**G** 考考自己!

(1) ⓒ    (2) ⓑ    (3) ⓑ    (4) ⓐ

**H** 考考自己! 1

(1) ⓓ    (2) ⓔ    (3) ⓐ    (4) ⓑ

(5) ⓕ    (6) ⓒ

考考自己! 2

(1) 성함    (2) 진지

(3) 생신    (4) 연세

(5) 말씀    (6) 댁

**I** 考考自己!

(1) 저는    (2) 제가

(3) 저희    (4) 말씀해

# 聽力內容

## Part ①

──── 第01課 ────

**韓語小單字** ▶003.mp3

(1) A 전화번호가 몇 번이에요?
 B 3371-2420이에요.
(2) A 핸드폰 번호가 몇 번이에요?
 B 010-9523-8614예요.
(3) A 비밀번호가 몇 번이에요?
 B 7203이에요.
(4) A 우편 번호가 몇 번이에요?
 B 03139예요.
(5) A 자동차 번호가 몇 번이에요?
 B 3152예요.
(6) A 외국인 등록 번호가 몇 번이에요?
 B 495230이에요.
(7) A 카드 번호가 몇 번이에요?
 B 9428 7780 3631 2768이에요.

**動動腦 2** ▶005.mp3

(1) 영화관 전화번호가 1544-1570이에요.
(2) 공항 전화번호가 1577-2600이에요.
(3) 교회 전화번호가 398-1287이에요.
(4) 리에 전화번호가 010-5690-0235예요.
(5) 민호 전화번호가 010-3467-3230이에요.
(6) 제인 전화번호가 010-2924-3573이에요.
(7) 병원 전화번호가 507-7584예요.
(8) 미용실 전화번호가 6334-1010이에요.
(9) 경찰서 전화번호가 2438-9670이에요.

──── 第02課 ────

**韓語小單字** ▶008.mp3

(1) A 몇 쪽이에요?
 B 27쪽이에요.
(2) A 책이 몇 쪽으로 되어 있어요?
 B 84쪽으로 되어 있어요.
(3) A 몇 층이에요?
 B 15층이에요.
(4) A 몇 층이에요?
 B 32층이에요.
(5) A 몇 퍼센트예요?
 B 41퍼센트예요.
(6) A 몇 퍼센트예요?
 B 29퍼센트예요.
(7) A 몸무게가 몇 킬로그램이에요?
 B 74킬로그램이에요.
(8) A 몸무게가 몇 킬로그램이에요?
 B 16킬로그램이에요.

──── 第03課 ────

**動動腦 2** ▶014.mp3

(1) A 노트북이 얼마예요?
 B 1,120,000원 (백십이만 원)이에요.
(2) A 그림이 얼마예요?
 B 56,300,000원 (오천육백삼십만 원)이에요.
(3) A 한복이 얼마예요?
 B 830,000원 (팔십삼만 원)이에요.
(4) A 코트가 얼마예요?
 B 610,000원 (육십일만 원)이에요.
(5) A 자동차가 얼마예요?
 B 47,400,000원 (사천칠백사십만 원)이에요.
(6) A 가방이 얼마예요?
 B 380,000원 (삼십팔만 원)이에요.
(7) A 비행기표가 얼마예요?
 B 2,173,000원 (이백십칠만삼천 원)이에요.
(8) A 냉장고가 얼마예요?
 B 2,837,000원 (이백팔십삼만칠천 원)이에요.

──── 第05課 ────

**韓語小單字** ▶019.mp3

(1) A 몇 월이에요?  B 1(일)월이에요.
(2) A 몇 월이에요?  B 2(이)월이에요.
(3) A 몇 월이에요?  B 3(삼)월이에요.
(4) A 몇 월이에요?  B 4(사)월이에요.
(5) A 몇 월이에요?  B 5(오)월이에요.

| | | | |
|---|---|---|---|
| (6) | A 몇 월이에요? | B 6(유)월이에요. | |
| (7) | A 몇 월이에요? | B 7(칠)월이에요. | |
| (8) | A 몇 월이에요? | B 8(팔)월이에요. | |
| (9) | A 몇 월이에요? | B 9(구)월이에요. | |
| (10) | A 몇 월이에요? | B 10(시)월이에요. | |
| (11) | A 몇 월이에요? | B 11(십일)월이에요. | |
| (12) | A 몇 월이에요? | B 12(십이)월이에요. | |

▶ 020.mp3

(1) 시험을 1월에 봐요.
(2) 출장을 10월에 가요.
(3) 휴가를 8월에 가요.
(4) 축제를 6월에 해요.

**動動腦 1** ▶ 022.mp3

| | | | |
|---|---|---|---|
| (1) | A 며칠이에요? | B 1(일)일이에요. | |
| (2) | A 며칠이에요? | B 2(이)일이에요. | |
| (3) | A 며칠이에요? | B 3(삼)일이에요. | |
| (4) | A 며칠이에요? | B 4(사)일이에요. | |
| (5) | A 며칠이에요? | B 5(오)일이에요. | |
| (6) | A 며칠이에요? | B 6(육)일이에요. | |
| (7) | A 며칠이에요? | B 7(칠)일이에요. | |
| (8) | A 며칠이에요? | B 8(팔)일이에요. | |
| (9) | A 며칠이에요? | B 9(구)일이에요. | |
| (10) | A 며칠이에요? | B 10(십)일이에요. | |
| (11) | A 며칠이에요? | B 11(십일)일이에요. | |
| (12) | A 며칠이에요? | B 12(십이)일이에요. | |
| (13) | A 며칠이에요? | B 13(십삼)일이에요. | |
| (14) | A 며칠이에요? | B 14(십사)일이에요. | |
| (15) | A 며칠이에요? | B 15(십오)일이에요. | |
| (16) | A 며칠이에요? | B 16(십육)일이에요. | |
| (17) | A 며칠이에요? | B 17(십칠)일이에요. | |
| (18) | A 며칠이에요? | B 18(십팔)일이에요. | |
| (19) | A 며칠이에요? | B 19(십구)일이에요. | |
| (20) | A 며칠이에요? | B 20(이십)일이에요. | |
| (21) | A 며칠이에요? | B 21(이십일)일이에요. | |
| (22) | A 며칠이에요? | B 22(이십이)일이에요. | |
| (23) | A 며칠이에요? | B 23(이십삼)일이에요. | |
| (24) | A 며칠이에요? | B 24(이십사)일이에요. | |
| (25) | A 며칠이에요? | B 25(이십오)일이에요. | |
| (26) | A 며칠이에요? | B 26(이십육)일이에요. | |
| (27) | A 며칠이에요? | B 27(이십칠)일이에요. | |
| (28) | A 며칠이에요? | B 28(이십팔)일이에요. | |
| (29) | A 며칠이에요? | B 29(이십구)일이에요. | |
| (30) | A 며칠이에요? | B 30(삼십)일이에요. | |
| (31) | A 며칠이에요? | B 31(삼십일)일이에요. | |

**動動腦 2** ▶ 023.mp3

(1) 오늘이 13일이에요.
(2) 졸업이 27일이에요.
(3) 발표가 11일이에요.
(4) 생일이 31일이에요.

---

## 第06課

**韓語小單字** ▶ 025.mp3

(1) A 설날이 며칠이에요?
　　B 음력 1월 1일이에요.
(2) A 개천절이 며칠이에요?
　　B 10월 3일이에요.
(3) A 어린이날이 며칠이에요?
　　B 5월 5일이에요.
(4) A 광복절이 며칠이에요?
　　B 8월 15일이에요.
(5) A 추석이 며칠이에요?
　　B 음력 8월 15일이에요.
(6) A 부처님 오신 날이 며칠이에요?
　　B 음력 4월 8일이에요.
(7) A 성탄절이 며칠이에요?
　　B 12월 25일이에요.
(8) A 현충일이 며칠이에요?
　　B 6월 6일이에요.
(9) A 한글날이 며칠이에요?
　　B 10월 9일이에요.

**動動腦 1** ▶ 026.mp3

(1) A 설날 때 뭐 해요?
　　B 세배해요.
(2) A 돌 때 뭐 해요?
　　B 잔치를 해요.
(3) A 어버이날 때 뭐 해요?
　　B 부모님께 꽃을 드려요.
(4) A 추석 때 뭐 해요?
　　B 성묘 가요.

---

## 第07課

**動動腦 1** ▶ 031.mp3

(1) A 언제 휴가 가요?　B 9월 초에 가요.
(2) A 언제 여행 가요?　B 9월 중순에 가요.
(3) A 언제 출장 가요?　B 9월 말에 가요.

## 第11課

**動動腦 1** ▶ 048.mp3

(1) A 몇 시에 지하철을 타요?
　　 B 아침 8시 반에 지하철을 타요.
(2) A 몇 시에 퇴근해요?
　　 B 저녁 8시 반에 퇴근해요.
(3) A 몇 시에 이메일을 써요?
　　 B 새벽 1시 30분에 이메일을 써요.
(4) A 몇 시에 회의해요?
　　 B 오후 1시 30분에 회의해요.

## 第12課

**動動腦 1** ▶ 053.mp3

(1) A 어떻게 가요?　　B 자동차로 가요.
(2) A 어떻게 가요?　　B 버스로 가요.
(3) A 어떻게 가요?　　B 지하철로 가요.
(4) A 어떻게 가요?　　B 택시로 가요.
(5) A 어떻게 가요?　　B 비행기로 가요.
(6) A 어떻게 가요?　　B 기차로 가요.
(7) A 어떻게 가요?　　B 배로 가요.
(8) A 어떻게 가요?　　B 자전거로 가요.
(9) A 어떻게 가요?　　B 오토바이로 가요.
(10) A 어떻게 가요?　　B 걸어서 가요.
(11) A 어떻게 가요?　　B 뛰어서 가요.

**動動腦 2** ▶ 055.mp3

(1) A 서울에서 뉴욕까지 어떻게 가요?
　　 B 비행기로 가요.
　　 A 시간이 얼마나 걸려요?
　　 B 14시간 걸려요.
(2) A 집에서 공항까지 어떻게 가요?
　　 B 택시로 가요.
　　 A 시간이 얼마나 걸려요?
　　 B 40분 걸려요.
(3) A 서울에서 부산까지 어떻게 가요?
　　 B 기차로 가요.
　　 A 시간이 얼마나 걸려요?
　　 B 3시간 30분 걸려요.
(4) A 부산에서 오사카까지 어떻게 가요?
　　 B 배로 가요.
　　 A 시간이 얼마나 걸려요?
　　 B 18시간 걸려요.

(5) A 집에서 회사까지 어떻게 가요?
　　 B 지하철로 가요.
　　 A 시간이 얼마나 걸려요?
　　 B 50분 걸려요.
(6) A 집에서 지하철역까지 어떻게 가요?
　　 B 걸어서 가요.
　　 A 시간이 얼마나 걸려요?
　　 B 10분 걸려요.

## 第13課

**動動腦 1** ▶ 057.mp3

(1) A 에펠탑이 어디에 있어요?
　　 B 프랑스에 있어요.
(2) A 만리장성이 어디에 있어요?
　　 B 중국에 있어요.
(3) A 피라미드가 어디에 있어요?
　　 B 이집트에 있어요.
(4) A 오페라하우스가 어디에 있어요?
　　 B 호주에 있어요.
(5) A 할리우드가 어디에 있어요?
　　 B 미국에 있어요.
(6) A 타지마할이 어디에 있어요?
　　 B 인도에 있어요.
(7) A 한강이 어디에 있어요?
　　 B 한국에 있어요.
(8) A 타워브리지가 어디에 있어요?
　　 B 영국에 있어요.

**動動腦 2** ▶ 058.mp3

(1) A 한국은 뭐가 유명해요?
　　 B 태권도가 유명해요.
(2) A 일본은 뭐가 유명해요?
　　 B 초밥이 유명해요.
(3) A 독일은 뭐가 유명해요?
　　 B 맥주가 유명해요.
(4) A 미국은 뭐가 유명해요?
　　 B 카우보이가 유명해요.
(5) A 영국은 뭐가 유명해요?
　　 B 여왕이 유명해요.
(6) A 호주는 뭐가 유명해요?
　　 B 캥거루가 유명해요.
(7) A 인도는 뭐가 유명해요?
　　 B 카레가 유명해요.

(8)　A 스페인은 뭐가 유명해요?
　　 B 투우가 유명해요.

(5)　A 수리 기사가 무슨 일을 해요?
　　 B 수리 기사가 기계를 고쳐요.

## 第14課

**動動腦 2** ▶ 061.mp3

(1)　A 한국어 할 수 있어요?
　　 B 네, 할 수 있어요.
(2)　A 일본어 할 수 있어요?
　　 B 아니요, 못해요.
(3)　A 영어 할 수 있어요?
　　 B 그럼요, 잘해요.
(4)　A 중국어로 말할 수 있어요?
　　 B 아니요, 말할 수 없어요.
(5)　A 스페인어로 말이 통해요?
　　 B 네, 말이 통해요.
(6)　A 아랍어 할 수 있어요?
　　 B 아니요, 할 수 없어요.

## 第15課

**韓語小單字** ▶ 063.mp3

(1)　A 직업이 뭐예요?　　　 B 교사예요.
(2)　A 직업이 뭐예요?　　　 B 의사예요.
(3)　A 직업이 뭐예요?　　　 B 간호사예요.
(4)　A 직업이 뭐예요?　　　 B 회사원이에요.
(5)　A 직업이 뭐예요?　　　 B 변호사예요.
(6)　A 직업이 뭐예요?　　　 B 주부예요.
(7)　A 직업이 어떻게 되세요? B 작가예요.
(8)　A 직업이 어떻게 되세요? B 가수예요.
(9)　A 직업이 어떻게 되세요? B 요리사예요.
(10) A 직업이 어떻게 되세요? B 운동선수예요.
(11) A 직업이 어떻게 되세요? B 배우예요.
(12) A 직업이 어떻게 되세요? B 군인이에요.

**動動腦 1** ▶ 064.mp3

(1)　A 기자가 무슨 일을 해요?
　　 B 기자가 기사를 써요.
(2)　A 미용사가 무슨 일을 해요?
　　 B 미용사가 머리를 잘라요.
(3)　A 경찰이 무슨 일을 해요?
　　 B 경찰이 도둑을 잡아요.
(4)　A 영화감독이 무슨 일을 해요?
　　 B 영화감독이 영화를 만들어요.

## 第18課

**韓語小單字** ▶ 074.mp3

(1)　A 어디에서 책을 사요?
　　 B 서점에서 책을 사요.
(2)　A 어디에서 약을 사요?
　　 B 약국에서 약을 사요.
(3)　A 어디에서 빵을 사요?
　　 B 빵집에서 빵을 사요.
(4)　A 어디에서 꽃을 사요?
　　 B 꽃집에서 꽃을 사요.
(5)　A 어디에서 옷을 사요?
　　 B 옷 가게에서 옷을 사요.
(6)　A 어디에서 우유를 사요?
　　 B 편의점에서 우유를 사요.
(7)　A 어디에서 커피를 사요?
　　 B 카페에서 커피를 사요.
(8)　A 어디에서 표를 사요?
　　 B 여행사에서 표를 사요.
(9)　A 어디에서 구두를 사요?
　　 B 백화점에서 구두를 사요.
(10) A 어디에서 채소를 사요?
　　 B 시장에서 채소를 사요.

**動動腦 1** ▶ 075.mp3

(1)　A 어디에 가요?
　　 B 돈을 찾으러 은행에 가요.
(2)　A 어디에 가요?
　　 B 산책하러 공원에 가요.
(3)　A 어디에 가요?
　　 B 일하러 회사에 가요.
(4)　A 어디에 가요?
　　 B 기도하러 성당에 가요.
(5)　A 어디에 가요?
　　 B 머리를 자르러 미용실에 가요.
(6)　A 어디에 가요?
　　 B 소포를 보내러 우체국에 가요.

**動動腦 2** ▶ 076.mp3

(1)　A 집에서 뭐 해요?　　 B 집에서 쉬어요.
(2)　A 공항에서 뭐 해요?　 B 공항에서 비행기를 타요.
(3)　A 식당에서 뭐 해요?　 B 식당에서 밥을 먹어요.

(4) A 학원에서 뭐 해요? B 학원에서 요리를 배워요.

(5) A 영화관에서 뭐 해요? B 영화관에서 영화를 봐요.

(6) A 피시방에서 뭐 해요? B 피시방에서 게임해요.

## 第19課

韓語小單字 ▶ 077.mp3

(1) A 여기가 어디예요? B 노래방이에요.

(2) A 여기가 어디예요? B 대학교예요.

(3) A 여기가 어디예요? B 도서관이에요.

(4) A 여기가 어디예요? B 헬스장이에요.

(5) A 여기가 어디예요? B 대사관이에요.

(6) A 여기가 어디예요? B 박물관이에요.

(7) A 여기가 어디예요? B 사진관이에요.

(8) A 여기가 어디예요? B 교회예요.

(9) A 여기가 어디예요? B 지하철역이에요.

(10) A 여기가 어디예요? B 술집이에요.

(11) A 여기가 어디예요? B 경찰서예요.

(12) A 여기가 어디예요? B 주차장이에요.

動動腦 1 ▶ 078.mp3

(1) A 경찰이 어디에 있어요?
   B 경찰이 경찰서에 있어요.

(2) A 신부가 어디에 있어요?
   B 신부가 성당에 있어요.

(3) A 요리사가 어디에 있어요?
   B 요리사가 식당에 있어요.

(4) A 교수가 어디에 있어요?
   B 교수가 대학교에 있어요.

(5) A 의사가 어디에 있어요?
   B 의사가 병원에 있어요.

(6) A 소방관이 어디에 있어요?
   B 소방관이 소방서에 있어요.

動動腦 2 ▶ 079.mp3

(1) 옷이 더러워요. 그러면 세탁소에 가요.

(2) 교통사고가 났어요. 그러면 병원에 가요.

(3) 살을 빼고 싶어요. 그러면 헬스장에 가요.

(4) 스피커가 고장 났어요. 그러면 서비스 센터에 가요.

(5) 여권을 잃어버렸어요. 그러면 대사관에 가요.

(6) 기름이 떨어졌어요. 그러면 주유소에 가요.

## 第21課

韓語小單字 ▶ 084.mp3

(1) A 은행이 어디에 있어요?
   B 모퉁이에 있어요.

(2) A 우체국이 어디에 있어요?
   B 길 건너편에 있어요.

(3) A 세탁소가 어디에 있어요?
   B 병원 오른쪽에 있어요.

(4) A 약국이 어디에 있어요?
   B 병원 왼쪽에 있어요.

(5) A 경찰서가 어디에 있어요?
   B 병원 앞에 있어요.

(6) A 교회가 어디에 있어요?
   B 병원 바로 뒤에 있어요.

(7) A 꽃집이 어디에 있어요?
   B 약국하고 병원 사이에 있어요.

(8) A 빵집이 어디에 있어요?
   B 병원 근처에 있어요.

(9) A 대사관이 어디에 있어요?
   B 횡단보도 지나기 전에 오른쪽에 있어요.

(10) A 박물관이 어디에 있어요?
   B 횡단보도 지나서 오른쪽에 있어요.

## 第23課

動動腦 1 ▶ 090.mp3

(1) 아빠가 열쇠하고 서류하고 안경하고 지갑을 갖고 있어요. 핸드폰하고 사진도 있어요.

(2) 엄마가 우산하고 수첩하고 휴지하고 빗하고 화장품을 갖고 있어요.

(3) 아이가 책하고 공책하고 펜하고 필통이 있어요. 그런데 핸드폰을 갖고 있지 않아요.

## 第24課

動動腦 1 ▶ 093.mp3

(1) A 공책이 어디에 있어요?
   B 공책이 휴지 옆에 있어요.

(2) A 나무가 어디에 있어요?
   B 나무가 창문 밖에 있어요.

(3) A 핸드폰이 어디에 있어요?
   B 핸드폰이 액자 앞에 있어요.

(4) A 가방이 어디에 있어요?
B 가방이 책상 아래에 있어요.

(5) A 책꽂이가 어디에 있어요?
B 책꽂이가 휴지 뒤에 있어요.

(6) A 옷이 어디에 있어요?
B 옷이 침대 위에 있어요.

(7) A 시계가 어디에 있어요?
B 시계가 안경 앞에 있어요.

(8) A 모자가 어디에 있어요?
B 모자가 책상 서랍 안에 있어요.

(9) A 그림이 어디에 있어요?
B 그림이 창문 오른쪽에 있어요.

(10) A 노트북이 어디에 있어요?
B 노트북이 핸드폰과 선풍기 사이에 있어요.

動動腦 2　▶094.mp3

(1) A 안경이 누구 거예요?　　B 안경이 지수 거예요.
(2) A 치마가 누구 거예요?　　B 치마가 지수 거예요.
(3) A 노트북이 누구 거예요?　　B 노트북이 승민 거예요.
(4) A 시계가 누구 거예요?　　B 시계가 지수 거예요.
(5) A 핸드폰이 누구 거예요?　　B 핸드폰이 승민 거예요.
(6) A 모자가 누구 거예요?　　B 모자가 승민 거예요.
(7) A 공책이 누구 거예요?　　B 공책이 지수 거예요.
(8) A 가방이 누구 거예요?　　B 가방이 승민 거예요.
(9) A 연필이 누구 거예요?　　B 연필이 지수 거예요.
(10) A 바지가 누구 거예요?　　B 바지가 승민 거예요.


第25課

韓語小單字　▶096.mp3

(1) A 방이 어디에 있어요?
B 방이 2층 왼쪽에 있어요.

(2) A 창고가 어디에 있어요?
B 창고가 2층 계단 바로 왼쪽 옆에 있어요.

(3) A 계단이 어디에 있어요?
B 계단이 2층 중앙에 있어요.

(4) A 화장실이 어디에 있어요?
B 화장실이 2층 계단 오른쪽에 있어요.

(5) A 정원이 어디에 있어요?
B 정원이 1층 현관 밖에 있어요.

(6) A 현관이 어디에 있어요?
B 현관이 1층 정원과 거실 사이에 있어요.

(7) A 거실이 어디에 있어요?
B 거실이 1층 주방 옆에 있어요.

(8) A 주방이 어디에 있어요?
B 주방이 1층 거실 옆에 있어요.

(9) A 지하실이 어디에 있어요?
B 지하실이 지하에 있어요.

動動腦 1　▶097.mp3

(1) A 방에서 뭐 해요?
B 방에서 자요.

(2) A 주방에서 뭐 해요?
B 주방에서 요리해요.

(3) A 거실에서 뭐 해요?
B 거실에서 텔레비전을 봐요.

(4) A 현관에서 뭐 해요?
B 현관에서 신발을 벗어요.

(5) A 창고에서 뭐 해요?
B 창고에서 물건을 정리해요.

(6) A 지하실에서 뭐 해요?
B 지하실에서 운동해요.

動動腦 2　▶098.mp3

(1) A 식탁이 어디에 있어요?　B 식탁이 주방에 있어요.
(2) A 칫솔이 어디에 있어요?　B 칫솔이 화장실에 있어요.
(3) A 접시가 어디에 있어요?　B 접시가 주방에 있어요.
(4) A 침대가 어디에 있어요?　B 침대가 방에 있어요.
(5) A 소파가 어디에 있어요?　B 소파가 거실에 있어요.
(6) A 옷장이 어디에 있어요?　B 옷장이 방에 있어요.
(7) A 치약이 어디에 있어요?　B 치약이 화장실에 있어요.
(8) A 냄비가 어디에 있어요?　B 냄비가 주방에 있어요.
(9) A 상자가 어디에 있어요?　B 상자가 창고에 있어요.
(10) A 책상이 어디에 있어요?　B 책상이 방에 있어요.
(11) A 변기가 어디에 있어요?　B 변기가 화장실에 있어요.
(12) A 시계가 어디에 있어요?　B 시계가 거실에 있어요.


第26課

韓語小單字　▶100.mp3

(1) A 에어컨이 어디에 있어요?
B 에어컨이 방에 있어요.

(2) A 옷걸이가 어디에 있어요?
B 옷걸이가 방에 있어요.

(3) A 책장이 어디에 있어요?
B 책장이 방에 있어요.

(4) A 선풍기가 어디에 있어요?
B 선풍기가 방에 있어요.

(5) A 청소기가 어디에 있어요?
B 청소기가 방에 있어요.

(6) A 옷장이 어디에 있어요?
　　B 옷장이 방에 있어요.

(7) A 서랍장이 어디에 있어요?
　　B 서랍장이 방에 있어요.

(8) A 침대가 어디에 있어요?
　　B 침대가 방에 있어요.

(9) A 베개가 어디에 있어요?
　　B 베개가 방에 있어요.

(10) A 이불이 어디에 있어요?
　　B 이불이 방에 있어요.

(11) A 의자가 어디에 있어요?
　　B 의자가 방에 있어요.

(12) A 탁자가 어디에 있어요?
　　B 탁자가 방에 있어요.

(13) A 변기가 어디에 있어요?
　　B 변기가 화장실에 있어요.

(14) A 세면대가 어디에 있어요?
　　B 세면대가 화장실에 있어요.

(15) A 샤워기가 어디에 있어요?
　　B 샤워기가 화장실에 있어요.

(16) A 욕조가 어디에 있어요?
　　B 욕조가 화장실에 있어요.

(17) A 냉장고가 어디에 있어요?
　　B 냉장고가 부엌에 있어요.

(18) A 전자레인지가 어디에 있어요?
　　B 전자레인지가 부엌에 있어요.

(19) A 가스레인지가 어디에 있어요?
　　B 가스레인지가 부엌에 있어요.

(20) A 신발장이 어디에 있어요?
　　B 신발장이 현관에 있어요.

**動動腦 1** ▶ 101.mp3

(1) A 이 집에 냉장고가 있어요?
　　B 네, 있어요.

(2) A 이 집에 청소기가 있어요?
　　B 네, 있어요.

(3) A 이 집에 의자가 있어요?
　　B 아니요, 없어요.

(4) A 이 집에 옷장이 있어요?
　　B 네, 있어요.

(5) A 이 집에 신발장이 있어요?
　　B 네, 있어요.

(6) A 이 집에 선풍기가 있어요?
　　B 아니요, 없어요.

(7) A 이 집에 침대가 있어요?
　　B 네, 있어요.

(8) A 이 집에 세탁기가 있어요?
　　B 네, 있어요.

**動動腦 2** ▶ 102.mp3

(1) A 거울이 어디에 있어요?
　　B 거울이 벽에 있어요.

(2) A 냄비가 어디에 있어요?
　　B 냄비가 가스레인지 바로 위에 있어요.

(3) A 그림이 어디에 있어요?
　　B 그림이 창문 옆에 있어요.

(4) A 청소기가 어디에 있어요?
　　B 청소기가 옷장 옆에 있어요.

(5) A 신발이 어디에 있어요?
　　B 신발이 신발장 안에 있어요.

(6) A 방석이 어디에 있어요?
　　B 방석이 탁자 양쪽에 있어요.

---------------- 第27課 ----------------

**韓語小單字** ▶ 103.mp3

(1) A 몇 시에 일어나요?
　　B 아침 6시 55분에 일어나요.

(2) A 몇 시에 세수해요?
　　B 아침 7시에 세수해요.

(3) A 몇 시에 이를 닦아요?
　　B 아침 7시 10분에 이를 닦아요.

(4) A 몇 시에 옷을 입어요?
　　B 아침 7시 20분에 옷을 입어요.

(5) A 몇 시에 집에서 나가요?
　　B 아침 7시 30분에 집에서 나가요.

(6) A 몇 시에 집에 돌아와요?
　　B 저녁 7시 30분에 집에 돌아와요.

(7) A 몇 시에 밥을 먹어요?
　　B 저녁 8시에 밥을 먹어요.

(8) A 몇 시에 목욕해요?
　　B 밤 9시 30분에 목욕해요.

(9) A 몇 시에 자요?
　　B 밤 11시에 자요.

**動動腦 2** ▶ 105.mp3

(1) A 뭐 마셔요?
　　B 녹차를 마셔요.

(2) A 뭐 읽어요?
　　B 신문하고 잡지를 읽어요.

(3) A 뭐 봐요?

B 영화만 봐요.
(4) A 뭐 해요?
    B 아무것도 안해요.

---

## 第28課

**韓語小單字** ▸ 106.mp3

(1) A 아빠가 뭐 해요?    B 자동차를 닦아요.
(2) A 아이가 뭐 해요?    B 단어를 찾아요.
(3) A 아이가 뭐 해요?    B 라면을 먹어요.
(4) A 엄마가 뭐 해요?    B 손을 씻어요.
(5) A 아이가 뭐 해요?    B 이를 닦아요.
(6) A 엄마가 뭐 해요?    B 화장해요.
(7) A 아빠가 뭐 해요?    B 면도해요.
(8) A 엄마가 뭐 해요?    B 머리를 빗어요.
(9) A 아빠가 뭐 해요?    B 화분에 물을 줘요.
(10) A 아이가 뭐 해요?    B 편지를 써요.
(11) A 엄마가 뭐 해요?    B 음식을 만들어요.
(12) A 아빠가 뭐 해요?    B 집을 수리해요.

**動動腦 1** ▸ 107.mp3

(1) A 누가 손을 씻어요?
    B 엄마가 손을 씻어요.
(2) A 누가 면도해요?
    B 아빠가 면도해요.
(3) A 누가 이를 닦아요?
    B 아이가 이를 닦아요.
(4) A 누가 화장해요?
    B 엄마가 화장해요.
(5) A 누가 라면을 먹어요?
    B 아이가 라면을 먹어요.
(6) A 누가 편지를 써요?
    B 아이가 편지를 써요.
(7) A 누가 자동차를 닦아요?
    B 아빠가 자동차를 닦아요.
(8) A 누가 단어를 찾아요?
    B 아이가 단어를 찾아요.
(9) A 누가 머리를 빗어요?
    B 엄마가 머리를 빗어요.
(10) A 누가 화분에 물을 줘요?
    B 아빠가 화분에 물을 줘요.
(11) A 누가 집을 수리해요?
    B 아빠가 집을 수리해요.
(12) A 누가 음식을 만들어요?
    B 엄마가 음식을 만들어요.

**動動腦 2** ▸ 108.mp3

(1) A 뭘로 머리를 빗어요?
    B 빗으로 머리를 빗어요.
(2) A 뭘로 손을 씻어요?
    B 비누로 손을 씻어요.
(3) A 뭘로 이를 닦아요?
    B 칫솔로 이를 닦아요.
(4) A 뭘로 단어를 찾아요?
    B 사전으로 단어를 찾아요.
(5) A 뭘로 면도해요?
    B 면도기로 면도해요.
(6) A 뭘로 화분에 물을 줘요?
    B 물통으로 화분에 물을 줘요.
(7) A 뭘로 편지를 써요?
    B 펜으로 편지를 써요.
(8) A 뭘로 집을 수리해요?
    B 망치로 집을 수리해요.
(9) A 뭘로 음식을 만들어요?
    B 냄비로 음식을 만들어요.
(10) A 뭘로 자동차를 닦아요?
    B 수건으로 자동차를 닦아요.
(11) A 뭘로 라면을 먹어요?
    B 젓가락으로 라면을 먹어요.
(12) A 뭘로 화장해요?
    B 화장품으로 화장해요.

---

## 第29課

**韓語小單字** ▸ 109.mp3

(1) 하루에 한 번 커피를 마셔요.
(2) 하루에 세 번 이를 닦아요.
(3) 하루에 다섯 번 손을 씻어요.
(4) 하루에 세 번 밥을 먹어요.
(5) 일주일에 세 번 운동해요.
(6) 일주일에 네 번 요리해요.
(7) 일주일에 한 번 택시를 타요.
(8) 신용 카드를 전혀 사용 안 해요.
(9) 한 달에 한두 번 친구를 만나요.
(10) 한 달에 세네 번 빨래해요.
(11) 한 달에 한 번 가족한테 전화해요.
(12) 한 달에 한두 번 장을 봐요.
(13) 선물을 전혀 안 사요.
(14) 일 년에 한 번 여행해요.
(15) 일 년에 두세 번 영화를 봐요.
(16) 일 년에 두 번 미용실에 가요.

**動動腦 2** ▶111.mp3

(1)  A 자주 외식해요?
     B 아니요, 거의 외식하지 않아요.
(2)  A 담배를 피워요?
     B 가끔 담배를 피워요.
(3)  A 가끔 거짓말해요?
     B 아니요, 저는 거짓말을 전혀 안 해요.
(4)  A 늦잠을 잘 때도 있어요?
     B 네, 보통 늦잠을 자요.
(5)  A 감기에 자주 걸려요?
     B 아니요, 저는 감기에 거의 걸리지 않아요.
(6)  A 보통 정장을 입어요?
     B 네, 저는 항상 정장을 입어요.
(7)  A 자주 술을 마셔요?
     B 네, 회식이 있어서 자주 술을 마셔요.
(8)  A 자주 운동해요?
     B 일주일에 한 번쯤 운동해요. 가끔 해요.

(6)  A 도마하고 칼로 뭐 해요?
     B 요리해요.
(7)  A 전자레인지로 뭐 해요?
     B 음식을 데워요.
(8)  A 행주로 뭐 해요?
     B 상을 치워요.

**動動腦 2** ▶114.mp3

(1)  A 뭐가 필요해요?  B 베개가 필요해요.
(2)  A 뭐가 필요해요?  B 뚜껑이 필요해요.
(3)  A 뭐가 필요해요?  B 사다리가 필요해요.
(4)  A 뭐가 필요해요?  B 망치가 필요해요.
(5)  A 뭐가 필요해요?  B 이불이 필요해요.
(6)  A 뭐가 필요해요?  B 바늘하고 실이 필요해요.
(7)  A 뭐가 필요해요?  B 삽이 필요해요.
(8)  A 뭐가 필요해요?  B 빗자루가 필요해요.

---

## 第30課

**韓語小單字** ▶112.mp3

(1)  A 지금 뭐 해요?  B 장을 봐요.
(2)  A 지금 뭐 해요?  B 요리해요.
(3)  A 지금 뭐 해요?  B 음식을 데워요.
(4)  A 지금 뭐 해요?  B 상을 차려요.
(5)  A 지금 뭐 해요?  B 상을 치워요.
(6)  A 지금 뭐 해요?  B 설거지해요.
(7)  A 지금 뭐 해요?  B 빨래해요.
(8)  A 지금 뭐 해요?  B 다리미질해요.
(9)  A 지금 뭐 해요?  B 옷을 정리해요.
(10) A 지금 뭐 해요?  B 청소해요.
(11) A 지금 뭐 해요?  B 바닥을 닦아요.
(12) A 지금 뭐 해요?  B 쓰레기를 버려요.

**動動腦 1** ▶113.mp3

(1)  A 걸레로 뭐 해요?
     B 바닥을 닦아요.
(2)  A 청소기로 뭐 해요?
     B 청소해요.
(3)  A 세탁기로 뭐 해요?
     B 빨래해요.
(4)  A 다리미로 뭐 해요?
     B 다리미질해요.
(5)  A 쓰레기봉투로 뭐 해요?
     B 쓰레기를 버려요.

---

## 第31課

**韓語小單字** ▶115.mp3

(1)  A 지난 주말에 뭐 했어요?
     B 시험을 봤어요.
(2)  A 지난 주말에 뭐 했어요?
     B 친구를 만났어요.
(3)  A 지난 주말에 뭐 했어요?
     B 책을 읽었어요.
(4)  A 지난 주말에 뭐 했어요?
     B 구경했어요.
(5)  A 지난 주말에 뭐 했어요?
     B 쉬었어요.
(6)  A 지난 주말에 뭐 했어요?
     B 데이트했어요.
(7)  A 지난 주말에 뭐 했어요?
     B 이사했어요.
(8)  A 지난 주말에 뭐 했어요?
     B 아르바이트했어요.
(9)  A 지난 주말에 뭐 했어요?
     B 피아노를 배웠어요.
(10) A 지난 주말에 뭐 했어요?
     B 친구 집에 놀러 갔어요.
(11) A 지난 주말에 뭐 했어요?
     B 산책했어요.
(12) A 지난 주말에 뭐 했어요?
     B 동영상을 봤어요.

動動腦 **1** ▶116.mp3

(1) 절을 구경했어요.

(2) 길을 산책했어요.

(3) 영화관에서 데이트했어요.

(4) 놀이공원에 놀러 갔어요.

(5) 술집에서 친구를 만났어요.

(6) 편의점에서 아르바이트했어요.

動動腦 **2** ▶117.mp3

(1) A 데이트가 어땠어요? B 그저 그랬어요.

(2) A 생일 파티가 어땠어요? B 심심했어요.

(3) A 여행이 어땠어요? B 별로였어요.

(4) A 수업이 어땠어요? B 재미있었어요.

(5) A 영화가 어땠어요? B 재미없었어요.

(6) A 공연이 어땠어요? B 신났어요.

---------- 第32課 ----------

韓語小單字 ▶118.mp3

(1) A 정우가 뭐 하고 있어요?
　　B 정우가 웃고 있어요.

(2) A 동현이 뭐 하고 있어요?
　　B 동현이 울고 있어요.

(3) A 지연이 뭐 하고 있어요?
　　B 지연이 나리하고 얘기하고 있어요.

(4) A 진규가 뭐 하고 있어요?
　　B 진규가 유나하고 놀고 있어요.

(5) A 준기가 뭐 하고 있어요?
　　B 준기가 춤을 추고 있어요.

(6) A 민수가 뭐 하고 있어요?
　　B 민수가 소은을 찾고 있어요.

(7) A 윤호가 뭐 하고 있어요?
　　B 윤호가 친구를 기다리고 있어요.

(8) A 동욱이 뭐 하고 있어요?
　　B 동욱이 의자에 앉아 있어요.

(9) A 소은이 뭐 하고 있어요?
　　B 소은이 숨어 있어요.

(10) A 정희가 뭐 하고 있어요?
　　 B 정희가 풍선을 사고 있어요.

(11) A 영식이 뭐 하고 있어요?
　　 B 영식이 풍선을 팔고 있어요.

(12) A 현철이 뭐 하고 있어요?
　　 B 현철이 사진을 찍고 있어요.

(13) A 혜인이 뭐 하고 있어요?
　　 B 혜인이 진석하고 싸우고 있어요.

(14) A 성하가 뭐 하고 있어요?
　　 B 성하가 음악을 듣고 있어요.

動動腦 **2** ▶120.mp3

(1) A 누가 운동화를 신고 있어요?
　　B 진석이 운동화를 신고 있어요.

(2) A 누가 모자를 쓰고 있어요?
　　B 동현이 모자를 쓰고 있어요.

(3) A 누가 치마를 입고 있어요?
　　B 소은이 치마를 입고 있어요.

(4) A 누가 목도리를 하고 있어요?
　　B 성하가 목도리를 하고 있어요.

(5) A 누가 부채를 들고 있어요?
　　B 동욱이 부채를 들고 있어요.

(6) A 누가 시계를 차고 있어요?
　　B 윤호가 시계를 차고 있어요.

---------- 第36課 ----------

韓語小單字 ▶127.mp3

(1) A 뭐 드릴까요? B 사과 주세요.

(2) A 뭐 드릴까요? B 배 주세요.

(3) A 뭐 드릴까요? B 포도 주세요.

(4) A 뭐 드릴까요? B 딸기 주세요.

(5) A 뭐 드릴까요? B 수박 주세요.

(6) A 뭐 드릴까요? B 참외 주세요.

(7) A 뭐 드릴까요? B 복숭아 주세요.

(8) A 뭐 드릴까요? B 감 주세요.

(9) A 뭐 드릴까요? B 귤 주세요.

(10) A 뭐 드릴까요? B 레몬 주세요.

(11) A 뭐 드릴까요? B 키위 주세요.

(12) A 뭐 드릴까요? B 바나나 주세요.

動動腦 **2** ▶129.mp3

(1) A 사과가 얼마예요?
　　B 사과 한 개에 1,500원이에요.

(2) A 사과가 얼마예요?
　　B 사과 한 상자에 25,000원이에요.

(3) A 사과가 얼마예요?
　　B 사과 한 봉지에 6,000원이에요.

(4) A 사과가 얼마예요?
　　B 사과 한 바구니에 10,000원이에요.

**動動腦 1** ▶ 132.mp3

(1) 저는 양파는 좋아하는데 마늘은 안 좋아해요.
(2) 저는 옥수수도 고구마도 둘 다 좋아해요.
(3) 저는 고추하고 콩 둘 다 안 좋아해요.
(4) 저는 호박은 안 좋아하지만 버섯은 좋아해요.

**韓語小單字** ▶ 135.mp3

(1) A 이게 한국어로 뭐예요? B 새우예요.
(2) A 이게 한국어로 뭐예요? B 조개예요.
(3) A 이게 한국어로 뭐예요? B 홍합이에요.
(4) A 이게 한국어로 뭐예요? B 게예요.
(5) A 이게 한국어로 뭐예요? B 가재예요.
(6) A 이게 한국어로 뭐예요? B 문어예요.
(7) A 이게 한국어로 뭐예요? B 낙지예요.
(8) A 이게 한국어로 뭐예요? B 오징어예요.
(9) A 이게 한국어로 뭐예요? B 굴이에요.
(10) A 이게 한국어로 뭐예요? B 미역이에요.
(11) A 이게 한국어로 뭐예요? B 고등어예요.
(12) A 이게 한국어로 뭐예요? B 장어예요.
(13) A 이게 한국어로 뭐예요? B 연어예요.
(14) A 이게 한국어로 뭐예요? B 참치예요.
(15) A 이게 한국어로 뭐예요? B 갈치예요.
(16) A 이게 한국어로 뭐예요? B 멸치예요.

**動動腦 2** ▶ 137.mp3

(1) 남자 저는 소고기를 좋아하는데 좀 비싸서 가끔 먹
　　 어요.
　　 여자 저는 소고기를 전혀 안 먹어요.
(2) 남자 저는 돼지고기를 좋아해서 매일 먹어요.
　　 여자 저도 돼지고기를 자주 먹어요.
(3) 남자 저는 닭고기를 못 먹어요.
　　 여자 저도 닭고기를 거의 안 먹어요.
(4) 남자 저는 아침마다 새우를 먹어요.
　　 여자 저는 새우를 전혀 안 먹어요.
(5) 남자 저는 조개를 못 먹어요.
　　 여자 저는 가끔 조개를 먹어요.
(6) 남자 저는 장어를 좋아해서 자주 먹어요.
　　 여자 저도 장어를 좋아해서 가끔 먹어요.

**動動腦 1** ▶ 139.mp3

(1) 고추가 매워요.
(2) 바닷물이 짜요.
(3) 초콜릿이 달아요.
(4) 레몬이 시어요.
(5) 치킨이 느끼해요.
(6) 인삼이 써요.

**韓語小單字** ▶ 142.mp3

(1) A 뭐 드릴까요? B 커피 주세요.
(2) A 뭐 드릴까요? B 녹차 주세요.
(3) A 뭐 드릴까요? B 홍차 주세요.
(4) A 뭐 드릴까요? B 주스 주세요.
(5) A 뭐 드릴까요? B 콜라 주세요.
(6) A 뭐 드릴까요? B 사이다 주세요.
(7) A 뭐 드릴까요? B 우유 주세요.
(8) A 뭐 드릴까요? B 생수 주세요.
(9) A 뭐 드릴까요? B 맥주 주세요.
(10) A 뭐 드릴까요? B 생맥주 주세요.
(11) A 뭐 드릴까요? B 소주 주세요.
(12) A 뭐 드릴까요? B 막걸리 주세요.
(13) A 뭐 드릴까요? B 와인 주세요.

**動動腦 2** ▶ 148.mp3

(1) 케이크 한 조각하고 커피 한 잔 주세요.
(2) 과자 두 봉지에 콜라 한 병 주세요.
(3) 떡 한 접시와 물 세 잔 주세요.
(4) 땅콩 한 접시하고 생맥주 두 잔 주세요.

**韓語小單字** ▶ 150.mp3

(1) 개인 접시 좀 갖다주세요.
(2) 국자 좀 갖다주세요.
(3) 계산서 좀 갖다주세요.

(4) 물티슈 좀 갖다주세요.

(5) 영수증 좀 갖다주세요.

(6) 냅킨 좀 갖다주세요.

動動腦 1 ▶151.mp3

A 찌개에 뭐가 들어가요?

B 파하고 마늘, 감자가 들어가요. 고추하고 양파, 버섯
도 들어가요.

A 그럼, 찌개에 뭐가 안 들어가요?

B 오이하고 당근은 안 들어가요. 옥수수하고 호박도
안 들어가요.

▶152.mp3

(1) A 찌개에 오이가 들어가요?
　 B 아니요, 안 들어가요.

(2) A 찌개에 감자가 들어가요?
　 B 네, 들어가요.

(3) A 찌개에 당근이 들어가요?
　 B 아니요, 안 들어가요.

(4) A 찌개에 옥수수가 들어가요?
　 B 아니요, 안 들어가요.

(5) A 찌개에 파가 들어가요?
　 B 네, 들어가요.

(6) A 찌개에 고추가 들어가요?
　 B 네, 들어가요.

(7) A 찌개에 양파가 들어가요?
　 B 네, 들어가요.

(8) A 찌개에 버섯이 들어가요?
　 B 네, 들어가요.

(9) A 찌개에 마늘이 들어가요?
　 B 네, 들어가요.

(10) A 찌개에 호박이 들어가요?
　　 B 아니요, 안 들어가요.

第44課

韓語小單字 ▶158.mp3

(1) 썰어요, 잘라요

(2) 넣어요, 빼요

(3) 구워요, 부쳐요

(4) 발라요, 뿌려요

(5) 섞어요, 저어요

(6) 삶아요, 데쳐요

動動腦 2 ▶159.mp3

먼저, 여러 가지 채소를 잘 씻으세요.

그다음에, 채소를 썰어 놓으세요.

그리고 그릇에 밥을 넣고 그 위에 채소를 놓으세요.

그다음에 고추장을 넣으세요.

그리고 채소와 밥을 잘 비비세요.

마지막으로 맛있게 드세요.

第45課

韓語小單字 ▶160.mp3

(1) A 시간이 있을 때 뭐 해요?
　 B 여행해요.

(2) A 시간이 있을 때 뭐 해요?
　 B 등산해요.

(3) A 시간이 있을 때 뭐 해요?
　 B 책을 읽어요.

(4) A 시간이 있을 때 뭐 해요?
　 B 영화를 봐요.

(5) A 시간이 있을 때 뭐 해요?
　 B 사진을 찍어요.

(6) A 시간이 있을 때 뭐 해요?
　 B 음악을 들어요.

(7) A 시간이 있을 때 뭐 해요?
　 B 악기를 연주해요.

(8) A 시간이 있을 때 뭐 해요?
　 B 그림을 그려요.

(9) A 시간이 있을 때 뭐 해요?
　 B 쇼핑해요.

(10) A 시간이 있을 때 뭐 해요?
　　 B 운동해요.

(11) A 시간이 있을 때 뭐 해요?
　　 B 테니스를 쳐요.

(12) A 시간이 있을 때 뭐 해요?
　　 B 게임해요.

(13) A 시간이 있을 때 뭐 해요?
　　 B 개하고 놀아요.

(14) A 시간이 있을 때 뭐 해요?
　　 B 수리해요.

(15) A 시간이 있을 때 뭐 해요?
　　 B 요리해요.

(16) A 시간이 있을 때 뭐 해요?
　　 B 낚시해요.

**動動腦 2** ▶162.mp3

(1) 저는 한국 음악에 관심이 있지만, 가수에는 관심이 없어요.

(2) 친구는 사진도 안 좋아하고, 사진작가에도 관심이 없어요.

(3) 저는 한국 음식을 좋아해요. 하지만 요리 방법에 관심이 없어요.

(4) 저는 운동도 안 좋아하고 운동선수에도 관심이 없어요.

(5) 제 동생은 한국 영화에 관심이 있지만 한국 배우하고 감독은 잘 몰라요.

(6) 저는 한국 역사하고 그림은 잘 모르겠어요. 하지만 서예에 관심이 있어요.

---------------- **第46課** ----------------

**韓語小單字** ▶165.mp3

(1) A 수리 잘해요?      B 아니요, 전혀 못해요.

(2) A 요리 잘해요?      B 네, 잘해요.

(3) A 춤 잘 춰요?       B 아니요, 전혀 못 춰요.

(4) A 노래 잘해요?      B 아니요, 잘 못해요.

(5) A 기타 잘 쳐요?     B 아니요, 전혀 못 쳐요.

(6) A 운전 잘해요?      B 네, 잘해요.

(7) A 바둑 잘해요?      B 아니요, 전혀 못해요.

(8) A 외국어 잘해요?    B 아니요, 잘 못해요.

(9) A 피아노 잘 쳐요?   B 네, 잘 쳐요.

(10) A 컴퓨터 잘해요?   B 아니요, 잘 못해요.

(11) A 농담 잘해요?     B 아니요, 잘 못해요.

(12) A 한자 잘해요?     B 아니요, 전혀 못해요.

---------------- **第47課** ----------------

**韓語小單字** ▶167.mp3

(1) A 옷을 가져가요?      B 네, 가져가요.

(2) A 속옷을 가져가요?    B 네, 가져가요.

(3) A 양말을 가져가요?    B 네, 가져가요.

(4) A 수영복을 가져가요?  B 아니요, 안 가져가요.

(5) A 모자를 가져가요?    B 네, 가져가요.

(6) A 운동화를 가져가요?  B 아니요, 안 가져가요.

(7) A 담요를 가져가요?    B 아니요, 안 가져가요.

(8) A 수건을 가져가요?    B 네, 가져가요.

(9) A 비누를 가져가요?    B 아니요, 안 가져가요.

(10) A 칫솔을 가져가요?   B 네, 가져가요.

(11) A 치약을 가져가요?   B 아니요, 안 가져가요.

(12) A 화장품을 가져가요? B 네, 가져가요.

(13) A 책을 가져가요?     B 아니요, 안 가져가요.

(14) A 약을 가져가요?     B 네, 가져가요.

(15) A 지도를 가져가요?   B 아니요, 안 가져가요.

(16) A 카메라를 가져가요? B 네, 가져가요.

(17) A 우산을 가져가요?   B 아니요, 안 가져가요.

(18) A 슬리퍼를 가져가요? B 아니요, 안 가져가요.

**動動腦 1** ▶168.mp3

(1) A 어디로 놀러 갔어요?
    B 산으로 놀러 갔어요.

(2) A 어디로 놀러 갔어요?
    B 바닷가로 놀러 갔어요.

(3) A 어디로 놀러 갔어요?
    B 강으로 놀러 갔어요.

(4) A 어디로 놀러 갔어요?
    B 섬으로 놀러 갔어요.

(5) A 어디로 놀러 갔어요?
    B 궁으로 놀러 갔어요.

(6) A 어디로 놀러 갔어요?
    B 동물원으로 놀러 갔어요.

(7) A 어디로 놀러 갔어요?
    B 관광지로 놀러 갔어요.

(8) A 어디로 놀러 갔어요?
    B 놀이 공원으로 놀러 갔어요.

**動動腦 2** ▶170.mp3

(1) A 누구하고 산에 등산 갔어요?
    B 가족이 시간이 없었어요. 그래서 이웃하고 등산 갔어요.

(2) A 누구하고 강에 놀러 갔어요?
    B 회사에서 동료하고 강에 놀러 갔어요.

(3) A 누구하고 바다에 여행 갔어요?
    B 지난여름에 여행을 못 갔어요. 그래서 이번에는 가족하고 바다에 여행 갔어요.

(4) A 누구하고 관광지에 구경 갔어요?
    B 저는 산책을 좋아해요. 그래서 혼자 구경 갔어요.

(5) A 누구하고 동물원에 구경 갔어요?
    B 원래 친구하고 동물원에 가려고 했어요. 하지만 결국 동료하고 갔어요.

(6) A 누구하고 놀이공원에 놀러 갔어요?
    B 친구하고 놀이공원에 가고 싶었어요. 하지만 친구가 시간이 없어서 아는 사람하고 놀러 갔어요.

## 第51課

**韓語小單字** ▶ 177.mp3

(1) A 지금 어때요?　　　B 아파요.
(2) A 지금 어때요?　　　B 더워요.
(3) A 지금 어때요?　　　B 추워요.
(4) A 지금 어때요?　　　B 배고파요.
(5) A 지금 어때요?　　　B 배불러요.
(6) A 지금 어때요?　　　B 목말라요.
(7) A 지금 어때요?　　　B 피곤해요.
(8) A 지금 어때요?　　　B 긴장돼요.
(9) A 지금 어때요?　　　B 졸려요.

**動動腦 2** ▶ 179.mp3

(1) 배고파요. 빵 좀 주세요.
(2) 더워요. 부채 좀 주세요.
(3) 아파요. 약 좀 주세요.
(4) 목말라요. 물 좀 주세요.
(5) 추워요. 담요 좀 주세요.

## 第52課

**韓語小單字** ▶ 180.mp3

(1) A 기분이 어때요?　　　B 기분이 좋아요.
(2) A 기분이 어때요?　　　B 걱정돼요.
(3) A 기분이 어때요?　　　B 기뻐요.
(4) A 기분이 어때요?　　　B 슬퍼요.
(5) A 기분이 어때요?　　　B 놀랐어요.
(6) A 기분이 어때요?　　　B 무서워요.
(7) A 기분이 어때요?　　　B 화가 났어요.
(8) A 기분이 어때요?　　　B 심심해요.
(9) A 기분이 어때요?　　　B 기분이 나빠요.
(10) A 기분이 어때요?　　　B 창피해요.
(11) A 기분이 어때요?　　　B 실망했어요.
(12) A 기분이 어때요?　　　B 외로워요.

## 第58課

**韓語小單字** ▶ 198.mp3

(1) A 날씨가 어때요?　　　B 비가 와요.
(2) A 날씨가 어때요?　　　B 맑아요.
(3) A 날씨가 어때요?　　　B 눈이 와요.
(4) A 날씨가 어때요?　　　B 흐려요.
(5) A 날씨가 어때요?　　　B 바람이 불어요.
(6) A 날씨가 어때요?　　　B 안개가 꼈어요.

**動動腦 2** ▶ 199.mp3

(1) 날씨가 더워요. 선풍기하고 손수건하고 부채가 필요해요.
(2) 비가 와요. 비옷하고 우산이 필요해요.
(3) 날씨가 추워요. 장갑하고 코트하고 목도리가 필요해요.
(4) 햇빛이 강해요. 선글라스하고 모자가 필요해요.

## 第59課

**動動腦 2** ▶ 202.mp3

(1) A 무슨 띠예요?　　　B 쥐띠예요.
(2) A 무슨 띠예요?　　　B 소띠예요.
(3) A 무슨 띠예요?　　　B 호랑이띠예요.
(4) A 무슨 띠예요?　　　B 토끼띠예요.
(5) A 무슨 띠예요?　　　B 용띠예요.
(6) A 무슨 띠예요?　　　B 뱀띠예요.
(7) A 무슨 띠예요?　　　B 말띠예요.
(8) A 무슨 띠예요?　　　B 양띠예요.
(9) A 무슨 띠예요?　　　B 원숭이띠예요.
(10) A 무슨 띠예요?　　　B 닭띠예요.
(11) A 무슨 띠예요?　　　B 개띠예요.
(12) A 무슨 띠예요?　　　B 돼지띠예요.

# 單字索引

**348**

**356**

## 表現

# 台灣廣廈 國際出版集團
**Taiwan Mansion International Group**

國家圖書館出版品預行編目（CIP）資料

全新!我的第一本韓語單字(QR碼行動學習版) / 吳承恩著. -- 2
版. -- 新北市：國際學村出版社, 2023.11
　　面；　公分.
ISBN 978-986-454-311-3(平裝)
1.CST: 韓語　2.CST: 詞彙

803.22　　　　　　　　　　　　　　　112015505

 國際學村

# 全新！我的第一本韓語單字【QR碼行動學習版】

| | |
|---|---|
| 作　　　者／吳承恩 | 編輯中心編輯長／伍峻宏・編輯／邱麗儒 |
| 譯　　　者／盧鴻金 | 封面設計／曾詩涵・內頁排版／菩薩蠻數位文化有限公司 |
| | 製版・印刷・裝訂／東豪・承傑・秉成 |

| | |
|---|---|
| 行企研發中心總監／陳冠蒨 | 線上學習中心總監／陳冠蒨 |
| 媒體公關組／陳柔彣 | 數位營運組／顏佑婷 |
| 綜合業務組／何欣穎 | 企製開發組／江季珊・張哲剛 |

發　行　人／江媛珍
法律顧問／第一國際法律事務所 余淑杏律師・北辰著作權事務所 蕭雄淋律師
出　　　版／國際學村
發　　　行／台灣廣廈有聲圖書有限公司
　　　　　　地址：新北市235中和區中山路二段359巷7號2樓
　　　　　　電話：（886）2-2225-5777・傳真：（886）2-2225-8052
讀者服務信箱／cs@booknews.com.tw

代理印務・全球總經銷／知遠文化事業有限公司
　　　　　　地址：新北市222深坑區北深路三段155巷25號5樓
　　　　　　電話：（886）2-2664-8800・傳真：（886）2-2664-8801
郵政劃撥／劃撥帳號：18836722
　　　　　　劃撥戶名：知遠文化事業有限公司（※單次購書金額未達1000元，請另付70元郵資。）

■出版日期：2023年11月　　　ISBN：978-986-454-311-3